虹影◎著

你照亮了
我的世界

四川文艺出版社

图书在版编目（CIP）数据

你照亮了我的世界／（英）虹影著. —成都：四川文艺
出版社，2015.9
ISBN 978-7-5411-4165-2

Ⅰ．①你… Ⅱ．①虹… Ⅲ．①中篇小说-小说集-英国
-现代 ②短篇小说-小说集-英国-现代 Ⅳ．①I561.45

中国版本图书馆 CIP 数据核字（2015）第 220012 号

NI ZHAOLIANGLE WODE SHIJIE

你照亮了我的世界

虹影 著

责任编辑　李淑云
责任校对　汪　平
责任印制　唐　茵
封面设计　叶　茂
版式设计　张　妮

出版发行　四川文艺出版社（成都市槐树街 2 号）
网　　址　www.scwys.com
电　　话　028-86259285（发行部）　　028-86259303（编辑部）
传　　真　028-86259306

邮购地址　成都市槐树街 2 号四川文艺出版社邮购部　610031
排　　版　四川胜翔数码印务设计有限公司
印　　刷　成都东江印务有限公司
成品尺寸　140 mm×203 mm　1/32
印　　张　14.25　　　　　　　字　　数　310 千
版　　次　2016 年 3 月第一版　　印　　次　2016 年 3 月第一次印刷
书　　号　ISBN 978-7-5411-4165-2
定　　价　45.00 元

终于把内心的黑暗和爱大声说了出来

◎ 费勇

    我特别注意虹影的小说，大约是在 2000 年，那时她因为小说《K——英国情人》而陷入一场官司。那场官司好像和凌叔华有关，而我当时正在写一篇论文，讨论凌叔华的《绣枕》和严歌苓的《红罗裙》。我顺便读了《K——英国情人》，也读了她先前的《饥饿的女儿》，感觉十分震撼。《绣枕》和《红罗裙》引起我的注意，是因为相隔了差不多六十年，中国女性在欲望表达的方式上有一种潜在的轨迹耐人寻味，虽然凌叔华的女主人公是在军阀时代禁闭在幽暗的宅子里，严歌苓的女主人公在八十年代走到了时尚的美国，却都同样困在了某个狭窄的界域，只能依靠衣饰来曲折表达隐秘的欲望。

    虹影的《饥饿的女儿》让我想起了中国现代文学的另一条传统，就是庐隐《海滨故人》到丁玲《沙菲女士的日记》的传统，这个传统就是女性以"自传"的方式率真地表达自己的欲望。然而，这个传统也无法说明虹影小说的意义。女性欲望在庐隐、丁玲那里，虽然率真，但还是被包装成了一种比较情调式的东西，转化成了某种流荡的情绪。而在虹影的笔下，再也没有扭捏、含蓄，而是直接、自然，是人性深渊里的一股瀑布，奔流不息。从庐隐《海滨故人》、凌叔华《绣枕》，到丁玲《沙菲女士的日记》，再到虹影《饥饿的女儿》，可以清晰地读到关于女性欲望叙述的中国谱系。

当然，虹影小说的价值，不只是比丁玲们更直接而已，更在于她的视角不是停留在自己情绪的表达，而是涌动着身份迷失的焦虑。虹影小说里对于女性欲望的表达，读者几乎感觉不到任何情色的挑逗，在于虹影的欲望，不是一种简单的身心悸动，而是她作为一个现实中的私生女，一直萦绕不去的身份迷失的焦虑。有人指出"私生女"是虹影作品中一个重要的情结，虹影是这样回应的：

我想这可以用来解释所有我的作品，因为这就是我到这个世界上来的使命，我被命运指定成为这么一个人，或者是成为这样一种类型的作家，或者是成为这样一个类型的女子。我走过的路，其实都是跟我母亲最后决定要把我生下来，我的成长背景连在一起，由此可以解释我所有的行为、言谈、包括写作，甚至我要找什么样的男人跟这个身份相关，我要走什么样的路，我要写什么样的书，包括女性主义的"上海三部曲"那样的书，也像《好儿女花》《饥饿的女儿》这样跟自身相关的书，都跟"私生女"这个身份相关。

所以，虹影从早期写诗，到20世纪90年代定居英国后，陆续爆发出《饥饿的女儿》《好儿女花》等小说，一直到最近的《奥当女孩》等一系列"童书"，在我看来，显现的都是一个失去了现实身份的女性孜孜不倦地寻找自我的旅程，这个旅程从早期的诗的迷茫、到小说的狂暴、再到童话般的沉静。恰恰是一段精神觉醒的旅程。所以，在虹影小说里，欲望只是一个表面的东西，藏在深处的是她对于自我身份的焦虑。在中国文学史上，还找不出像《饥饿的女儿》《好儿女花》那样的如此深入如此痛楚地追寻女性自我的小说。

我之所以用了"震撼"形容我当初读《饥饿的女儿》的感受，是因为虹影的小说不仅写了女性的自我追寻，还把角度聚焦在"母

亲"身上。虹影说她写《好儿女花》是因为自己做了母亲,是写给女儿看的。虹影后来对记者谈道:

"没有女儿之前,我的生活目的,如同博尔赫斯《失明》里谈到的一样:我总是感觉到自己的命运首先就是文学。他还说,将会有许多不好的事情和一些好的事情发生在身上。所有这一切都将变成文字,特别是那些坏事,因为幸福是不需要转变的,幸福就是其最终目的。一个把文学当作生命的作家,恐怕皆是如此。可是我有了女儿,一切都改变了。尘埃落地,菩萨低眉含笑。我首先是一个母亲,然后才是一个作家。一个母亲,她可以承受的东西是无限的,远远超过一个失败者,就像我的母亲生前一样。"

虹影的小说指涉母亲、自己、女儿,透过女性宿命的社会角色,虹影创造了汉语写作里母亲叙述的另一种范式。冰心的慈母形象,一直深入人心,成为一种文学套话。而一些男性作家笔下受难的母亲,则是另一种文学套话。张爱玲可能是汉语写作里第一个触及母女之间隐秘情感的作家,但写得十分隐晦。虹影则把张爱玲隐隐触及的议题写得淋漓尽致,惊世骇俗,彻底颠覆了关于母亲叙述的既定话语,呈现了一个人性深渊里的母亲。这个母亲形象,不论是流言蜚语里的坏女人,不论是有很多情人,不论是坚强地生下婚姻外的孩子,还是晚年的捡垃圾等细节,都震撼我们的心灵,是中国文学史上从未有过的一个母亲形象:受难,爱,以及尘世的残酷、情欲与道德的波澜,都在这个形象里清晰地折射。

虹影把母亲的历史置于大时代里,既是个人的史诗,也是时代的史诗。1949 年前后到 20 世纪 80 年代的中国历史,在一对母女的个人历史里充分展开,再一次显现了文学的记忆力量。她把这个时代个人的饥饿感上升为时代的饥饿感,确实抓住了这个时代的核心精神。

《饥饿的女儿》《好儿女花》之后，虹影开始了另一个童书系列，第一部是《奥当女孩》。这个系列表面看是写给孩子看的童话，但在我看来，都是成人作品，是虹影关于母亲故事的继续。《奥当女孩》的主角变成了一个男孩子，叫桑桑，地点还是在重庆。桑桑在一个废弃的兵营遇到了一个女孩子。关于水手的爱。故事充满灵异的气息，悲伤但是优美。当一切的苦难经过时间的洗礼，当一切的欲望经过时间的磨炼，倾诉、呼喊都变得没有什么意义，剩下的是平静，是对于不可知的敬畏。人世间的一切都曾经经历，一切都在消逝，唯一抱持的，是对于爱对于美的永不疲倦的期待。

读完《奥当女孩》，我的感受是：虹影终于把她内心的黑暗和爱都说了出来。当然，永远不可能都说出来。永远在等待着某种光亮，划过我们幽暗的内心。

序

这些日子，读了两本听说过很多年的书:《饥饿的女儿》与《好儿女花》。

这是两本读来让人心生惊悸的书，本来我以为是小说，有很强自传性质的小说。但作者自己的说法——至少在《好儿女花》中，她不止一次明确指认《饥饿的女儿》是一部自传。那么,《好儿女花》也可以视为是自传了。前一本书的人物都在这本书里悉数登场，围绕着最主要角色的母亲的去世，与一场中国城市下层社会常见的葬仪，以沉痛的追思的方式延续了、丰满了母亲和与她一生密切相联的那些人物的故事。作者说，她是用这两本书写出内心深处的"黑暗与爱"。在我看来，前一本书更多是黑暗，和对黑暗的反抗。后一本书，则是爱，以及通过这种人类伟大的情感达成的宽恕。

锋利的解剖，勇敢的坦陈，因为深挚的爱恋，因为无论对自己还是对世界还怀有美好的期待。

作者写第二本书时，已经有了自己的女儿，所以她说，写这样的书，既是为了母亲，也是为了女儿。作者没有说出来的话，也许是希望自己不要再像书中的母亲，女儿也不会再是书中那个女儿。

其实，所有这些，作者在这两本书前的寄语中都有充分的说明。而这两本书，母亲之外，另一个主人公正是那个既为女儿，如今已成为母亲的作者自己。女儿与母亲两个形象相互映照，才是这本书开启情感之门的锁钥之所在。

而《你照亮了我的世界》这本短篇集，多数篇目中那些隐约或明晰的故事应是"发生"在写作前两本书之间的时间与空间，是不是也可以视为对这两本书的某种补充，补充了一些关于从反抗走向恕道过程中情感与精神嬗变的留白？同样可以为"照亮"我们的阅读提供一些帮助。

此时，在一个清晨结束了漫长的阅读过后，我一边写下这些文字，一边强烈地感觉到这在我可能是一次错误。

对于如此坦率真诚的写作，如此勇敢的写作还有什么可说的？

我说自己可能犯错还有另一个理由。

这三本书的作者是虹影，在我还是一个文学上藉藉无名的初学者时，她就已经很有名了。在已经变得相当遥远的八十年代，我就常从半地下状态的四川诗人圈子里频繁听说她的名字。虽然，那时我只从民间刊物上读过她几首尖锐的诗，但她的确是很有名了。当她把叙事性的作品也写得很有名的时候，我还在似乎毫无前景的黑暗中摸索。而且，依然没有读过她的书。那时，虹影在媒体上常常是一个话题，或者某个事件，我总是对成为话题与事件的人物抱有某种警惕。

如果不是几个月前和她见了迄今为止的唯一一面——这次见面的机缘还非关文学，是在一次推广牙健康概念的公益活动上。一起吃了主办方请的一顿午饭，除了互相认识，也没有深入交谈。晚上，再见面，是在一个地方喝德国啤酒，吃德式香肠。她和出版社社长商量三本书的重版事宜。我在旁边和别人聊天。记不得我是怎么加入他们谈话的。那时，酒已经有些上头了。酒会让身体和脑袋都变得轻飘起来，这种感觉会让人暂时摆脱了现实的压力与拘束。也许就是在那样一种情形下，我居然应承要为这三本书中文版的再版写这些文字。

后来，一边后悔这个贸然至极的承诺，一面还是找了她的书来读。

在这个过程中，真的为作者表现出如此的勇气感到震惊与佩服。当下，我们大多数的文学早已学会用一套娴熟的技术掩去现实的残酷，用中庸的温情遮掩着放弃了对人性弱点与黑暗的开掘，也正因为此，当我们试图从正面表达爱意时，也总是显得虚伪而孱弱。但虹影在涉笔与中国一部当代史密不可分的家族经历时，不回避，不躲藏，从家庭成员复杂的关系入手，坦率而直接地写出了时代，写出了一个城市被长期遮掩的一个残酷的角落。更为难得的是，作者意图并不止于暴露和控诉，而是专注于幽暗的同时也闪光的人性开掘，专注于曾经的青春所经历的中国式的残酷挣扎与成长，以及更多生命从坚韧充沛走向衰竭与消亡，专注于这些生命如何在这个过程动植物般生存却进行着人的自我救赎。

救赎——不能通向哲学，但至少通过亲情、爱情，达至中国人朴素的宗教感。虽然宗教感中也充满宿命，但这就是人，出身于脏污现实中的人，挣扎求生，作孽而又向善，身行丑陋却心向美好。

三天后的本周六，我要去一个图书馆讲讲非虚构文学。我将试图回答一个问题，非虚构文学为何开始越来越多被有思想的读者喜欢。我想，其间最重要的原因，也许是因为虚构的文学正在大面积地从现实撤退，尚未撤离者也正以中庸的温情和精致的美学遮掩了我们共同经历过的生活的残酷与艰难。

那次答应写这篇序文的地方，是一个非常能代表今天城市光明繁荣那一面的场合，可以用来证明我们终于过上了中产生活。那样的场合适宜谈论风花雪月，适宜大家共同憧憬即将到来的更为丰裕的物质生活。但是，这三本书让我回到了我们这一代人程度不同地经历过的真实生活，共同置身其间的残酷现实——从肉体到精神。我们跟书中那些人物一样，有着黑暗的记忆，我们都需要情感与灵魂的救赎。如果我们没有勇气与能力自我实现，而且这个社会也没有人提供这种灵魂的指引，那么，我以为这三本书，尤其是《饥饿的女儿》与《好女儿花》，也是一种间接的启示。

阿　来

2015. 12. 9 于成都

目录

在人群之上

他从旋转门走出来。阴沉沉的街道，路面一些凹坑残留着雨水，天竺菊和剑兰盛开在高高的阳台上。行人绷着脸，脚步匆忙。他的头发不很黑，但稠密，迎面吹来的风，把头发掀上他的前额，遮住了眼睛。他甩了甩头发，侧身绕过卖小报摊旁的一位拄拐杖的老头。人群之中，他那件米黄色灯芯绒西服，给我的感觉，跟刚过去的冬天大街小巷叫卖的梅花一样，流泻出浅浅的暖意和温馨，也有一丁点儿俗气。

足足一个上午他在这条街上，一个个公司、商店寻找雇主满意他也满意的工作。前者是首要的。这时代不错，允许跳槽。他说这句话时，手在空中做了个相应的动作，很潇洒。

对着自己的脸，我举起绿色小方镜：一堆骷髅，散裂的声音蹦出光滑的镜面。镜边一圈冷冷的绿，有着不可捉摸的凄凉。我停止说话。从沙发上支起身子，两条腿略略交叉坐着，然后，说，瞧，他送我的，居然到今天还没扔掉。每次照这恶毒的玩意儿，心似乎收缩了一半。他抚着我的肩，在我身后笑，"干吗不送人呢？"我或许恨这镜子，或许着了魔，弄不清楚，可能是幻觉，但也可能不是。

这是个有着橘黄色窗帘的房间，你坐在我对面的转椅上，宽大的桌子，除了文件电脑一类东西，还有一束新鲜的白杜鹃，斜插在橄榄色与石榴红混合的斑马状的瓷缸里。怎么说呢，我喜欢这儿。我承认你是我的心理医生。但从乘电梯到八楼走进这个房间后，我就不这么看。女人和女人很不一样。

你接过我递上的镜子，摸了摸，然后打开镜盖，低垂的睫毛，由于白杜鹃花的陪衬，那一排整齐的漆黑，很有几分明察秋毫的神秘。肯定从生下到现在，你都如此细皮嫩肉，端庄雅丽。不用揭下衣服，我都可以闭着眼睛勾勒出你身体的轮廓，那种精致。就如同我明白你喜欢户内生活的天性，和你的职业统一协调。潜埋在我身体内的某种痛觉被轻轻碰了一下。

"我看见的是一个旧房间。"你第一次不像一个医生对病人那么和我说话。你把脸贴近镜子，用一种模糊的声调说，"奇怪，我听见了雨声！"

我感到意外，手在沙发上滑动，竭力做出神情安静，"你知道的，我照这镜子时，看到的是一堆站立的骷髅。那就是我死后的样子。"

"每个人死了都一样！"

"那么请你说说，这镜中的房间，雨声是什么？"我仿佛看见那房间，而细雨淅沥近在身旁。"你别呆望着我。"

这个下午完全不对劲，我强烈地感到了这一点。或许我不该来见你。对你来说，我不正常，需要治疗；对我来说，你太正常，你已经成为我的心理障碍。

"诱惑，全在眼睛。"我对他说。他点点头。他的面貌，身体不在这儿，却仍然清晰地出现在面前，他的眼睛充满怨恨时最生动。每当我洗完澡，对着梳妆台拿出玫瑰色的口红，"晚上涂它干吗？"他用眼神强调他的不快。

在床上他搂着我，我说你嘴唇的线条和你下面的真相似。他的手松开了，以此来回答我扔向他的信号。他躺在那儿，如一只黝黑的鸟，翅膀萎软，身体轻盈，轻声啼鸣出一个个可怕的音节。

我辗转反侧，反复地自问：是我太主动，还是他另有不能言谈的隐情？白霜似的被子自然而然地和黑夜融成一体，挤压着我的身体。唉，躲到哪里去可以轻松呼吸？不眠之夜，把我自己变成自己的对手和敌人。

收起自己设计的作品照片、图案，笑容出现在他的脸上。当场拍板，下午就开始在这家不算差的公司上班。他将为公司一个新开张的时装商店设计橱窗。

玻璃映出他的身影，在与人说话。他是一个成熟的男人。不像我十六岁就熟透了，轻轻一碰，就会涌出一股浓郁的香味来。除此之外，我什么也不拥有。漫长的未来，将无声无息从我脚下迅速溜走。我所渴望的，无非是一个正常女人所渴望的，真谈不上是奢侈或是妄想。

小心地越过红灯拦住的一辆辆车，到了马路对面，我才放慢脚步。我不止一次想象这样的情景：我从黑皮沙发起身，走到我的心理医生面前，迫使她躺在我躺的地方。并不是想变换病人与医生的位置，而是让她躺在沙发上，我认为她的脸仰着比较刺激我的想象，我不必对她做什么。

喧闹的市声里好似传来他的嗓音，这是犯罪的开始。

为什么他可以解开我的杏黄色呢子大衣，手越过白围巾、嫣红色毛衣，把整个冬天毫无遗留地带给我的乳房，让我领受一种彻骨的颤抖？坦白地说，我与他相识不过两个季节，我们不太像情人，更像兄妹或姐弟。和所有情侣一样，最初都很美好，相对现在而言，那不过是新鲜的触摸，之后，对彼此身体的探索从陌生到熟悉，始终缺乏火焰灼烧的激情。

我回头望了望和其他房子并列极普通的灰尘扑扑的大楼。一片密集的树林——城中心公园，正对着那个永远敞开窗帘黑色铁栏杆的阳台，寂静，没有人影晃动，似乎医生已离开她的椅子。是否真像他说的那样：我心里总是充满了罪恶的念头？我房间里保留着一个有裂痕的玻璃花瓶，闪射出不常见的透明的深蓝色，似有一瓣残月沉入瓶底。我的双手此起彼伏地抚摸着，猩红的血一丝丝沁出来。

他不行，这并不是我趋于疯狂的理由。他离家后，我开始拥抱床单，渐渐硬起来的枕头。红晕染上脸颊。"你这么随便就脸红，难道不是一种挑逗吗？"有人无人在面前，他都会这么指责我。但令人发窘的红晕不会听从我的意志，在一瞬间就传遍我的脖颈，前胸。紧关着的窗外，天空低垂下来，一副等着下雨的样子。我翻过身，低低地抽泣。我手上的划痕已痊愈。

钥匙在门外哗啦响的声音。他推门进来。

我在被子里躺好。"你感觉好一点了吗？"他把手放在我的额头上。

我点了点头。

"你不必去画廊了，"他说。他已为我打了电话，请过假。

当他的米黄色灯芯绒西服消失在我的视野之外，我捆绑在半空的心才被解开。"你并不想与他分开，你也从不想结婚生孩子。你不过对自己的生命太虐待了。"昨天，你用职业的语调静静指出要害："你在无聊的生活中用面具掩盖天性。"

瞧瞧，天空和树叶挨得多么近，树叶和你的阳台挨得多么近。即使是离开他，重新找一个男朋友，可能情况更糟。我知道自己恐慌的是每件事的重复，而且我的新鲜感会更加减弱。在我看来，我对心理医生的诉说是一种粮食，我必须依赖粮食活下去。我把手里的镜子扔进包里，那感觉即是置身于镜中的那间房子里，雨，点点滴滴，清晰地打在窗玻璃上，然后滚落在地上。

我，就是那个走在街上神情异常的年轻女人吗？冬天的雪盖满了屋顶、树枝，鲜红的围巾遮住脸，露出一双亮闪闪的眼睛。一个中等身材的男人朝这个年轻女人微笑，你好么？我是你等的那个人哪！

这个年轻女人的确不认识他了，笑了起来。我搞不懂为什么总想起这一幕。为什么我会跟他走呢。难道不知？有第一次，便会有第二次。在我头脑里时常会跳出一两张模糊的脸，抱歉，已记不清了这些在某一时刻代替我男友的身体和我同床共枕的男人。

百货公司第一层大厅，那台进口钢琴早已停止流水般的音乐声，磨石地，大理石的柱子，和无处不在的镜子一样亮，加之第一流的装饰，使每一楼层分类所设的商店既豪华、气派，又不失高雅，够超前的审美水准。特别是每个橱窗里典型的黑发丹凤眼细腰模特儿，真正的东方美女，确实能挽留住顾客的脚步和眼睛。

明天是展览日，总监问他，是否能把大厅重新布置？

这意味着加班，他想到，这是可以晚回去的理由，他也可以不答应，总监可以找别人。坐在办公桌前，透过玻璃，他扫了一眼大厅，就同意了。

朱红色的环形楼梯，一直通向地下室。我俯下身，恰好与一张瘦长的脸目光相遇。我和他计算准确，各走了一半长长的楼梯。这是一个叫人纳闷儿的一天：整幢楼居然空无人迹。我扶住栏杆，才站稳。他非常准确地瞄准我的要害之处，我的头发披了下来，我燃烧的脸隐在头发里面，只有应该暴露的身体暴露在斜进楼来的阳光之中。说不上羞耻心，我早就没有脸面了。驾驶和被驾驶完全是两种感觉，楼梯的凸度与凹处好比山峦的起伏，这套临时拼凑而成的马车，奔出万年如一的轨道。

当我想到自己会在那个阳台对着城中心公园的房间里，面对一个严肃认真的心理医生时，内心瞬间堆满了愧疚，同时发现自己心理治疗的医史可以更换一页，或应在上面增添新的内容。压在床垫下的报纸成了我的秘密，而那个傍晚——我按照报纸广告页上的地址，找到市里新开的这家据称是专治男女关系不合的私人诊所，对我充满了更多的含义。

"那你对自己的工作就一点没兴趣？"

"有，但我不喜欢。"说起工作，我便头痛。作为画廊的管理人员，这是生存下去的手段。可我常常需要一张病假条子，休息一段时间才能重新上班。当然，若换其他工作，我可能更坚持不了。工作怎么会让人快乐？我喜欢画廊一幅总是售不出去的木刻画：循环的人流在一座山腰来回走着，没头没尾，无始无终，这场游戏只能随游戏进行下去。唉，你知道的，我们活着就是一个谜。

　　阳台外碧绿的树林，光一轮轮跳跃在树叶上，不时被风摇得簌簌响。室内，音乐紧贴着墙壁柔软地滑来，像淡蓝色的江水环绕这座城市流淌。

　　"懒散和闲情逸趣是两回事。你的懒散来自心理解不开的结，人不应该选择这种方式活着。"说完，你打燃打火机，长长的手指夹了一支香烟。吐气，哈气，嘴唇抽动一次，眼睛便亮了一下。

　　录音电话里他的声音在说，因为加班，要晚点回家。

　　"加班？很好。"我嘴里咕哝着，脸顿时飞红。

　　穿上外衣，我拉开门的动作很渺茫，静静待在那儿，行人的脚步和笑容极勉强晃过眼睛，我好像在搜索一种陌生的记忆，预先指定了时间、地点、人，我的注意力逐渐集中起来。每个人无法对自己的行为负责，又何必要求这种负责呢？我的问题在于从不去弄清问题如何提出，更不关心如何解答。这和我的心理医生的看法不期而遇，或许，我可以把对男人的不满足转换成一种行为，那行为在开始前就令我战栗。

　　这是一件白色的西式上装套百褶短裙，笔挺，线条流畅。他喜欢白色，墙，椅子，门窗，毛巾乃至牙刷，统统白色，跟医院或地狱差不多。可他不这么看，不用考虑就顺手扯掉身边一个塑料模特儿的淡黄色夹桃红条纹的头巾，被裹卷的长发垂落到肩上。他的手捋了捋头发，端详：配上挑中的那套衣服，嗯，不错。模特儿身上橘红色的连衣短裙，有两排纽扣，像牙齿咬得紧紧的。他解开第一颗纽扣时，耳朵传来风吹过电线的声音，呼呼地响。他的手由生硬变得灵巧起来，很快就解开了剩下的全部纽扣：里面竟然没穿任何衣服，他的眉头皱了皱，又是一个淫荡女人！他将其扳倒，模特儿的塑料脸转到一边。这提醒了他，这些胳膊、腿都是可以转动的。他试了试，没用，必须卸下，这件漂亮的衣服才能从两只胳膊里无一损坏地褪出来。

马路上偶尔驶过一两辆车，轮胎压在下水道的铁盖上，怪吓人地哐当一声，与隔街上的通宵电影和卡拉 OK 歌舞厅合成一个夜晚。而百货公司第一层的大厅，无论是对比营业时间还是对比玻璃外的任何一个地方都太静寂，静寂得叫人心里发慌。他的嘴角朝上翘，形成一段迷人的弧线。

这就对了：刚触到衣服，一丝害羞的微笑便挂在一个短发的模特儿脸上，她还垂下了眼帘。那神态跟幼年时读过的古典小说里女主角一样娇羞柔顺……他禁不住一边轻抚一边小心地脱模特儿身上的旗袍，她婉拒似的挣扎，却经不起他执着的引导，靠在了他的怀里。她的呼吸洁净，肌肤白玉般光滑透明，如胭脂色的灯盏，一个老想躲藏起来的幻影，左右着他的双眼，令他喜悦，心跳不止。

"对种种罪恶的念头，你别害怕。同时，也别反过来添枝加叶，只要如实说出来就行。"仍是孔雀蓝筒裙配米色丝衬衣，套一件水洗砂短衫，不长的头发整齐地拢在脑后，鼻梁上架着一副无框椭圆形秀气的眼镜，手托着脸，不说话的时候，你看上去心境淡泊，对己对人无恨无怨。这正是我最为欠缺的。

我情绪好了一点，动了动身体。

"若是我的治疗换一个环境，比如一个什么海边，肯定不一样。"

"对心理病治疗，诊所的宁静是最适合的。"你弹掉烟灰。

"在那儿，湛蓝色的海水退潮时，我希望也这样面对你，对你说话，或者什么也不用说。"费了好大劲，我才将这些话说出。让我惊讶的是你一点也没觉得这些话太出格。良久，我听到你的声音：你是知道的，我是你的医生。

这不用说，或许这正是我这么说的理由之一。你想，我一站到山崖上，面对阴霾的天空，手就发痒，想把身边的人一个个推下去；站在高楼，还有纪念碑上，我更是这么想，比野兽还像野兽。可对你我不会。就像每次跟他吵架，他的脚在地板上跳，对我大吼，我真想把手里的切菜刀向他扔过去。——可对你我不会。——不一样，总是不一样。这个世界上，可能只有你可以使我镇定、自信，充满平和。

在我离开你的房间关门的那一瞬，我瞥见你取下眼镜，难道你流泪了？

夜市：长长的一条街，亮着大大小小的灯，摆满了小吃摊，凉面、麻辣牛肉丝、卤鸭翅膀鸡翅膀等，兼卖啤酒。人不少。街中心电影院的广告牌下各式各样的男人都有。这个生着胡须已显老态的男人，身体高大，肯定硬朗着呢！瞅他几眼后，我便把自己像一只羊交到他手中。往前走，度过今天就有了明天，这是我引为骄傲百折不挠的求生本领。在我挽着这个艳福不浅的男人，走进黑漆漆的电影院时，我哪里想起过我的心理医生，一分一秒也没有。

男人不摆布女人，女人就摆布男人，而女人应当被男人摆布，例如鞭子打、镣铐锁和更具有暴力的行为。塑料模特儿居然发出声音，声调如此熟悉，他一惊，手里的衣服滑落到地上。哦，不过是自己在自言自语。仿佛一段过渡，他的头脑闪现出我赤裸的形象：我与他争辩，女人不是一件舞台道具供演戏用，并不是假装羞怯欲迎还拒。"鬼话！"他骂了一声，他就喜欢害怕被占有的惊恐不安的女人。

壁灯和镶嵌在屋顶的水晶灯变换着色泽，一束束光打在他的身上。潮湿，潮湿的树丛的气息涌上他的手指，风吹着电线的呼呼响声格外动听起来。他采取先统统脱掉衣服，再穿系列新款式套裙的方法，因而战场越拉越大，到处是被肢解的手、腿、头。当他把一条铁青色的绸巾蒙在一个模特儿的脸上，她整个身子在哆嗦，五官的轮廓从绸巾里凸了出来，他感到橱窗内外都荡漾着一股特殊的香味，扔在钢琴上的衣服和被肢解的身体部件，穿透琴盖，在黑白琴键上发出一连串玉质的音符，他将这个模特儿的腿扳起来，他听到一声轻微的叫唤，他腾出一只手解开自己的裤子。灯继续照耀大厅，却跟一个个小太阳一样，鲜红的光一片一片地吞噬着他四周的空间——在模特儿冰凉的塑料身体之中，他的身体，竟然坚挺兴奋了整整一夜。

洒水车清洗着马路，在来不及躲避的路人尖叫之中，铃声得意地笑着。

走出电影院，在幽暗的路灯下，我从裤袋里掏出污迹斑斑的手，兴奋地察看着，一只肮脏的手，足够我回味，这回味折磨着我明天去见心理医生虔诚的心。寻着马路上自己暧昧的身影，我羞愧得无地自容，除了对她讲述我那倒霉的男友，我怎么可能对她公开我的另一种生活？

电话铃持久地响着。他不太情愿地中断自己的肉体与一堆塑料剧烈的搏斗，到电话机前拿起话筒，听见电话另一端传来的熟悉的声音，他的身体立即软了下来：我马上就结束，就回来。他突然发现内裤上有血，不错，的确是血，他感到下身一阵疼痛。而塑料模特儿的大腿间，血，像一枚枚花瓣，浓淡不一，飘浮着鲜亮绚丽的色彩。

从下半城通向上半城的缆车下来后，我沿着倾斜的马路，慢慢走上人行道上。我有意将烫过的头发梳成两条辫子，并用摩丝和吹风机拉直额前的刘海，选了件紫色飘有小菊花的衬衣，一条洗得发青的牛仔裤，比一个女学生还装束得朴素。

你要忘记，忘记是灵丹妙药。我又走进这个阳台对着城中心公园一片绿树林的房间，将头舒适地仰靠在黑皮沙发右端的扶手上，我心里继续咕哝道，忘记可以击碎时间，忘记可以到达想去的任何一个地方。

玻璃与镜子映出一个男人疲惫衰竭的身影，两个经过特殊装饰的模特儿，比起一大堆零乱扔在地上的仍是胳膊、腿、头的同行，真说得上是幸运——以截然不同的绰约风姿立在橱窗最显眼的位置。他自然看不见自己痛不欲生的脸是什么表情。而我希望的，我怎么说清呢？既不是那逐渐凋败的暗红色花朵，也非他苍白的脸。我从镜子里看见，我喊他，他肯定听见了，却故意不转过身来。我的眼睛绕着他，他回避，脸仰向屋顶凄惨的红光，我遮住自己的脸，几乎要哭出声来。当我触电般紧缩一团时，镜子掉在地上，碎了。碎的镜子以割裂不均的片片段段映出一间湿淋淋的房间，呵，那泛红光的水……滴在地上的声音和你曾听见的雨声一样啊！

我听到了轻轻的笑声。你说："你的表演天才从哪里来的？你从每周一次治疗，变成每周两次，"你似乎不太情愿地把话说了出来，"请看看，你的镜子完好无缺在你手里，并不是你的男友阳痿，而是……"

"什么？"我打断你说，"我经过那些由他装饰过的橱窗，看都不敢看，我感到我的胃里有个魔鬼，不紧不慢地一刀一刀割我。"

你从桌上倒了一杯水递给我，我接了过来，但没喝一口就把杯子放在了茶几上。看着我，你带有歉意说，刚才话说重了，但游戏到此刻为止，包括说从镜子里看到一间房子，还有雨声等。你还说我并不是来看病的，而是来看你的。

我没有料到一层不该捅破的纸被轻松地捅破了。这样也好，我承认了：自己一直在找像我的心理医生这样类型的人，无论是精神还是肉体，我都接近了一种极值，我需要她无疑说是在求救于她，而且，我想证明自我走入她的诊所后发生的一切并不是一个梦。

"这就是一个梦！"

我知道你这么说所指的是什么？你怎么可以想都不想就用这种方式来回应我？

"认清梦的病态，现在就可以……醒来。"选择最后一个词时，你的表情淡漠出乎我意外。

我倒抽了一口凉气。这时，我听见你以认真的口吻在说："以后你不用来治疗了，而且我不再感兴趣你的故事，你所讲的一切，包括和你变态的男友都是你的白日梦。"

这么说，我以前对她讲的话都是编造的？我愿意我的耳朵听岔了。真的，我惧怕你的话，我尊敬的医生，只有在你面前，我才是一个活生生有思想有感情的人。你看看我被泪水弄湿的脸就知道了，你的确不该这么说！

我离开沙发，走过去，让你和我一起到与阳台相反方向的一扇窗子前。拉开橘黄色的窗帘，我伤心地说，我对你讲的故事是否属实，你往下看，你看了，就清楚了。

灰蒙蒙的天，雾气使能见度甚低，闪闪烁烁的灯光，乍明乍暗地点亮已进入夜晚的城市。除此之外，什么也看不见。

我拿出望远镜递过去。

你神情奇特地看着我，然后，便接过望远镜举了起来：马路那面正对着你的一幢大楼的第一层，一家高级时装店橱窗的一角——柔和的灯光下，一个高个穿米黄色西服的男人，正在专心致志地摆弄塑料模特儿的身体。

你回过头来。不用多说了，他就是我的男友。

望远镜紧紧地握在你的手中，扫向了另一幢沉寂的大楼，一双手从背后伸向橱窗里亭亭玉立的模特儿的胸。你不由得调了调镜头，一个留长发的男人转到模特儿的前面，背对着马路，已脱掉模特儿的长裙。你叫了一声，再转向另一个商店，又有一个男人……

望远镜从你的手中脱落，慢慢地掉下楼去。从那漆黑的空间里，我第一次听见你的心跳。你转过身来，我感到你脸红得发烫。

　　我合上镜子菜青色的盖，像合上一桩策划已久的阴谋，满意地握在手中。就是这个晚上，我能够不需要任何外在因素的帮助，稳稳地进入睡眠。在梦中，我看见自己一个人在一间房子里来来回回走着，像只充满焦虑和恐惧的小灰鼠。

脏手指·瓶盖子

他们有意闭上眼睛，让我找不到。

封门

他从母亲那儿来。他说：你家正把你的名字从族谱中删掉。他反应极快一把扶住欲倒的扫帚，将搭在扫帚上面的旧蓝衫提起来扔在篱笆上。

"说下去，别支支吾吾！"我看着橡皮糖在他舌头下翻来覆去，口水流到他的唇边。

"你家另开了一个门，鬼就不会再找到路。"

"鬼？谁？"

他不搭理我，接着说："堵死原先的门，那天请了一大帮做活的人，我几次从墙外经过，你家喧喧嚷嚷的，直到半夜。"

我打断他，让他把手中的扫帚放好。他把嘴里那块橡皮糖在手里捏着，一个人形摊在手心，白晃晃的，转眼叠了起来。"像一个球。唔，像一个脑袋。"我说这句话时，他手抖了，甩了几下手，但那白球粘着他的手心。

我走了过去，弯下身子，俯视台阶下的他，足足有一分钟。

15

然后我伸出手，抓住他，将白脑袋轻轻拈了起来，贴在篱笆上。拍了拍手，头一偏，示意他跟我走。

　　长脸，额头低平，稀疏的头发露出秃顶。柜台前的镜子下角，刻着猩红色的花瓣，我从晃动的人群中看了一眼紧跟在身边的他。刺耳的沙哑声从乐器中奔出，每个人眼里都窝着火药，在等候爆炸。酒杯歪着斜着，乱扔在窗台、地毯、桌子、屁股底下、脚底下，碎裂声总响在旋律的点子上。

　　穿过人群，上了楼梯，喧闹声渐渐淡了下去。

　　房间的窗子遮严，但从窗帘的缝中，可窥见烟囱、高压线。翠绿的树木却好像窗帘上画着的景色。我进了房内的厕所，冲掉马桶里的脏物，扣好裤子，打开门。他愣在门旁，手足无措，惶惶然，跟刚才说话时那副派头截然两样。

　　我取出化妆盒，一边抹口红，一边叫他坐下。

　　"坐哪儿?"他问。房间里没有椅子，只有一张床。

　　我指着旧报纸杂志堆得高高的一处，让他坐下。他屁股小心地落下，双手按在纸上，怕翻倒。我笑了起来。

　　"笑什么?"他抬头望我，一脸愤怒。

　　我将化妆盒放回包里，"我不是无家可归了吗? 你还那么小心干什么? 就当街上拣来的一个婊子不成了?"

　　他颠三倒四地说，他没想到，完全不是这么一回事。他又说，"我以为你离开这儿，远走高飞了。"

　　"远走高飞?"我重复了一句，"当然，当然。"我说，世人都神经兮兮，你也如此，我也如此，我蹲下。鸟鸣狗吠，猪的呼噜羊的叫唤，其中我还听到人的哭泣。他双肩抽搐，头埋在膝盖里。

我停住了。我感到夜晚来临太早，六点刚过，天就暗下来。窗帘已经没有缝隙；房间一团漆黑。我没有拉亮灯，而是推他上了床。抱着他，我喃喃地说："别哭了，怪可怜的。"是呀，今夜，谁来解救你呢？

鸟笼

我有意抛开自己，使她出现。

她每次都是端着酒杯出现。那酒杯里装着从水管里接来的冷水。她说，错了，是酒，不过是这个城市里销售的最便宜的酒。劣质酒，其实味道最好。她边说边捏着自己的脖子，让挤进脖子的酒倒流嘴里，然后一口吞下肚子。

家人在门外慌乱地动着。她放下酒杯，靠在方桌上，没有看门口的一个个人影，她似乎是在倾听几里之外的声音。她的头偏倒在桌面上，头发遮住一脸红红的焰火，嘴唇出奇的宽，西洋式的漂亮，但已被酒精烧得干裂，她的手伸向酒瓶，却未能抓住。她轻轻哼了一声。

门拉开了，一个人影闪了进来，敲了敲木板墙。她动了一下。那人影退了出去。

她站了起来，踉跄了一下，但她站稳了。这是为什么，我从来都希望有人送我一个礼物，但是没有人送我任何东西：一根针，一根火柴，一片落叶也行。针可刺入任何洞穴，并缝住这种那种痕迹。火柴能烧毁一切，落叶不会提醒你犯过的错误。流浪的自由，温暖的家，两者不可兼得，即使兼得，也不可能永久。

她双手摩擦滚烫的脸颊，乱发甩在脑后，将椅子上的几本书翻了翻，毫不犹豫地扔向窗口。哦，原来淡黄色的阳光只是灯光的假象，书被窗框挡了回来，吧嗒一下掉在地上。那只鸟在她的记忆中也是这样从笼里飞快地窜出，向着它当作阳光的地方窜过去，却撞在玻璃上，留下一摊血。何必呢？笼子精巧，宽敞，而且安全，可以日复一日，年复一年地呼吸，有玉米渣、碎豆子供着，新鲜的水不断。她拾起从书里露出小半截的一张照片。黑白照片边上发黄，人影有些模糊。一个女孩，瘦瘦的脖子，奇大的眼睛睁得滚圆。女孩怕什么呢？是身后的风车，转动着小红旗？不错，那天是哥哥打开鸟笼，他把鸟捉住，一只灰头、黑羽毛的小鸟，塞进笼子。用被子盖住捂紧。然后突然打开鸟笼。

　　父亲从门外长长的石阶上走下来，他把手指往石墙上敲了敲，手指上满是烟垢。她想咳嗽，但是忍住了。父亲一身是水。她这才发现正下着雨，她看不清被雨水包裹的父亲。他说，你这就坐船离开？

　　她觉得口干渴，雨斜打着她。乘轮渡过江和坐公共汽车过桥其实都是一回事。有人递给她一个斗笠。她拿在手中，没有对父亲说一句话便往雨的深处跑去。父亲担着她的行李，她跑得更快了。雨越下越大。衣服紧紧贴着她的皮肤，冰凉的雨水游遍了她的身体。她喊：父亲。但雨声盖住了她的声音，她绝望地靠着长满青苔的石头，石缝爬着蜗牛、蚂蟥、蚯蚓。雨水冲净了脏脏的路面。她伸开双手，斗笠掉在地上。她猛地转过身，父亲光着膀子，就穿了件裤衩站在她面前。她拾起雨中的斗笠盖在他的头上。斗笠从父亲头上飘过，滑过她，掉在地上，她吃惊地张着嘴看着斗笠在雨水里一寸寸滚动离开。

她靠住石头背后，一丛丛杜鹃在盛开。她必须乘轮船过江。想叫"父亲"，但她忍住了，血从她咬破的嘴唇流了出来，碱酸的怪味使她只好双手抱紧自己。她看清了，除了自己的行李，整个码头本来就没有一个人。

猫之夜

这是不幸。我反复对自己说。其实我并不清楚有什么不幸。住在这间租来的公寓已经半月之久，我试着弄清在住进这个公寓之前，我在哪里，干了些什么？蜘蛛兰、蝴蝶花怒放在每一个角落，染上花粉热的人们躺在床上，昏沉沉地做梦，一个世界一个样。

一只硕大的雄蜂扎伤了我的手指头，血沁出不少，使我免受各种花香的引诱。我沿着堆放木条的小道来来回回搬货查货。货栈里木柴东一处西一处毫无章法地横竖摆放，四周隔着铁片拼成的矮墙，不整齐的铁片上涂着颜料，看不出是画是字，但充分显示一个天才之所以成为天才的道理。跨过墙，是宽大的马路。马路左端有一个三岔路，中间的花坛上缠绕着一簇簇鲜红的玫瑰，在汽车偶尔经过时不免激动地叫起来。

我感到那种激动飞快地移向我的全身，我往回路走。

一家剧院亮着灯，那个剧目熟悉已久。似乎剧早已开场，门口已没有人看守，门厅空荡荡的，我走了进去。

拉开幕的舞台，一只猫跳下，窜入观众席中。

歌声在突然熄灭的剧场里飘来荡去。我的耳朵嗡嗡作响，我按住被雄蜂螫伤的指头，将交叉的双腿平放。台上漫飞着雪花，一队队游荡的男女嘴里唱出伤心的歌，轻而易举地瞄准了楼上倒数一排的我，灯光打在倒数一排上，幕垂下。

重新拉开幕，一个警察对一个裹着头巾的驼背说，猫失踪了，你是最大的嫌疑犯。请说你什么时间进餐馆？什么时候去地铁？在餐馆和地铁这段路上你花了多少时间？

那驼背从舞台右端退到前台，转过脸。她的脸皱纹交错，像一张网罩在那儿，但那双眼睛清澈透亮。她的手放在胸前，仿佛陷入和警察毫不相干的回忆之中。幕后，一个年轻的女声在唱一支高昂激越的歌。

警察说，你无权保持沉默，必须回答我的问题。"法律，"他吼道。

就在这时，我感到一个东西捂住了我的嘴唇，同时我的脖子被揉搓着，使我无法动弹。像一阵风那么快，那强有力的东西移开了，但在旋即离去的那一刻，却被我握在手中。我蓦地从座位站起，一边对聚精会神看戏的人道"对不起"一边走向过道。推开安全门之后，我松开了手里的东西。我不知道这东西自己跟了上来下了楼梯，来到门厅里。歌声一下消失了，门厅仍空无一人，甚至洗手间里也没有抽烟的人。

拉开剧院的玻璃门，我将衣领竖起，挡住迎面吹来的习习寒风。一只猫直立着身体，在我身后几米远的马路人行道上橐橐橐地走着。

寂静的夜里似乎只有剧院亮着强烈的灯光。跨过马路，我绕开停在路边的一辆白色跑车，手无意触及车上的水珠，冷不丁，我一下全听懂了刚才剧中那首高昂激越的歌：我们俩必须回到昨天。否则他们活不过今夜。

除非。

除非。有声音在催促。

那流利的歌声在舒缓的大提琴、小提琴、钢琴合奏中停顿了下来。一句道白："除非他们今夜会遇在一起。"

身后那只猫加快了步伐，跟在我的屁股后面，一步不离。我仍旋入刚才剧情的玄机之中，目的地在陷落，每个人都在劫难逃。我在公墓门前的十字架前停了下来，教堂的钟声使我回头望去：剧院尖尖的屋顶在夜色中只留下一个三角形框子。当时他正是从剧院的窗口探头叫我别那么快离去，他指着窗外的防火梯，是让我爬上去还是他爬下来？我没有理睬他。倒没有原因。如果有，就是我下意识地感到他鼻子太平，他裤裆里的玩意儿肯定一寸小。

我摸到门边的按钮，灯亮了。猫遮住了脸，"关掉！"它简短地说。

我按了一下按钮，灯熄了。猫径直朝窗旁的桌子走去，它拿起火柴，点燃烛台上的蜡烛，烛火使房间换了一种气氛，一种我形容不出来的气氛。我听见猫在说，"这多有情调。"我吃了一惊。

门忽然打开，我打着哈欠去关门。门关了两下才关死。一个人拱着身体站在那儿。我上眼皮紧粘下眼皮，费劲睁开，才看清是几件衣服和几顶帽子挂在门侧钩子上。我意识到，那只猫在打量我，果然它说，你的背影真美。

我回过身，看见那只猫坐在我的椅子上，手里玩着我挂在墙上的一个人面石膏像。

从猫的手中我拿过石膏像，重新挂在墙上。我发现这只猫奇大，浑身毛发油黑发亮，爪子尖长，那双蓝眼锐利地转个不停。它看了我一眼，却充满了柔情。

来杯酒？我的声音细哑。

那黑猫蜷缩在椅子里，摇着尾巴。它不置可否的态度使我觉得有意思。我给自己倒了半杯 Port 葡萄酒，刚递到嘴边，那只猫跳到我跟前，接过杯子，一口喝下去。晃了晃脑袋，似乎觉得酒不错。它把杯子递给我。一点没看错，猫把爪子放在站立的双腿间，来回摩擦。

"唰"的一下，像拉链开的声音。我一动不动：猫在大腿间那个地方往上拉开一条缝，像剥皮一样，一个男人从里挣脱出来。那张猫皮被他扔在椅子上。

洗澡间的水在哗哗地响。我躺在床上，已准备好迎接这个男人进入的全部工作。不一会儿，洗澡间的门打开了，从里面走出一个应该承认是无可挑剔的裸体男人，特别是那玩意儿，该算我至今见过的第一。

他对着镜子重新套上猫皮，仅仅露出那玩意儿，他说，这样特别舒服。

我在床上翻了一个身，故意以背对着他，一边听着脚步声在房间里响着，逼近我，那轻轻的脚步声，仿佛一支缱绻情深的曲子，我深深地吸了一口气。烛火一闪一闪映出墙上白色的石膏面具、家具、吊在屋中央未点亮的灯。椅子吱吱嘎嘎响起来。那只黑猫，不，那个套着猫皮的男人自己对自己干了起来。我从床上坐了起来：他那疯狂的动作震得整幢房子簌簌发颤，摇晃不已。

花信

"这一摇曳在风中的罂粟不是献给战死的人，而是献给你。"

"你不用说了。"

"你从坡下面的溪流边的小路一边向上爬，一边张望。是的，你会看见我和她。"

我和他已经躺了整整一天。她来了。他让她躺在自己的右侧。她盯着我看，她只可能看到我的一个侧面，我和她之间隔着他。

她注意到我的目光在炉子边的木柴上游离，便也将目光扫向那儿。我与她都意外：如此见面。

他一手护着她，一手护着我，忙不过来。我过了很久才看出她是大肚子。他紧张？一点也不。他看着书，没有感到我早站了起来，机械地走在几间房里，端菜，摆碗筷。她在那儿，不停地捂住肚子，她很警惕我，这不用说。他手里的书在一页页翻动，他的眼睛盯在那儿，什么都看不到。

"他就是你在江边起雾时遇到的那个男人。"

"对。我抽烟越来越厉害，你抽吗？"

"不。谢谢。戒了好多年。当我躺在他的怀里时，你知道我怎么想你？"

"怎么想？"

"我每天起床为他做早饭，认为站在江边的那个女人是我。哦，说真的，在那一刻，我恨不得杀了你。"

警察，不，小偷，一个正在潜逃的罪犯。罂粟花已经谢尽。我的视线集中在涓涓流淌的溪水上。

他把发呆的她一把推到落地大窗前。她的衣服一件件掉在地上。他展览她的大肚子。落地窗外正在修建楼房，所有的工人，以及街上打着呼哨的少年，三三两两的游客，打扮古怪的朋克通通把目光投向她怀孕的裸体。他的眼睛并没有看着她，而是转过身来，看着我。

名片

清洁工一早就敲门。

我从镜子里看到自己精神奕奕，便露出牙齿，用手指上下擦了擦牙齿上的痕迹。用杯子接上水，喝了两口，在嘴里捣鼓一番，吐在盥洗槽里。

清洁工不一会儿就走了。

我拉开窗帘。夙夜，进入一个完全不符合幻想的温暖的房间，这感觉只有试过的人才知道是怎么一回事。一间旅馆，加上一个陌生男人。秘密的锁等着尖锐的钥匙左转右转，进入瞬间所占有的世界。我伸了一个懒腰，拿起电话。

飞机像地毯上的舞者一样穿过粉红色的晚霞航行。已经过了十个钟头，再有两个小时，在晚霞全部撤走每一滴色彩时，飞机就该降落了。于是，我回到这杯淡淡的杜松子酒里来，一边摇晃晶莹的冰块，一边祝愿邻座交好运。我接过邻座递上的名片，读着上面的地址。好的，如此这般。我们会使彼此满意的，我答应一张世界地图铺在地板上，我站在上面，先穿上裤衩，再穿乳罩，套上黑色丝袜，我戴上帽子，挑了件红风衣。那个瘦弱的有着长脖子的女孩在说：我幻想有一个硕大的阳具把我填满，把我撑起来。我把小小的安全套放进包里时，她晃过我的脑海。我在地图上原地打了个转。这是个阳光隐匿云层，雨水在别处施虐的正午，一个没有匕首或手枪，也不需要冲动的时刻。如果能擦抹去我的名字，我多么希望自己被人一分一厘一毫不差地吃掉，消失在另一个人的体内，把多年前的事重新发生一遍。记忆，仅存的记忆，帮帮我！

我把双腿张开，等着。

电话的铃叫了。门也响。他们一如往常睁开眼睛。他们说，你必须快走，等的人太多。悠着点，一个个来。

"结果你从一座城市到另一座城市，最后选择了这地方？"

"我去了磨坊。"阴沉的市场，人稀稀落落。旧沙发、旧床、旧书、旧唱片摊在地上售卖。街中心有一个乐队，正演奏一支嗖嗖响的曲子。灰鸽画着混乱的线条飞过。那乐曲像咒语。我摸了摸口袋里几枚硬币，它们狂跳着。我朝他站着的半朽烂的木桥转过脸。

整个城市就剩下这条小溪干净。他听了，吐了吐舌头，说，你不觉得你自己肮脏龌龊，臭气熏天吗？

他一拳一拳捶着木栏杆，像捶着城市的心脏。那沉闷的声音，使我晕头转向。

我承认我玩了把戏。不骗人，我的心一分钟也得不到安宁。我朝桥头旁的小路走了。

走出门，站在台阶上，我回过身与主人告别，发现街角一个人影闪过。与主人答过话道再见之后，我走进空空荡荡的街。"等等"，身后有声音在叫。

我回过身，一个头发染成绿、红两色的男人站在一蓬芦苇旁。我下意识地摸着项链上的十字，举了起来。

那人轻笑两声，问，上你那儿，还是到我这儿？显然他把我当作了那种女人。

他指指芦苇遮住的一幢房子，"上我那儿吧，宝贝。"

我想了想，重新把十字举了起来，对准他的额头，他一下子不见了。

是谁在叫我的名字，声音极轻。我感到自己翻了一个身，双腿蜷成一团。

别慌。

我不慌。

别动。

我不动。

睡吧。

我睡。

我看见墙上那个白色石膏面具，歪倒在镜子边。

正反

沿街的人家，玻璃窗若明若暗映出房间里的家具、照片、花木，但没有人。我的脚绊了一下，踉踉地踱进一个花园。所有的花朵在水银灯下显紫黑色。那些花朵应该是火红的，像化妆盒里被无意折断的唇膏。

这天晚上，我又像童年时一样盲目地在街上狂奔。橡树在风中刮着熟悉的声音。我一会儿闭上眼睛、一会儿睁开燃烧着求欢的眼睛。

那个酒吧间。哦，那个酒吧间。

电视机正播放着足球比赛，狂热的吼声未能压倒喝酒的男女的喧闹。

"来一杯杜松子酒！"我手撑柜台，对老板说。

"小姐，是你！"

我的手收了回来。老板看到我一脸惊讶，说："小姐你怎么忘了，那天我还请你喝了专为你调的鸡尾酒。

"你最先嫌这儿冷清，说你当侍者，决不会生意清淡如此。你边说边干起来。你脱了全部衣服。只戴了顶帽子，穿了一条短裙。"

"有这事？"

"当然，"他一边往杯子里加冰块，一边说，"那天生意出奇的好。最后你仅仅在腿上扎了根绳子，夹顾客付的钱。你用阴唇衔住菜单，走来走去，让顾客看。你的身体满店堂飞。我看傻了。"

"够了，你这个意淫家！"我敲了敲柜台打断他满眼放光的想象。但他描绘的那个下流又风情万种的景象却让我心旌摇曳。我没有愤怒，也没有生气。喝完了酒，我从皮包里掏钱给他。

他不收。小姐，你不想再留一会儿？想喝什么，随你挑。

我说，谢谢你。

"肯定是你，那天晚上你全身只剩下这副鹦鹉耳坠！"

我说，"好吧！"我向他承认那天晚上我的确来过。但我来等一个人。刚坐到靠窗那个位子，我便听到了枪声，打死了一个怀孕的女人。那晚你们这家酒店什么生意都没做。

他看了看我，突然埋下头。我穿过闹嚷嚷的人群，在走进柜台后面，推开内门的那一刻，我揭下头上的帽子，朝他挥了挥，然后跨了进去。

他瘦弱的身材，像女人一样的披肩发清楚地透了过来。我站在镜子的后面，他看不见我。

他往身上抹油，很仔细，不放过一个拐弯处或隐蔽点。他擦完油，将瓶子拿在手中，靠着墙。四周倒挂着刚刮毛开膛血淋淋的猪牛羊，中间还挂着一张猫皮。

他捂着嘴，叫了一声，便沉默了。

过了一会儿，他往头发上倒油，油从头发流到脸上，他搓着脸，微微仰起头。

我站在镜子背面，他看不见我。就如同身体内血的大门必须关闭，遗物必须留给遗孀和遗孤一样，他做他预定的事。

他抚摸镜子，突然号啕大哭。

脚步声，从屋顶朝下涌，清晰，沉重。

他打开了门，然后又退了回来。他掀开离门不远的一口崭新的棺材，躺了进去。在他慢慢合上棺材盖时，我认为他就是酒店老板。如果真是他，那他怀孕的妻子呢？

诗集

一个陌生人走进栅栏。他头上戴着一顶灰帽，一双手在衣服下伸过来，放在我想有个手放的位置上。不，那是两个人，两只手交换。他们是兄弟。一会儿，一人把我卷入一种旋转机中。另一人站着，叨叨不息地讲自己过去的种种艳事，讲得具体而细微的。

空旷的舞台。我是他们唯一的观众。他们在那里对话，反诘，讲自己难以忘却的事。灯光亮得跟白天一样，跟我的脸一样。画有鱼的布帘垂满舞台。我用舌头舔了舔自己的手，感觉到自己的眼睛随着舞台变换色泽，而自己的头脑被塞到这两个男人说的境遇中去。我叫了起来。我的头上面，鱼整齐地穿梭不停，轮换着变成灯光的影子。

舞台上的男人长出了胡子。两个络腮胡继续在说话，眼光梦幻一般越过我。终于我对他们谈的风流艳事已不感兴趣。那么，我还待在这儿干什么呢？他们的下流庸俗使我的笑声像碎玻璃飞散。这两个络腮胡莫名其妙。

那是一个开头。

对，目的简单，从那儿可以到十七世纪的城堡、未来世纪的仪式。

于是我想到自己昨夜被抓回去的情景。

我被带到家里的吃饭房间。似乎三服内亲戚皆在，都是女人。我说，妈，你已经同意我走，为什么让他们把我抓回来？

我站在那儿像受惊吓的兔子。

坐在凉板的床上，母亲说，你必须答应我一件事。

家里那只猫慢慢经过我跟前，跑到凉板下咀嚼鱼刺。鱼腥臭似乎不是发自鱼刺，而是来源于房间里的女人们。母亲声音平缓，说你总让我，让这个家丢脸。

我的眼光第一次积聚了这么多年来对母亲的各种情感。母亲没有看见过。我的样子一定可怕极了，不然母亲不会闪避，动作那么大，随凉板坠落在地上。我首先想到猫必死无疑。果不其然，当众人把母亲扶在一把椅子上坐好后，抬起凉板，那只猫血肉压成一团。一个孩子在惊叫。大人拍打孩子。哭闹声。待稀里哗啦打扫一番后，房间又恢复了安静。

"你们把他怎么样了？"我问。

母亲旁边的两个女人说："把他的鸡巴割了！"她们哄笑起来，"熬汤喝了。"

母亲一边制止，一边上上下下打量我，"不是我们逼你，而是你逼我们。"她顿了顿说："你从小就想成为一个小说家。现在你靠写小说混饭吃，比要饭的好不了多少。听我最后一个奉劝：别写你自己的事！"她拿着从我包里搜去的稿子，将其撕成碎片，扔到我脸上。这就是为什么这部稿子片片断断，难以收拾成一个前后一贯的故事。

我接过母亲的话："我是你们家的耻辱，我的事都太脏。"

"知道就好！"母亲看了我一眼，朝我挥了一下手，"走吧，走得越远越好。或许你最后会找到一个他，你满意了，平静下来。"母亲怜悯地说，"那时你可以回来。"

"我决不会回来的。"我踩着地上尚未清除的猫血，抓住洗脸架，在地上擦着鞋底。我想把粘在那儿的血擦干净。

是的，虽然从那时到现在已经经历了差不多一个世纪，我已经腐烂成泥土。但我还是要讲完最后这几句话：那顶众所周知的帽子落在地上，一本薄薄的诗集掉了出来。那作者你可以认为是徐志摩，也可以想象为王尔德。总之，它是一本颜色枯黄，带有折皱和污渍的诗集。台上在表演的一切只是可怜的重复。我突然明白，所有的人为我闪开路，是因为他们闭着眼睛。他们闭着眼睛，是因为他们只想看自己。而我拼命睁开眼睛到处找他，但如果他也闭着眼睛，那我怎么能找到他呢？

六　指

乌云几乎在一秒钟之内从高空压落到江面上。像是被蛇形的闪电拖曳下来，随着便听见炸裂江面的雷声。雨猛地冲入船舱。江浪把船舱颠成一个大斜角度时，我跟跄了一下，差点跌倒。我紧紧抓住舱顶备有救生衣的木架。这种天过江的人并不多，但船内一片尖叫哭闹，好像这船真要下沉似的。

我的心也慌乱地跳着。在喧闹中，听见有人在叫我的名字，使我定了一下神，"苏蔼，"我又怔了一下，的确是在重复地叫我，虽然声音不大。我循声找去：一个闪电正好把坐在船尾椭圆形长椅上的一个男子照得清清楚楚：就他一个人，手臂张开扶在椅背上。他眉毛很黑，脸容清秀。舱内光线黯淡，没看清楚，但好像比我年轻许多，他好像正朝我微笑。

"我是六指呀！"看来是怪我怎么记不起他了。

"哦，六指！"我嘴里答应着，我一向怕别人说我高傲，目中无人，但我的确不记得这个男人。又一次闪电，船狠狠地摇摆，我再次趔趄，他却敏捷地站起来扶住我。刹那的光中，我几乎觉得他还不像个成年人，或许穿着风衣使他个头显小。

"好久不见了。"

"真的，好久不见了。"

浪一个比一个大，高高地卷起来，扑进未遮帆布的栏杆，乘客都往前三排靠机舱的地方挤。水顺着铁板淌着，我的皮鞋湿透了，凉凉的，很不舒服。这并不太燥热的天气，天气预告也没说有雨，竟下起雨来了。

　　"太巧了!"

　　"在船上遇见你!"

　　像是无话找话，但我没来得及觉得无聊。我在翻查记忆，究竟这个和蔼的青年是谁呢?

　　江浪太大，轮渡不得不开得很慢。涨水季节刚过，九月的江面异常宽阔，雨水模糊中看不到两岸。怎么办，我不会游泳。

　　"没事，"他好像明白我的心思，示意我坐到他身边的空位子上，"坐在边上，反而安全一些。"

　　天忽然亮了许多。我看见他的眼睛闪过一溜栗色，而眼白透出一点蓝紫，我从来没看到过这样的眼睛。

　　他很特殊，我感到了这点。坐在他身边，我心里踏实起来，翻船也不怕。对陌生男子，我可从不这样。可是，我仍记不起他是谁。他那种熟稔的说话口气，那亲密的神态，能肯定一点：我和他是相识已久的。我生平第一次发现自己记忆力并不好，脑子里似乎有一片毫无索引的混沌区。

　　江岸宽大的石阶上，有个孤零零的票房，绿漆已被风吹雨打剥蚀殆尽。丈夫站在那儿，我踏上跳板就看见了，心里一热，但随即寻思，怎么向丈夫介绍六指呢? 我想还是问一下六指，却发现他早已不在身边。

　　"我就猜中你会坐这班船。"丈夫手里拿着一把伞，雨却停了，伸出手掌抓不到一丝一滴。天又变得阴沉沉。

六指怎么就走没影了。我朝四周望了一眼。一船的人正在走散，在码头仅露在水面窄长无边的沙滩上，那沙滩有无数条向北向东向西伸延的石径、小道。形形色色的楼房依山耸立，彼此闪躲着，仅露出一角或半顶、一扇窗。小路边繁衍迅速的芦苇，半截淹在污水里。芦苇后的小树，如人影在晃动。烟厂纽扣厂的机器声混杂着汽笛和浪拍击岸的哗啦声。百年狮子山庙瑟缩云团后，仿佛香火缭绕。

"你在找什么？"

"六指，"我想不必说这事了，却还是脱口而出，"在船上碰见的。"

"六指？"丈夫揽过我的腰，往梯级上走，"我怎么从未听你说起过？"

我心安了，丈夫不认识六指，他的记忆力是有名的。

"这么怪的名字。瞧你魂不守舍的样子。多一根指头。"丈夫这么说的时候，我骤然一惊，想自己为什么没注意一下六指的手呢？我说，"他的眼睛有点发蓝，很少见。"

丈夫没有答话，不愿意谈这个无聊的题目。

我今天去市中心开会，小说得奖公布大会。丈夫破天荒地来渡口接我。

什么都湿淋淋的，石阶越往街上越肮脏，污水溅得我的丝袜、白裙斑斑点点。我对丈夫说："看来你的伞白送了。"

他一愣，马上反应过来。"没得奖也好。"他安慰我说。我们沿着石级慢慢走，旅客大部分已赶过去，"谁让你把现实写得那么可怕，"他声调开始严肃起来，"《未上演的火舞》《火树》《火的重量》，全是和火有关的故事，你的火情结你不累，读者累不累？"

当了多年编辑的丈夫，抖了抖倒垂着的伞的水滴，"别怪评委不给你奖，该寻思寻思嘛，这个时代，每天发生多少精彩的故事，"他笑了一下，像是嘲弄自己用这样的语句似的，"创造典型，开拓体验嘛……"

"学会幽默了。"我不再想听，"别说了，行不行？"

"耐着性子，我毕竟比你年长几岁，是你的丈夫，听听我的意见，如何？"丈夫依旧轻声柔语，但听得出有点恼怒。

"我不想听。"我将自己的感觉想也不想便说了出来。

"那么，你听谁的呢？"丈夫问。拖过的木板地已开始干了，我换了一桶清水，重新系紧围裙。这城市总是下雨，太阳很少，房间里的家具生出了点点霉斑，虫也多起来，油黑贼脑的蟑螂不时从柜底溜出一只来。墙上的钟停了，天色阴白，不像晚上八九点钟。蹲在地上擦过道里木柜的腿，我的心空荡荡的，想得不到那个狗屎奖也不至于如此输不起。

电话铃响了起来。我将湿手在围裙上抹干，拿起话筒："六指！"我低低地叫了一声，似乎怕在客厅里看电视的丈夫听见。我奇怪六指怎么有我的电话号码呢？

"哦，苏菡，你在家里？"六指的声音含有一种歉意，为那天的不辞而别？他声音听来轻飘飘的，但我感到特别亲切，好像我今天一直都在等他打电话一样。

"你能不能到野猫溪来，"他说，"瞧，今天天多好，难得有这么一个好天！"

"可我正忙着！"我扯了扯电话线，转身时却碰倒了木桶，桶滚下楼梯，水泼了一路，但一点声音也没有。

"你怎么啦?"六指听见了。

"没事,水洒了。"楼下是厨房,另有两间房,却总锁着。住户另有好房,不住在这儿。

"你穿过野猫溪那个石桥,顺溪水往上走,那儿有两个大草坪,一个在路上面,一个在路下面。不过你先忙你的,不急。我就在那儿等你。"

我都不知道六指说的是什么地方。我想向他说对不起,我去不了,那边电话已搁了。这天的晚饭不仅比平日迟,而且一开始就不对劲。"刚才谁来的电话?"丈夫不经意地问。

我还在想,那是个什么地方。六指或许本来就知道我的电话号码,当然要得到我的电话号码并不难,到作家协会或从任何一个杂志就可打听到。问题不出在这儿,问题出在哪里?

"你有点变了?"丈夫直截了当地说。他用最快的速度扒饭吃。

"什么电话?"我这才记起他刚才的话。

"别装了,你以为我没听见电话铃响吗?"

我吐了一口气,说:"是六指。"

"这个六指,"丈夫把风扇调到大档,其实下过雨后,这个号称火炉的山城并不太热,"怎么回事?"

"你说怎么回事?"我反问道。

"我对六指不感兴趣。"丈夫移了移一旁的椅子说,"我问你这几天是怎么回事?"

我吃不下去,收了菜,独自到厨房洗起碗来。我心不在焉,玻璃杯便从手里滑落,掉在地上,摔成几片。

我逐渐回到少女时代照镜子的心情,更早一点,七八岁。那时,我尤其喜欢对着橱窗或者没有一丝涟漪的水,看自己瘦骨嶙峋的模样。扶着木梯上楼时，我注意到自己竟穿了一件淡蓝花配嫩黄色的半长袖的连衣裙，这裙子很久不穿了，是我嫌它式样别致色彩鲜艳，走在街上，太引人注目了。雨像纺纱机上的丝线，挂在一所由古庙改成的小学的屋檐外。其实除了小学大门还留有古庙的飞檐画栋，里面古庙的形状所剩无几，念经房改建成两层楼的教室，礼堂还在，水泥、石头搭成的台子，墙上挂着伟大领袖的画像。领袖语录：好好学习，天天向上，立在画像左右两侧。

无室内操场，课间操改为每班自行活动。

就是说下面两节语文课，肯定是写作文了，向"十一"献礼。坐在倒数第三排靠窗的任天水同学这么理解。坐在他左边的女孩正望着窗外的雨出神。班主任的目光朝这边扫来，她戴着白框眼镜，鼻子生得很尖，个子小巧，和学校所有的老师一样的发型：齐耳垂的妈妈式。任天水用胳膊轻轻碰了碰他的同桌。我和丈夫喜欢傍晚去买菜，菜种类依旧，人却少多了，而且买完菜之后，可去江边散步。自由市场透明的遮雨篷搭建在倾斜的山坡上，像怪龙长长的身子。

"哟，这市场真是丰富！"六指穿了件白衬衣，衣服是老式的领，小了点，绷得紧紧的。他的模样很腼腆，脸那么白净，像是生了一场病似的。

丈夫刚走开，说去书摊买份晚报。但六指看到我的神态不像对我别有用心另有所图，甚至一点罗曼蒂克的调子也没有，仿佛我是他的妹妹，他是我的哥哥。可我不自在起来，感到脸在发烫。太糟糕，我对自己说，怎么像小姑娘。这个年轻人我只见过一次，仅通过一次电话。

六指要帮我拎两塑料袋番茄辣椒冬瓜，我说，这不重。我们走到一个正待拆建的废楼房旁。"很清静，这地方不错，听不见杀猪的声音。"六指说着，目光越过断墙，望着江水伸延而成的沟谷边上那个屠宰场。

"我很对不起你，六指。"将两塑料袋菜放在地上，我说。

"你没有对不起我。"

我的意思是昨晚我没去。其实我昨晚一直想去，实际上丈夫去开会，但丈夫的影子总在眼前晃动，使我感到自己是个贼，负心人。

看来六指昨晚一定等了我很久。昨晚天上的月亮，又圆又冷，像个大白玉盘。

"嘿，苏菡，别那么对自己过意不去。我给你带来一样东西，保你喜欢极了。"他的左手伸进裤袋里，说，"猜猜看。"

"我猜不着。"我要赖，为了想早些看到。

他的手刚伸出摊开，我便把那东西抓了过来：一只小铜猫正眯着眼睛，身体盘成一团，憨态可掬，不过猫的身上黑黑红红的，像被什么东西熏过，但反而添了不少韵味。

我听见丈夫生气的声音：说好了在冬瓜摊等我，却跑到这地方傻痴痴地呆站着，你看看这是你待的地方吗？让我找了好久！

我四下打量了几眼——坍塌的铁门像双臂一样无力地张开，倾圮的楼房前有个水池，石山缝里一棵黄桷树已经干枯，只有一支枝丫还挂有几片树叶，池子里漂着厚厚一层浮萍，除了池水有股霉烂味，我看不出来这地方有哪点不好。

我默默地和丈夫走着。

渡船刚靠岸，旅客穿行在我和丈夫之间，卖茶水和水果的小贩在收摊。夕阳把最后一抹光芒投在我手里的铜猫上，我将它放入包里，快步上石阶，从丈夫手里取过一个装满菜的塑料袋。

"你不是不可以在市中区分到一间房子，干吗要住南岸？房子虽然宽敞一些，但破旧不堪，办什么事都要过江过水的。"

"图清静，而且依山傍水，风景空气都好。"

"现在好多事都靠交际，"丈夫说，"你太老实善良了。"

"既然老实善良都成了我的缺点，那么，你找个不老实的老婆不更好吗？"

丈夫刚拐进砌有碎石子的倾斜小路，像不认识我似的回过头来瞧着我，因为从认识他到现在为止，我是第一次对他这样说话。体操房里传来单调的声音：下一个，重来，弹起，翻……趴在窗边看热闹的小脑袋，不是红小兵，当然够不上进体操队的资格了，不过看着那洁白柔软的垫子，一身蓝蓝的运动服，想着自己也像燕子一样翻飞，心里也甜甜的。

学生用的厕所在体操房的左上端，间隔九十米长的石梯，一个梳两条小辫的女孩提着裤子，慌慌张张跑出来，正遇到任天水经过，她上气不接下气说："有红爪爪"。

厕所里面传来哄堂大笑，一群女学生背着书包跑出来，兴奋地把一个书包扔在地上，齐声叫道："苏菡被红爪爪摸了！""苏菡被摸了屁股！"

任天水走过去，拾起书包，拉着女孩的手，过了圆门，爬上吱嘎响的木楼梯，一个小山坡，正好在学校的围墙边，那儿有一棵抓痒树。十一岁的任天水手在树上晃了一下，树就一阵摇晃，他对女孩说，以后胆子放大点，别让人总欺负你。他一说，女孩的眼泪就滚了下来。

别哭，别哭，我带你去苗圃，摘桑葚。

女孩头一回发现，这个与自己已同桌三年的任天水，竟那么多话。他成绩好，但他从未评上五好学生。每次小组意见都是说他集体主义精神不强，团结同学不够。女孩在这个下午才知道，五年级那个漂亮的数学老师就是任天水的母亲。

任天水从书包里拿出一支笛子，他神情忧郁，但手指真灵活，变化出悠扬美妙的声音。她觉得远远近近的鸟，都朝他们飞来。风一会儿止，一会儿猛吹，天色变来变去。

写作累了，我喜欢一人去江边废弃的缆车那里走走，看江上往来不息的船，对岸隐隐约约的楼房，云遮起来时，船的一声声呼喊，和我的心境很合拍。

丈夫指着我的写字台上的铜猫，嘲笑道：你从哪里把它捡回来？

你说捡回来？我重复一句。

这种破铜烂铁，要知你还当个宝似的，我就不多事，把它卖给收旧报纸旧衣服的老太太了。难怪六指把铜猫送我时，我觉得有点眼熟，而且这铜猫生有年代久了的绿色锈斑。我想不起是怎么回事。

那束从江边采来的野花撒了一过道，我像没看见一样，走入卧室，关起门来，让自己静一静。

"你根本不听人劝，"丈夫手里拿着一摞稿子门也不敲就走进来，"居然把这样一个小说的女主人公叫自己的名字。"他把小说稿放在床边，"你这是种暴露癖。"我是第一次听到这样的宣判。

我说，你看我的小说，起码应先征求一下我的同意。

他眉毛跳了跳。我没发火，但他不明白我是多么不想说这句话。以往他也是对我的小说挑骨拣刺的，对此，我谈不上不乐意。

但在这个下午，我突然感觉到自己多么可怜，或许丈夫太爱我一点了，或许他爱我的方式，让我承受不了。

带上门，丈夫下楼去了，他的心情肯定和我一样糟，脚步落在楼梯上，一声一声，听起来沉甸甸的。

我叹了口长气，倚靠床头，拿起写了一半的小说《水与火的竖琴》。房间光线太暗，我扭亮台灯。

敲门声响了起来，丈夫这次倒知道要敲门，但他干吗不让我有片刻清静的时候。我说，门开着，请进吧！门被轻轻推开，可没有人进来，于是，我抬起头，我怔住了：六指站在门口。

他说，苏菡，我正好路过这儿，便想来看看你。他手里拿着一束蓝色的野花。他真好，把过道里的花都拾了起来。

接过花，我一边让他进屋，一边说："我有一个感觉，你一直在我的房外，对不对？"

他看着我，微笑。罩在我心上的那股黯淡浓郁的霉味一下便消散了。

他走到窗前，窗外是一片小竹林。他蓝莹莹的眼睛在竹林上停留了很长一段时间，转过头来，正好对着床前我和丈夫的结婚照。"你丈夫长得很英俊，"他说，"苏菡，不过真没想到你穿起白纱裙这么美！"

但他的话，在我听来，仿佛在问：苏菡，你快乐吗？在这之前从没人这么问过我，我的眼里含着泪，我不会让它涌出来的。如果照片上的新郎是六指，或许我的生活完全不同。这个念头冒出后，吓了我一跳，这是根本不可能的，起码在跟男性的关系上，我比较传统。但我的心却不那么疼痛了。

我机械性地拿起梳妆台上的花瓶，往楼下厨房走去，想盛些水，插那束野花。

班主任孙国英习惯性地推了推眼镜，抽出一摞作文本的倒数第二本，翻开。她拿起擦子，在黑板上擦着，粉笔灰洒了她一袖子。"我让同学们看看庆祝国庆的作文应该怎样写。"

这个星期三下午最后两节语文课，苏菡耳朵嗡嗡响，和远处音乐教室传来的风琴声缠成一团。于是，她换了换交叉在课桌上放得规规矩矩的双臂。下课后，当任天水将凳子倒扣在桌子上，苏菡才想起，这天该他俩做清洁值日。她将书包放回抽屉。

黑板上是孙老师漂亮的板书：乘着批林批孔的东风……形势一片大好，越来越好……孙老师竟把苏菡从报上抄来的文章当成了样本，让全班学习，还得了"优"。

苏菡不想看黑板，她感到羞愧，低头扫着地。管值日的清洁委员李忠于跑了进来，说他等不了苏菡、任天水做完清洁，能不能先走一步？教室外正等着三个同学，准是去什么地方玩滑轮车。

任天水放下扫帚，过去接了李忠于手里的教室钥匙。苏菡细声细气说，地都快扫完了，就差抹桌子凳子了。她的意思是让任天水把钥匙赶快还给李忠于。但任天水傻傻地笑了笑，便弯身继续扫地了。

我听见房门钥匙响，忙将花瓶搁在冰箱上，心想，丈夫什么时候出去了？

这次六指必然会和丈夫碰头了，看来我最不愿意发生的事不可避免了。丈夫拿着垃圾桶，他去江边倒垃圾。

我的神情一定显得很慌张，我从不会掩饰。

丈夫马上就感觉到了，问我怎么回事？

我直说没事，没事。

他扔下垃圾桶，走上楼梯，朝书房兼客厅看了看，然后，往卧室走去，我紧跟在他的后面。卧室已空无一人，甚至连六指坐在椅子布垫上的褶皱也被抚平了。我的心轻松下来。

丈夫气恼地走入客厅，坐在沙发上，划燃一根火柴，抽起烟来。

雨噼里啪啦击打着窗框，我去关窗，却瞧见六指站在竹林旁的碎石块小路上，向我招手。我向六指做手势，雨点打在我脸上。"要关窗就快点，雨水都溅到我身上了。"丈夫不耐烦地说。

窗关上了，怕被丈夫看见六指似的，我拉上窗帘。天已经很晚。雷声阵阵，狂风凶猛。六指会淋坏的，这么大的雨！

我下楼拿了一把伞，走到门口。丈夫突然闪到我的身后，问：这么大的雨，你去哪儿？

不，不去哪儿。我竟不知道怎么撒谎。

丈夫拿过我的伞，说，你困不困，反正我困坏了，明天我还要去上班呢。

每天早自习，班主任老师孙国英都不来，由班长带读毛主席语录。翻到昨天结束的一段：凡是反动的东西，你不打，他就不倒。这也和扫地一样，扫帚不到，灰尘照例不会自己跑掉。班长用铅笔做过记号。就在这一刻，班主任孙老师走进教室，表情严肃。班长拿着毛主席语录离开讲台坐回自己位子去了。

三个白衣红徽章扎皮带挎手枪的公安人员与校工宣队的两个师傅走进教室，四年级二班的同学这才注意到黑板用发黄的水泥纸封得死死的。

孙老师和一个年龄稍长一点的公安人员说了声什么，那人点点头。孙老师走上讲台的台阶，仔细揭去用糨糊粘住的水泥纸——黑板上不就是孙老师昨天下午写的作文范本，黑底白字，清清楚楚：……在这伟大节日到来之际，我们怎能忘记台湾人民，我们一定要解放祖国宝岛，台湾人民还处于水深火热的深渊之中，过着牛马不如的生活……这是我写的。苏菡想，我背都背得出来。嗯，怎么忘了擦黑板了？她记得是擦了黑板的，打扫教室卫生，黑板不擦，清洁委员的小册子上也会记上一个"差"字。

"同学们再仔细看看。"孙老师的声音在说。大概是没有一个同学搞明白了是怎么回事，呆头呆脑地瞅着黑板，眼睛充满疑惑。

苏菡顺着班主任孙老师的手的指引：……我们一定要解放祖国宝岛台湾。

人民还处于水深火热的深渊之中……苏菡终于看清了，那个逗号，成了句号。而且移动了位置。

这又有什么不一样呢？只不过变了一个标点符号，但班主任孙老师已经肯定了这句话的性质。"这起反标，可以说是建国以来阶级敌人对我们伟大的党、伟大的人民、伟大的祖国最露骨的攻击和狠毒的破坏，而且选在国庆节前夕，可见其蓄谋已久，罪恶昭著。"

这几年常出现这种事，但很少追查到底。校门口、厕所也出现过反标，学校也紧张过，搜查书包，对笔迹，但都没有像这次这么声势浩大，教室外站着校长，政工人员，学校所在街道的几个户籍警，全是熟面孔，气氛阴森可怕。苏菡脸都吓白了。

"苏菡！"她听孙老师这么一叫，腾的一下就从座位上站起来，"昨天是你和任天水做的清洁卫生，刚才李忠于说他把钥匙交给你们。"孙老师说，"回忆回忆，谁最后离开教室的？"

"我们一块儿走的。"苏菡眼睛低垂，她不敢看班主任。

"钥匙是在任天水同学手里，是不是？"孙老师将黑板擦在讲台的课桌上拍了一下，声音并不大，但苏菡浑身直打哆嗦。"太清楚了，苏菡，是不是任天水干的？只有他有教室钥匙。"许多年后苏菡想，班主任孙国英自然也有钥匙，而且要进入四年级二班教室真是太容易了，从门上的天窗爬入，踩在门把上，轻轻一跳就在教室里了，班上好多同学忘了书包本子什么的，都这么做，况且，那个"，"和"。"的变换，更不用说有多容易，可能谁粉笔一扬或不小心一抹，就成了那个样子。

"说呀，苏菡。"走近自己的班主任语气很温和，可这比厉声逼问更使她恐惧，她发现孙老师笑起来的样子真吓人。

"不……是他！"

当任天水被带离教室的时候，苏菡还未反应过来，她弄不明白，自己怎会成了任天水写反标的证人？她是吓坏了。"不……是他！"这句话的"不"与"是他"间隔太远，班主任孙老师离她最近，应该听清的呀，自然任天水也是听清了的。

"同学们，"站在讲台上的孙国英老师说，"任天水的反革命罪行不是偶然的，你们听他交上来的作文，全是放毒：

"老师说国庆二十四周年的节日快到了，让我们写作文。每逢佳节倍思亲。我想啊想，我天天和爸爸妈妈在一起，我爱他们。但我长这么大，还从来没有见过爷爷奶奶、外婆外公。有一天，我问妈妈。妈妈说，爷爷奶奶在你生下来的时候就在乡下去世了。我算了算，不是一九六一年吗，怎么死的呢？爸爸说我的儿子和我一样，喜欢打破砂锅问到底，爸爸难过地说，爷爷奶奶在乡下没饭吃饿死的。

"我相信爸爸的话，学校总让我们参加附近生产队的忆苦思甜会，吃又苦又涩的野菜汤，我吃不下去，但一想到爷爷奶奶连野菜汤都吃不到，我一大碗就喝下去了。那么外婆外公呢？爸爸妈妈不说话了。真是太奇怪了。夜里听见妈妈对爸爸说：我爸爸妈妈一去美国二十三年，也没音信，恐怕难以生还。妈妈还哭了。

"我明白了，外婆外公难以生还，是说他们也像爷爷奶奶一样死了吗？我才不信呢，我长大一定要去找他们，我们在十一国庆节团圆，这多好啊！"太阳的余光使我身上的紫色布裙变得很淡，很柔和，跟这城市天气最好时天空的颜色一样。但我和丈夫脸上都像挂了一堵墙，家里像无人似的安静，只有吹风机的呜呜声在响。我刚洗过头发。

丈夫走了过来，说："我来帮你。"他脸上的墙出现一扇打开的门，"我们好好谈谈，行吗？"

如果你一直是这种态度对我就好了。我把吹风机和梳子递给他。

他一边吹我的头发，一边说，杂志社刚开过会，传达中宣部关于调整文艺方针的文件，要收缩了，纠正思想，报纸出版社杂志社属第一拨整顿。我拔掉电插头，对他说：你有什么话直讲行不行？吹风机停了之后，房间是真的静极了。

那好，你别生气。我看了你的小说，又没经过你的同意。小说结局能不能改改？

我用一条花手绢把披散在肩上的头发束起来。

你写的那个班主任，她和任天水的父母在"文革"前有仇，任的母亲在五十年代是特级教师，而她评不上。在"文革"最闹腾时期她没报复，是她身体不好，一直生病，而任的父母有海外关系，做人小心翼翼，甚至躲到偏远的小镇去。还有一个原因，长相平

46

庸的女人嫉恨漂亮女人。这样的安排以及心理都写得很好。

丈夫已坐在我对面的沙发上，抽着烟，不让我有插话的机会："那句反标，绝非一个小学四年级学生所为，是有幕后黑手，受人教唆，当然是父母。对这样的现行反革命嫌疑犯，公安局岂肯轻饶，迅速查出任天水的外婆外公一九四九年不是去了美国，而是逃到台湾。这样的写法也很有意思。"

"你既然在谈我的小说，那也得听我说话。"

"你先听我说完，行吗？"丈夫熄掉烟，"我是编辑，天天看的稿有一打，什么样的小说题材没见过？但你是我的妻子，那就不一样了。"

"你不用说，我都懂。"我平静地说。他心里有气，我几天不理他，或许应说他有理由，"你不就是反对小说结局：任天水的父母被抓起来，关在学校顶楼的黑房子里，让小小的任天水去送饭。你别心里有鬼，我不是写你，尽管你父母也被关起来过，你也送过饭送过水，但你们一家人现在不都活得好好的吗？"真是好了伤疤忘了痛。

"你这就明白了。"丈夫脸上终于出现了笑容，"请问，我天才的小说家，你的小说越写越疯狂，居然把你笔下的任天水父母置于一场大火中，甚至连送饭的任天水也不放过，他人小，力气小，喊叫没人应，打不烂锁住的门，看着父母被火活活吞灭，而不逃走，情愿自己也被火吞灭。这未免太残酷了吧？"

"'文革'有比这更残酷的事。"我说。

"但不必照实去写。你笔下的班主任孙国英，哦，你了不起，用了真名，现在爬上区教育局局长的位子。万一上法庭，你有足够证据？"

同名的人多着呢？我感到自己根本不是丈夫的争论对手。

丈夫又笑了。"悠着点！伤痕文学题材早已过时。这篇文字略显平实，无助你的文名。还是写点轻灵淡雅的，诗意一些的。"他的手指敲着沙发，好像这桩事情已经不必多议似的。他转了话题，"我还想早一天当父亲。"

我再也坐不住了，目光触到桌上的铜猫，我把它拿在手里，站起身来。

丈夫看到我的脸色，许久没吱声。

"行了行了，你写你的，"丈夫恳切地说，"但至少答应我别直接点人名，把这个小说的结尾改得模糊一些，这起码的要求总是可以做到的吧？"

"不——"我冷静地说，"我这篇小说不是作为艺术来欣赏的。最多不发表。但如果有杂志胆子大不怕事，敢登，我就愿意承担后果。"丈夫没再说话，我也没说话。时间仿佛隔了一会儿，可能相距很长。我的手在铜猫的尾巴上移动，神思恍惚，我对丈夫说：我的铜猫像是被火烧过？

"给你说了半天也等于零。成天火、火、火，有完没完？不就你小时遇见过一场大火吗？"

"我遇见过一场大火？"我说，连我自己都不知道，你怎么知道？

丈夫不以为然地说："你小时住的那个地区发生过一场特大的火灾，烧死了一对夫妻，好像还有一个孩子。我跟着救火队跑了一个多小时，跑去看热闹。你手里这个破烂就是我在那场火扑灭后拾到的。"

"那是什么时候？"我的声音嘶哑而无力。

"好像是一个国庆节，嗯，国庆节后吧。我记不得了。"丈夫起身，打了个呵欠说，"今天看来说不通你，瞧着，我明天会接着说的，这是为你好。"他进了卧室。满城的焰火，天空被描得色彩斑斓，一块一块，一团一团，江上的汽笛齐鸣，对岸港口绽开了所有的霓虹灯，解放碑也灯火辉煌，矗立在楼群之中。夜山城，毫无倦意地欢腾着，爆竹从小巷、街口炸入天空，射向黑暗，偶尔落下一些小礼物来，绚丽的光亮，不断映出孩子们穿着新衣奔来奔去的身影。

我无法入睡。我的眼前总晃过六指的模样，已有好几天不见他了。但我感觉到他似乎就在离我不远的地方，只要我去找他，我就可以见到他。

清晨，我走出门。浓雾遮住了房屋、树、街道，远处的山峦更是白茫茫一片。我沿着石子铺成的小路慢慢走入雾中。小路上洒满了夜里爆竹纸屑，厚厚的一层。

宽的石阶，窄的石阶，上上下下，交叉迂回在低矮和高耸在山腰的房子之间，发黑的旧木板裂着缝，我小心翼翼，以免走偏了踩到路边房子的屋顶。这时，我听到了水声，和江水拍打岸的声音不同，潺潺的，像乐曲。顺着水声，我穿过桥，向上爬石梯。石梯右旁是峭岩，左边长满了粉红色的夹竹桃，雾在朝山下退，退得很慢。

六指好像在石梯顶端站着，如那个雨夜他向我招手一样。

雾散尽。我的辫子不知什么时候松开了。雾气湿透的头发、衣裙滴着水珠。我发现自己置身于一处临江靠半山腰的地方：一个大操场在路的下面，一个小操场在路的上面，成阶梯状。操场边上大多是新盖的四五层楼高的房子。我四下看了看，径直朝小操场的台阶走去。

两个篮球架在操场两端，靠近围墙的一端有个沙坑。这是一个学校？我绕过沙坑，沿着围墙走，见一扇门，便推开，走了进去。

大概是节日，学校放假，所以安静极了，几只麻雀从屋檐飞出，几乎擦着我的头。我漫无目的地东张西望。在一座残留着八个圆柱支撑的两层楼的建筑物前，我停了下来。被截断的部分，木柱和砖有着比我的铜猫身上还深厚的黑印记，微风里竟有一股呛人的气味。旁边的泡桐树齐腰，三个双杠一个高低杠立在空地上，那么单调。我走下长满青苔的一排石阶，凑近紧闭的门：里面黑黝黝的，似乎放了一些烂课桌椅凳和锄头扫帚之类的东西，灰尘沾了我一脸。

"来呀，苏菡。"我听见六指的声音。

我走上这幢残楼嘎吱响的木梯，停在栏杆前，顺着声音望去：站在江边的六指，人影显得很小，他手里拿着一片洁净的扁扁的小石块，说："来呀，苏菡，你不是最喜欢打水漂，我们一起来玩！"

我感到脚步沉重起来，我在朝谁走去？我在朝什么地方走去？难道心是由于破碎了才那么鲜亮？

"你总是打得比我远，漂出的声音比我吹的笛子还好听！"六指在说。

我想朝他背转过身，但我办不到。

接过他手心里的小石片，我真真切切看清了：他的右手大拇指分叉出一个拇指，整个手掌黑乎乎的，烧焦了。石片一下从我手里掉出，却并未沉入江里，而是在波浪上弹琴般跳跃着。溅起的水花像喷泉一样漂亮。水模糊了我的双眼，我看不清，只感觉到石片仍在一点点弹远，然后，飞了起来。

带鞍的鹿

一把红底白花的伞出现在黑色、棕色、灰色的雨伞之中，打伞的是个女人，她擎着伞，步子很稳。雨点打在她的伞上，滚成几条线掉下伞沿，溅在地上。

那女人似乎停了下来，朝我站着的方向看了很长时间，我心里生出一种愿望，不想这个女人从我眼前消失。是不是因为她太像羊穗？她朝我的房子走来，我只觉得心一紧。紧接着，我的门上响一声、两声重重的敲门声。

我惊醒，从床上爬了起来。拉开窗帘，果不其然，在下雨。细雨霏霏之中，街上行人纷纷举着伞，却是清一色的黑伞，我打了个冷战。

"小径弯曲，边上叠着石头，这年这月这一天去找他找他。"我还记得羊穗那封信里的句子，"肠子生饥房子生空，岗岗有树，水水清澈透底。第五枝戊辰坠落生雾……"整封信就这样没头没尾，而信末注明写于一年之前。

我走回床边，整理被子，看到地上掉了一本书，不知怎么在这里的一本线装书。里面全是木版插图。我拾了起来，打开的那一页上的插图有点似曾相识，我瞧了瞧，把书扔到床上。

我开始穿衣。冬天已在身边，不能再穿这件藏青色绒线衫，翻开箱子，我找了一件厚毛衣套上。换衣时，我的手触到一件冰凉的东西：项链，三朵精致的花朵闪于眼底，这是羊穗昨夜送我的生日礼物，她偏着头把项链戴在我的脖子上。羊穗昨夜真的来过？想到这点，我很懊丧。昨夜，我头脑昏沉沉，没多喝，记忆却出了差错。墙上那面旧镜子里映出一个黑衣黑裤的女人，像个幽灵。丈夫死后，没有一天我的心不落在这深暗的颜色上。我是个人人同情的寡妇，返回故里，想找点什么东西填补自己的薄命。那天我打开锈迹斑斑的锁，进门便发现了羊穗的这封怪信，此后我就一直惶惶然不知所措。羊穗没有理由这么对待我，她不能这样对我开玩笑。现在她干脆擎着伞来找我了！我决定去找羊穗问个明白。

台湾歌星况艾艾小姐的声音飘浮在街上，像哭泣，又像傻笑，况小姐的脸毫无表情，她身段不苗条也不丰满，远比不上她的歌喉。在这个破破烂烂肮脏的闹市里，任何一种声音都是暗灰色的市嚣的一部分，连这滴答的雨声也不例外。离去多年，这个城市几乎一点也没有改变，这使我多少有些沮丧。经过一排搭篷的担担面、凉粉、汤圆摊位，我走进菜市场，菜的腐臭让我屏住呼吸，快步奔上一级级石梯，来到汽车站上。

羊穗本是我最好的朋友，但时光冲淡了一切。这么多年，占领我全部心思的是那场可怕的婚姻。我的丈夫，那时是我的男朋友，天天守在我的门口，那根电线柱子前，要我答应随他北上，去当一个助理工程师的妻子。我离开了故土，却不曾想到，这桩貌似美满的婚姻几乎断送了我，它始于热情之火，归于仇恨之火。每每想到那浓烟大火，我便后怕。这是我自己设计的陷阱！可笑的是，我是个没有什么大出息的画家，从一个城市的文化馆调入另一个城市的文化馆，始终没有起色，我的画无人欣赏。父亲、丈夫，包括那个小院都不存在于我的生活之中了，我还搞不明白，我的每一天是幸运呢，还是更大的灾祸临头？甚至我的梦，梦中我见不少人，我记不清他们是谁。到今天，我还觉得，"处于劣势"是我固定的梦境。

从公共汽车下来，雨小了，我便未再打伞，一两滴雨点落在脸上，精神一爽。细雨飘散，空气变得轻轻淡淡，雨使满街脏物流走不少，路面也干净多了。

向下倾斜的路，有人拉着一板车雪白的萝卜，从我身后窜过来，腾空跳跃，往下猛溜。一眨眼工夫，这人和板车和萝卜便没影了。我怕滑倒，小心翼翼地往坡下走。这时，我才想起自己忘了羊穗家的门牌号数。灰暗的瓦一块搭一块重叠在眼底。我记起来，她家那砖砌的平房，在高高低低的房屋中算是最好的。绕过那棵快掉尽叶子的沙树，在沙树的旁边应该有一个扔满烂瓶烂纸的垃圾堆成的小山丘。一串又陡又窄的石阶，潮湿发青的苔藓滑腻腻的，一不留神，便可滚下石梯两旁枯草覆盖的山坡。残留在石阶上的雨水，溅在我的雨靴和我手里悬挂着的雨伞上。

凭着朦朦胧胧的感觉，我找到离羊穗家不远的小树林。雨点又渐渐大起来，像紫色的丝线挂在树林中间，天上却露出几束刺眼的阳光，照着雨的帷幕。

树林实际只有光秃秃的枝干，没有一片树叶，风裹着雨点穿过树林，抽出一片响声。我将了将脸上的头发，雨在手指间流淌，一阵凉意袭来，出门太匆忙，竟忘了系一条围巾。我搓了搓手，听到了身后的叫声。不错。我想，她是该出现的时候了。我回过了头。

"让你下雨找我？"这女人看着我的眼睛。她的脸上有凄苦的微笑。雨滴挂在她的额头、眼睫上。

微笑提示了我。为了掩饰刚才的窘态，我也笑了。我没有马上认出羊穗，是由于我正在想最后一次见她的情景。那是我结婚前一个月，她来看我。她坐在椅子上，不嗑瓜子，也不喝茶，神情诡秘。她问我，你真决定结婚？我点了点头。真要离开？我还是点点头。

她低垂下眼睛，两条腿紧紧靠在一起，脚底向外翻，像一个营养不良的孩子那么坐着。过了好一会儿，她站起身，说想要我一幅画。

我和她来到旁边一间自砌的简陋房子。在奇奇怪怪的架子、颜料、纸、画布中找到插足之地，她在一张画前停住，半晌，说她想要这一幅。画上是一只鹿，鹿背上有鞍。其他部分尚未设计好，背景是山谷，非常黯淡的光，白底上只有几条灰色线，整幅画三分之二是白底。

我说这画还未画完，前景不知画什么好。她说没关系，我喜欢这种奇想，喜欢带鞍的鹿，驯服，是喜气之兆。我揭下画布，包好，送她出门。上车时，她说你不该这样。她是说我不应结婚，还是说不该告诉她我结婚？对着开动的公共汽车，恍惚之中，我朝她挥了挥手。她自己是已婚者，为什么对我的婚姻大惊小怪？

"看你又迷迷糊糊的。"羊穗一把拉住我。小树林下雨后，泥土松软，一踩一个窝。经过那幢平房时，她说，你那天迷迷糊糊的，撞到我身上还不知是怎么回事。我说，那天，我掉了一串钥匙。

"爱掉钥匙的女人得小心保护自己。"她又说起以前常说的一句话，然后伸手去擦脸上的雨滴。

　　我直着眼看羊穗，看着羊穗憔悴的脸，我说，我正要找你。但我的埋怨心情消失了。她背对那个垃圾堆成的小山丘，说："上哪儿呢？"

　　我说，"随便！"那意思是叫我上哪儿，我就上哪儿。"但为什么不回家呢？"

　　她说，女人一结婚就没了家；女人一属于男人，就没了魂。"我已经没了家，只有魂。"伸手去摸她憔悴的脸。我说，羊穗，你还活着吗？我不知怎么冒出这么一句话。她好像没听见我的话。她睁大的眼睛其实并没有看我，只是朝着我这个方向，眼光飘散开去，闪闪烁烁。

　　"你的信写得那么含糊，叫我怎么办呢？"

　　羊穗说："我写过信？"

　　我说："一年前写的。"

　　"那我怎么能记得写的什么？"她转过身去，好像要忍住眼泪。

　　回到家，我拧开水龙头，把雨靴上的泥浆用水冲了冲，将雨伞撑开在桌子边。换上拖鞋，我按下录音机的键钮，房间里响起钢琴协奏曲，进入欢乐部的快节奏。佻佻的旋律使我坐立不安，我抓住椅子的把手，放声大哭起来。

　　说实话，我记不清自己是先回了家，还是与羊穗不辞而别之后在那棵沙树前走来走去的。但我在沙树前下了决心却是肯定无疑。"石头架石头，改头换面家中树，爪子深浅，一枯一荣。"羊穗信里的怪话跳入我的脑海。看来不能靠羊穗弄清她的谜，我得自己去揭开一切。于是，我径直朝对面那幢平房最里一间走去，我敲响了羊穗家的门。

一个面目清秀，略带文气的中年男人站在门口，他问我找谁？

"羊穗在家没有？"我说。

他一听，眼睛闪了一下，但马上黯淡下去，看了看我，把门拉开，问我是否愿意到屋里坐坐？

房间里光线很弱，窗帘拉开了一半。东西堆得乱糟糟的，报纸、杂志撒了一地，被不折叠，看来，羊穗的丈夫把报社移到了家里。

他拿着一个杯子，往里放茶叶，倒水时，他说："她死了。"他说这句话时，手一抖，开水倒偏了，洒了一些在他的塑料拖鞋上。

不会吧！我刚要说，但我看见这个男人眼中真诚的哀伤，我摇了摇头。

他把茶杯放在我面前的凳子上，"羊穗不在了，她死了，有半年了。"我说："刚才我还和她在一起。"我的话使他一震。他皱着眉心从我的头打量到脚，说，我知道你，你真的变化不大。

他是近视眼。我不相信他看清了我。你怎么知道？他说他当然知道。他让我转身去看身后的墙。

我从椅子上站起来，墙上挂着一幅画：一只带鞍的鹿正欲抬脚奔出隐隐约约的山谷，奔出画纸。画上大量的空白在一寸二寸地分割余下的世界。一切都不可思议，只有这幅画和画上我自己的签名让我确信，这是羊穗的家，我跟羊穗曾有过一段不同寻常的情谊。

"羊穗是怎么死的？"我吞吞吐吐地问。他叹了口气，说他要是知道就好了。说这事一直在折磨着他。他说，因这幅画，他取了个笔名，叫陆安。

"陆安"这个名字我并不陌生，我转过身去看这个男人，第一次看出他长得不仅文雅，而且英俊。我背得出这位诗人的一首诗：

> 除了雨水　就是脆裂
>
> 江水之上　树枝间夹着一页信
>
> 蜷缩翅膀　三次了　三次都飞不走
>
> 他的心狂沙喧腾
>
> 在路边　遇见一个女人　垂着眼睛

诗虽然古怪，但情真意切，叫人羡慕这忠贞不渝的爱情，我从未得到过的爱情。我看着羊穗的丈夫，他的脸苍白，那双深陷的眼睛既真诚又善良。我只能相信他。

羊穗在江里游泳，溺死了。回家的路上，我反复捉摸她死了这个说法所包含的意义。羊穗写给我的信："这年这月这一天找他找他"、"石头堆石头"、"水水清澈透底"不太像一个正常人的思维，或许是她处于极端的恐怖之中，无可选择地将文字表达成这样。她丈夫说，一年前她曾被送入精神病院，强迫性忧郁症。或许是由于精神病才淹死的。那天她丈夫在报社开一整天会，不然肯定不会让她出去乱跑。"我没照顾好她。"他的眼泪是真的。

公共汽车摇摇晃晃地爬坡，我把注意力转向窗外，从窗子往上望，可以看见闻名于这个城市的精神病医院。葱绿的松林，高耸入云际。那儿风景的确美丽。我问羊穗的丈夫，为什么要把羊穗说成是疯子？他诧异地看着我，摇了摇头。事情越来越像这无常的雨雾笼罩在我的身上。我不愿相信羊穗是精神病发作淹死的。她丈夫难道隐瞒着什么重大关节？我的思维已被逼到尽头，胸口压得喘不过气来。隔着玻璃窗，对着外面灰蒙蒙的天空、街道、房屋、人流，我猛地干号了一声。一车的人。目光唰的一下射在我的身上。

母亲摸着我的头发，说，你真好，让我和你父亲埋在一起。我已故的丈夫躺在我身边感叹，一个已成骸髅，一个体温还未凉尽，他用胳膊捅捅我，以后我们也这样。

羊穗对着墙上那面镜子化妆，我听她讲下去，她说，两个熟睡的人没法看见彼此模样，如能看见，两个人肯定没法待在一起，属猪的是猪，属虎的是虎，属鼠的是鼠。她停住了手中的眉笔，用面巾纸擦了擦刚画上的眉，一个劲儿地说，活着多好，看人演戏，自己也演。男人，永远看他们的背影，也把自己的背影给他们看。她挑着头发叹息，她和我一样，三十一岁就有了白头发。

当我庆幸自己未有孩子时，她说，她运气也不错，总是怀不上，她吐了吐舌头，想做个鬼脸，却是一副哭笑不得的样子。

江水荡漾着一轮光波，反射在我身旁关严的窗框上。四周变得静悄悄的，我根本看不见坐在身边的乘客。江似乎不太宽，可以望见对岸泊着的船的大致轮廓，那桅杆上的旗任性地在风中拍打。

船开始行驶之后，我庆幸自己未去那个精神病医院，而是顺江而下，到了这个小镇。几只鸟频频掠过寒冷的水面。山坡上有稀稀落落的榆树、松树、生着枯黄叶片的竹子，歪斜地立着，像一根根电线杆。

在去精神病院的路上，我突然明白，把羊穗当作精神病人调查就等于背叛了她，就坐实了对她的诬蔑。我不能误入歧途。我应当帮羊穗洗刷或干脆抹去这一段历史。也许我这调查不客观、不全面，我和羊穗都是片面的人。我们活着，死去，都是片面的，有什么必要全面？

可能是由于阴雨不断，小镇冷冷清清，看不到人影。被江水冲刷干净的卵石，夹在沙与水中间，上面的纹路或深或浅，个个都像问号。

沿着一条弯曲的沙地，我找到水上公安局所在的三间砖房，打听半年前那件浮尸案。

接待我的是一个二十七八岁的警察，个儿挺高，脸长得有棱有角。他坐下后，双手捧着一个罩着塑料网的茶杯。是怕水烫还是担心玻璃杯滑手？江风灌进屋里，窗上有一块玻璃是破的。"这屋子真冷。"我站在他的桌子前说。他不给我倒茶。我看出他明显的公事公办的冷漠。

我自己坐了下来，讲明了来由。那个警察让我在一张表上签字，然后说，是有一具女尸沿江漂下，在这里被打捞上来，已经快腐烂了。很久没人来认领尸体。后来有个男人跑来，说他是这女人的丈夫。我打了个寒噤，羊穗怎么漂到这么凄凉的地方来！死到这里来！

"是陆安？"我问。

"不，好像名字不是这样，是三个字。是报社编辑，要是我没记错的话。"

我解释这是某个人的笔名。我告诉这个警察，这女的是我的好朋友，她丈夫告诉我，可以找你们问问。他脸上似乎浮出一丝嘲笑的神气。

"有什么可问的吗?"他说。

"法医的记录在哪儿?"我口气挺冲。他惊异地瞧了瞧我，然后说:"有疑点?"

我点点头。

警察掏出一大串钥匙，开门走进内室，窸窸窣窣了一阵，然后拿出一个纸夹，一边走，一边拍灰尘。他坐下慢慢翻开，边看边念，女，三十岁左右，死因:溺毙，全身皮肤无明显外伤痕迹。肠胃内无异物。他合上文件夹，轻描淡写地说:每年夏天江里都要淹死人，漂到这儿的尸体不下几十具。这是件正常案子。那张端正的脸时而拉长，时而挤扁。

我站起来，走过去。问他能否让我看一下文件。

或许是我脸上那种严重的神气使他不由自主从椅子上站了起来，但手里并未放下那个文件夹，"你想知道什么?"

"我想知道那男的凭什么说那女人是他妻子。"

他小心地翻开文件夹，看了一阵说，尸体上有项链，项链上有个金环。男的就凭这个认领了尸体。

我问金环是什么样子?

"嵌了三朵花。"他回答。

那不就是羊穗昨天送我的项链吗? 我取下脖子上那条项链，放在手里，沉甸甸的，闪着耀眼的光泽。三朵花在项链的中部，相连而成。我拿给他看。这个警察拿着端详了一阵，然后还给我，笑笑，说，就像这样子，很像。

我握紧项链，体会着环上花瓣的棱角弯度，我的心反抗着我，我感到不应该说，但还是喊了出来：不是很像！就是这一条！

警察手指弹着桌子，看着我，轻轻笑起来，"如果真的就是这条，怎么到了你手里？"

我没有回答。我只是喊起来：肯定不是游泳死的，有人害她！警察不再笑了，他的眼光看不出是讥刺还是怜悯。

反正我不相信我不会相信。我收到过她的信！我一面说，一面奔出门去。

我奔向江边，冷冷的风吹打着我的衣服，一两艘船靠在岸边，江面细窄，水流平缓得出奇，我向轮渡口走去。

雨，又飘起来，路面湿漉漉的。关上窗，我坐在床上，我看见了那本线装书，拾了起来。

突然，我的手停住了。这是一幅极熟的图：山上有一鹿，背上有鞍鞯，但没有骑者，地上躺有一个女人，似乎死了。

我感到热血在往上冒，是谁完成了我未完成的画，先我几百年上千年？那上面还有谶语：

木易若逢千女鬼
定于此处丧金环

下面小字注释：象谶皆明指安禄山之乱杨妃碎于马嵬明皇幸蜀惜当时见之不悟。

不！我喊起来。杨妃碎，就是羊穗。金环不是杨玉环，而是我项链上的金环！

鹿鞍当然是陆安，陆安害死了羊穗！他墙上挂的画点穿了凶案。不对，陆安的名字是羊穗死后取的。他有什么必要取个自投罗网的笔名呢。到底是图谶预言了凶案，还是图谶导演了凶案？它构造了国家大乱，贵妃之死，也能构造世界千变万化之后一个女人的命运？或许它注定就要被重复千次、万次、亿万次？

我瞪着眼看着这发脆的纸片，汗珠冒了出来。想到床上躺一会儿，但没法闭上眼睛静一静，眼前是纷乱的问号和词语，往事支离破碎循环往复。羊穗听我讲述童年时，自始至终没插一句话，她那副专注的神情使我泪水盈盈。

她盯着墙上的一条裂缝，目光在这条缝上游移，她说我不该穿黑衣服，这种颜色使我的脸瘦削，眼睛深凹。她说她记得我的那件粉色连衣裙，上面的荷花，不，是葫芦花，红中带黄，黄中露红，鲜艳之极。她不好意思起来，停了停才说，真迷人。她垂下了头。我说，那葫芦花是紫色显蓝，蓝中带青。羊穗用手制止我说下去，"你那天真美，把我看呆了！"她的头发剪到耳边，耳朵上分别挂着一只蜘蛛和一只蝴蝶坠子。她取下红框近视眼镜，拿在手里。我一下找到一种感觉，提起很多年前曾接到她的两个又短又干瘪的电话，那电话是说她结婚的事。我感叹当初她和我的安排真好：约定互不参加对方的婚礼。这样谁也找不到仇人。

羊穗用手指去擦镜片上的污渍，她根本不关心我的生活。当我这么想的时候，却听见她在叫我的名字，"你得为我查清底细。"她几乎是哀求，声音哽咽到听不见的地步，但我听见了，字字如针，扎在我的心上，我说，羊穗，你干吗躲着我？多年来只有一封信，我还是前天才看到。我口气里充满责难。我在这一刹那竟认为自己许多年来的不幸似乎跟羊穗突然中断的友谊有关。

黄昏时分，我又来到江边空无一人的码头上，我沿着跳板走到一个废弃的趸船上。乌云在慢慢散去，但天越来越暗，压了下来，停靠在不远处的船只亮起微弱的灯，凄厉的汽笛声，在空荡荡的江水上悠悠荡荡，散到两岸山上杂乱的民居中去。

"这年这月这一天找他找他。"如果我没有搞错的话，这个"他"肯定会出现在我凭吊羊穗的这个时候，而且一定是在羊穗淹死的这个地点。"他"既然害死了羊穗，也不会放过我。

江水倒映着两岸的灯光，波浪一阵阵翻打着趸船。风，又冷又硬，我抱紧了膝盖，望着江水发呆。但我背后的跳板上响起了沉重的脚步声。我听着脚步声。

他来了。

我回过头来，看见一人穿着灰雨衣，在小雨中顺跳板犹犹豫豫地走来。一个高个儿，背有点驼。于是我转过身，慢慢地站起来。

陆安，我早就在等你来。我画那张画的时候，天知道是谁刻的那幅版画，几百年前……现在我读懂了你的诗。

那人显然早就看到了黑暗中的我。他步子放慢，试探性地往前走。他从雨衣里掏了一件东西。

一道手电光向我脸上扫来，我挡了挡眼睛，我认出来人是下午见到的那个警察，不是陆安。

"你吓我一跳，我以为是她。"他说。

"你以为是谁？"我迎上去，逼问他。

他站住了，熄了电筒，眼睛看着自己的脚，说，"你在这里做什么？"

我一直逼到他的面前，说，"你姓魏，'千女鬼'。"

他吓一跳，问，"你怎么知道？"

"我知道。"我一字一句地说出自己的判断，"你们都是男人，你们都有可能。"

那警察脸上露出恐惧的神色。他忽然转过身，往岸上走去。

一声长长的汽笛在这时拉响，飘着细雨的码头上已经空无一人。羊穗，我注视着流淌不息的江水，对她说，你是个魂儿，你为什么就不可以安心地做个魂儿？有魂不是很好么，为什么一定要弄清你怎么变成魂儿的呢？

我把手里的项链，慢慢放入江中，它一闪便消失了。

窗边的天空露出淡青色时，我准备离开这城市，我提起打点好的行装，在关门的那一瞬间，泪水涌出了我的眼眶。我锁上门，把钥匙从钥匙链上取下，然后，像多年以前一样，我把它压在羊穗知道的那块砖头下面。

这个门为羊穗留着。当你被这个世界追踪得残缺不堪时，我希望你能躲进我的这间小屋喘一喘气，如果那时：我又一次来不及赶回来帮助你。

小 米

　　小米是我姐姐的独生女儿。一九七二年她出生时，沈阳和其他城市一样，粗粮多细粮少，米更难得。父母原是南方人，姐姐想米饭吃想得慌，给女儿取名小米。我十五岁就响应毛主席号召，从沈阳到内蒙古草原当知青，"文革"后才考上大学，分配到北京教书。父母早亡，我和姐姐分手早，感情本来就淡漠，多年未见到她。偶尔有信件往来，从未见过她的孩子，只记得信中提到在深圳。

　　我意外得到一个去香港岭南学院开会的机会，准备去时，我写信告诉姐姐。临行刚要出门，收到姐姐回信。要我经过深圳时，去看看小米。

　　世上的事情就这么巧，好像冥冥之中姐姐知我会在深圳停留，而不是直飞香港。她在信里说，她年老多病，行动不便，不能出远门。想求我一件事，已有半年没有小米消息。她担心这女儿，从小就不听话。信里附了一张三寸彩色照片，我的外甥女笑得很开心，长相挺秀气朴素，与现在女孩的美容照很不一样。她和我的姐姐很像，短发，T 恤衫，嘴唇右上角有枚黑痣，使我眼睛一跳。

深圳的五月如夏，在我的北方眼光来看，一切都新奇，人也不一样，女人水灵漂亮，很会打扮，男人小个，没北方男人那股蛮气。橱窗装饰比北京耀眼。高楼成林，街道两边种着鲜花，清洁整齐，我第一次来，却只有一天时间，来不及观赏。

我按姐姐给的地址找到小米的住处，十层楼上，却没人应，小米不认识我，哪怕从门孔里看见我，也不会开门。大楼里绑架偷盗，比北京四合院还多，那里邻居可互相照应，这种火柴盒房子，隔得人人各顾自己。

正好电梯上来，我急忙问开电梯的女人，她爱理不理地说，"去找大楼管理处，一楼左拐。"话音未尽，电梯门已经合上。

原来这幢楼多半是出租的，房主自住是少数。管理员说，我说的那间房现在住着一对夫妻，也是外地人。但是，没有我找的这个北方来的女孩，别说北方，大江南北的女孩子都以为这儿是天堂，可以混出一身金来。

"我找的人是我亲外甥女，她留给家里的地址就是这儿。没准她搬走了？"

"不会，我记得这儿所有的住户。"他的口气不像在敷衍。

我只好拿出小米的照片，让他看。他拿着照片端详，没说话。等了一会儿，他说："这小姐模样，我不能肯定她从来没在这楼里住过，楼里住的妹仔，我眼里都差不多。"

"什么意思？"我有点不高兴了，显然他话里有话。

他不回答，转过身。我只有悻悻地离开。大楼门外和北京不一样，停的自行车少，私车多。树荫覆盖，天很热。哄哄闹闹的一辆摩托驶来，停在我身边，是大楼管理员。他大声对我说，"你不妨去歌厅瞧瞧，那儿年轻小姐多，外来妹相互熟，或许你能找到你外甥女。"说完一溜烟就驶远了。

旅馆太远，回去不合算，我对逛商场没兴趣，原想去深圳大学图书馆看看海外中文报纸杂志，据说是此特区大学的一大好处。但我心里左上右下的，倒与姐姐的信没太大关系，本来亲情疏淡，见不见得着小米无所谓，也尽到了责任。是管理员那种不太正常的态度，让我忧虑。听说过不少内地女孩到特区闯天下的种种故事：开公司；炒股票；做发廊按摩服务一类；傍大款，做港商小老婆；还有做鸡的，旅馆里的鸡最便宜一百元人民币，街头野鸡是另一个价。诸如此类，心里越想越不是味。

我在一家四川餐馆吃饭，边吃边想小米。沈阳老家那些旧事像一团云在心底飞，人活着真不容易，顾了这辈子，还得为下辈操心。

远处窄长的天在转换色彩，夜晚慢慢靠近我凝视着的街道和行人。

到夜里十点多，我已在好几个中上等歌厅里看了一遍：全差不多，那些女孩子也都像一个模子倒出来。走在街上，我有点累了。歌厅在深圳起码上百家，一夜怎么看得完？可能压根儿小米就不在那里，可能早就离开了这城市。我决定回旅馆休息，明天一早还得乘火车过罗湖桥。

街口比较清静，一辆出租停下，我坐了进去。特区在夜里更繁华，坐在出租车里，马路两旁灯光直晃眼，收音机里主持人好听的声音，放着流行音乐排行榜上的曲子。马路右边，有"利口福"三字霓虹灯闪亮，抓住我的眼睛。再看一家吧，我对自己说，仅此一家，良心也安了。"停车，"我叫道。

"女士，去这种低档歌厅呀？"出租司机咕哝着，将车泊在路边。

那门不大，就涂了点红绿漆，两旁花树是塑料的，门外边的塑料地毯脏脏的。我付钱下车，就往店里走。门口的小姐截住我，上上下下仔细打量我，肯定觉得一个中年女人，单身到此，有点奇怪。每家酒店歌厅都是如此，我已经见惯不惊，终于，小姐说："欢迎欢迎，三十元一位，饮料听歌点歌不要钱。全包。请。"

里面过道不大，另有小姐带路，进了大厅。地毯、窗帘、包括墙都还干净，红漆俗气了些，生意好像不太兴隆。

我靠里一个位子坐下，一杯饮料端上来，冰水加两片柠檬。看来是个宰人黑店！这年头，又有哪个店主不缺心肝的呢？椅子与茶几一般低矮。我转过身，看到五六个浓妆艳抹的女子，坐成一排，供展览似的，生意做得非常坦率，每家一样。走廊里是一个个单间，里面不时传出男女嬉笑声。有两个男士走到那些女子面前，各挑一个去舞池。有个客人正在唱卡拉OK。

那些坐着的女子中没有小米。我瞧瞧自己这一身太规矩的衣服，怎么也觉得好笑。我的目光又在伴舞的人中查找，时兴超短发式，稀奇古怪的花哨服饰。舞池里也没有小米。凭什么，我就认定她会在这儿？

一个时髦女郎迎面朝我走来。不是朝我走来，而是往单间去。她腰肢细摆，长发披肩，白衬衣，贴身牛仔短裤，长靴齐膝，露出一段大腿。她没戴任何首饰，倒也别致出众。不由自主地，我站起来，从边上打量她，她拐过道时，我看见她嘴唇右上角有枚黑痣，"小米！"我不由自主叫了一声。

她那一回头的身姿真是迷人。她看看我，脚步却进了单间。

我推门，有警卫过来，客气地阻止我，即使没人守门，我也进不去：门从里面闩住了。我说我要进这个单间，警卫让我稍等。没一会儿经理来了，一个精明的女强人，"您不能进那单间。"她试探性地说："你是记者吧？"

　　从单间里传来女人的低声尖叫，像被人弄痛了。有男人发脾气声音。过道里的人没当一回事，都在警觉地看着我。我不回答是否记者，而是干脆地对她说：我找外甥女，远道而来，只是见见面，并不是想给她的歌厅添麻烦。

　　女经理客气地让我坐到厅里，说她去叫那女子来。等了好些时候，那女子才到我的座位旁坐下。果然，是小米。她问我："你真是我姨？你怎么找到这儿？"

　　可能我与她母亲一个脸盘子，她没盘问。她的语调不冷不热，只是想知道我这个从未见过的姨，怎么会来此处的？

　　"你母亲给我写了信，"我告诉她，"让我去香港路上顺道来看你。"

　　"我母亲？"她想说什么，却沉寂了。她的打扮跟照片上判若两人。七二年出生，今年她该二十六岁，我比她大二十一岁。她在我面前该是个孩子，但她显得很老成。

　　道路越走越宽阔，红色江山永不变。

　　毛主席怎样说，我们就怎样做。

　　哎，我们走在社会主义幸福的大道上。

　　从前的颂歌，用港台情歌调儿唱，好像在嘲讽。舞伴们搂贴着，节奏倒很合适。

　　这时，有女孩挽了个男士，从那个单间出来，大概是代替小米的。男人伸过手来，在小米脸蛋上拧了一下，嘴里说道："媚粉得很哟。"

小米没看我，等这明显心里有气的家伙离开后，小米说："姨，我没出台，就陪酒，一百元一次。"好像等着我问，她继续说，"跟人走的，出台，三百一次。经理抽百分之三十。"

今晚我来，肯定不合时宜，误了小米的事，那边干坐着几个候生意的女孩，可能整晚都不会有人要，那就整晚一文未挣。小米所说的出台不出台，此地无银。这里的女人还有卖与不卖的自由？我怎么用这样难听的词？如果姐姐知道，还能咽得过气来？我的时间不够，明天就得离开这城市，以后恐怕难有机会。

我看着小米，心里有种说不出来的感觉。小米忽然对我说："姨，此地不好说话，到我住的地方去吧。"

一片新建的住宅区，路对面有一幢，装着脚手架，估计是半拉子没完工的大楼。小米那幢楼，楼梯上下没灯，电梯也关了，她在五层，我们摸着上楼梯，她不时提醒我这儿有个筐那里有纸箱。她停下，开了锁，我放下随身小包在沙发上，像是带厨房和厕所的一室一厅。从卧室走出一个年轻女孩，问小米：这么早就回来？

小米让女孩回家，明天晚上按时来。

女孩走了后，小米带我进卧室，一个小男孩熟睡在床上。我马上就全明白了，这是小米的孩子，那女孩是保姆。"几岁啦？"我问，完全没有心理准备。孩子倒生得端正，健康。

"一岁多了。"小米说。她从茶壶里倒了一杯水给我。

"你母亲知道吗？"

她摇摇头。我怕惊醒孩子，就回到客厅，在沙发上坐下。小米塞给我一小本影册，说她先冲个澡。水声哗哗响，我感觉到小米的镇静是做出来的，她竟然欺瞒母亲一年多，最近半年没有写信，肯定又有什么事。

照片大多是孩子的，但有一个中年男子，与小米偎依着照相，不用问，是孩子的父亲。白西服，不是美男子，并不猥琐就是了。

小米洗完澡，穿着短短的睡衣。她找出一件新的T恤衫，说，"姨，你明早再回旅馆吧，这衣服洗澡后夜里穿，这沙发是床。"她拉开两个扶手，果然是个单人床。

我哪有睡意。小米坐在我左边，用手把护肤液轻拍上脸。吃歌厅饭，青春不饶人。我心情幽暗地看着，心里揣测她怎么会沦落到做这一行？那些女孩都年方二八，或许有的男人喜欢成熟的，否则，她付不起这个还像样的房子租金、抚养孩子、还有保姆费用。

"孩子的父亲呢？"话已递到我嘴边，"你大概没结婚吧？他是香港人？"

小米沉默，她的脸没有化妆品，也没有歌厅那种灯光氛围，一下子变成姐姐给我那张照片的模样，只是忧伤代替了笑容，嘴唇上那颗痣，更明显了。

"姨，你看我们第一次见，就这样，"她话未说完，低下头。

我以为她会哭，但她没有。她只是顿了顿，拿过照片，随便地翻，合上后慢慢地说："他是香港人，老家汕头，比我大十五岁，但人很好。我们已经在准备结婚，不巧我怀上孕，肚子大着不好办。我们准备孩子满月结婚。"

我问，他做什么事？

她说，做生意开饭店的老板，很有钱的。以前隔一周就从香港来。怀小孩时，也是准时每周末看我一次。后来突然就不见影了：小孩生下来，从未来过。

原来小米是被包二奶，这字眼我真说不出口。

"他求婚是真心的，"她边说边伸出左手，中指上有一枚做工讲究的金戒。"不是9K，是24K。他真的对我很好，比我妈对我好。"她打开衣柜，"这些衣服，都是他买的。我在宾馆发廊做理发时认识他的，和他好后，他养我在家里，就在你去的那幢公寓里，天天专心学香港话。"

"那他怎么不来了？"

她脸转了过去，我看她好不容易才忍住眼泪。"我不知道。没办法，我才上了歌厅，那里差不多全是结了婚的男人。男人是什么货色，我看得清楚。但歌厅收入还行，其他工作挣钱少，养不起孩子。趁现在瞧上去还可挣钱，以后，不知道咋办？"她突然转变口气，面对我，恳切地说："姨，你到香港去，能不能帮我去找他？"

难怪小米会主动领我到她住处来，难怪会这么爽直向我摊开底牌。我叹了口气，"你有他香港地址和电话吗？"

"以前我都打他的手机，现在打过去，说是用户已销号。地址从来没问过。他不说总有不说的理由，我们这种女孩都知道不应当刨根问底。"

我简直不敢相信她的话，孩子都一岁多了，父亲在哪儿都不清楚，本想指责她，但我还是忍住了。

小米说，"我上次收拾他留下的衣服，发现衣袋里有一张纸片。"她从衣柜里拿出来，"全是洋文，查了字典，是订货单，但

Lee Ho Fook，像是一个饭馆，没有地址，也没有电话号码。"

我接过来一看，"这不就是利口福吗？和你那个歌厅的名字相同。"小米脸一红。她就是到同样名字的地方挣钱，她到现在还是想着那个男人，想他可能还会出现。我问小米："你想法找过这家店吗？"

"当然，但都说找不出个名堂。"小米说，"孩子会叫爸爸了，"她从相册里抽出一张那男人的照片给我，"姨，我老得快，做这行就靠青春色相，我老了不要紧，孩子怎么办，婊子养的？孩子至今没见到过爸爸。"她终于哭起来。

岭南学院在山上，会议主题是大陆与香港的文化交流。大陆来人很多，多数是借开会名义到香港玩。幸亏我发言排在第二天，就溜了号。从电话问号小姐那儿，打听到利口福这店名，香港有四家。问号小姐给了我四个号码。一一试了，似乎都对不上，我憋出的几句粤语怎么也说不通。再与问号小姐说，她还是给出那四个号码。

我走出校园，到路边一家榨鲜水果汁店要电话簿。店主倒很客气，让我坐下，递来电话簿。我接着，掏出钱买了杯西瓜汁，喝了一口，我把电话簿还回去，问有没有以前老的电话簿？店主说：前年的，行吗？我点点头，拿过来仔细地翻，一一查对纸条上记下的电话号码。正如我预料，还有另一家利口福。

电话拨通，我问是不是利口福？那边声音太小。我问有没有陈佳顺先生？对方说没有，撂了电话。

我明白我犯傻了，不该这么问。镇定了一下，电话通后，我改了一点声音，直接说要利口福酒楼订座。对方的声音粗壮了些，也许换了一个人回答，"小姐呀，早就改名了，叫回归大酒楼。"我心里骂了一句，真他妈的跟得紧，难怪我找不着，怎么香港一个个投机生意人比赛似的爱国？我抄下电话簿上的具体地址，与电话里那人核对，地点没变，湾仔。那人非常殷切地问："小姐，你订座？几点？"

我说，晚上六点。

穿过修顿球场，便是庄士敦道。路过天地图书公司，我飞快瞄了下书，赶快出来。六点过五分，我走进金碧辉煌的回归大酒楼。坐下后，我就对侍者说，我要找老板说话。

老板来了，不是小米给我照片上的男人。他客气地问我需要什么帮助。我说，我要找一个人，我把这人年龄和姓名讲了。

"没这个人，"他仅看了照片一眼，就还给了我，"不知道。"

他的眼睛未直接看我，在我直视他时，他的眼神斜瞟过我的脸。我凭本能感觉，他知道这个人。我再追问时，他还是客客气气，但改用香港话，速度异常快，我完全听不懂。我明白我这个北方人，想在香港做侦探，绝对不行。

我坐上巴士，垂头丧气回学院的宾馆。行人极拥挤，但车辆并未堵塞。我弄不清怎么回事，只明白一件：小米被香港男人像垃圾一样扔掉了，这个男人不敢站出来。我虽然曾有过一段婚史，但离异后，觉得做单身贵族比拖家带小好。此事看来是非追到底不可，不仅在于她是我亲外甥女，而是人的尊严被伤害得惨。我一定要把这男人抓出来。

第二天上午十点，该我发言，谈大陆女权运动的发展。评讲人是岭南学院社会学系的夏教授，一个精通各种新理论的女子，普通话说得艰难，索性滑进流利的英文。

集中注意力，我也算听懂了夏教授艰深理论术语后面的要点，无非是说香港"后殖民时期"，女权运动的起点比大陆高，诉求也比大陆高。对此，我没有争议，因为我不了解香港情况。但她的伶牙俐齿给我印象很深。或许，她是个豪爽正直的热心肠。在中午便餐时，我把她拉到一边，客套了几句，就把事情来由讲了一遍。

夏教授果然比我还激动，仗义人，可能又撞上她的研究题目。她谈到政府就无证儿童问题，在诉讼终审法院，牵涉到港人在内地所生子女居港权，小老婆的子女来港，是否必须在港的大老婆同意。这将是九七回归以来最大的一场宪制争论。她马上要了电话号码，订了回归大酒楼的座。

香港的迷人在晚上，摩天大楼，海湾，中西艺术合璧的典型，比电影中的纽约还漂亮。海风习习，气温恰到好处，一袭长裙，进到酒楼里还觉得有点儿凉。侍者周到地拿来披巾，点了菜。夏教授说，"你坐好，我去问店老板。"

等了十几分钟，我越来越不安，环顾邻桌，个个打扮得绅士淑女，碰杯欢笑。我站了起来，让侍者带我去老板办公室。

在楼梯口，我就听到玻璃门里传出声音：粤语，好像争吵得很厉害，但声音逐渐低下去。我停在那儿，动弹不了。过了好一阵子，那门才打开，夏教授走了出来，板着脸。见我在门口，也不惊奇，一声不吭朝厅堂里走，我只好跟着她，回到桌前。

菜早已上全。侍者端来一瓶上好的白葡萄酒，沁着冰块，给两个杯子斟满后说，"今天的酒菜，算店里请客。老板吩咐了，请二位贵客赏脸。"

看着侍者退下，夏教授的眼睛不屑地盯了一眼，鼻子里哼了一声。

我等着她开口，她喝了一口酒，好像是让自己冷静下来。然后才说，"你是对的，老板知道你要找的人。"饭店里背景歌声，很熟，是《中国心》："万里长城永不倒，千里黄河水滔滔……"我舒了一口气，"那太好了，我们先吃饭。"

"对对，我们先吃。"她说，"这鸭舌，熏过再清蒸，我以为这样味最美。"

我尝了一口，点头称赞。为增加胃口，我转移话题，问来开会的一些人的情况。

菜吃到一半，酒喝了一半，我们几乎同时说，"那人——"我们看了对方一下，笑了，笑得勉强。是这样的，她语音尽量平缓：那人，并不像他对你外甥女说的那样，有自己的饭店，跟老板也不沾亲带故。店里小伙计，负责采购，专门到广州采购一些特殊品种，大多是这儿弄不到的野味野菜、椿芽、马齿苋等。没家小，也从未结过婚。前些阵子东南亚经济不景气，也波及这个利口福，虽然易名回归，老板也得收缩经营，不再需要大陆的一些特殊原料。这个人就被饭店解雇了。但他无处可去，一向住在饭店后楼，老板只同意他留几个星期。

小米不是二奶！这是我的头一个反应。可能她是对的，这男人爱她是真，除了他有钱这点是撒谎，那就是次要的事了。我问夏教授："那么老板干吗怕见我？这人在哪里？"

"我们先吃饭好，否则，你就吃不下去了。"夏教授说。

但我吃不下去了。说到这份儿上，我得知道底细。她就叫我耐心点，让我听着。

那人已有大半月未回到饭店，也没留信或让人捎个话。突然有一晚，老板发现他浑身是血回来。老板很生气，怎么和帮会搞在一起？他艰难地爬上后楼的房间。老板怕黑帮追来惹祸，不敢请医生。他血流尽死了。他应该有点余钱，但什么钱也没留下，也没亲友。之后，老板才知道，他参与汕头老家偷渡人蛇。不知怎么搞的，可能起了善心，帮助有关人逃跑，被安插在香港的内线，在街上追杀了。老板图吉利消灾，请先生来店做了道场。房间里用具都是店里的，墙上有张不知哪儿弄来的女孩照片，十几寸大。做完道场，老板将所有的用具搬走烧掉，重新粉饰，供上菩萨，点上香。那是一年多前的事。

"来这家饭店，大陆官方访问团特多。"夏教授说，"老板挺爱国的，当然，谁不爱国？我也爱国，你也爱国，但我有我的方式，你有你的方式，对不？"

回到山上的学院宾馆，我洗了个澡，面朝窗站着，背海的一面，树影相叠，随风摇摆。完全出乎我的意料，小米的情人——我潜意识改了称呼，不叫"那人"或"香港男人"——或许对她真是诚心诚意。我拿起电话，琢磨怎么给小米讲，我知道她一定在等我的电话。那天清晨与她分手时，她抱着孩子说，"姨，只有你可以帮我。"眼里含着泪，充满了希望。

电话通了，我刚问她这两天怎样，好不好？她没回答我，就说开了：这两天晚上她没去歌厅，就为了等我的电话。她说有人告诉她，香港刚出新政策，允许内地非婚生子女申请到香港，但必须得到正式配偶同意。

"如果有大奶的话，"她声音控制不住地颤抖，"他可能有，那也没关系，求他让她同意，包二奶的男士得在大奶面前招供，据说政策这么讲的，这样二奶仔就可到香港。他应当管我，不管我也行，我可以躲开，让他把自己骨肉带去，他以前发过誓的，绝不会让我们母子受委屈，你是不是见到他了，他怎么样，是不是有了新人？"

小米的声音急急切切，我插不进去一句话，她根本没想过我是否在听，只顾自己激动。我看看手表，过了十分钟，全是她一人在说话。我控制着，如果不是我的外甥女，如果不是她的情人遭遇不幸，我想我会非常讨厌如此情绪化的、神经质的恳求。她差一点就要哭了，我想，我应试着理解她。她的母亲若知道这一切，会理解她吗？电话那边的声音突然问："姨，你在听吗？"

"我在听。人还没找到。"终于有我说话的机会，我都不相信自己会这么说："不过，我会尽我的努力找，我明天再去找。"

近年余虹研究

一

　　只有那个年轻的邮递员，留着修剪整齐的小胡子，只有他知道这个孤身老太太早就等在那里，每次不等敲门，她的门就开了；几乎白尽的头发盘在脑后，刻满皱纹的脸毫无表情，接过他递上去的一叠邮件，那张脸回到更深的冷漠里。赌气？似乎人人都欠了她的信。邮递员想笑，声音塞在喉咙咯咯响，他低下头赶快走开。她每天都能收到六七封信，有时更多，在这难得写信收信的街坊中俨然是邮件大户。大部分信来自大学中文系和文学学术刊物。别的老太太打麻将上戏院练气功抱孙子享清福或有幸做儿女的保姆用人，她不。

　　乌砖黑瓦的房子长满青苔，一个个小厨房伸出原就狭窄的弄堂，邮递员小心绕过破筐烂罐，每家门前放着待清理的马桶，飘来一股新鲜的粪臭，他重重地打了个喷嚏。清晨街上冲过汽车摩托喇叭声，近在咫尺的市嚣一点一点匍匐过来。

　　她掩上门，给自己一个听不到看不见的空间，很安谧。其实她也清楚自己不过是在内心硬撑出一片安谧。她端坐在桌前，从抽屉里拿出剪刀，小心地剪开信边，一丝不苟地把信按一定的顺序摊在桌上——按大学与学术机构的名气排，老花眼镜把她的脸推远，和纸上的字、标点符号保持一定的距离，使她有足够的耐心，取出一个厚厚的笔记本。那笔记本质地优良，硬壳绸面，内页有些泛黄，经历了不短的日月，但保存得很好。这双枯瘦的手，老年斑也没能盖过鱼鳞一样的伤疤和厚茧，仔细地编号记录信件做文章的摘要。整个阴沉的上午，密密麻麻地在老式的派克金笔下滑入清秀而齐整的字迹。

磨得光滑的椅子，残剩的漆被新漆覆盖，新漆又被落入同样的地步，这恰如深渊上空肯定的决心，忍耐力的象征。她坐在这把椅子上，一个小时一个小时，日子艰难地从黑暗中挣扎出来，又必然无可奈何地退回黑暗。日常生活中的烦琐无聊，常会带来片刻背弃荒凉悲号的黑暗，那是她不愿触动的记忆。她很少出门。一个衰弱的老女人在遍地嫩笋似的年轻女人摆动的曲线之间，逝去的年华只留下彻骨的仇恨，黄土已越过了她的胸口直扑咽喉，她对自己并没有怜惜，也没有审慎的假定。倒挂凤尾在玻璃缸里慢悠悠地游着，天生不成比例的灯笼挂在头顶，一串串水泡从一张一合的嘴里扔出，擦着灯笼散开。玻璃杯子上沿沾着细小的水珠，有的积成一滴重又掉进水中，被倒挂凤尾吸入体内。或许曾有池塘冒着轻烟雾气，越过葱绿的树丛，汇入云端。虚假的强徒，可敬的弱者，谁又会懂得呢？至少现在这小屋的薄门给她安全、自由甚至愉悦。每个阴霾的下午，重读笔记，有时按号码找出旧信，好比在泥淖的混乱里看到神示的光芒，一瞬即逝的宽慰掠过她的脸上，皱纹像燕子来去的线条，偶尔一些活泼的幻影会从官样式的句子中跳出来，她的眼睛变得像冰一样发亮，这一切在点明一个久存于心中的预兆。她干瘪的胸部触到桌沿，信从她的手中一封封摊开，如魔术师心爱的纸牌。

1

胜利东返人士，艰难竭蹶八年，见十里洋场繁华如昔，感慨油然。余某日被友强邀至卡尔登舞场。仕女衣服丽都，霓虹奇彩炫目，妩媚而睇，狐步而舞，令人心荡神迷，目不暇接，友人忽指舞池中一翩跹丽人云：知否，知否，此即沦陷期上海著名女子余虹，笔彩华美，顾盼风流，人若其文，可谓才貌双全。友又云胜利后上海市党部拟检控余虹与伪逆关系。讵料接中统指令，谓余虹乃我方同志，地下工作厥有巨功，此案遂寝。嗟夫，如此天生尤物，必应乱世而生；世乱无已，未知祸将及于何人耶？[①]

二

黑暗漫不经心地走向她，她没有点灯，一堵青灰色的墙，逐渐打开的月光像刀子插在墙上面，紧掩的窗帘难以抵挡那已经不太近的凶戾之气，隔壁传来小孩类似笑声的哭啼，使整条里弄僵硬的外壳更加真实。她已不像当年那么害怕黑夜了，平躺在床上，她从容地回忆邮件中那些千疮百孔、但仍然挥发着墨汁香气的词

---

① 曹菊仁著《文坛秘辛》。民国三十四年香港五洲书局版。第二十八则："惊鸿一瞥见才女"。此书纸张粗劣，印数极少。唯其中涉及汪伪时期文人活动诸则，凿凿有据，似非向壁虚构。笔者曾在伦敦大学东亚图书馆珍本库见到一本，该馆拒绝笔者的复印或照相申请，无法复制供各位同人行家甄别，憾甚。

句，满足的感觉便在临睡前拙笨地来到她可怜的心中。问题是她太容易被惊醒，梦与现实的齿轮相互啮咬，白发纷乱散在枕上，她隐匿在发丝之中的脸庞苍白无力。时间之流毫不退让、顽固地只朝一个方向行进，她无法控制那冰凉的流动。

敲门声是在一个初春倒寒天冷意彻骨时响起的。

她蜷缩在床上，像蹩脚的雕塑家堆起的塑像。不做梦。梦轻俏的拇指轮换着收集残迹，随心所欲，也可以说无意之中把她变成一个攥紧的戒备的拳头。她对自己看得清楚，同时理所当然地不想看清楚。敲门声又响起。她动了一下，并不是倨于见客，只是上床好不容易等着冰凉的脚暖和过来，不想让不速之客叫起，在这春寒之夜。室内弥漫着一股霉湿味，像监狱农场，那时她还不老，能抗得住比风寒锐利百倍的痛苦。她在小得转不开身的厨房与一间做卧室兼书房客厅的拐弯处停住了，回视房中简单的旧家具，四壁光光，如一个洞穴，在灯的阴影深处，出现一丛逐渐萎谢的桂花，绕在花的折叠之中出现了久违的歌声，就在床的那头。她为自己的下意识感到莫名其妙。今夜是有点特别。

站在门外的是一个年轻女子。

2

中国文学研究权威伯克利加州大学白智教授在《东方学报》著文讨论余虹在文学史上的地位。[①] 该文认为中国现代女作家比男性

① Cyril Bert, The Flapping Wings: Yu Hong the Forgotten Feminine Feminist, Oriens Extremes Vol. Ⅳ, No. 5, PP, 225－140.

作家优秀，男作家的灵性常被各种世务俗念壅塞，或受实际政治操作所累。而五四以来女性作家冰心、庐隐、淦女士、凌叔华、张爱玲、余虹等，语言自然流动，对汉语之再生比男作家更关注。白智教授对大陆文学界重视余虹表示欣慰，并说夏志清（T. C. Hsia）五十年代末推崇张爱玲，过了二十年才在大陆得到反响；他推崇余虹，仅两年就催动了大陆的余虹热，此乃中国文学之幸。

三

他拿起雨伞，没向我告别便离开了长椅，走出二三米远，投来厌恨的目光，那么陌生，直到这个时刻我才有些明白，一个月来他躲着我，不见我，真像曼玉告诉的一样。昨晚曼玉扔下的檀香木扇子，像她周身散发的精灵般的气息，女人比男人可爱是天经地义的呀，即使女人有这错那错，也比男人强十倍……

"你为什么要把我逼疯？你装好套子让我一步步钻进去。昨天我一个人坐黄包车去赴宴，你来晚了，拉开舞伴就在大庭广众中对我发狠。"

"怀月，"他从梦中把我叫醒，我的白纺绸睡衣被拉开，他正用嘴唇轻轻吻着我沾着点点滴滴泪水的脖子。

……

女孩几乎是一字不差地背了下来，接着声称自己如何喜欢这一段。灯光照着女孩鲜红的薄毛衣，细长的脖子戴了一根银项链，五官极像某一个人，但没有那双忧郁而安详的眼睛、瘦弱细长的手指，当然也没有一张波蒂切利画中的脸。哦，波蒂切利，叠印于一层层欲死不得的痛楚的颜色之中，旋转的水是从哪里来的，又回复到哪里。打个比方，很像此刻她揣摸女孩声音动作的方式，女孩非要扶她坐在那把唯一的旧围椅而自己选择坐在床上，显然是想制造一种适合她们交谈的氛围，这还必须要有点目光随便，那随便不是说漫不经心，而是钦佩的注视中带着亲密的自如，"金鱼真可爱，游得多美！"女孩讲话之中顺便插一句。还说下次来一定带点红粉虫什么的喂它，加上她脸上的孩童般纯洁的笑容，这一切的确把她引进了一个值得继续走下去的真实世界。她突然想到自己一生中也有过如此丽人相伴的时光，她的头昏浊沉重起来。信比来客让她轻松，信无法强迫她回复，来客就麻烦得多，难以说清深沉的健忘是时间炼制的技巧，还是应该归于有意的错误和混乱，在这样一个晚上，她的背紧紧地靠着椅子，发现自己是个完全不愿意和任何人交谈的人。

幸好，能直接找上门来的人不多，一年半载或许有一个。旧相识老友早就星散，死的死，死了不再说话；活着的，却已怨恨太多，不堪回首，各走各路。那些在办公室高声喧哗的年轻人根本不知道她的名字，更不用说见过她了。她离开时，出版社还叫作"紫星书局"，而现在名称改，领导改，同事改，地址也一改再改，旧迹在流水中销声匿迹，谁还记得一辆军用吉普把她带走的那个乱雨纷纷的早晨？恐惧自然地积留在逝去的乌有中，一年年顺春风浮升开去。只有给她转信的门房、寄工资的出纳，知道退休名单上她现在的地址。

女孩从一个大牛仔布包里取出一本黑壳的旧相册，没有打开，而是抬起脸来柔和地看着她，说了下面这句话：

"你当然有她的照片咯？"

她没有回答这样具体问题的习惯，或者说女孩提及的名字再加以那种自然而然的神情一下把她抛到她不愿意置身的水中，那湿漉漉的滋味，需要一个人好好躲起来才能清理干净。

"没有，我没有。"她干脆而冰凉地说。

女孩分辨出她挣扎的痕迹，说对不起，我刚才忘了，都说您的材料已经全部散失。这才打开相册，挪了挪身体，把相册放在两人之间：她椅子的扶手上。

在她的老花眼镜下，一张已经很陌生的脸飘浮出来，细白的皮肤下仿佛可以捕捉新鲜的血脉，仿佛在证明具体而微的一个眼神，一声轻轻的叫唤，那个时代的装束发式，那个时代的动人青春，在这把应该扔掉的木椅的扶手上，整整半个世纪突然通过一张泛黄的照片倒翻过来，这动作过于急速、轻易、彻底，她措手不及，感到自己要晕倒。但大半个世纪的习惯指挥着她的理智。"不太清楚了，您看这四个相角，是我重新贴好的。"女孩的声音像一只小虫子嗡嗡响在她的耳边，她取下眼镜，那件紧裹在身上的丝质蓝紫花相互缠绕的旗袍、卷曲乌黑的头发变得模糊不清。女孩翻相册的手停住了，涂了浅浅一层玫瑰色指甲油的手指搁在枯黄的册页上，像一枚枚象牙别针，把她一动不动夹在那儿，她的呼吸急促起来。房里昏暗的灯光避开她，有意把她留给慢慢潜上来的黑暗。

3

现代文学史界大多数人的意见，认为余虹属于"新新感觉派"，着眼于余虹继承了刘呐鸥、穆时英等人致力的都市小说。上海师范大学中文系陈知山教授最近提出不同意见，他指出余虹的小说情节紧凑，色彩浓烈，语言华美，其性描写常涉颓废而不避，与当时国统区徐訏、无名氏等人风格相近，而青出于蓝。余虹最著名长篇《霓虹之都》（一九四五年）以日伪时期上海舞场男女情爱与政治纠葛为背景，只是一种历史"锚定"，徐訏《风萧萧》，无名氏《野兽、野兽、野兽》，也都以当时政治活动为恋爱故事背景，实为当时风气使然。余虹应视为海派文学的最后异彩。①

四

白色的药粒含有顽强的推动力，替她驱走了又一个无眠之夜。一个年轻女子和另一个年轻女子犹如两面相对的镜子，身影重合在一起，她躲在安眠药里装作没看见，柔软的白色房子，透明地把那个夏天的傍晚还给那个夏天的傍晚：

哦，是你，真好！她被开门声惊醒。她病了，躺在床上。空气里飘过来一片淡雅的桂花香味。你的声音甜润，说费尽力气才买到桂花，跟第一次来杂志社一样，忧郁的眼睛微显羞涩。其实打动我的不是你对我执拗的崇拜、对文学的热爱以及你的聪慧，而是你有一张波蒂切利画中的脸，从海波声里诞生的女神，那致命的脸啊！

玻璃缸里两条珍珠凤尾相对嬉戏。你看着看着掉下眼泪。当

---

① 摘自陈知山《余虹流派归属质疑》，《现代文学研究》第四卷第六期。陈教授以博学知名海内外，却没有指出他的理论本有实证基础：徐訏迟至太平洋战争爆发之后，于一九四二年才离沪，余虹创作生涯从这一年进入成熟期。每期发表余虹作品的《紫星》杂志社主持人陈雯人，曾为徐訏密友，当时上海报刊甚至称余虹为"紫星女"而不名，其中师承关系，极可寻味。——笔者注

我告诉你，我的未婚夫对你来说不是一个问题，其实他从来也不是你的障碍。好吧，他离开了我，你来了。

> 夜上海夜上海
> 你偷走了我的心
> ……

全是因为有了你还是其他？

全部，像你的全部一样。温情脉脉的歌声抚摸着一双握着的手，女人们特殊的语言相互探望，孤独缩小体积，内疚地把光线投向玻璃缸里的鱼儿。好的，就这样喃喃自语：一个美丽又格外伤感的时刻为什么应该停止？

中午太阳直射下来。屋子里的霉味固执地盘桓在衣服被子鞋家具三合土地面上，附在她一身松弛的皮肤上。快七十岁了。老编辑中，通家多矣，专家难寻。"详尽地占有史料"这专家第一要求，她当之无愧，而且旁人难以超越，她的沉默令文学界迷惑不安，猜测纷纭。

她换了一种姿势，掩卷叹息，面颊深深的鱼尾纹，顽强地掘进，两鬓白发像晒干的麻粘在头顶。正如她惶恐地等待的，从阴暗的空间传来一阵轻快的脚步声，太阳光在霉味的空气里加入使人无可奈何的压抑感，那脚步声停在了她的门口。她愿意阻止镜像与真像复合，她差不多一直就是这么做的。如果是那个女孩，哦，但愿不是她。为什么每次想到她，自己的胃便忍不住一阵抽搐，喉咙里冲上一股难闻的气味？

女孩用勺子将小红虫细心地放入玻璃缸里，倒挂凤尾过节似的穿来窜去，"我给您带来我外婆的日记，"放好勺子，女孩的脸转过来，兴奋的声音在说，"您想想，我都记不清外婆是什么样子了，现在一下子知道那么多。从她的日记中我才明白你们曾是很不一般的朋友。"

似有一把锋利的锥子，逼向她，让她举手投降，一口假牙在嘴里撕着她迟钝的齿龈，不过，当女孩把一个绸面笔记本打开放到她的手中，她的心仅仅轻轻抖动了一下，而目光越过笔记本、女孩，还有她自己，于是她将本子轻轻合上，放在桌子边，希望女孩能明白这个信号。她真心地抱歉，对任何人她都如此彬彬有礼。

"你们后来再没有保持联系？真惨！"女孩问，但她没有回答。"或许她为人妻，为人母，必须切断这段经历，这真令人伤心！"并不太亮的房间，女孩站了起来，试探性地看着她与时间宁愿弯成曲面，无力却又顽固地沉默着。"是您，是您给了她许多男人都无法给的东西，在你们认识的那些年月里……"

她知道到了无法再不说话的时候了，便张开眼睛，清清嗓子，尽可能清晰地说："我不懂你说的什么意思？"

终于撬开了她的嘴！女孩异常高兴，于是滔滔不绝起来，说外婆一直感激她的长年保护，先是汉奸罪名，后是特务嫌疑，这些罪名谁受得了！虽然受尽了罪，外婆在"文革"中也不好过，弄堂里的造反派不知从哪儿搞来了材料，说外婆曾为日伪投降而痛哭三天三夜，又是破鞋交际花、资本家老婆、暗藏的反革命，每天在里弄里挨斗。

"我没有保护任何人，我没有这个能力，"她声音苍老，此时却很清晰，"你想要什么，就直说吧，别再绕圈子。"

女孩一时不知如何说下去是好，随手拿起绸面笔记本翻着，一张剪报夹在笔记本里，当年"评茶会"的合影，当然是她，站在中间风姿卓绝，美丽超群。女孩递过剪报让她看。她却把灯拉过来照着自己。女孩的眼神里出现了她常见到的惊骇：她的眼窝深凹，两道刀伤带着飕飕凉气侧过脖子，一清二楚，然后她举起双手：粗糙，变形，左手几乎致残，不仅手指伸不直，而且在不断地发抖。

那不是我，明白了吗？

女孩打了个冷战，"我想您不至于说不认识我外婆吧？"

笑容又回到女孩的脸上。

4

首都大学比较文学所所长乐黛云教授《女性主义在中国》一文，指出中国现代文学真正具有现代女性意识的作家不多。大部分女作家写的仍是传统的闺阁文学，张爱玲为其成就最高者。丁玲为女性主义文学的前驱，可惜过早转入无性别的革命文学。余虹早期的作品，如短篇集《残缺》（一九四二年）、中篇《两道门间的风》（一九四三年）强调现代女性的自由精神，以致长期被认为是黄色小说。[①] 乐教授指出，只有心灵最开阔的女作家才能达到此境界，为女性精神找到一块福地。近年余虹生平资料络绎发现，

---

① 乐黛云教授在另一文中认为黄色与否，取决于作者态度。如果性描写只是演示男性单方面的性幻想，视女人身体为工具，即黄色淫秽小说。中国小说从《金瓶梅》直至今日流行的"《金》味小说"，均属此类男子意淫式低级趣味。

必将有助于我们理解这位作家的创作。

五

她惊恐地转开脸。女孩带来的甚至不是昔日美好的投影，而是一种利器，粗鲁地捣破那层薄薄的外壳，朝无法宣诸言辞的根袭去。

并非往事过于沉重，她本是只有过去没有现在的人，此刻更加感到面前是条没有出路的死弄堂。人类编造的历史就是这样：从第一步开始，每一步误解都以前一步误解做依据，于是整部历史似乎事事有据。

男人不过是点缀，女人是肉中之骨。你说不走了，眼光沾有雨天的潮湿……已不可能了，什么都不可能了。这坚定不移的决心来自她内心，因此她必须坚持到底。如果脱掉这几乎终年一个颜色的青蓝衣衫，换一件稍稍鲜艳的衣服，涂一点润肤膏，或者在毫无血色松弛的唇上添两笔淡淡的口红，或许她还能自认为是那部历史的延续者？

女孩又坐到床边聊了起来，说用电脑写论文，既方便又快。然后谈到她的外婆生前一些小事，听起来不奔主题，指向却很分明。

"我明白您的心，"女孩说，"您帮助创造了一个美好的神话，可能当初你们分手时，还有一番痛苦的挣扎，不得不各奔东西的绝望？"女孩握住她只剩指节粗大的手。年轻女人令人心醉的柔软，顺着她残破不堪的脉络，往她冰凉的骨头袭来，她还怕自己的血脉依然热起来么？女孩善解人意地说，"您为余虹这名字受了那么多苦，历史已经把余虹推入黑洞，您不想再把她拉出来，我能理解您的心。这样安排也好，余虹，一个永恒之谜。"

的确和女孩想象的有某种类似，那最渺茫的时刻，被定格在记忆之中，从来没有淡去。但与女孩乃至人们的猜测大有出入，不仅我们没说共生同死，甚至连告别的话也没说一声，你便匆匆拂袖而去。一九四五年叫人透不过气的夏天，原子弹蘑菇云的影子投到上海。你审时度势，迅速嫁了人。然后那个夏天完完全全堕入了乌黑的雨水之中。你知道没有一种香气可以持续。可不，她闻到几十人同居一室的汗味，混合着开口尿桶的骚臭。劳改农场改脑改心，但改不了头顶的天空。在那个清晨突然醒来的一刻，她不明白自己为什么仍然记得那人手上钻石戒指的闪光？怎么说，你想翻开这一页？呵，这一生最残酷的玩笑！雨声塞满了她的身体，夸张地响着。

5

《文学史料》今年四期刊出《余虹生平新证据》一文：上海公安局档案处应中国作协研究部所请，从彭飞的交代中找出以下材料供本刊发表。彭飞同志解放初在华东局宣传部担任领导工作，一九五三年受"潘杨案"牵连入狱，一九六五年死于狱中。抗战胜利时，彭飞在中共上海地下文委工作。彭飞坦白书此页题为"关于余虹"。

"一九四六年秋市委决议劝说大后方回来的作家停止指责沦陷区作家，消除隔阂，以利于建立广泛的统一战线。为此应让沦陷期文坛新人如张爱玲、苏青、余虹等参加进步杂志，如李健吾的

《文艺复兴》，柯灵的《万象》等。为此，我让郑振铎去联络这些作家。郑基本上做好了这一工作。只是有一次他来见我，说他很纳罕，搞不清余虹的情况，望地下党帮助查清。他去余虹作品出版者紫星书局，找到编辑主任陈雯人。陈年轻美貌，言辞锋利。她说余虹只是个投稿者，从未谋面。郑问陈余虹地址，陈取出《紫星》账本，翻出寄稿费地址，一直是一邮局信箱。郑振铎反映说余虹风格奇异，题材颓废，作品情节隐隐约约似与政治有瓜葛，有人指为汉奸特务作品，但小说不足为凭。我将郑说的情况报告地下市委杨用同志转保卫局，请求调查。此事结果如何，杨用同志从未向我提起。《紫星》杂志政治上中间偏右，标榜纯文学。记忆中陈雯人解放后出版局留用。"

《文学史料》主编伍复辉研究员按：长期以来关于余虹生平传说颇多，均无佐证。此文是迄今为止唯一确实材料，足堪珍视。公安部门应文学界所请，有选择地公布四十年以上档案材料，这也是第一次，令人振奋。①

六

她睁开疲倦的眼睛，金鱼蛊惑、温暖地升上来，它重复地翻动，柠檬黄的鳞闪着光，透过玻璃，轻轻抓了一下她的心。她放

---

① 《文学史料》编者无法看到作协机关档案，那里秘密更多。彭飞这份简短之极的交代材料实为陈雯人被捕并蒙受冤狱三十年之久的直接原因。陈于一九五三年因彭飞交代之牵连，被捕入狱，三年后，因无法定罪获释。未几，一九五七年，因为对肃反不满定为极右分子，再度入狱，押送青海劳改，一九六五年释放。"文化大革命"中因余虹汉奸嫌案再度收审，一九八二年再次因无法定罪而释放。

下剪刀、信。剪开和未剪开的信在桌上已堆了一大沓，既未整理又未记录，几天来她甚至不再读旧信。敲门声不过是荒唐的循环，她装作听不见，一些细小的痕迹表明，她走上了她一直躲开的残酷后面的那几步台阶，台阶如此明确，她却巧妙地躲开几十年。笑容为她的脸注上更加残损的注释。几十年来她第一次想看看自己的容颜。可是房间里却找不到一个镜子，她只能弯下腐朽的腰去拿洗脸的瓷盆，从厨房的水管接了半盆水，又倒了一些开水。

面对一盆清水，一个虚幻的人影，在她的手中摇晃不已，她的手松开盆沿，水仍平息不下来。空气里喧哗着过路人的声响，她的手放了回去，脸埋进水里，然后仰起脸来大声喘气，水顺着面颊流下，滚落。她动作缓慢地脱掉外衣，换了一件黑红花交错的夹衫，红花只是仅仅隐约可见的小圆点。她以不同寻常甚至用几十年不曾有过的心情等那女孩。

正如她所料，夜晚翻过白日，刚刚展开疲倦的一袭黑衣，女孩就来了，问她是不是病了？嘘寒问暖之际，拿出每次不忘而且包裹得漂漂亮亮的礼物。她的五成新的衣服显然让女孩很高兴，女孩的话是真心的。女孩不提前几次被拒之门外的事，她也没必要解释。

女孩开门见山地说她找到了外婆的手稿，明显与余虹的诗几乎完全一样，在世的余虹诗作，她知道，不过七首。

她站了起来，把女孩给她的一页复印的字拿到桌前，拧亮台灯之后，戴上老花眼镜，娟秀的笔迹一如那张她发誓永远以陌生人待之的脸：

之　后

选择一种花

比如百合

残存的恐惧后依然有淡淡的香味

可是我叙述的每一件事

显得失去了意义

从你放上来的手

我明白

天依然很黑

"您看，与《紫星》上发表的只有一二字不同。虽然有些暗示恐怕她和您两人知道。我可以想象那是一段多么美丽而惊世骇俗的罗曼史。"

她打断站到桌子背后正说得来劲的女孩："这是她抄的诗！"

"我查过日期了，"女孩并不理睬她一脸愠色，照样温柔清晰地发出每一个音节，"我外婆的文字在前，《紫星》发表在后，肯定是她的作品，这是我外婆即余虹的确证。"

她的手在玻璃缸上轻轻摸着，如果水中的鱼儿是她，那么她就不会后悔了，是呵，你的确了不起，你总让我没有退路可走。她转过身看着女孩。背光的侧影让女孩的眼睛在神秘里闪烁。这次真的被逼到了底，几十年来没有在任何威逼下透露的秘密，有可能守不住。这个女孩绝顶聪明。与其与之耗时间，还不如自己翻开底牌。

"好吧，既然你如此肯定，我只好告诉你，没有余虹这个人。"

"那么我外婆呢？"女孩天真但焦急地问。

"你外婆与此无关，她不是余虹，她只是常帮我抄稿。"

女孩的无邪在一瞬间全部消失，突然声色俱厉地说："你这么说对得起我外婆吗？"

她声音颤抖却明确："这不是怎么说的问题，而是事实。"

"怎么知道你说的是事实，我说的不是？或是我说的是事实，你说的不是？"

"你……你放肆！"她像一片薄纸飘落在椅子上。

女孩靠近她，手放在她弯缩一团的背上，语调比先前更加温柔，"五十年来这么多人对你放肆，你怎么不朝他们发火？"

停了停，女孩说知道余虹是在她们特殊感情下产生的，如果外婆能活到今天多好，她们可以一起庆祝历史给余虹应有的地位。

她一句也未听。盘子里的罗宋汤鲜艳的色彩在晃着眼睛，她和那人离开座位，走出典雅精致的西餐厅，两人的旗袍开衩很高，碎步轻盈，高傲的脸，是的，两个人都很高傲——那每个人，或每对人只有一次的青春时代。

6

上海《文汇报》五月十七日报道：

历史迷雾终揭破，祖孙才女传佳话

青年女诗人符蒿昨午在复旦大学中文系学术报告会上做了"余虹身份研究"的专题报告。她在报告中用幻灯投射手稿、信件、日记、照片等，证明余虹是她的外祖母林玉霞的笔名。与余虹作

95

品印证，无不相验，足以令人信服。符蒿准备在大量资料基础上，撰写我国第一部《余虹传》。在回答记者问题时，近年来诗名日著的符蒿表示，家传的文学气氛，帮助她形成自己独特的文风和精神追求。

七

她没能在笔记里记下这则有关余虹的新闻报道，这是她唯一不知道的关于余虹生平新资料。她的笔记本锁在抽屉里也未能取出。

玻璃缸里的水所剩无几，张着嘴呼吸的鱼是一个芬芳的象征。她心慌气促，点起了一支烟，但又按灭了。她们俩凭着外白渡桥栏望着黄浦江，她迷惑地问："你为什么要用笔名发表呢，怕麻烦，还是开玩笑？"她对那声音摇摇头。没有一种香气可以经得住所有的雨季，但香气进入另一个身体，活下来就不一样了。

秘密之径纵横，永远把她引向歧境。历史无情，你愚弄历史，历史必反过来愚弄你。而她一生为之受苦的却不过是一个小小的名字，盘桓在她内心的抗议早已决定了输赢，谜来自于她，在她想怎么处置它时，她仍旧是它唯一的主人。

她颤颤巍巍移向床，非常小心地躺了上去。乌黑的水卷走炸裂在心底的碎片，带走了记忆中的一切，夜上海之歌也好，飘着雨点的清晨以及波蒂切利式的脸也好，都显得如此媚俗。生命轮回往返，大都一样，但是偶尔也有例外，如果适逢这千千万万的偶然，她能得到，她将重新开始一生，不伪饰不苟且，做一个真正的女人。试试，是的，一定得试试。她下决心这么做，于是她就这么做了。

　　雨绵绵的暮春之晨，邮递员又走过她的门前。

　　他原以为这个老太太会继续给他的工作增添负担：每天得退回一堆信件。他没想到信件不仅少了，而且几乎立即绝迹，再没人寄邮件给这个连骨灰都无人存留的名字。

内　画

　　小毛晕倒的那个下午，太阳光刺白，吸口气，像是从炉子中吐出的炭火。他身子一偏，抓住路旁的电线杆，电线杆太滑，他眼一黑，倒在了地上。过了几分钟，或许更短的时间，他觉得有人俯下身，将他抱起，脚像是碰到门框一类的东西上。身体被放平。有人分开他紧闭的嘴，往里灌一种苦滋滋的水。然后，他脑子模糊一片，睡着了。

　　门"咣"一声关上。小毛身子动了动，四肢无力、瘫软，喉咙干渴得厉害。他睁开眼睛：一个窗台，堆满发黄的线装书，像破烂砖头。房间里有股浓浓的草药味。小毛马上猜出自己在下石板坡那个孤老头家里。老头会摸脉看病，平日这一带的人有病去找他，没病记不起他。老头傻瓜夜壶一个，一旦有人去找他，他仍给人看病。

　　小毛一脚踩在地上，趿了床底的凉鞋。房子光线暗暗的，墙纸一块块飞起，斑斑脱落，书柜、桌子和床，几件简单的家具，都旧兮兮的，漆磨得只有缝里的还在，却很干净。小毛东盯盯西瞅瞅。柜子旁边倚墙钉了许多木架，最下面搁着一束束一捆捆草药。第二格全是大大小小的瓶子，有些空有些满，装了不少跟谷粒一样的东西。他的手摸住一个两寸左右高的瓶子，瓶子呈泥巴色。小毛往自己布汗衫上擦，瓶上的灰把衣服弄得一道道黑，这才露出圆润光滑来。他把手指往瓶口插，只进得去小手指。就这么丁点大洞口。掉在草药上的盖，跟玻璃弹子球差不多，晶莹透亮。小毛越看越喜欢，合上盖，想也不想，就放进了裤袋。踮着脚，轻轻推开门，外面是厨房，厨房靠墙有两条长凳，平日老头在这儿看病。街上一个人也没有。太阳还恶狠狠挂在天上。小毛提提裤子，顺着屋檐朝家里走去。

小毛掰着指头数哥哥从船上回家的日子：应当就是快开学的这几天。今天忘了数，哥哥却回来了。惠姐站在哥哥的身边，在帮着整理哥哥的帆布包，漱口用具洗换衣服啦，还有夹到这些东西里的花生、红枣。惠姐的辫子剪短了，垂到肩上，很精神，特别是她的眉、眼睛和嘴唇跟描的一样好看。

小毛心里叫她嫂子。

送走惠姐，哥哥说："妈，别再给人带小孩、洗衣服了。"

"你爸那点抚恤金，你那点工资，怎么活。"母亲一边洗碗，一边说，"你办喜事需要钱，我身子也硬朗，还做得动。"

哥哥想说些什么，嘴动了动，没说下去。哥哥一时半会儿结不了婚，惠姐的父母不同意女儿和她的同学恋爱。那个势利眼，成天泡一杯茶，有什么了不起的，不也跟爸爸一样，是船上的轮机手？以为女儿漂亮，应当高攀，不是永远做女工的土坯子。

托儿所院墙下，是聚集的老地点。椭圆的一段墙，有一片灌木。茂盛的野草中洒落着臭烘烘的白花。小毛去晚了。他就蹲在墙脚跟。托儿所与中学相对，中间隔了个水塘，里面浮满了烂菜叶和胡萝卜缨。

三条黑影窜过来，高个，走在前面的是柳云。小毛赶快站了起来，说他哥哥工休回家，看得紧，一时没能出来。

柳云居然没怪他，手里拿着一摞书，扔到塘沿边。顶上一本画着一个外国大胡子。那是小毛盯了很久的东西。小毛不急，柳云不喜欢书，只是好偷书、好女孩子。

柳云大小毛三岁，初中未读完，便在街上整日晃荡，抽烟，喝酒，唱黄歌，什么坏事都他领头，人却生得像白面书生，加上会几套拳脚，爱打抱不平，在这几条街，有一呼百应的威风。蝉儿像突然发现他们，叫了起来。风热腾腾地吹着。小毛拍了一下叮到胳膊上的长脚蚊，没打着，便被柳云拉到路灯下。他注意到柳云的头发，用火夹子烫了两道波浪，衬衫干干净净，不像小毛和其他街娃大热天总是脱光了上身。扒图书室窗的活轮不上柳云亲手做，柳云总是远远地指挥。

"你家来的客人是谁?"柳云问。

"我嫂子。"小毛说。

"甩人现脸!"柳云说，"还没过门，嘴吃了糖。啥子时候也给兄弟我介绍一个你嫂子那么鲜货的。"

柳云口气玩玩耍耍的，而神态是真动心。他换了好多女孩，每次一追一个准。小毛急了，想拔腿就走，手却从袋里掏出小瓶来，捏在手里。他看了看柳云，咬咬牙，递了上去。

柳云不以为然地接在手里，昏黄的路灯下瓶子十分一般。

"把你腰上的手电筒打开，看这儿，两条鱼嘛!"小毛说。

柳云不用手电已看到了，瓶子玲珑晶莹。他左右端详，"我要了?"

"那你就别找我嫂子那样的!"小毛说话不太清楚，但意思很明白，你别打我嫂子的主意。柳云的风度是头档，没有女孩子不喜欢他的，他想干什么肯定能干成。

"你想到哪里去了？见了你嫂子我会躲得远远的。"柳云拨亮手电筒，一束光强烈地对着小瓶，"哪是鱼呀，两个人抱着，古人的头发，还有树，山水。"柳云尖叫，"没穿家什，光板板的。"他让小毛看。小毛胆子小，听他一叫，更不好意思看。柳云指着塘沿边一摞书，说："小毛，那些书都归你了。"

哥哥白天在一个建筑工地打零工。和惠姐谈恋爱是在晚上。小毛再捣蛋也只能装乖。被哥哥强迫休息的母亲，在家里料理家务。母亲腾出空来，长了几双眼睛盯小毛的功课，小毛的上床、起床、吃饭、上厕所。小毛急得像笼里的猴子。

这天小毛上街打酱油，前脚跨出店铺就瞥见那个孤老头朝三岔路口走来，衣服比平常还邋遢，眼睛东望望西瞧瞧，蹩手蹩脚的。正在挑菜的中年妇女握住在吃冰糕的胖女孩，拦了老头，叫胖女孩亮出舌头，让老头看。

老头手一甩，自顾自地走路。

女人跳起来，越过摆菜摊的小贩，骂老头，骂得三十六朵花儿开，是街井最普通的一类。

"去，去，去医院！"老头冰冷地冒出话来，踉踉跄跄，走上石阶。

女人没料到，忽地闭了嘴。街上看稀奇的人也怔住了：老头从来是看不起医院的，而且，一向比糯米圆子还好打整，今天是怎么啦？

小毛脸白了一秒钟红了一秒钟。又不是偷，那种瓶子，老头多的是。一定不是为了这个事。小毛还是闪进一个门洞，等到老头走过才出来。

"小毛，你好好看着我。"母亲把一碗炒绿豆芽放在桌上，碗里一点油星也没有。母亲手在围裙上擦了擦，"你干了什么？"

"没干什么。"小毛声音细弱。

"你会赖，你敢对我赖？"母亲拿准了他似的斥道。

小毛用本小说盖住脸。母亲拿了酱油，说等你哥哥回来，让他和你谈。

"谈什么？"小毛不怕母亲，但怕哥哥，跟怕爸爸一样。爸爸工休回家，就带哥俩去山后溪沟或堰塘钓鱼。爸爸不生气时总是笑眯眯的。哥哥和爸爸长得像，五官线条粗，黑又壮，极神气。小毛则细皮嫩肉，怎么晒，也晒不黑，在太阳下乱跑一天，不过微微有点泛红。这点，就让他有种立不起桩桩的感觉。

"刚才户籍来过啦，香烟厂又丢了几箱烟。加夜班工人看到，几个半大孩子干的。"母亲在准备凉面的调料，"去派出所坦白会从宽，不然要关鸡圈坐牢的！"

小毛出了口长气。他扔下书，笑容绽开，到母亲跟前，给母亲扇扇子。他向母亲保证，自己不会做那种事。浑身上下热络撒娇。母亲摸不着头脑。小毛想这种事还有谁，肯定是柳云。

晚饭后，每家每户将椅子、席子、凉竹棍搬到房外准备纳凉，午夜气温退去后才进屋继续睡觉。

邻居老五一见小毛妈妈就说开了："那几个偷烟的龟孙子，已被逮着了。"

"逮走了？"小毛妈妈问。

邻居脖子瘦长，趿一双木板拖鞋，点头说："何止烟，啥子都偷。逮得好，逮得好。"

正在往竹躺椅周围泼凉水的小毛，瞅着母亲，眼一溜，那意思为：不是我吧！母亲笑了。这下柳云算完了。小毛可惜瓶子。瓶子上的云和山水，近在面前似的移动。他后悔送掉它。盆里的水淋在了脚上。

哥哥和惠姐一前一后进门。小毛忙着给他俩倒凉茶开水。这时有人叫他的名字。

小毛从窗口望去，吓了一跳，柳云站在街沿上。偷香烟厂的不是他。

柳云不请自进，说来找小毛借本书看。这家伙从不看书。小毛嘴里说，我这就找。惠姐给柳云让坐。哥哥在厨房打洗脸水。惠姐说，喜欢看书，都爱看些什么书呢？

柳云装得倒跟真的一样，说他喜欢看故事。

惠姐笑得灿烂。在小毛听来，她说话声音都变了。柳云外表长相，不像十七岁的少年。

小毛拿了两本书，自己先站在门外，说："书都在这儿啦！"

柳云有礼貌地与惠姐道再见。哥哥端着脸盆进屋，和柳云正擦肩而过。

柳云三步并两步在前面，小毛后面紧跟。在水塘边，小毛还未说话，柳云转身推了小毛一掌。小毛结结实实坐到地上，正好是个凹坑，积满了污水，小毛汗衫裤衩溅了个透，手里的书也落进了泥里。

柳云说："看你心眼歪斜着，不欢迎我！我确实他妈的是借书。"

"你龟儿说话不算话。"小毛爬起来，突然头一拱，柳云没注意，一个跟跄，险些下了水塘。"你还我瓶。"小毛嘴里叫嚷着。

"你说话算数？"站稳后的柳云火了，"给的东西还能要回？"他对小毛真动手了，又狠又蛮。

"下次再敢那么对老子，老子就叫你喝干一池子臭汤。"柳云说。

柳云没有毒到底，还算手下留情，小毛便更恨柳云。

母亲见小毛一脸是血，慌张了，怕邻居看见，伸手把小毛拉进房内，将房门关上。

小毛不说，那是鼻血，他一声重一声地呻吟。哥哥在桌子后问："谁干的？"

小毛脸上没表情，像没听到哥哥的话。母亲用棉条塞住小毛鼻孔，擦去他脸上的血，叫他朝后仰。"造孽啊，小毛，怎么弄成这样？"小毛最烦母亲流泪。

小毛的确周身都痛，而且身上一股脏水臭味，但不是母亲和哥哥看到的那种疼痛。

母亲打开五屉柜，找干净的衣服，记起来了："莫不是晚上来找小毛的柳云？"

小毛没摇头，也没点头，有母亲这句话就够了。哥哥绝对会去找柳云。哥哥饶不了柳云。

母亲把小毛清理干净，在有青块的地方抹了酒、蓝药水。小毛躺在母亲的收折竹椅上。母亲给小毛摇扇子。

大小星星，像一个个飞虫，跟云捉迷藏似的躲闪。风凉了下来，街上已经没有行人走动，很静。母亲和小毛回到屋里。

"你哥哥呢?"母亲眼光四下找寻一遍说。

小毛从床上坐了起来,说去找哥哥。母亲将小毛按住了。

这一夜小毛尽做噩梦。他大喊着醒来,已是清晨。记不得昨夜哥哥是什么时候回来的,昨夜发生了什么事,他也记不得了。家里空无一人,母亲可能到集市,买从郊外刚挑来的蔬菜,哥哥当然是上班去了。

小毛从水缸里盛了半瓢水,喝了两口就泼了。他发现窗框上搁着半页纸,压了块烂砖。

他拿了起来,字迹歪歪扭扭,落款是柳云。柳云在字条上说,事情算拉平,他不会再到小毛家来,小毛也别找他还东西。小毛心里打个疙瘩,这不是柳云,柳云多倨傲的人物呵!想来柳云是被哥哥揍服了。

怪糟糟的,小毛嘴里咕哝,感到四肢一点儿也不痛了。把字条揉成一团,扔出窗子,小毛在心里原谅了柳云,他应该比柳云更傲气。

小毛把一碗稀饭吞下肚,想也不想就出门了,假若母亲回来,他便没机会出去了。

到哪里去耍呢?小毛没目标,他在三岔路口,原地蹦跳了好几下,一溜小跑朝坡下奔去。

废弃的缆车道上,稀稀拉拉走着从轮渡下来的人。远远的,看不清楚。小毛面前的江岸是回水沱,微微倾斜的河滩比学校操场还大,没有怪石暗礁,浪少,水缓,沙子细软。三天两头会有淹死鬼从上游漂来,在回水沱打转停下。小毛不在乎,淹死人的江水不还是江水吗?一阵狗爬式后,他翻过身来,并不清澈的江水荡着他十四岁的身体。太阳还没有猖獗。几个与他年龄相仿的少年在打水仗。对了，早晨没多少人游泳，以后就挑这时候。他眯上眼睛，无云的天空降落到离脸只有一臂长的地方，厚重，推也推不远。耳畔是江水拍打岸有节奏的声音。四年前，一场大火，如果爸爸不救别人，就能从船上跳进江里，他可以一口气游到对岸。小毛往岸上移动。泊在海绵绒一样的沙滩上，他把脸贴在上面，凉凉的江水浸着他。他像条鱼。

一只手把小毛的脖子捏住，仅轻轻一捏，小毛就喊爹喊娘的。

那手松开了。小毛翻过身，抬眼去看：孤老头。小毛本能地一哆嗦。

到孤老头家的路上，小毛一直想脱身，但老头手抓得很紧，胡子都白了，还那么大劲儿。

老头揭开碗盖，吹着碗里水上面的茶叶，说："把烟壶还给我。"

小毛摇头，表示不懂老头在说什么。他跟在老师办公室一样，双手垂立，头微低，不是装给老头看的。他被老师留下来惯了。

"小小年纪，怎么耍赖？"老头不解地说，他找了小毛好几天，那天小毛中暑，他救了小毛，小毛却当了小偷。

"我不是偷。你乱说。"小毛嘴翘了起来，一屁股坐到桌子边，指着木架里大小瓶子，说，"不都是些药瓶罢！"

"那些是药瓶。"老头说，"但你偷的不是。"

"它不在我这儿，"小毛失言了，想补一句，却吞吞吐吐，"你……老糊涂了。"

老头站了起来，在屋子里走来走去，端起盖碗茶，递到嘴边，突然"叭"的一下砸在地上，茶水、碎成块的瓷碗洒了一地。

小毛张口结舌看着老头，老头火气爆出了似的，显得心平气和。

护城河，新鲜的天空。那天空下的京都，天的蓝，配上紫禁城内的金碧辉煌，神话一般的世界！一个高鼻子的洋人，有件小玩意儿，倒出了点，轻轻一吸，打个喷嚏，呼吸畅通，万病皆消。洋人是个戏迷，结交了男扮女装的旦角。他听戏，当票友。英雄失意怜儿女，虞兮一歌泪如雨，花枝莫是美人魂，犹自仙仙学楚舞，乌江之恨已亥年。洋人要离开了，他把小玩意儿留给旦角。

旦角朝夕思之，终于病倒了。请了一轮轮郎中，病无起色。后来，一个到京都访亲友的年轻郎中，三服药就救回了旦角一命。旦角把十八岁的郎中当作了洋人。光阴荏苒，到了民国初年，军阀混战，郎中得回南方，妻、老娘在等他。

无限江山共徘徊，别时容易见时难。李后主的词，在玩意儿内壁。大师马氏题的，那款那印，配上内壁原有的祥云，连绵山水，双人环抱，乃天作地合啊！生就一双让凡人一见愿为之死的眼睛。

老头说，因与郎中离别，烽火连天，书信隔绝，一年不到，旦角失踪。也有人说旦角生命结束于自杀或战乱。

小毛听得稀里糊涂。

"你把偷的烟壶赶快还给我。"老头突然定神看着小毛说，"凡是宝物，得之不义，必有不祥。你小孩子懂什么。"

老头前言不搭后语：那东西是淡蜜色，最漂亮的色泽。内部自然的纹路让你想象无穷。顺着纹画，罕见的人儿，堪称传世之作！底端内凹，随着两个妙不可言的身体起伏摇动。别说由名家数年心血制成、洋人倾囊定购，玉髓宝胎，真正宝石。

这最后一句话，小毛听清楚了。那好看的药瓶就是老头儿说的宝石？骗子罢了。老头穷得屋子里只有这砖头似的发黄的书，他明明是在诈我。小毛想。

"你得给我拿回来！"老头几乎哀求道。

"我没拿。"小毛决定抵赖了。

老头哈哈大笑，有一两分钟止不住。

小毛毛骨悚然。老头拍拍小毛的肩，很关怀的样子，说："回家好好想想，不要紧，想好了，再上我这里来。"

许久不见惠姐来了。从哥哥的神态看不出点滴原因。哥哥不提那晚替小毛报仇的事。哥哥和柳云必是一番恶斗，不用说，比哥哥矮一头的柳云被击败，即使柳云会半撇子拳脚，也不是从小打群架的哥哥的对手。不然，柳云有这么守诺言？甚至，有好长时间，连个影子也不在街上露。

小毛要翻台历，哥哥还有一周就要上船了。"还去工地吗？"他问哥哥。

"不去。"哥哥说，"去钓鱼？"

小毛点点头。"叫惠姐不？"他觉得自己犯傻，这还用问吗？

"不用。她忙。"小毛没料到哥哥这么说。哥哥像不愿提惠姐似的。当然，这不过是小毛一瞬间的感觉。假如有问题，那么就是哥哥和惠姐想结婚，惠姐父母不赞成——老话题了，没有解决方法。小毛为哥哥着急。

拿起渔竿、饵、装在小塑料口袋里的蛐蟮小虫，哥俩一前一后走着。秋老虎过后，气温低多了。阳光斑驳，插过树枝，照着的地方烫灼，被遮住的地方阴凉。他们没说话，顺石梯往山上爬。

后山的堰塘，居高临下，一边钓鱼，一边凭眺山下百船张帆过。和爸爸在一起的日子重现眼底。小毛心一喜，哼起小调，谁也听不清词。他忽然停住：树荫下的斜坡，孤老头盘腿坐着，像无意又像有意在那儿，布衣裤，薄薄的，极合体。头发白尽，梳得纹丝不乱、发亮，如擦了皂荚树油。小毛不由得朝老头走去。

"小毛。"哥哥声音不大，但有劲儿，生气一般。

小毛折回，蔫蔫地走在哥哥的旁边。

"你怎么搭理他？那人可是臭名得很。"哥哥训斥道。

"他会看病。"小毛为自己辩解。

"受管制的，旧社会的残渣余孽。"

小毛将渔竿竖起，鞭打树，树叶摇晃，一片片掉了下来。

走过山坡，又宽又陡的马路，一条通向烟厂，一条通向织布厂。他们跨过织布厂的那条，进入了田间的小道。哥哥说，那老头故事有一筐。小毛好奇，追问。

什么故事，哥哥也不知道。小时大人讲那些故事丑，小孩子不能听。这个下江人，还没解放，嗯，大约四九年那阵，他老婆受不了他，带孩子离开了。他生了场大病。病好后，说会看病，竟有人信。反正这种人能躲远就躲远点好。哥哥叮嘱小毛，别去惹。

偏要惹，小毛想。孤老头给人看好许多病，半夜敲醒他，他从不拒绝。街上那些长嘴婆娘懒脚汉，图方便，不去医院排队缴药费受气，连声谢字也不必说。小毛咒着人，所有人。他逃开挑粪桶的一队人，鼻子屏住气，不让粪臭钻入。

堰塘由生产队的人管理，新规定：收费，凡钓鱼者一人两角。小毛和哥哥四角。一场《洪湖赤卫队》电影才五分，四角可看八场。母亲舍不得花这钱。电影院的门，小毛是在爸爸在的时候进去过。哥哥付了钱，他俩被放入将堰塘围起来的竹栏内。钓鱼的人不少，堰塘边消愁解闷坐着蹲着清一色男人。黄桷树下，两个捧着小人书的女孩特别显眼。

小毛把一个空塑料袋装满水，放在石头架起的坑里。挨着哥哥坐下。能看见山下船开在江上的地方都被人占了，仿佛爸爸被驱赶得远远的一样。小毛丧气地伸开双脚，吊在塘沿上。

几个钟头过去，下山之时，小毛的手里提着网兜筐住的塑料袋，袋里有三条比手掌稍大的白鲢，在水里摇动身肢，嘴一张一合艰难地呼吸。"准是生产队的家伙把大鱼都转走了。"小毛咕哝，然后响亮地骂了句脏话。

哥哥将两根渔竿交到小毛手里，"我有点事，你先回去。"哥哥说。小毛一看，离家不远，快到三岔路口了。

哥哥消失在两道木板墙错成的拐角。小毛高兴起来，钓鱼还是对头，起码钓出哥哥火热的感情来，他去找惠姐了。母亲把三条半大不小的鱼刮了鳞破了膛，放在碗里，撒上盐、姜、蒜，滴了几滴菜油，搁上锅里清蒸。小毛嘴一歪。

"油要票，又贵。"母亲白了小毛一眼。"哟，惠来啦。"母亲声音变亲切了。

"哥哥找你去了，你俩肯定错过！"小毛告诉惠姐。

"他哪会找我？"惠姐肩抽搐，眼泪滚了下来。小毛和母亲都愣住了。母亲拿湿毛巾给惠姐。惠姐止住哭，用毛巾擦脸，说哥哥已有两个多星期不理她，对她冷淡。母亲说不会的，他心里装的都是你。但惠姐的神态不是假的。小毛气愤，在惠姐背后站不是坐也不是，想找句话安慰惠姐，又怕说错，便干脆一步跨出门槛。

小毛无目的地在街上走着。乌黑的墙脚，破旧的房子，站在街上吆喝自家孩子回家吃饭的女人，皱巴巴的无袖汗衫，冒出股油烟、辣椒味，从窄小的窗内传出咳嗽声。他讨厌这些。墙上的布告，被雨水冲刷得只有一角粘着。小毛轻轻一扯，纸就掉在地上。对，去找柳云，看看那个瓶子是不是玉的。到底什么是玉的，小毛心里也没主，他就这么来到中石板坡。

一把锁横在柳云家门前。小毛叫柳云同院的邻居转告，说他来过。

邻居答应着，上下打量小毛，想把小毛盯出个死活来。小毛也依样把这个瘦精精的娘们儿盯了个遍。一只鸭子挺着胸膛，拱她的脚趾。这娘们儿脚踢了过去。鸭子嘎的一声飞出半里远，她瞪眼邪骂了一句。她的语言是小毛听过最无顾忌最有水平的。他被骂服了，掉头离去，脑子里玩耍着那句话。第二天下午，柳云笑嘻嘻走进小毛家。虽然惠姐不在，柳云那张许过愿的字条小毛后来也拾起来收好，但见到柳云，小毛着实紧张。自己笨得很，给这浑蛋找个来他家的借口。

哥哥进屋来，柳云和他江湖式的抱拳，好像在致歉相互问好，不计前嫌。不到两分钟，柳云就跟哥哥称兄道弟。叫小毛好一场虚惊。

出了小毛家，找到个僻静处，小毛说："让我看看那个瓶子。"

"没带在身上。"柳云回答。他眼睛变得很清澈、透亮，仿佛是另外一个人似的。

小毛感到背脊发痒，孤老头像个影子跟着，讨债似的。他说："那东西是我偷的，孤老头要我还，说是烟壶。"小毛不敢说那是宝石做的。

柳云说:"你话说完没有?"他急着要走。

"孤老头要我还!"小毛瞧着柳云上下不舒服,他的声音吼了起来。

"你要命?"柳云说,半开玩笑的语调。

有这么严重吗?还回烟壶,就要命?但小毛认为柳云的话有毒,否则他不会那么惊恐惊状的。母亲接了猪毛到家里理,黑归黑,白归白。小毛帮母亲,他的手太快,黑白常混。周围的每个人都变得怪怪的。

哥哥结束工休临上船的前一天,公安人员从柳云家将哥哥和柳云当场捉拿,罪证确凿,铐走。都说是惠姐的父亲去告发的。小毛跟着街坊跑,跑到有马路的地方。警车启动的一瞬,他听到哥哥的声音在喊:"小毛,对妈好点啊!"

小毛还没回过神来,大人小孩对着他叫,像是在重复哥哥的话,哈哈大笑。有人说柳云招供承认被引诱。

夜里,正好下起毛毛小雨,每一座房子都静悄悄的。

小毛翻窗去柳云房间。烟壶还在柳云藏东西的砖墙内,这位置只有他知道。他将烟壶揣在怀里。柳云没有什么不好的,起码在小毛心底里,想到柳云,便阵阵的不舒服,他也说不出为了什么原因。走了很远一段路,忍不住掏出,在路灯下看。

"别看!"一个苍老的声音响在身后,并一把抓过瓶子,"已经被引诱,还想被引诱。一步错未了,还想步步错?"孤老头连连长叹。

小毛窜到老头跟前,抢瓶子。他只看得见白胡子白眉毛。老头的手一松,抛瓶到草丛,人跌倒在地。小毛不管老头,径直奔去草丛拾瓶儿。公审会这天，穿绒线衣还嫌冷。母亲守着小毛，她呆痴痴的。小毛走开一步，她就疯狂地大叫：小毛哟，小毛！布告贴在三岔路口朝东的墙上。说哥哥是主犯，罪大恶极，逼人自杀，民愤难容，依法判处死刑，立即执行。哥哥的名字前写着鸡奸犯，名字上画了大红勾。柳云比哥哥小，又是从犯，送到青海改造。

母亲和小毛手握着铁夹不动。猪毛有股骚臭，还有股腥臭。小毛盯着桌上堆成小山丘的猪毛，觉得其中的一撮，像是哥哥的头发。光脑袋的哥哥样子肯定很陌生，特别是面对层层围观的人。一颗子弹打进哥哥的胸腔，哥哥摇了摇，硬是站住了。第二颗子弹击中哥哥的脑袋，哥哥随即倒在了地上。他的姿势和一同被枪毙的人有点不一样，究竟不一样在哪，小毛弄不清楚。

什么事一经讲述就走形。街坊奇怪小毛没哭。母亲的巴掌举起半空始终落不到小毛窄小的瘦脸上。他不仅仍未哭，反而笑了起来。

时间连沙带水地流逝过去。小毛在街上看见过惠姐一次。这个女人再也不会喝敌敌畏自杀，她嫁了个外省的工人，胖胖的，很陌生，她招呼小毛，小毛就站在原地不动。她的话很多，嘴里喷出股刺鼻的蒜味，见到熟人就把小毛撇下，拉着熟人说了起来，声音老远就能听到。

小毛戴上红布袖章，他是学校第一拨闹革命、参加红卫兵组织的。懒得告诉母亲，家也不想回，小毛就伙同一帮同学去乘到北京见伟大领袖的火车。他舍出命来挤啊挤，终于挤了上去。几个同学全被甩到月台上的人海之中。过道，行李架，窗子，椅底，连厕所里全是人。半夜，蜷缩成一团的小毛睡着了。

走啊走，他到了孤老头家门，他也是半边风躺在床上。不必去理睬，手里的尖尖帽总得有个人来戴。谁呢？小毛往玻璃窗上扔石头，碎玻璃飞碎，只听得见玻璃声，却没有人出来干涉。他装作不认识惠姐的父母。任人砸这个漏网的反革命分子的家。惠姐的父亲被打得全身是血。小毛始终坐在窗台上，不动手，他指挥。尖尖帽不够的，还要做一顶。就用刷标语的纸？

　　小毛急得团团转，醒了。火车咔嚓咔嚓，像碾在他身体上，梦和现实混淆，像团糨糊。他推开靠着他熟睡的人，伸直酸痛的两条腿。

　　做完这个动作，他摸摸荷包里那块小小的玉，小毛突然全身兴奋，他觉得自己是一个有好运的人——遇上了这么一个轰轰烈烈的革命时代！列车在一颗星也不见的原野上行驶，广袤的黑暗之中，只有车厢里的灯幽幽亮着，勾勒出和小毛一样稚气苍白的脸、草绿的军衣、火红的心、微微摇晃的身体的轮廓来。

辣椒式的口红

很久了，我一直都只能靠酒度过夜晚，酒精有洗去记忆的神妙功能。年纪越大，记忆越少。

这天在街上，准确地说，是一家鞋子店，一双翻羊皮短靴子勾住了我的视线。我走了进去，舒服地坐下来试鞋。我的尺寸不大，也不小，三十七码半，右脚大点儿。相书上说，右脚大，我父亲会先母亲去世。太可笑，怎么会怪到我脚上？从小就听人这么说，每次我只有狠狠瞪人一眼。最后母亲死在父亲前一天。

不过在我面前半跪下的这位小姐，当然不这么说，不会冒犯顾客。她脱掉我的鞋，试新的靴子。她对我很周到，先让我穿着袜子试，又脱去袜子试，说我穿上靴子，真气派。

职业训练不错，但我突然对她的脚感兴趣，比我的稍大一点。"是三十八码？"我问。

"差不多。"她说。可她站起来，比我高些，一米六五，长头发盘在脑顶，盘得不够紧，垂头弄我的鞋，发丝就挂到额前。

"有空吗，我想请你吃个晚饭，"我的声音沙哑，"若你不拒绝，给面子的话？要不……那么，晚上六点半，如何？"

她看看我，每天恐怕有不少顾客向她发出这种邀请，我不是第一个，我在她身上寻找什么呢？她摇了摇头，说很荣幸被邀，但不能接受，店里有规矩。

我不感到意外，虽然我说得突然，连自己也未弄清楚动机。我付的是现金，她高兴地拿着收据回来，应该说，她算不上美人，但她容貌中有某种东西，十分耀眼亮丽。因为她拒绝得婉转，我就另走一步："能告诉我你的名字吗？"

她含着笑，不是我刚进门那种职业性的笑。"叫我小梅吧。"

我回到自己一房一厅的家。对一个无儿无女的人来说，电脑真是个好伴。打开电脑，看看有没有久已忘怀的朋友来信。只有一封：那种连锁信，一人发重复的一百封，再让收信人发一百封，写了必有好运，否则定会遭灾，九族鸡狗，无一幸免。前电子时代的讨嫌事，电子时代就频率更高。

我在一家商店做会计，提前退休后，回故乡定居。南方小城，也发达起来，最先想找个清闲之地养老度残生，此处也不再清静。不过，既回来了，就定下心来，毕竟这儿虽然外貌大变，但我知道来龙去脉。就这不太起眼的地方，也可电脑购物。我从来都愿亲自去商店，不是不放心，而是以前染上的毛病，东挑西选，难满意。面对电脑上密密麻麻的数字图片，我集中不了精神，"小梅"两字总跑到屏幕上。这个名字很普通，只要在街中心喊一声，就会有几十个女孩回答。我对那个鞋店女服务员感兴趣，看来是被一种特殊的东西牵扯住了。

我已到生命的黄昏，遗忘的事太多，小梅，太多的小梅，莫非她终于冒了出来？

那年她才十八岁。一个脸色苍白的女孩，在一堵粉刷剥落的墙前，倚窗眺望灰蒙蒙的天空。她有时呆若木鸡，有时却精怪地看着路过的人。那一副魂不守舍的神情，让人吓一跳。

在这个中专师范学校里，逍遥派很多，女生比男生更多，练毛笔字，抄伟大领袖诗词，绣天安门和五星红旗插满全地球，手风琴脚踏风琴奏革命歌曲。这天全校劳动，到江边挑沙。这条路最近，上一大坡，就是尼姑庙，她习惯在此歇一下脚。突然，她发现她的班长跟在身后。她把箩筐藏在树丛后，拿了扁担，进了破烂的庙堂。

身后一声大吼："你在这儿干什么坏事？"班长怎会这么迅速到面前。

劳动时，躲进庙里，罪证当然抓准。那是六八年，全国上蹦下跳都是红袖章，每天拉队伍树山头，看谁最革命，看谁最忠心。没参加组织的，也得跟着跑龙套。她的毛笔字得柳体真传，柔美可爱，就给"本派"抄写大字报。同寝室的班长，虽然也算同派，可平日横竖瞧她，都不舒服，现在成了班长的活证。怎么办？她没有动。

班长绕到她身边，像主人抓奴仆，重复了一句："你在这儿干什么坏事？"

"我在望风景。"她的声音细柔，"红色江山，来，一起看。"

班长怔住了，但马上就回味过来，看着她冷笑。她握着扁担，没再说话。

我觉得无法和电脑交谈下去，虽然上面游戏、杂志、报纸也时有合我趣味的，但我还是关了电脑。我到街上一家餐馆吃了一顿不错的晚饭。历来，我就喜欢热闹的地方，服装店、茶馆、杂货铺都小小巧巧，装饰得漂亮、别致。我从小就有看橱窗的习惯，现在，更是如此，看不到三家店，烦恼顿减，心平气顺。我曾经幻想当个教育家，没料到一生竟如此没出息。

那个鞋店的服务小姐，背了个花布包，在商场外的喷泉石阶上坐着，看来在等人，很焦急。我想过去与她说话，她会不会认为我唐突？这感觉让我踌躇了一下。这时一个男子走向她，突然摘走她手里的包，她站起来，吓呆在那里。

我跨过街，不顾一切地挡住那男子，我的架势使他一愣，包掉在地上。

"你认识他吗，小梅？"我问。

她转过脸来，狠狠地说："不关你的事，老太婆。"

我好像第一次被人叫老太婆，窘得脸都红了，那男人乘机溜走。她一点也不知道我是谁，当然喽，一天瞄一千张脸，哪记得我，不怪她。

"你认识他吗，小梅？"

"你这人怎么烦透了，他明明是抢我。"

"那你在等男朋友？"我问。

她不回答。

我只有知趣地离开。

忽然她在我身后说："我认得出你，休想再来纠缠我。"我回过头，她愤怒得扭歪的脸，甚至都忘了捡包。奇怪，我仍然喜欢她。

六十年代末，红旗下的人，没有谁不热爱党和领袖。班长比她个子高一点，以前不和她同寝室。现在停课闹革命，宿舍自然按"派"分开，逍遥派也只得分。有个年轻老师，以前教体育，也是他们这派逍遥大军的一员。他常被动员，要他参加"文攻武卫"。他拒绝了，却老到女生堆里来，名义上是弄个宣传小分队，他会拉手风琴。

"我来教你们样板舞《红色娘子军》吧，你们年龄大了点，但也不是不行。"体育老师的声音温和，不像在嘲笑她们。他长得高大英俊，头发有点卷，在男人中很出众。自然成了这批逍遥娘子军的"指导员"。

她很兴奋地走在校园里，肯定别的同学都想方设法到他的小分队去。学校后院山坡上有一棵抓痒树，她走在那里，手指尖划着树干想：指导员，他真像那些不准看的小说里的男主人公。树轻轻晃起来，她感到她的心也晃起来，节奏加快。

在这里，能看见将作为练舞室的屋顶，宿舍和教学区间有块三角地，从江边挑来的河沙，铺了厚厚一层，有的堆成小丘，也是做练舞的地方。这棵抓痒树，不久前还有人畏罪吊死过，但这儿清静。

夜里，她梦见班长：模样儿从未那么好看过。她把她从庙里抓走，一到学校就吆喝着喊，看风景！她把唾液吐在她的脸上。她来不及抹，猛地看见指导员站在她们之间。他却对班长说，"你真革命，真英姿飒爽。"他的眼神，生着光芒。她心里一酸，竟哭醒了。班长在靠门的上铺，睡得安稳，轻轻打着鼾，很好听。幸好，这是一个梦，但怎会做这样的梦？她闭上眼睛，继续睡觉：她俩在操场赛跑，班长跑过了她。

第二天她看班长，而班长也在看她。下午在练舞室，娘子军共六名。指导员对她的动作尤其认真。她做弯腰时，他的手一扶，她的脸就发烫。但是班长腰肢好，能够倒立在墙上，像是有意朝他们看似的。她被这一双倒过来监视的眼睛弄得极不自在。凭什么就得在乎班长的感觉？接连几天，她俩都没有冲突，甚至也没说一句话。

她来来回回走着，又来到抓痒树前，坐在地上。这儿常闹鬼，但是学校里最清静的地方。天很快黑下来，练舞室亮着灯光，吸引她，慢慢往那儿走去。

当然是她！在体操软垫上，有个男人把她的身体非常奇怪地翻来翻去，她的舞蹈好像是连在那个人身上的。那人背对着她。房间里就两个人。她在窗台下踮着脚，第一次看到这种事，心直跳，脸绯红。她应该在这时跑掉，但是她没有。她的脚粘在原地。那人终于转过身，确实是指导员。她心里突然充满了愤怒：这两个不知羞的狗男女！在练舞房里亮着灯做这种事！有意气我?!

这一夜，她怎么也睡不着。

大约凌晨四点，她赤脚在寝室地板上移走，窗外的梧桐树枝繁叶茂。同室的几位女生，一个积极起来，住进造反总部，其余彻底退出，逍遥到家乡去了。房间里六个床位空着。她停在班长铺前，想摸一下她的肩膀，指导员摩来擦去过的身体。她不敢伸出手，春夏之交的月光洒进房间来，班长熟睡的脸，很甜美，翻了个身，模模糊糊说着什么事。枕头下掉出一个东西，滚到地上啪的一声。她用手去摸，没想摸到一件短又硬的东西，拿到月光下仔细一看，竟是一支口红。

天气突然转热了，练舞不久，就是一身汗淋淋。她从练舞室出来时，指导员叫住她，约她去附近的水库游泳。他的样子很真诚地望着她，她点点头。"傍晚，在水库见。"

她低头走，突然很想哭，好像有许多话堵在胸口，却忍住了。

正在这时，班长从她身边匆匆走过，她脚步加快，想问班长："指导员约了你吗？"不，不该问，也不必猜，各人有各人的命。

她换好游泳衣，外套了条布裙，还有白短衫。已经走出寝室，她又倒了回去。她从班长枕下找到那支口红，涂在右手指上，抹嘴唇，又找张纸抿了抿。慌张，心虚，背着人做坏事，但有一种从未经历过的新鲜滋味，走向水库弯曲的半个小时山路。若是班长也去水库，是好或是不好？她俩都喜欢游泳，且速度不分上下，这竞争才公平，但指导员会选谁？

他已经在水库里，看见她出现，姿态洒脱地游到岸边。"你真美，"他说，"嘴唇真红，像辣椒般诱人。"

虽然她明白她模样周正，身材不错，但长这么大，哪听过男人如此赞美，何况是指导员。她羞涩极了，虽然水库没有旁人，她也恨不能马上跳进水里，躲进水里，逃进水里。但她刚脱掉外衣，就被他挡住。她吓了一大跳，但他并没有碰她，只是让她站在水库的石坡坎上，展览她半裸的身材，晚霞里最难见到的光和色彩，都为她出现了。

指导员凝视她的眼神，让她着慌。幸好，班长没来。水库堤坝上用红色石头铺嵌的领袖语录："与天斗其乐无穷，与地斗其乐无穷，与人斗其乐无穷。"想到班长，想到那晚上班长和指导员在练舞室，她害怕得双腿打抖。

我无法入睡，这个夜晚天上冒出束束礼花，庆祝新落成的高级军人俱乐部。决定不沾酒，好几次我的手揭开盖子，又盖上。大街上没有从前那种例行的游行，真有些不习惯。电脑里有个笔友告诉我，她终于找到十多年前安的节育环，上了三次医院，做了两次手术，才从肉里活生生挖了出来。年龄早已不用节育，那环却不肯离开。

生活一向如此。我没有见过这个笔友。可能反正不认识，倒可诉诉生活的怨苦。有些人可能一生也见不着，有些人总在眼前，而见不着的人，你更关心，更喜欢。但是那个鞋店小姐呢？我可能在见到她之前，就喜欢她了？

我找出相册，这一薄本幸存下来，其他的，不是毁于自己，就是毁于他人。有十年时间，人们全在做这事，领袖夫人带头，把她三十年代上海滩的明星照大动干戈抄家找出来，与知情人一道销毁。照片竟能如此害人。可是现在，一个普通的垃圾站里，也能从旧报纸上，看到领袖夫人昔日的风采。谈不上倾城倾国，但机灵可爱，和别的延安女人不一个味。鞋店里那个小梅，生得有点像年轻时的领袖夫人。

我的照片，和我这样经历的人一个模式，留不留意义一样。好在我年轻时候与现在没有太大的差别，皱纹多些，衣服颜色也多些。不少小报，都说那位领袖夫人在狱中写自传。多少人在写她的传记，她犯不着写。不过我还是在等，或许她的自传能让我嗅出丝丝缕缕的迹象。可是有一天，小报说她自己吊死在囚室。一个正在写自传的人不会自杀，我白等一场。

延安，如同电子信箱，也是个沾上就脱不了身的东西。

宿舍楼三层，她的房间在二层。那天她游泳回来，一身湿淋淋，刚迈入一层暗黑的过道口，就被人狠狠地拖到外边，是班长。她竭力想挣脱，但挣脱不掉，她俩身体拉扯在一块，一路跌跌撞撞，最后摔倒在抓痒树的坡下。她站起来，发黄的路灯下，她们的身影纠缠在地上。

"我都看见了，"班长气恨交加，劈头给她一掌，"你这个妖精，你存心勾引指导员，你还偷偷涂了我的口红。涂了好看啊，去抢男人啊。"

她被打蒙、骂傻了，蜷缩身子，双手护着自己的头。等回过神来，她意识到班长一定在跟踪她。于是抬起头，脱口而出："要吃醋，先问问自己有没有份儿！"

"他约了我。"班长愤怒得脸红红的，"结果你赶在我前面，你不要脸。"

"他也约了你？"先前有过的担心被证实了，这次让班长做了看客。那你也看到了我的身体，她心里有股满足感。但她还是叫嚷着："别自作多情，酸不酸？"

假若不是有人经过，两人还会边骂边厮打，像受伤的兽决斗到底。她突然哑了，看着对方。那人却脸扭向一边，加快步伐，生怕惹事。

两人从地上爬起来，头发散乱，尤其是她，未全干的衣服沾满泥土。不远处练舞室亮着灯光。她们鬼差神使地走到练舞室，空无一人，忘了关灯和关门。雪亮的日光灯，把浑身上下的羞辱照得一清二楚。她好像看见指导员，也许又约了另一个女同学，就像那晚，班长的身体在他怀里。她的脸一会儿红一会儿紫。她闭上眼睛：班长和他在垫子上，班长的身体在黑夜里太好看，好看的东西对她充满了力量，她的呼吸急促，往墙边退，她拉住电灯绳，浑身是恐慌和怒火。班长的眼里却是镇静，镇静得不正常，她的手紧握自己的手，眼睛发亮。拉灭灯的练舞室，好久没有声音。

几天后，她路过操场沙地，练舞的娘子军陆续散了，墙上脚印无数，指导员从练舞室出来。他汗湿的身体真的有魅力，他的声音却显得遥远。"是不是忘了昨天我的话？昨天我在水库等你好久。"他拉着她的手说。

她却朗声笑起来："你另约了什么人来看戏？你这个性错乱，展览狂！"

雨点落下，豌豆大，没一会儿就密集起来。这给她一个理由，她抽出手，往宿舍楼跑，回过头来，朝指导员喊："好吧，明天傍晚，水库不见不散。"

她回寝室，坐在床上，眼泪吧嗒吧嗒往下掉。指导员是一个黄鼠狼，但她就是为那个黄鼠狼而哭。

"怎么啦？"班长的手放在她的肩上。房间里就她俩，她哭得更厉害，班长抱住她，哄孩子似的说："别哭。"

"班长。"她呜咽，她喜欢在她怀里，喜欢她用手帕擦去她的眼泪。

"别叫我班长了，哪一辈子的事。叫我小梅，我家里人都这么叫。"

但她不习惯叫"小梅"。她比班长年龄大几个月，但班长各方面都比她成熟得多，连脚也比她大半码。她说，她下不了决心，给指导员一点颜色看，按她俩早设想好的计谋。

"现在看来非做不可了，他刚才也约我了，他是个流氓，拿我们当玩物呢！"班长说。

第二天夜里，指导员被对方组织抓走。认为他是此方武卫队员，知道"幕后黑手"原校党委书记藏在哪里。娘子军舞蹈班的人来告诉她们，说是他去游泳，很迟才归，换了身干净衣服，当时正在刷牙。她们相视看一眼，脸上没有任何表情。

接下来的事，她们未料到：指导员就是不肯说出原校党委书记藏身何处，遭到毒打，熬不过毒刑就开始胡说。一说就人马出动偷袭，却次次扑空。看到上刑也没用，对方组织向他摊了底：他的两个女学生，忠于伟大领袖，看不过他的奸恶前来告发的。这使他精神全崩溃了。对方还不放过他，里面五大三粗的工人阶级看他细皮嫩肉，相貌姣好，把他关在暗室里，轮番鸡奸他。

"做过了头，但莫后悔。"班长说着，靠近她，眼睛蒙有雾气似的湿。"我们并不是喜欢他，我们只是通过他，知道了我们自己的心。"

窗外的梧桐树叶绿得油亮。她的短发长了，可用橡皮筋扎辫子，她们形影不离，最爱去有抓痒树的山坡，话越来越多：谈每夜做的梦，谈各自家里人，那支口红是班长母亲的，"文革"初她母亲把家里有可能惹祸的东西全处理掉，但班长趁母亲不注意，留下了口红。

她们把对方的名字刻在抓痒树干上，绕着学校跑，半夜翻窗爬进练舞室。谁也不提指导员，好像她们的生活里压根儿就没这个人，他从她们的生活中彻底消失了，她们就是不要指导员的娘子军。那个冷清的上午，太阳却比以往任何一天都升得高。因为天热，寝室窗大敞，她俩在玩扑克算命。现在口红已用到了底端，最后一点，她替班长抹上。

班长对镜瞧着说："红得鲜艳，不像樱桃，而像辣椒。"

这话，怎么耳熟？她想起来，指导员曾说过，一个不祥的感觉闪过她心头。这时她听见楼下有男人声音，在叫她的名字。

她本是坐在床上，急忙站起，站在窗外梧桐树下的男人：脸色憔悴，身上穿了件松松垮垮的旧军衣，还戴了顶不知哪儿弄来的军帽，样子很狼狈。她不认识这个男人，但班长探头一看，惊叫了一声："是他！他怎么会出来的？"

指导员在梧桐树下向她们招手，让她俩下去。

她们一直没有想过这个男人出来以后怎么办。或许她们一直认为他会死在暗牢里。不是心肠坏，这个兵荒马乱的年头，冤死鬼多的是。对方组织的头儿答应过她们，绝对不把她们检举一事说出去。还是班长首先恢复镇静。她说："这个流氓王八蛋又来缠，我去，看他怎么招来着？"

没等她说话，班长就出了门，下楼跑得那么快，她怕班长吃亏，急忙追上去。

走出楼门，她看到班长站在指导员面前。奇怪，梧桐树下两人紧抱在一起，她几乎不敢相信自己的眼睛。只听到两人都叫她的名字。两人的姿势很奇怪，指导员微笑着向她招手，班长被他紧搂着，背对着她，在使劲地蹬着脚。在她靠近他们一刹那，她被班长用挣脱出来的手狠命推开。她毫无准备，踉跄几步摔倒在地上，就在这一刹那，一声轰隆响起。

她睁开眼睛，发现她的脸淌着血，朝四周一看：硝烟升起的地上，全是身体的碎片和鲜血。"来呀，来看最后一场。"指导员最后的吼叫，她仿佛是听见的。

她当时不知脸上的血中有自己伤口的血，只知道吓昏过去了。听见爆炸赶来的人把她送进医院。后来她听说了，这个男人逃出囚室，偷了一枚烈性手榴弹，连梧桐树也炸掉一半。场面太血腥，没人敢靠近。

她受的只是皮外伤。

第二天，她忍着伤痛，让人送她到寝室楼前，她将小梅和指导员的身体碎片——区分出来，装到两个袋里。她坚持要这么做，只有她熟悉两人身体的各部分，也只有她不害怕收拾这些碎片，因为她本来应当归在这一堆里。收拾完，她又晕倒，被送进医院。小梅的碎片被造反组织抬走，埋进红卫兵烈士墓，指导员的尸体无人处理，最后反而是对方组织送去火葬场。

我这一夜思绪混乱。我带着胆怯想，指导员，你真是有一股愤狠劲，但你的愤狠劲只有一次，还不如梧桐树，又长得茂茂盛盛，哪怕在那个绝望的时代。班长，假若你活下来，你会怎么看过去？

我检查冰箱，一箱各式不同的葡萄酒已近尾声，当然，我的经济情况极差，比起许多下岗工人，日子还算过得去，有两家私人公司来找我，做些偷税漏税的假账，给些小钱。我手里的这瓶酒，对我来说，太甜。含酒精15％，合资产的西班牙产的葡萄酒，也并不比法国的差。我在本子上记下商标名字等细节，如此并不是夸耀我是个品酒行家，而是借酒打发时间，夜太长。

没人知道我下落，有人说我下乡当知青时，在农村嫁了当地农民；以后，有人说我在海南炒房地产，成大腕了，也有人看见我在悉尼的中国城餐馆洗盘子。流言似水。我改换姓名，在一个小地方度着岁月，偶尔会想起收拾班长的头颅时，那嘴唇上的口红，依然如我抹上时那么美。在那个学校，至今还有人说我，真是奇事，想必人们在我们三人头上安了各种各样的故事。我是唯一活着的人，我的故事应当最精彩。

到这个小地方来养老，就想忘记这一切。如果不是那天遇到那个鞋店小姐，那么，我恐怕不会再记起我生命里曾经有另一个小梅。一生的日子睡一觉似的就过完了，而此刻，我才觉得有点痛，彻骨之痛。看到这个小梅，我才明白我躲不开自己。

酒瓶见底，今夜，怎么也难醉。泪顺着脸淌下来，有一张最大的黑白照片，在几乎空白的相册里，六十年代末一个一刹那的缩影，那两个女学生穿着绿军衣并排坐着，有点忧郁，甚至带着恐惧，她们的脸这时突然清晰起来，你是个幸存者，因为班长。这个夜晚我才意识，我应该珍惜余生，不必记恨世界。心情宁静，比金子贵重。

第二天，我记得昨夜的梦：我和班长手牵手地来到一张洁白的垫子上，一起翻了斤斗，腾在半空非常长一段时间。

过了一个星期，我的鞋子在雨水里一走，掉了鞋底。鞋是一个人的根基，岂有不追究之理？我到了那家店，接待我的那个女孩扫了一眼鞋子，说，不属于质量问题。她上下打量我：这是你自己走路扭歪的，不能换。我恼恨地说，我要找售给我鞋的店员，叫小梅，小梅说包换的。她说，她就是。

你不是。

为什么？

因为你不是。

红蜻蜓

她的注意力集中在手中的衣服上，洗衣粉倒多了，泡沫滑溜溜地在手指间钻来钻去。街对面是建筑工地，轰隆隆的机器声像一只大苍蝇往她的耳朵里窜，使她坐立不安。她抬头望窗外，只看见湿漉漉灰蒙蒙的一片，像她自己的头脑，混混沌沌理不出头绪。

捂住肚子，方才肚子绞痛已减轻，感觉好受多了，她继续走路。木门边上贴的对联早褪了色，残片在风中飘荡。绕过井，这条街尽处，闪过一个瘦小的影子。她看不清楚，但那人的咳嗽声引起了她的注意，她拉了拉衣服，直起身子，脚下迈着细碎的步子，对直朝街头走去。

两棵石榴树，肩搭肩，头靠头，正是开得热火时，在昏暗的路灯下依然艳丽夺目。石榴树的上面衬着漆黑的天。叶片重合叶片，秋意挤满一树，比赛似的往人的头上砸。石榴爆裂，籽嫩肉甜，淡红淡白晶莹透骨，轻轻地捏在手心，一粒一粒地抛洒开来，那滋味使她的脸晕红起来。

电话铃惊醒了她。她懵懵懂懂地伸手去接，但没有声，她"喂喂喂"问了几句，没人答话。她放下电话，手按住话筒，没法猜懂谁会在清晨六点钟给她来电话。父母死后，她就从厂里搬回家。她常常去医院看病，大病没有，小病不断，弄到病假条，她就待在家里。镜子上已经蒙了一层灰，里面人影朦朦胧胧。一只红蜻蜓，准确地说是一只红色蜻蜓标本压在镜子下面的玻璃板下，她怀疑自己夜里听见电话里的嗡嗡声是从这两片翅膀上发出来的。这只红蜻蜓飞行的姿势，倒是一种真正简单的度过时间的方式。十年前她和父母闹翻，一个人搬到厂里去住。当时她拒绝了父母为她操心选择的所有异性朋友。父母动怒了，如果他们知道她实际上讨厌任何男人，不知道会怎么悲伤。父母生病后，单位为照顾他们，给他们家安了分机电话。她通过这根电话线表示自己的孝心。现在，她只能向父母的遗像行注目礼。她摸了摸压着红蜻蜓的玻璃。那块玻璃变得清晰了些，可以分辨出蜻蜓的红色，淡红的头，深红的背，如丝如缕透明的翅膀。那根根纹路在她的眼里渐渐放大，编织一线线冷冷的光泽。

四周漆黑，夜投下一层薄纱，罩在她身上，描出她身体的每一个凹凸部位。睡前翻看的小说早就落在地板上。她张开眼睛，双手松弛向前伸着，熟稔极了地穿过街，转过街角。石榴树正被风扇动起千姿百态的小手，频频摇摆。石榴树白天的印象是虚设的。她在井台边停住，那儿有一双手会抓住她的手，那手湿湿的，似乎沾满露珠。她想甩开那双手，但她会顺从地跟着那双手走。不，是她把那只手一直拉着，轻快地转过街尾生满青苔乱石砌成的墙角。阴沉的空气中升起一股分辨不出的味道，她的手牵住那个人，回到未闩上门的房间里。腰间的布带被那只手解开，她企图往后倒，却反而瘫倒在那人怀里。一串串小红点在她身体四周游荡，像红蜻蜓的飞舞，令她心醉。她大睁开眼睛，安静地躺在地板上，任凭那只手在她身上游动。她的身上沾了几片石榴花瓣，毫不在意地从她的身上落到地板上，有一朵火般绚丽的花瓣，在穿过门槛的微风中还打了一个旋。

　　她醒来时身上一阵痛。她睁开眼睛，撑起身子，镜子面上蒙着灰，在嘲弄她的神经？难道这个披头散发、衣冠不整的女人就是她？她贴近镜子，用手抹去镜面上的灰尘，那绝不是"青春早逝"四个字能解释的。一道爪痕深深地印在左边脸颊靠下巴处。她仰起头，将视线跨过镜子，看到白晃晃一片的天花板。一分钟之后，她弯身检查自己脱去衣服的身体，大腿上的爪痕，五指齐全，指印纤细，并不粗壮，而且不长，有的地方已带青，转为瘀血。她退后两步，又发现大腿根黏糊糊的，不知道是什么脏东西，手一摸，已经干成鳞状碎片。她眼泪滚动在眼眶里。

　　她用湿毛巾不停擦洗身体，这已经是第几次了？但她打消上医院的念头。她知道那长舌女医生会如何在厂里说东道西。她生了十年病，病换了好多种，又新添一种？这次好像和以往的病都不同。她想了想，把面盆里的水倒掉，把毛巾挂好，然后慢慢走到平柜前，拉出最下面的抽屉，蹲在地上，找药。

　　涂上碘酒之后，她平静多了。对着自己在镜子里的脸，她努力搜索蛛丝马迹。可是，她想不起来怎会如此？墙上是父亲和母亲的结婚照片，她第一次觉得父母亲在嘲弄她，嘲弄她生理不全。眼泪这时才大颗大颗掉了下来。

　　这指印，带紫的青块，对她来讲，不过是进一步证明了一个事实。她不信地板上那些土屑、污痕是真的，她同样不信，那井边的两棵石榴树是假的？她做饭，但吃不下，当她站起身，将一碗面条倒回锅里时，看见邻居家的男人嘴里啃着一根甘蔗走在街上，朝自己这个方向而来，他一边啃，一边吐出吮掉汁的甘蔗渣，大大咧咧，悠然自得，似乎这只是最平常的岁月中一个最平常的日子。她想，真奇怪这世界上男人都粗俗不堪。她甚至想象已闻到那男人身上的汗酸臭，她竭力忍住这令她恶心的想象。而隔壁的女人拿出扫把簸箕，把男人乱吐的甘蔗渣子仔细扫在一块。女人说："馋鬼，你不能吐在一个地方吗？"男的没有回答，继续在嚼甘蔗，他的颚部有力地运动着，露出条条青筋。

"吱嘎"一声，隔壁的门被打开，紧跟着，又响起门被重重关上的声音。

她松了一口气。

但她总觉得似乎有双眼睛从时间的最幽暗处盯着她，这怪念头使她脊背冰凉。突然，她又听见自己的床，也就是父母的床上，有人在低低说话。她惊恐地转过脸去。

那说话声停止了。

她转回身，倒了杯开水，取了一片安眠药，和着水吞了下去，她几乎是鼓足勇气，朝床上走去，她躺了下去，拉上被子，慢慢地，那爪痕的疼痛和莫名的胆战心惊被倦意代替，她合上了布满血丝的眼睛。

那只手在身上滑动的时候，她没有抵抗，她有意无意地将那只手按停在那地方，而且用劲往里推，她感到那只手在哆嗦，在往后缩。皮肤带几分凉气，她想说，蜻蜓，粉红的蜻蜓，你怎么从玻璃下飞出来了呢？她想忍住泪水往下掉，但泪水一滴一滴顺着她的脸流了下去，那么洁净，而又那么轻快。

养好了腿上的伤，她庆幸没有留下一点疤痕。但这天洗澡时，大腿上又赫然刻着五个指爪印。她惊呆了。这指爪印有点熟悉。实际上几乎与上次完全一样，女浴室里热气腾腾，每格里都有人占着。她匆匆擦干身体，套上衣服，拿着毛巾肥皂洗发液、换下的脏衣服，出了空气闷热、呼吸不畅的浴室，就往家里赶。

身后好像传来脚步声，她不敢回头，只是加快了脚步，那人也加快了脚步。气喘吁吁之中，石榴花火红的颜色正在变浅，她猛地抱住石榴树，将整个身子倚在上面，缓缓转过身来。

没有，整条巷子一个人也没有，只有阳光把每个角落照得像死人一样白。

又从梦中惊醒过来，她再也无法睡着。远处建筑工地上，灯光雪亮，但她赶紧把窗帘拉了拉，把外面的光线堵死。

她穿着睡衣睡裤，开始移动房间里的家具。把床掉过头来，放在吃饭的木桌处，那儿在门后面，让桌子正对着门。她把四个椅子一一拉到桌子下。

"咚，咚！"响起敲门声。她屏住气息，听清楚了，确实有人在敲门。她看了看枕边的手表，凌晨二点五分。或许是自己搬动家具，声音太响，把邻居吵得恼火了。她抓起掉在地上的睡衣裤，系上带子，打了个冷战。可是敲门声就几下就停住了，此后就一直无声无息，仿佛从来没有人想进这屋子。

她呆坐在那里，眼睛正好和父母的结婚像打了个照面。她走了过去，摘下镜框，拿在手里端详。父亲，那件毛衣其实是红色，可照片上是黑色，一种不祥的征兆，父亲虽然说不上英俊，高大，但一说话自有一股不可抗拒的吸引力，他抽烟的姿势，那手指微微向上跷起，轻轻一弹，烟灰就落进了烟灰缸里。她掠过母亲不看，专心想父亲抽烟的那副较之别的男人少有的雅致和洒脱。她那时是七岁或是八岁？哪天她发现父亲的烟灰缸里抽剩下来的烟嘴上有口红印的？每个烟嘴上都有。那口红颜色极深，但色泽鲜亮，像刚上市的樱桃。她打开抽屉，只有一盒烟。她小心地撕开封条，拆开，里面的烟干干净净，没有口红印。

母亲对着镜子梳头。

她正拿着书包准备出门，但她停住了，母亲正在涂唇膏，那是父亲跑码头去上海带回来的化妆盒，母亲对着镜子抿了一下嘴唇，然后将一支烟含在嘴里，吧了一下。她不知父亲是否知道母亲干的事，也不懂母亲为什么要这么做。但现在她明白，她从小对这口红印，藏有深深的不满，似乎那是一种欺骗。

她反扣父母结婚照的镜框，把它塞进最低一格抽屉，将它和那些乱七八糟的药瓶塞在一起。她发现自己嘴唇一动，手不自觉地慢慢抬起，做了一个吸烟的动作，绝对逼真，一个好演员。

那井边有些烂菜头。井桶里盛满清凉沁骨的水，亮晶晶地反射着淡蓝的光。她坐在井沿上，看看自己的脸在井水里轻轻晃动。天蓝得出奇，蓝得发紫发黑，倒映在水面上。她只看到一个脸形，看不清自己的眼睛、鼻子、嘴、头发。但这张脸可爱而动人。她站起来，长长的棉布睡袍垂在地上。井边的一摊积水打湿了她的拖鞋，她脱下鞋，拿在手里，赤脚朝墙转角处走过去。她瞪大眼睛，眼睫毛一眨不眨，注视着前方，而双手微微向外伸着，似乎是在搜索着什么似的走动，步子不快也不慢，显得轻飘飘的。

她似乎闻到那股熟悉的气味，断断续续，夹在风中，阵阵涌来。她被那股气味吸引着绕过一棵石榴树，又一棵石榴树。什么也没找到，她回到井边。不对，她应当被那只手带着走，水波轻轻泛起波纹，仿佛正在朝她侵袭过来，她感觉自己在抚摸那只手，她的身体应当悬起，在空中飞一般，随那只手牵纸鸢似的带着她，空荡荡的街口，下起零零散散的雨点，是石榴花瓣，上上下下把她身体抹了个干净，只有那只手会是特殊的，实在，而有力。她并不想看清这只手的主人，她只渴望这只手一次比一次更凶猛地占有她。

说话声间断响起，好像又在床底。对，这次肯定来自床底。她不由自主掀开床单，趴在地上，用手电筒对床底进行扫射，那儿除了几双旧鞋，就是一层层结成网状的灰尘。她熄灭了手电，退回床上，装睡着，甚至连大气也不敢呼出，她实在想听清楚那里的人在说什么。可只有静寂的夜在她掩住身体的被子外慢慢滑过，当她要渐渐入睡时，那说话声便响起。于是她又惊醒。这不可思议的声音使她特别怕睡着了。已经一天一夜未合上眼睛。她感觉到一种不是一般的惊诧，绝不是自己脑子出了毛病，她调换了房子里床、桌子、椅子、平柜等家具的摆法并没有用，床底仍发出说话声。恼火？不！她觉得她可以入睡了，这顽固的声音可能会引导自己走向她想见的一切。

是的，她又醒来了。天早就亮了，很久未出现的太阳照在屋檐上，投下影子。她翻了个身，平躺着，捋了捋脸上的头发，口干舌燥。她用口水润湿舌头和嘴唇。掀掉身上的薄被，发现自己又是一丝不挂。她一惊，坐起来。果然发现大腿上有指印，膝盖旁侧有青块，而腿根的黏液，有些腥味，烫得她缩回手，蜷起身子。她弯起腿，用手抱住膝盖，将下巴搁在手上，眼睛盯着面前被子上的花纹一动不动。

她有些明白了，不管她准备做梦还是不准备做梦，不管她愿意还是不愿意，该发生的必然会发生。这声音，这手，一有机会就会凌辱她，追寻她，牵引她，满足她，使她不再是她自己。

穿上衣服，梳洗完毕，她站在桌前，细心地用切菜刀将一个圆圆的西瓜划成四瓣，这时，电话铃响了。她没有理睬。

瓤红籽黑，汁液顺着刀口流下，十分诱人，她看着看着，不知道从瓜的哪一头下嘴，最后，她选了中间部位，咬了一口，味不甜，但也不酸，正好。她把籽吐到手里。

电话铃又响了。电话插头拔掉已经有好几个月了。昨天才接上。车间主任说她三天两头病假，只能给她发病劳保工资。论理没用，车间主任不会在乎她怎么想怎么活，只会反复告诉她，累计半年病假，就算长期病号处理，没法改变。她来到床头，接电话，可电话里没有声音。

她马上搁了电话。

五分钟不到，电话又响起来，她将剩下的一瓣西瓜扔回菜篮子里，准备去做午饭，但电话铃声持续着，刺耳地叫着。她捏了捏自己的手指，揉了揉指关节，仿佛这样，她绷紧的神经松弛了些，她拿起了话筒，她听到电话里一声叹气，轻轻地，清晰地，似乎就是在为她叹息，她的大腿根一阵发热，一团火往外蹿起。

她再也控制不住自己，将电话"吧嗒"一下扔出老远，她飞快地操起剪刀，把电话线剪断。

她看见自己拖着一条细长的影子，月光皎洁，圆圆的挂在窗边，抛给她温柔如水的光泽，她移动，她的影子也跟着移动。

对着镜子，她扔掉内衣裤，试穿一件竖条白黑相间的旗袍。旗袍样式很旧，宽宽大大地罩在她身上，袖子长及她手背。她瞧了瞧镜子，灰蒙蒙的，看不清楚。褪下这件母亲的衣服，她把它扔在地上。然后又捡了一件春秋衫，黑色灯芯绒布料。这件衣服穿在身上，她感觉舒服，合身，柔软，手摸在上面，顺顺的。

她走出门去，门开着，一切都自然而然，顺理成章。月光下的巷子堆满杂物。没有月光，她也碰不倒任何东西，她灵敏得像一只猫，绕着障碍物走出去。走到井台边，转过井台，朝最东边的墙角走去，在那两棵石榴树下，会有一双美妙的手等着她，并把她带回，然后把一切推向一个习惯的不可逆转的程序。

回到房间里，那双手温柔地伸入她的头发，抚摸着她，一边叹气，一边解开她的衣扣，褪下她的衣服。然后就应该把她放倒在床上。

"老天！"她听见一个暴戾的声音尖叫起来，"你这死鬼！原来你天天值夜班就做这种丑事！"

这声音极熟，把她突然叫醒了，一霎间，脑子痛得像要开裂。她揉了揉眼睛，发现自己赤身裸体地站在屋子中央，站在如水的月光里，站在一个男人和一个女人之间。那女人正气势汹汹地冲过来，满嘴脏字乱骂着。而那男人在她身后断断续续地回嘴：

"她有精神病，我得救护她……来，帮个忙，把她放在床

137

上……"

"什么精神病！骚病！勾引男人的臭婊子。"

那两个人的手同时放到她的裸身上，手全是湿漉漉汗津津的，她尖声大叫起来：

"呀——"

她不明白自己怎么落到这种境地，但她知道她一生最痛苦的时刻已经来到，这场羞辱命中注定，同样，也命中注定了她预想过许多次的结果，她朝后退，双手抱胸，脸痛楚地抽搐。

那女人向她扑了过来。

她停住了，正好站在案板旁边，她用手去扶案桌，却摸到了桌上的菜刀，她不可阻止自己把刀拿起来，朝扑上来的女人头颈横砍过去，准确，而且有力。

康乃馨俱乐部

第一节

猫、债主和妖精在窗外等我，她们已等得不耐烦了，摩托车马达踩得隆隆直响。但我不等到长针指向 12 短针指向 1 是不愿出门的。猫开着一辆破吉普压阵，说是破吉普，其实是花十万美钞买的新车，好端端一辆白色罗伐尔，被她打扮成破烂：又时兴乞丐主义了。她们戴着红外墨镜，哪怕半夜，嘴唇也抹得红润晶亮，全身皮装，细蛇腰肢，长发从头盔后泻出来，在风中飞扬。

我的幸运数字是 1，幸运花朵是康乃馨，它们文在我的右手臂以及光滑如绸的屁股上，像围成一圈的三个 9 字。黑色的 1 像路标，又像花蕊射出的箭。我总在半夜我的幸运时间外出。

我已剪掉一头长长的青丝，寸头短到显露出权威。脖子上挂着一根沉甸甸的项链，吊着一颗金色的大蜘蛛坠子，冷面，杀气凛凛，艳色夺目。我上了车，把翻檐的黑皮帽在空中挥了挥。后面的一排摩托车引擎声同时雷鸣，一齐打亮了前灯，沉沉夜色之中，我们一辆接一辆斜出一条弧线，膝盖几乎擦到地面，排气管打出火花，绕出花园的曲径，冲上略有些高度的马路。

上海废弃的工厂区一片一片冲入眼前。黑蓝的云，偶尔露出一两颗星星，压紧在地平线上。而身后的云，像一群乌鸦，或许真是一群乌鸦不紧不慢地尾随着，车灯光强烈地掠过树木和街心雕塑时，前面也有乌鸦怪叫着惊飞起来。黑翅膀在风中扑打着我们发烧的面颊。这个城市的鸽子早就被乌鸦赶走。开满白花的夹竹桃乱长成两座巨大的塔，耸立在空地之上。

一个烂醉如泥的老头突然爬起来，站在红绿双色的立交桥上朝我们的摩托车队吼着什么，声音没打个旋便被吹散了。肮脏的人工湖的水漫到马路上，上面漂着一层锈色的油光，溅到人行道上。穿过城市的铁路轨道乱打了一串结，深夜的火车长笛呜咽，鬼鬼祟祟地驶进站，没有下车的旅客，也没有上车的旅客。身着制服的列车员清扫出垃圾顺着敞开的窗子倒在月台上，一切不准倒在路上的东西。

或许他们倒掉的垃圾中有我早就失落的一张黑白照片：静谧的夜晚，空气清澈，凉风抚摸皮肤，吹得衣裙习习翻卷。同一条马路，不对吗？那就是说，同一地点，在黑白照片上有两个人影，一个自然是我，另一个是古恒，我和他在马路上走着，我认为我的裙子在风中飘得很美。

在路上或一些公共场所，常有人拦住我，问我认识古恒不？古恒在这些人的嘴里被说成是一个混混儿，只会卖嘴皮子，或是个无所事事的江湖骗子即所谓的艺术家。对每个人，我很自然地摇摇头。

我这样做是下意识的，不过也可能是对某种意识的挑战。我至今还很满意当年的对策。每一个人的出现，就是在消解另一个人的存在。用这样那样的理由来诽谤他人，无非是为了美化自己的道德形象。

那个晚上，我指七年前的那一晚，我想你们早已明白七年前是一九九二年，也明白那时我比现在年轻七岁。那晚，我和古恒坐在大学校园的银座里。满山红枫的印刷画贴满了一堵墙，坐在墙边的人被画湮没，成为画中之物。只有到柜台去买烟、花生米之类的东西时，画中人才竭尽全力奔出来，汗水涔涔。我不知是哪根神经发热，一反常态，向他陈述起自己一些类似上面的看法、观点，不过话说得很婉转、温柔，的确是毫无分量，不过意思却差不了多少。

"哦，这就是你对男人的理解！"古恒手里把玩着半截纸烟。他仅仅看着，不抽，在对面的椅子上好久一声不响，脸沉闷，眼睛因颧骨高而深陷，出奇地亮。他突然又冒出一句："这就是你的爱情观！"我起身离座，绕过貌似真花的塑料杜鹃、玫瑰。一张张本应年轻姣好的面孔，在黯淡的灯光下互相比较着病态、委顿、狰狞。

出了银座，我沿着校园后门的小道，来到寂静的松花江街上。

黑暗到了尽头。我拿着书，装模作样地背诵。路灯出现在树丛之中，光块被稀稀拉拉的树枝摇碎，风却静止着，一切依旧。在桥头，我放慢步子，溪水细喘着流下舒缓的沟面，但我听不见流水声，我的耳朵里只有自欺欺人的背书声，就在这时，我扶住桥栏回过了头。

古恒一向对我的反应不太介意，但这次他没像以往那样留在银座，抽他永远抽不完的烟，喝他永远喝不够的啤酒，居然跟在我身后两三米远，看来一直保持着这距离。瘦高的身影在黑暗里显得更文弱了些，歪歪扭扭，双手似乎插在裤袋里，看到我回头发现了他，他放慢脚步，煞有介事地头朝天仰着，又低下来看着碎石子铺就的路，仿佛他是偶然遇到了我。

你怎么可以同意第二次呢？他可是你的亲生父亲！

他跟了上来，那并不大声的吼叫连连在夜空中炸开。

强奸，实际上并没有书上或人们言传的那么可怕，试试，也不屈辱，惊天动地地发生，悄无声息地结束，如果一切都顺理成章、合乎所设想的环境地点，在静悄悄的时间包容之中，既平常又容易，与做爱差不了多少。

"瞧瞧，你这是什么话？"我真想去搬一张桌子来让他捶，以免他站在那儿僵硬着身体对空中费劲地挥动手臂："一个哗众取宠的女人，在纸上故作惊人之语。实际上胆小如鼠，假现代派。嘿，你父亲……"

"不说行不行？"我哀求，并提醒古恒注意，每次走到松花江街尾他就提我父亲。

"他先摸你，还是你让他把你的妈妈支走？去亲戚家，去河边沙滩摘香葱、马齿苋做凉拌菜？"古恒甩甩手，"对，是去亲戚家，在江对岸，当然一时半会儿回不来，过江来回要两个钟头。呵，一个空荡荡充满淫欲乱伦的房间！"古恒真好像站在那个和他毫不相干的夏夜细雨里，在自己想象的细节中受刑，他在虚构的雨水里痛苦得奇怪的脸，扭动着，反倒激起了我对他的怜惜。从我以往讲述的小说中，他突然跳了出来，"你的身体是陷阱，勾着你父亲往下跳。"

他似乎有点笑意。那么一点笑意，就把我绷紧的心松开了。当我整个人落入他的怀里时，他推开我，冷冷地看着我，举起手臂。他惯于惊吓我，整日骂骂咧咧，恶语没遮没拦，但从未真动手脚。这次他却朝我迎面打来，他比我高出大半头，但我稍一闪就让开了。他讪笑起来："女人终究是女人，改不了样，调教也没用，只配——"他未说出那个词。我眼泪唰的一下流了出来。

然后他说，我是玩来着的，你还真会当真？

而我只不过写小说来着，你怎么当真呢？你不是口口声声要做我丈夫，怎么这样对待我？

天下还没有人敢拿自己老子开心的，即使是写小说！你骗得了我？古恒眼睛在我身上溜了一转，盯着我的眼睛，口气却缓和多了。

我们谈不下去。这是今晚的必然结果，他比我更清楚。

我的手紧抱着书，挂着泪水的脸被长长的黑发遮住，风和黑夜把我圈起来，我簌簌发抖。他的背影接近那片残垣断壁时变得越来越小。拆毁的建筑为什么这么久也未重建，难道拆毁并不是为了重建？

蓝绿光束映过紧掩门窗的住宅，阴沟的气味跟初开的花一样刺鼻，使人直想打喷嚏。我的班子前导是妖精，她解开领子的衣纽，滚圆的乳房如皮球上下跳个不停。她的眼睛并不大，但会眯起来瞅人，这就使她与众不一般了，波浪形的头发，波浪形的身段，还有一见陌生人会脸红的本领，男人迷上她是不足为奇的。古恒怎么会厌烦她？妖精找到我时已有两个月身孕，我打量她，感到有点不可解，唯一的解释就是，再新鲜的香气若只涌向一个男人，这个男人仍然会腻味，况且还有女人常提到的责任、义务等，让男人望而生畏，只敢看不敢咬鱼饵。

妖精很自然地与我常来常往，最后走入我这个圈子也是自然而然的。被我拉入这个圈子的，可以说不少是当年的情敌。谈不上对男人如何苦大仇深，只是抱着爱情的枕头，女人做了一场梦，不值得做第二场而已。

> 我们不对人这样，就会被人，噢——那样。
> 我们不善躲藏，就会遍体，噢——鳞伤。
> 我们无路可走，只有信马，噢——由缰。
> 噢，管它什么方向，都去走它一趟。

搞不明白往日第一号男子汉崔健为什么近来总为女人作歌，这首《他妈的，猪猡！》在体育馆一演唱，便被大街小巷的女人们叼在了嘴里，口香糖一般来回嚼。

本地报纸记者采访妖精，她扯上一大堆"新构造女性主义"宏论，最后干脆说，玩弄一个你厌恶已久的男人就像做党八股文章，有预备期、调节期、冲刺期、高潮期、泄欲期、舒缓打发期和清除期。不这样分段厘清，按部就班，不就总会觉得有个地方空得慌？

她高声笑着，那个羞怯腼腆的比较文学研究生已在飞逝的时光中消失了吗？路灯的光亮间或打在我的身上，而我的脸始终在帽檐的阴影中。宽敞的马路上，摩托车引擎声在楼群间隆隆地回应着，高架单轨环城车、地铁站马路两旁的巨幅标语和广告在我们头顶呼叫，被风吹得乱舞。

坐在我身边的债主是我的第一副手，军师。她又在唠叨，翻来覆去的话是说她不应该在那个不该下冰雹而下冰雹的时候看见我。当时我站在河边，面朝长满苔藓、青草的桥墩，往水里一页一页扔我的小说手稿，我的表情不麻木也不哀伤，像是在做一件应别人所请的事，很认真。所有从桥上经过的人都慌着躲避满天突然降临的手指头大的冰块儿，就这个看起来贤淑的外科女大夫，注意到桥下有一个和这天气和这世界不相关的人，在做一件自己想做的事。女大夫走到下游，徘徊歧路，不知何去何从。她顺手将漂浮在河边灰黑水面上的稿子拾起几页，字迹已经漫漶，读起来不知所云，前言不搭后语。她却越读越激动，最后没命地往上游奔来找我，正好在我扔完了稿子，考虑是否把自己往河里扔时，她抓住了我这个千年一遇的知音。

猫右手握着方向盘，左手放在排挡杆上说，什么不都是命定的嘛，有缘，咱姐们儿！

"这不是命。"债主说，"你们看我吧，结过三次婚，第一次丈夫嫌我不会生小孩，第二次丈夫凡事都记账，一小瓶酱油、一度电，包括我的卫生巾消耗量。"

"第三次婚姻，新郎有心脏病，死在婚床上。"猫插话。

"哎，他不死，我看也过不长。三次婚姻一次比一次短，我干脆做了快乐的寡妇。"债主反对把一切变化和奇遇都说成是上天安排的。男人口口声声说女人愚蠢，咱们能聪明点，就聪明一点。

我对猫说，当我们聪明一点之后，便遇到了你。

关于猫的传说太多，有人说她是名教授之后，又有人说她是名演员的弃女。待她成为一只名猫后，身世不明，反而给她增添了神秘的诱惑，特别是那一身白衣，加上在阳光下微微泛着红光的黑发，使她身后永远跟着一群人。她的乐趣、嗜好就是她的职业，就靠"趣味"，她成为这个城市里可以数得上来的年轻富婆之一。

你抢了我们的生意！在宾馆的礼品店里，我和她这样开始了对话。她把我们要的几条大鱼先下手钓住了。

你们？她正在全副心思挑鲜花。

是的，我们。

是我手里的康乃馨或是我语调的奇异引起了她的兴趣？当她随我一道步入"无主名花"酒吧——我们经常出入会集的场所之一，面对一屋子狼一般毒盯着她的眼睛，她没有退缩，而是走上前来，诚恳地问我：我能在这儿喝一杯吗？

猫露出迷人的微笑，对后视镜中的我和债主说："知道吗？那时，我对你们早就心仪已久！"

第二节

比人高半截的砖墙，沿着河沟绕校园一圈，隔着墙，校园宿舍楼隐约的灯光、吉他、录音机播放的 BBC 英语、怪叫、吵闹、歌声，不间断地向小路大大咧咧扑过来，热浪裹卷着郊外曼陀罗、地丁、马兰花的气息，使我的呼吸不如平日那么容易。

一句诗这么描绘插入中文系三年级的作家：世界是一幢网状的大楼左右颠动，他们附在上面，像猫头鹰的眼睛。

别的大学生喝墨水,他们喝酒,而让墨水洒在纸上印成铅字,这就是骄傲的资本。大学生稚气未脱,而他们有上过越南战场的,当过知青去过边疆的,曾在天安门前接受过伟大领袖检阅的,在煤矿挖过十年煤的,甚至有蹲过大牢的。只是没有几个人愿拍胸膛,声称自己把图书馆迷宫似的小径走遍。书容易打开,也容易合住,合住了,便再也出不来了。做学问无疑是陷阱中最无聊的一种,比中世纪的抄书匠略高明一些而已。

当然,这只不过是职业需要的自我广告。但自从作家班开办之后,大学面目全非却是事实。

校园依然绿树成荫,草地青幽,但墙上张贴着奇奇怪怪的招贴,诸如需要氰化钾复仇,高价出卖一夜之欢等,每个角落都有纸片字条表明校园的生机勃勃。学生开始失魂落魄,教师无所事事,骑着自行车游荡,甚至与学生一起出入学校酒吧,参加每晚移动的炫技,深夜不归,有意让老婆或丈夫生气。

但是,比起我的同学们,那些杂志社、出版社的编辑、主编显然活得更有趣,他们是快乐游戏的高手,懂得怎样使日子过得不同寻常——快乐嘛,就是视野宽阔,跳过人生中一切烦恼的事,包括编辑只是为人作嫁衣,作者一成名就扔掉对他们献媚的面具之类的牢骚和时而冒出的自卑心——只要懂得如何使用权力。政变和大革命的暴风雨之后,还有漫长的风和日丽的和平年代。如果我们尚没有再次听见"狼来了",那么快快端坐到桌前,完成许多许多次最后晚餐中的一次吧!

我乘一列特快火车,呼啸着由西向东,穿过昼与夜之间长长的隧道,来到上海这个中国最大的城市。那个秋天的下午,我左顾右盼月台上的接客者，竟没有一张认识的脸，也没有一双举着我名字纸牌的手。那份由电波传递的简信虽然完成了它的使命，但并没有得到我盼望的响应。月台上已空无一人，谁会前来？谁会把我放在心上？想想，毕竟那是一场大劫难之后，人心格外冷漠，缺乏愿意援人之手。

拖着我尽有的全部家当：一个大包装有简单的四季更换衣服，三个小包装有《英雄与英雄崇拜》《黑暗的心脏》等一百余册跟随我多年的书。我好不容易挨出了月台和长长的通道。

火车站出口外铺着水泥方块的不大不小的广场，像个喧闹的大锅，川流不息的接送客的人，依靠行李横竖躺着、坐着、站着的男女老少，无数口腔所发出的气息，汇成巨流，压过商店喇叭里的歌曲，比这混乱的城市先一步揪紧我的心。

喧闹也罢了，尤其这当地人引以自豪的口音——其他省市的人都讨厌的口音，但本地人却为此觉得高人一等，把不操纯粹当地口音的人看成二等公民。

在人群之中，我问自己，干吗千里迢迢而来，找罪受，还是有意在罪恶的中心寻找暴风雨中的静谧？站在拥挤的公共汽车里，我的身体被口音纯正的小瘪三们搓揉着，使我有种说不出口的心动，对，入骨切肤的心动，以致我在报到注册之后，断然拒绝大学生宿舍的黑暗走廊和六人间。颇费了一番周折，我在校园外一个骑自行车可以到的地方租了一间农舍。江南乡间的平淡，土墙、简陋的桌椅，每夜吱嘎响的旧木床，窗外泥土、蔬菜的芳香和肥料的臭味，我从心底感谢上天——用一个名牌大学的名义，躲避每天上八小时班以及一切其他庸庸碌碌，我关起门来，专心写构想了多年的小说。

就在这个时候，古恒擅自住了进来：一边将他的牙刷插入我的杯中，一边说是为了分担我一半日益上涨的房租，还有一个最强有力的理由——"因为我爱你"。他像一个天生的强盗，窃取了我的一半心、一半床，以及整个时间。我勉强支撑，继续写了两个星期，就明白自己真是愚蠢之极，不仅再也无法逃脱这个世界，而且书内书外的事相互衔接，继而脱节，使我自信心直线下降到零。这部小说写得散乱之极，理路不通；永远不可能发表，发表就得过许多关，看一审、二审、三审们操着他们的标准与我兜圈子，拿我消遣解闷。

　　不仅如此，小说中做主角的这几个人肯定要找我算账，而且小说中顺便提到的人也会对号入座，绝不会饶了我。我昔日的朋友还能剩下几个？何必与全世界为敌处处不得安身。于是我每写完一章便心灰意懒地锁进桌子最低一层的抽屉里。抽屉尽头存有几根肉骨头，引诱胃口最好的读者离开我的纸片。

　　白蛾，在望不到头的油菜花上飞舞，黄澄澄的花朵加强了云彩的凌厉。我推开敞了一条小缝的窗户，一只黑蝴蝶醒目地夹在白蛾之中，忽上忽下，一串跳跃着的线条在消失，在重现。那声音轻轻地飘入我的耳中，如海那边传来的一个警告。不，我不必这么想。这本是你必须读的书啊，你却要把它关入阴暗的牢狱之中，最后，小说世界就像曾经存在过的历史一样整个儿消失，仅留下一片令人兴奋的空白。

　　这样的选择，或许是最好的选择。

　　千万别心软，我不断地提醒自己。

　　每次出动前必算卦，按照今晚算卦的结果，今夜是挑一个厌恨已久的东西开心。

山阴路的汪大评，债主说。大家齐声喊："对！"

我点点头。

横拉在街中心的一幅塑料广告，如五光十色的幡旗，车队猛穿过去时，声音恍似白骨哗哗摇响。

"明天又是一个忌日——别吃蛤蜊。"债主认真地说。

"吓人来着。"

"信不信由你，不仅 F2 型肝炎爱上你，而且你的模样会变成蛤蜊。"

"那也不错，生生世世与君相伴！"

几辆甲壳虫车从后面摩托车队中急驰而来，猫忙转方向盘绕开：话留在牙缝里吧，快到虹口公园了！

关于我和古恒，那个晚上应当就是结局。

如果我聪明一点，那么我会回到自己的房间，睡不着，在床上辗转反侧，独个儿度完残夜。天亮之后，他会回来，我和他像以往吵架之后一样，又会和好如初。另一种和好方式是到经常去的那棵枯树下，往泥地上铺上我和他的外套，对着半壁围墙做爱，待呻吟和拼搏的抽搐结束之后，平静下来，我们又会像两个武林新手虚张声势地比试一番后，自己也觉得夸张得太累，毫无新鲜热情地搂抱着对方的腰沿小街走回去。

问题在于以上两种情况都没有发生。我白痴一样跟着他走，没打算，也没欲望。

马路旁的树林响起一片鸟受惊振翅的声音，小河臭味更浓了，却一如既往在黑暗之中幽蓝地流淌。古恒分开树枝时，稍稍迟疑了一下，但没有停下来。树林间盘错曲折的小径尽头，会合了两条方向不同的路，松花江街再次出现在眼前，我们不约而同地看了对方一眼。以前并不知道马路旁的小径和这街相通，但这并没有使我们惊奇，我们惊奇的是我们竟然做到了没有惊奇。没有月光的天幕漏下光线，像沙子那么细，洒在整条没有人走动的街上。高墙那边，大学校园已经静如一座死城。这时大约在凌晨2点40分到2点45分之间。

一团黑影急奔而来。

古恒定了定神，愣在那儿。我第一次看见他的目光直抖。我打量那团因为近了而放慢的影子：一个盲人，看不出实际年龄，朝我们站着的地方走来，手里挂着一根拐杖，一着地便弹起石子和灰尘。那根竹棍不时指向空中，犹如武器，只等早已命定的开火时机来临。

我突然听见古恒说："我得跟他走，远走高飞。"

"什么？"我怕自己听错了。

"我腻透了这种生活，你自己回去吧！"古恒不耐烦地喊了起来，"别管我！"他已跟在盲人身后，他们步伐一致，像父子兄弟。

"玩笑开出格了，"我劝古恒。可我这么说完之后，发现我脚步沉重起来，像穿上铅鞋。在慌乱中我继续说，"别闹了，天都快亮了！"这句话像以前电影中穷人盼翻身一样充满了感情。当我说完这话，大风骤起，刮过我的外衣，钻入我的内衣内裤。我的手紧紧护着衣服，我叫道，"以后你说什么，我都听你的，但你别跟瞎子走，别吓唬我，行不行？"

我的手臂不由自主举了起来，怪风拼命地撕扯我的衣服，要把它们全剥掉，让我没法去拉住他。古恒往前疾走，看也未看我一眼。

我奔跑起来。我感到身体的每个部位都由一个心思驱动：拦不住古恒，那么我拦盲人。

盲人如果机敏，会绕开。如果迟钝，会跌绊。可是盲人步子不变，脸被一顶草帽遮得严严实实。我的心猛跳，在他接触我的一瞬，我毅然决定直撞上去，把他撞倒。不料盲人却从我的身体里穿了过去，似乎我是一扇门，推一下就通向另一个空间，或者反过来，他是一个洞口，一走进去，便无尽头。我叫了一声，倒在沥青的马路上。

当我从比梦境还深的回忆中突然醒过来时，东方仍然没有露出它淡薄的微光，四周的漆黑将我重新引入只有鸡啼的凌晨。古恒不在床上。

一个梦？但那个瘦瘦的盲人，我想起来似乎在哪儿见过，在不久前来学校演出的一个戏里，那盲人是一个小有名气的女演员扮的。

第三节

我终日昏昏欲睡，颓唐地揉捏身上的酸痛处，如果这个世界上还存在精神的话，我会尽早恢复日常状态，但哪儿能找得着精神呢？我开始用镇定药片，然后用安眠药，尽可能不从睡眠中醒来。同时我再次爱上独身带来的自由以及徘徊于自杀走廊里的孤独。我几乎没有梦见过古恒一次，自从他突然不辞而别走了之后，当然他常这样，但以往哪一次都没这次长。

152

谁会相信我这一夜的经历？几天来我早就厌倦了各种人前来纠缠此事的来龙去脉、分析过去分析过来，把各种理论体系如洗澡水一样翻动。我不再骑车去学校上课，一次也不去，更不与人约见。不拆信，也就谈不上回信了。由厌恶自身到厌恶他人，虽然我时时实践着最高限度的容忍，令人窒息的容忍！但我一天天习惯并接受了古恒的失踪：他不过是一个二流货的诗人，从借调到一家杂志社编诗为生混到省作协养着的专业诗人，终其一生，浑浑噩噩，不过如此而已，决不会突然创造出一个奇迹来。如今这样的结局，对他对我都很难说不是最恰当的安排。

　　当然，用如此蔑视的口气打发他，是有点过分。他不乏过人之处，比如会将一口标准的北方话转化成带点夹生的本地口音，这使他从外省来到这个城市犹如鱼拥有了水、鸟拥有了天空。浓得像浮雕的男性魅力，加上几本书名怪得吓人一跳的诗集，将他的声名抬得又远又高。慕名写信乃至不约而来的人，绝大部分是大学内就读的女大学生、女研究生以及学院外爱附庸风雅的女文学青年。只有一点让我细想起来应该心存感激，那就是他只用一部分时间耗在崇拜者身上，让她们簇拥，与她们周旋厮混，大部分时间却像水泼在我四周，水渗入泥土，肥沃的是校园不停生长的花木，滋润的是一个个黯淡的夜晚，不是我！

　　以他的话来说，如此使用时间是诗人生涯之妙谛。"多产诗人"让人瞧不起。得名之法是少写！因而他和我泡在一起时极其心安理得，年华流逝得很高雅。

　　他拿出一张不知从哪里弄来的女人照片，让我看。

　　卷曲的头发包裹在军帽里，五官搭配到位。"她很漂亮！"我由衷地赞美。

"是我妻子，"他将照片小心地放回钱夹里，"你走在我的左边，她走在我的右边，这幅画将会绝妙无比。"

那么在遥远的北方某市菜场，那个穿白衣戴白帽卖豆芽的女人呢？

"那是前妻！"

他说与前妻整日大事小事争吵不休。我想他说的是或许有充分的文件根据，如同他老想把我推向你对我错的形式逻辑之中一样叫人难以争辩。

"结婚是一个靠不着楼房的钢梯子，一旦爬上去，你就无家可归。"他的手轻轻地敲着椅背。

这个爱着我的男人最大的长处莫过于对我的盯梢与窥视，关于我的任何可能不贞之处，他细细查勘：核对时间、地点、人物，比一个受过专业训练的公安人员更地道、彻底而有耐心。我觉得他如此生活苦不堪言，他似乎也很疲倦，然而他总想有机会"抓奸成双"，便不惜花无穷心计精力，其乐无穷，死而后已。这样一个被虐狂，居然也厌倦了这诗意的游戏，情愿放弃诗人的桂冠，放弃女人，放弃环绕在他四周的一切，要另择出路？那个用草帽遮住脸的盲人！我笑了起来，不，不是嘲笑他，也不是笑我自己，只是觉得世界不可理喻到只能一笑了之。

笑声像一群鱼苗在我身体里奔腾、欢跃，我的脸上红晕持续，我意识到自己仍然年轻。

我在一页稿纸上写下：

　　我活着给你制造地狱

　　我死了给你建筑天堂

那随便、陌生的字迹，仿佛是别人的手握住我的笔。长久对视这两行字，我逐渐清楚自己心里想的是什么，要的是什么。徘徊在房中，我决定将这两行字作为自己那部小说扉页题词。于是我回到桌前，放下笔，坐下，又极用心地环顾四周：潮湿的土墙刷了一层白石灰，仍凸凸凹凹，跟不平的地面一样，空气里的灰尘节奏缓慢地徐徐坠落，用手轻轻摸一下桌面，总有薄薄的一层。窗外还是熟悉的油菜花摇曳在风中，并没有无法理解的事物进入我的眼帘。

我弯下身子，将那页写有题词的纸塞进装有小说手稿的抽屉里，然后伸直了腰，搓了搓汗涔涔的手，既然生命总在有意无意的转折之中逝过，那么，这次，或许我能按照自己的心愿生活，我感到这可能性是存在的。

这些无聊小事已过去不知多少日月。

我早已学会活得潇洒轻松。

我的思想也早已回到隆隆的急驰声里来，回到四通八达的马路上来。我们一行人已经接近今夜要去的目的地了。

从公园转入甜爱路——这好听的名字，像一阵动听的鼓声响在耳边。甜爱路转进漂亮的山阴路，这儿曾住过中国现代文学鼻祖，他像一块植入我们神经中的电极，永远动态地存在。把汪大评从被窝里提起来时，屋外的围观者比我们的人多十几倍。

汪大评每日骑自行车上班，在拥挤的人潮里，指指点点。他绝不会躲在深巷窄弄里，他是一个堂堂正正的男子汉。一件件与他看来毫无干系的事连连发生，他的上司、部下、朋友轮番遭到撤职、调离、严重处分，甚至自杀丧命，而他稳稳当当从报社编辑室主任、副社长，坐上了社长的位子。他那些感怀过去的泪水淋漓的文章不断提醒我一些一生中最不愉快的事，我很奇怪人的爱和憎会如此相反。

记起了他，我便记起了他有一个很值得称道的习惯。当年他在文学界的声誉与日递增，没有任何风流韵事阻碍他的前程。时间的轮子往回滚动，停止在某个"笔会"上。这个始终留着浅浅一圈美髯的五十岁不到的男人，不停地给我和我的女友打电话，某个下午他让我们到他房间，实事求是地许愿给我们全国第一第二块小说奖金牌银牌，然后他先示意我背过脸去，让他脱下烫得笔挺的裤子，又叫我的女友背过脸去，他得脱掉喷了香水的衬衣，他看来是想让自己——一个男人——在两个女人面前因为女人分别背过脸去而转化为两个男人，为这种感觉他十分自豪，在他已经是一个光滑的面团形状时，他说要先爱我的女友，然后才来爱我。他这么郑重其事交代之后，我和女友哈哈大笑，一齐说，你这个人看来需要治疗。

这么一说，他的脸马上进入了一向的理论状态：严肃，认真。

不久，整个文坛都传遍了我的女友试图用色相赢得小说奖而自讨其辱的故事。

两天前，这个城市的权威性报纸《城汇报》发表了"本报特约记者"的文章《敦促康乃馨投降书》。从此文对昔日好时光的眷念之情看，人人都知道是汪大评的手笔。但片断的抒情不过是佐料，整篇文章慷慨激昂，篇首篇尾警告说这个城市现在各种恶势力猖獗，尤其罪行累累的是一个所谓的"康乃馨帮"，许多假作伸张正义报私仇清私账的暴行都是这伙匪帮干的。这些鲁莽女人自居于法律之上，诽谤司法机关，认为只有她们才是正义的代表，手段恶毒无所不用其极，一枝枝烧焦的康乃馨几乎到处可见，怒放出罪恶的芬芳。这是重复历史上形"左"实右的错误，其目的正是破坏我市安定团结的大好形势。一切热爱城市的公民必须立场鲜明地申讨举报。帮匪的亲友应当劝说她们自动投案，帮中受蒙蔽而犯过一些罪的成员，应立即到公安局自首。我们将实行惩前毖后，治病救人的原则，反戈一击，既往不咎。至于极少数臭名昭著怙恶不悛的匪首，历史上一切被打倒的反动派在朝她们招手。等等，等等。

　　是你啊！汪大评见我走过去，一把拉住我的手，说早就听说你了……我们是老朋友了?! 他的脸很快从惊慌转为长者的矜持和有分寸，穿着睡衣裤的身体挺得直直的。

　　我没有避开，我大把地摇了摇他的手，说认识就好，认识就好。

　　松开他的手，我笑了。他睁大眼环顾四周，无法控制的一种神色一下抹掉了他好不容易武装起来的精神。几个女人的手摸着汪大评苍白的脸，他闭上眼睛，舌头却在嘴里绊跌，结巴了半天也吐不出一句话。

　　男人最担心被女人摸脸摸头，真是不假。已经读到此段的各位女士不妨试试，只要不让男人知道是我的经验传授，就肯定灵验。

　　猫绕着他走，突然"叭"的一下扯下他的睡衣，围观者在屋里屋外欢叫，口哨声，掌声。

　　"用家伙!"有人叫道。镭射镜照住汪大评，壁炉里的火把一张张脸拉长，变方，半是红光半是绿光。一把大铁剪刀递到我手里。身高178公分的妖精和债主抓住汪大评挣扎的双手。猫接过我手里的大铁剪走上前去。汪大评盯着大铁剪，喉咙里吐出不成音节的声音，一阵怪响。"咔嚓"一声，他的一撮毛发落在地上。他呼吸噎住，极为识时务地跪在了地上。

楼上忽然传来一个女人的尖叫声，"干得好啊！你也有今天，我早就想把你……"汪大评的老婆顿了一下，接着冲口而出："把你的东西当神位供起来。"

"下来。"我的手向她挥动。

她的头缩回阁楼里。可不一会儿又伸出来，哭，闹，号嚷，既是为汪大评求情又像落井下石，声音听起来很刺耳。

我的心一下退回到我只求忘记的多年前，心境顿时糟透了。我对猫说，"我先离开了。"走了几步，我又着重加了一句，"只是吓唬他一下，别让人真以为我们是暴力帮派。"我回到汽车里独自坐着。

第四节

街上，法国梧桐被月光渲染成一棵棵画中之树。这时节是春季，也可能不是春天。这不明确的季节，到处出没闪现一些小小的飞絮，每个街角、下水道、垃圾筒、屋顶都可能见到。风把飞絮吹成一组组自由的花边，镶嵌在路边。

俱乐部的会歌震动围墙内的万年青和越出墙炸裂的石榴：

　　　不骑木驴游街，

　　　不背石磨沉潭。

呵，风水轮转，光阴怎会如此善察人心！

现在，世界已到了让世界来承受一切的时候。

"眼镜蛇"帮只会使砒霜、毒药，开冷枪。"白痴"帮尚可称道，他们每次抓双数，让其进入击剑场，最后让胜利一方用药水给对方的脸上留下记号，使城里多了些夏天也戴大口罩的人。我们不齿与这城市中的那些自以为也在替天行道的帮派同列。我们是个理论严肃理想崇高的组织。我总是最后一个发言。

"怎么样?"我问从汪大评家出来走在最前面的猫。

"不经吓的东西!"拉开车门，猫骂道。

汪大评再次被提起来靠墙站立。不知是否太伤自尊心或是那玩意儿越吓越小，他改成不屑一顾的态度：看你们要对我干什么? 这突然转变的态度，猫说，当时我还给他多打了几分。

那把大铁剪举了起来，轻轻地碰了一下汪大评的大腿，铁器的冰凉、锋利使他腾地一下离开墙，向窗外猛窜。不过没跑得了，他的身子被妖精强劲的胳膊死死钳住，奇怪的是这时他两腿间的东西却硬了起来，如一支等待出售的枪。

喝彩声又响起。

猫手中的大铁剪像手指一样张开了。

本来混乱喧哗的房间，骤然寂静，如无人之境。

大铁剪对准。

汪大评"吧嗒"一下，头垂到一边，眼睛翻了翻白眼，整个人滑到地上。妖精低下身子，摸了摸汪大评的鼻孔：气还在出。

猫指着汪大评身边的大铁剪，对已经停止哭泣的汪大评的老婆说，这下你不就有办法了吗? 爱怎么样都由你，我们的慰劳就到此结束了。

"但是，"我强调说，"我们不屑于消灭或损伤人的肉体的方法。"我感到我的脑子又被切开；挂在壁炉前倾斜的塑像，口哨与哭声互相调节节奏，模糊的脸在黑夜里轮换主角，"不经吓的东西"——猫事后说的那句话。我的手不太自然地在空中划了两下，仿佛把脑子腾空、捣整清楚一点：

"我们的目的是改造社会，用我们的榜样感化市民，把他们从各种绝情绝义的桎梏中营救出来。像昨夜这样的特殊行动只是不得不做时才有一次。我们相信精神启蒙才是根本的。"

一个个酒杯，在空中旋转，酒抛洒成奇异的图案，香气溢满空气。占了整一面墙的玻璃将整个夜空投在我们身上。

像一辆颤动不已的风车，空间在一点点变大，同时又在一点点缩小。

我来到债主面前。

我知道有些女人的亲吻，近似海藻的气息，有种不可告人的隐私的诱惑，让人蜕落一层皮露出第二层皮。似乎占有她们妖冶的面庞，我就真正战胜了以前只能给我苦恼或疯狂的世界。

我取下围在颈上的黑绸巾，用来遮住债主的眼睛，在她脑后齐肩的头发上系了个结。她脸颊上的皱纹在黑绸巾里若隐若现、轻轻颤动，她的双手无助地伸向我。

在屋顶玻璃房间的里面，债主坐在沙发形的竹椅上，我在她面前蹲下，把她的手放在她的膝盖上。然后我拉开她胸前的拉链：已经毁损的青春，颈上肉感的圆纹，耳旁和唇上的痣，松弛的嘴唇不再鲜艳，这一切都让我着迷，使我心动。我多么厌恨和腻味女人特意延长的青春期必然有的脆弱、偏激、滥情、毫无决断和抑止力等毛病，我一向对年龄较大的女人藏有不可名状的欲望，终于被她引发了，其实债主年长于我仅仅十岁。

成熟的美不可多得，历经沧桑的沉着和智慧，使它别具风采。我真不明白为什么女人一听见"四十""五十"就直打哆嗦。

我拿起这么一只经历了岁月的手，贴在脸颊。我的微笑兼着轻声哭泣，喃喃低语；她的眼睛里布满神秘的通道、神秘的梯子。我随自己走进去，爬上梯子；一段起伏与另一段起伏缠在一起，盘绕我的心是一系列近乎抽象的形象：那越出酒面的游泳，那一次比一次长久的抛起，各个部位打出的节奏，敲击在最敏感的点上。修长的手指，光滑如玉的脚趾，呵，舒软甜润的舌头——我生平最偏爱的器官，犹如一只只小小的白鼠，穿进穿出身体。"像小时第一次看见一个人撕碎又粘合另一个人时一样，"债主喃喃地说，"我感到全身在水中。"

我惊叫，我的小白鼠啊，一直飘驰在血液起伏的波浪上，不需要找到岸，只要在浪尖顶端！

第五节

连着三个月，虹口地区的居民每天拥挤着看几十辆卡车浩浩荡荡开过，车里都是死刑犯，当然还有荷枪实弹的卫兵。卡车向靶场驶去，那是开花落地的好地方。自19世纪末期起，那儿就是一个极奇怪的热闹中心场所，每次枪杀或斩决犯人，事前就已围得人山人海。

20世纪某个年代，有一次，几辆卡车快到靶场的拐角，中间一辆卡车出现了前所未有的情况，死刑犯忽然与卫兵厮打，抢夺了卫兵的枪，前后卡车的卫兵都被这突如其来的变故惊呆了，卫兵们赶快把枪口对里，怕自己车里的死刑犯也动手。

压队的军官带着队伍奔上来，一路狂喊"跳！跳！"

被缠住的军人放弃武器跳下，冲锋枪、机关枪的射击声像节日的爆竹。大约十分钟之后，庆祝仪式才告一段落。硝烟渐渐散去，弹痕累累的卡车上堆满形体不全的血肉。清点尸体才发现有三个倒霉的年轻士兵，没来得及放开枪跳下车，他们身上的枪洞最多，两边都朝他打，正反都打烂了。血从车上狂涌下来，染红整整一条街面。

血腥气像当年一样顽强地停留在街道上空，浓缩在苹果、梨子、樱桃里，浸入玫瑰和十里香中。终于，人们忍受不了某种暗示或需要，他们过节似的奔出家，从一条里弄串到另一条里弄，来到大街上，他们已像圆白菜一样团结。

这是一个集体的狂欢，这个城市需要刺激就像需要雪里蕻咸菜和臭豆腐乳。在太阳升起和落下之时，他们喜欢聚集在甜爱路和四川北路，有时在苏州河四川桥屯集，交头接耳，传播通过各种来路不明的最新消息，趁机菲薄别人的妻子或女友，勇敢点的人用手用胳膊，有意无意顶顶碰碰良家和非良家妇女的局部，或者像献宝似的猛地从身上掏出玩意儿，吓唬放学回家的少女。或者干脆更下作，扎堆儿商量如何写匿名信。

这些一向循规蹈矩的市民们，已经变成每日要靠犯规来刺激的球员，他们以栽害他人为乐，以逼人发疯为骄傲。少数人趣味高雅，从比较睡过的异性生理心理发展出新学科"比较私通学"。自然由此出现了报仇的需要，于是帮会与各种互助组织或同道协会应运而生。

三五成群的人们，脸上神情可笑又极其认真地议论着蒜皮类的大事。这个城市看来是出了毛病。类似半个世纪前发生的那些场面，已经注定这城市总有一天神志不正常，未见诸史书的腥味，把这城市的光荣历程染得可疑。而现在，罪恶正在使这城市血压增高。

我忽然明白了多年前我那真假莫辨的遭遇，也与这城市有关。

我有意丢开同伙，避开人群，一个人走在阴森森的街上。天上下起毛毛雨，一会儿停，一会儿下。走了很久才意识到头发、脸、衣服湿了，我的脚试图绕开路上发黑的斑迹，可是没用，脏物不断粘连着我的鞋，而且又开始呈现鲜红的颜色。一个弄堂连着一个弄堂，我看不到撑着伞的人，家鸡野猫，甚至乌鸦也提前撤离。

树木和房屋都歪斜着，等待一场巨风骤起。

第六节

为什么他们不关上房门？光滑照人的地板映出我哆嗦的身影，移向他们向我招手的地方——床。

我拼命跑，跑在广场上，混在陌生人中间，我开始哭泣。

"我养女儿就是为了我喜欢，我养儿子就是为你妈高兴。"他捧着我的脸，半开玩笑半认真地说。

她在阳台上捣碎红辣椒，或许是由于辣椒的刺激，她的脸红润，但那声音的细柔却是她自己的。红辣椒已捣成粉末，她不进客厅，那仅仅因弯着腰而需要抬头的一双眼睛，含而不露地朝玻璃窗里扫了一下，其实什么也看不见，泪水模糊了她的视线。但就是那双盯在我身上的眼睛，仿佛又在看着我，折射出西南边陲那座我想忘掉却永远忘不掉的城市夜空幽蓝的光。

他的身体离我只有一尺之遥，他似乎是在犹豫，并惊异我眼里突然闪出的那股渴望之火，怎么会即刻熄灭？我脸上沁出了汗珠。

他退后了一步。

我企望他就这样退，一直退出我的视线。

究竟谁是我最早的老师，教会了不是我当时那个年龄应懂得的一切知识和游戏，并让我一直在恐惧中成长？究竟谁是我的第一个男人？我和古恒做爱时，古恒无休无止地谈论这些问题，由于伤口的创痛，我缄默不语。古恒伴随着折磨心理的追问，不仅给他自己狂热的想象增添燃料，而且导致我不可救药地爱上了这些问题，认同了提这些问题的人对我的欲望。

怎么会想不起来？古恒先试探，然后真正愤怒地责问，认为我故意不说。古恒那张混杂邪恶与天真的脸，此刻瞧起来真的心里难受，像有人抄袭了他更隐蔽地抄来的诗句。

我是真的记不起来，一切朦朦胧胧，一切不该发生而发生的事，一切该发生而没发生的事。他是我父亲，而她是我母亲。应该是，如果不是，那又是谁呢？我披上衣服，坐在离农田不远的房子里，我真的愿意这么丧失记忆，永久丧失。

鹰头笑嘻嘻地说，你该不是在这儿等我的吧？

哦，真是巧事！我答道。我知道单独面对这种帮主人物是危险的。

鹰头下身穿了条紧绷着屁股的牛仔裤，上身白灯笼衣，脚蹬长及膝盖的浅棕色皮靴。"我们真该携手并进，你瞧，血水都溅到咱们楚楚衣冠上了。"他第一次用如此文雅的言辞，与以往不一样。

我笑了。当我揭下帽子时，他建议我和他何不进这空无一人的路边酒吧间里喝一杯？我点了点头。

十来个鹰，他的随从，即刻变成侍者，为我们放上音乐，端来进口的德国黑啤酒。

"我讨厌这音乐，"我喝了一口冰冻的黑啤，放下杯子，开始了我与鹰头的谈判。

狂躁的近乎语录歌的曲子换成柔美的歌剧，像是我曾经喜欢的谭盾的名曲《一向落索》。鹰说，"这不错了吧？！"

"是的，我们都进入了舞台。"我在这鲜花枯槁但桌布洁净的酒吧里，在小提琴和大提琴、双簧管不停催促下，没有断然阻止鹰靠近我。交流是必要的，许多事都在交流中得到解决和进行。我的声音铿锵有力，婉谢着温暖巢穴外的敲门声。

他松开手，紧闭着嘴唇定定地看着我，人看来极聪明。智商第一——这个我从前唯一衡量男人的条件，而现在呢，我一想到他那满腹坏水和不伦不类的半上流语言，便忍不住笑。

"笑什么？"

"不为什么。"我不置可否，继续笑。

"新鲜，很新鲜，是吗？"他已经喝了五杯了，脸上仍未有半点醉意，"我在想……哦，我想看到你高潮时的面部表情。"

从酒吧落地有色玻璃窗看出去：桥的曲线顺着河面旋绕开去，而夜幕却融化在河面上。

是呵，我必须走，母亲不暗示我走，我也会离开。

蝃蝀在东。莫之敢指。
女子有行。远父母兄弟。

那个停电只能点蜡烛的夜晚，母亲又提起在我出生前后给我取名字的事，说她和我父亲翻遍字典，终不满意，最后两人筋疲力尽躺在床上，父亲翻过身，面朝窗子，看着下午雨后阳光移走乌云的天空，忽地想起这一段。他连忙起身去书房翻书：

蝃蝀。虹也。日与雨交。倐然成质。似有血气之类。乃阴阳之气不当交而交者。盖天地之淫气也。在东者莫虹也。虹随日所映。故朝西而莫东也。此刺淫奔之诗。言虫蝃蝀在东。而人不敢指。以比淫奔之恶。人不可道。况女子有行。又当远其父母兄弟。
岂可不顾此而冒行乎。

他看着看着，脸白如一堵墙。
母亲躺在床上，捂着凸起的肚子没言语。
几天之后，我出生了，待我经护士之手洗裹好后，第一次抱给从产房移到病房休息的母亲看时，母亲说，就叫她蝃蝀。
烛光，企图翻越我的恐惧，不断地挣扎、跳动。

每次这个早已成老话的故事重提在母亲的嘴里时，我都猝不及防打了个冷战，有种前所未有的恐惧，我似乎依稀瞥见了以后我们各自的生活和预定的结局。

桥悄无声息地从船上穿过。夜，更换着色泽，由黑转青蓝，再由青蓝变为墨黑。灰蒙蒙的云块，隐隐沉沉飞动。而船灯、桥灯、路灯连同两岸的房屋，留给这个城市一片模糊不清的影子。在一阵风传递过来的烟雾之中越加缥缈，不真实。

我走得有点疲劳，于是我停了下来，靠在一家卖早点的店铺门框上。门紧紧关着，透过玻璃，店铺里间微弱的光线打在我的脸上。我的手触及玻璃上写着锅贴、米粉、油条、豆浆之类的字样，双腿开始轻轻打战，或许，我生来就应该落脚在这个地图上最东端的上海，哪怕我在其他城市长大。而且，我生来就应该到这个城市闹一场革命。面对这个已经打烊的城市，我多么像拒绝离开畜栏的一头可爱的牲口！

第七节

又是深夜一点。

天蓝下去，覆盖了夜空，蓝下去，出现了一轮残缺的月亮。火烧毁了几栋房屋，大批的蝴蝶、蛾子、蟑螂从空中坠落在街上、屋檐、人的头顶和肩上。

一拨人慌张地后退着，不知在害怕什么。

我刹住摩托，跳下地，将车靠在一棵银杏树边，走了过去。

在一家鞋店与人行道上的垃圾箱间，一条黑色的狼狗站在那儿，据说已有一年多时间了，它阴冷地瞪着眼睛，张开长着利齿的大口，不动，也不吠叫，似乎谁靠近它，谁就是它饥饿肠胃的第一口美餐。它颈上戴着一个璨璨耀眼的项圈。应该叫它"圣徒"呢，还是"回忆"？我脑子飞快地转动着，这时它离我只有二十步不到的距离，与我的目光对视。我的脸色镇定，温柔而欣喜，不放慢脚步。"回忆，"我嘴里轻轻地打了个呼哨。然后走几步忍不住轻声呼唤一次"回忆"，我像一个灵魔，靠近狼狗。

在这个时候，我突然觉得从前那些同行太可笑，他们写的所谓警世之作，追索神圣情感与绝望，昼夜不食不寝，充当道德审判家，俨然忧于天下之先。诗人、作家、画家、音乐家以及政客等，所有的形象，都没有在世界的分裂中作为一个人本身的行动更为重要的了。一个很响的榧子，从我的手指弹出，重重地蹦落在身后"嘘"的一声众人变色的脸上。

狼狗一惊，凶猛地龇出牙齿和鲜红的舌头，头昂起之时，身子后坐，准备扑跃的样子。

我身后响起了奔逃的脚步声。

我不予理睬，继续专心致志地打着漂亮的榧子，清晰，悦耳，铿然。我说"回忆！回忆！"步态平缓，可以说是漫不经心地从狼狗身旁走过。忽然，我转过身，往回闪了一步，弯下腰，摸住了"回忆"的脖颈。

学会了不再流泪的我，第一次养一条雌狗，我几乎与它形影不离，总是左右相伴。这天，我身穿一件紧裹的连衣裙，因为半透明，那几朵刺花在阳光下格外醒目，衣服仅仅起了罩一层红光的作用，使文身逼现出神秘的美。我牵着健壮、浑身毛发油亮的回忆，走在虹口公园门口 1 路 9 路电车行进的马路当中。叫卖茶叶蛋的小贩以及围在摊上的顾客专心而残酷地剥刚孵出小鸡的蛋壳，把带毛的肉团儿扔进嘴里，此城重新盛行品吃佳肴"母女合床"，据说源自《金瓶梅》刚发现的古抄本，补阳有神效。飘扬在城市上空的本地话，一串一串蛆似的扭动，加上买者卖者为一两分钱争红脖子，在一场令人神魂颠倒的戏尚未开张时，在黑夜降临之前，白天的街道还可从某些景致中挑出少许似曾相识、过去多少年的秩序和有政府主义的形状来。我感慨万分，俯下身，把脸贴在回忆的头上，那首早已淡忘却对我来说非同寻常的歌落在了我舌头上：

> 我出卖了灵魂，你为我拾了回来
> 我简直不敢相信
> 你真需要我

第八节

已经不存在的时间，加上一些不应发生的事，这就是回忆。这话或许有道理，但不会永远如此。这桩不应当有的事不在过去，而在现在，此时此刻，就在这儿。因此，我感到有必要不再遮掩事实的真相，比如，在此书中我想讲的并不是一个恐怖加血腥的性暴力故事。如果我在前面没有说明白，那并不是我的本意，而是还没来得及醒悟到你们的误会。再比如，我不应该拒绝古恒几次三番请求进入这灯残酒冷的舞台，我为什么不允许他、答应他呢？我的确想看到他怎么将他担任的角色演下去。

当然，我这么说，有点不切实际，在犯傻。事实上，我总是阻止他，虽然我明知不让他走近我是办不到的。例如，就在此刻，我已从这漆黑的跳舞的人群中，辨认出一个远远注视着我的人，高个儿，表情冷漠。是的，这个人对我而言，并不陌生。

今夜的通宵舞会，由警安工会主办。

"警匪一家，真不假！难怪街上连蟑螂咬死人也无人管了，"古恒将一把伞靠在墙边，站在我身旁说，"这个城市快成政治波普了。"讽刺中带着万分悲戚。多少年不见了，他好像我们昨天才分手似的，连招呼都不必打。但他那愤世嫉俗、高人一等的腔调，却是依然故我，一点也没变。

我随着乐曲轻扭着身体说："难道不好吗，警民鱼水情深！"他的呼吸以及从天而降的整个人，使我浑身战栗，我怀疑他的出现隐含阴谋，与某项罪恶的策划有关。但我马上打消了自己的想法，我不想过早地折磨自己。

来参加这个不定期的舞会的人形形色色，各行各业都有，但最积极的是这城市队伍越来越壮大的警察。乔装打扮，奇形怪状已足够荒诞滑稽的了。熄灯，就意义更多了。当然不是为了掩人耳目，也不是害怕新闻媒介的报道，而是给自己壮胆。于胡作非为之后，灯亮了，第二天若彼此碰头相见装作不曾有过什么事、不负任何责任。这样的遮羞布对警察来说尤其是必要的。

古恒终于看不下去了。他拿起搁在墙边的伞，拖我到休息室。

"你的想象永远这么丰富奇特啊！用树叶和花瓣披挂在身上，头发也剃成了男人样，那你干吗还涂脂抹粉？不男不女。"拧亮壁灯，他一边说个不停，一边脱下他的豆沙色风衣，要罩在我身上。

倒在门后的那把伞很新，绿色，而且是仿油纸的。我的眼睛在上面溜了一转，身体让开风衣。但抵不过他坚持，便随他了。

古恒把休息室的门闩上，站在门那儿望着我，然后说，这还有点像了。

嫦娥宫，这个坐落在外滩，一百多年来都叫同一个名字的五星级宾馆的舞厅，休息室隔音效果优良，几乎听不到金丝绒窗帘外那条著名的江和不著名的海汇合处轮船的长鸣，更感觉不到二十四层楼下汽车与行人的喧嚣，甚至连隔壁百鸟回头群凤戏龙的音乐声，一丝一毫也没泻入。这儿，只有开得正欢的马蹄莲、美人蕉，水一样明净宽大的镜子，以及洗手间有人用过的水龙头尚未关紧的滴水声。

我从镜前的平台上，拿起一盒印有花纹的喷香的纸，从中取了一张，仔细地擦手。我和他还有什么可谈的呢？相隔一天就如同一生半世。他懂吗？我可是深深感受到这一点的。

"向你道歉，请你原谅，但不会有丝毫作用，"他一本正经、严肃地说，"我还不如不说的好。"他头发长及肩，脸瘦削，眼睛凹进去，这样的五官轮廓醒目，还带有几分沧桑的色彩。我得承认，他比以前更帅，更有魅力了。

我走近他，他披在我身上的风衣竟自己滑落在地上。

他转过身，背对着我，但他看到镜子中的我，突然呆住了。

有什么可吃惊的，你忘了我的身体是怎么回事，表情何必如此夸张？但我发现自己想错了。他盯着我手臂和屁股上的文身，说："传闻一点不假，你真是康乃馨帮的人？"

"什么帮不帮?"我说,"这是我个人挑选的花纹。"我揭掉手臂和屁股上的树叶和花瓣,看着镜子里的古恒,问道:"难道你不觉得很美?"我耸了耸肩,顾影自怜地转向一旁一面更大的镜子,那深陷进皮肉色彩斑斓的图案,箭非箭,花非花,它们交缠起来,毫不留情地将时间往前抛。不懂的人永远不懂。可不是吗,此时彼地,恍若另一世。

他不自然地颓坐到沙发上,鼻子里哼了两声,才说:"不是美丑问题。"

"那是什么呢?"

"感觉不对,也许是感觉跟不上来,总之,我觉得极不舒服。"

我说:"得了吧,感觉。感觉都是瞬间的,而且太个人化了,我奉劝你留给自己,我不想知道,因此免开尊口。你别皱眉,这都是你的口头禅!"

他苦笑,接着便沉默了。可没隔一会儿,不等我开口,他就说那年他去的那地方比他想象的好不了多少。他显然在做一种不像是解释的解释——为他重新出现在这个城市。关于他的失踪,我已没这份耐心在这儿听他瞎扯,更谈不上要去追问个水落石出,我表现出想离开的神态。

"才两分钟,"他低头看了一下表,"再待一会儿行吗?"他抓住了我的手,继续说,那地方比他想象的还糟,那是一种你摸不到看不见的可怕和无知。他身子倾斜,把我的手放到他的唇边,轻轻吻着,"不,那是我瞎说。"

我心里有点乐了,他承认撒谎时连眼睛也不眨一下,完全跟过去一样。

他强调他哪儿也没去,仍在校园,有时住在研究生宿舍区9号

172

楼，时不时骑自行车去教室听一堂"现代文学作品剖析"，与教授开开素笑话。有时候，带几个学写诗的回去，不，不，当然是她们自愿的。换了换花样，滑滑旱冰，拍拍照片，去一些文学社演讲、指导而已。

我俯视这个男人，他对我来说，仍然不同于别人，不然我凭什么会站在这儿听他瞎说呢？

"跟我回去，答应我！"古恒的眼睛充满深意地凝视我。的确，眼睛注视比手的抚摸嘴的亲吻有用得多。

"回哪儿？"我的温柔声音又回来了。

"我那条路不容易走，你这条路更不能走，太可怕了。"

"我不明白你在说什么？"

"你要装糊涂就装吧！"他的手伸进裤袋，掏烟，但只摸出一个画着龙虎卧在一起的烟盒，他不死心，再次摸索，仍摸不出一支烟，便把龙虎揉成一团，扔在大理石的地上，感觉到我投过去的目光，又弯腰拾起。

"我偶尔也去电教室看看新潮派的电影，什么《摇摇摇》《活着的痛苦》你看过吗？"我耸耸肩，古恒不是在有意耍弄我，就是住了几十年精神病院才放出来。

有人敲门。我和古恒都未作声。敲门声停止。也许是有人要上洗手间，见门关着，便另换一地了。古恒的声音随即响起："你不在的日子里，我的时间靠找事打发，无聊透了！那么多女人，试试可以，可哪一个像你呢？我能去哪儿？我不过是换了一件衣服，有时，戴了副轻度近视眼镜，有时换成墨镜，理了一种别的发型。"

他把揉皱的烟盒放回了裤袋，站了起来，直视我，声音肯定，带着仇恨，或者说接近于仇恨："实际上那晚消失的是你，而不是我。我至今在那个倒霉的大学做'住校'诗人，而你呢？"他走了两步，"是错误，是你的错，那晚本来不该发生的一切发生了。嗯，我想起来了，你为什么要拦我？"

"我拦你了？"

"你不拦我，我就不会跟她走了。"

"'她'——盲人，那个演员？！"

"你很聪明，不过我们并没有存心演一出戏。"

我说你为什么不敢承认自己一生是在演戏呢？他刚要开口，我打断他，不想再听他说下去。这事一提起，我就恶心。

"她真是一个出色的演员，"他钦佩地说，但又无不遗憾，"可惜她只能演一个角色，演完了就只有退场。"

"这不就是你和每个女人的关系吗？"我笑了起来，"难道我的角色还没完？"

"角色？哦，"他也故作轻松，笑了起来，"没完，当然没完。你换角色的本领谁能比得上？"避开镜子的光，他减缓了些说话的速度，说："总之，不管怎么说，我还是愿意向你道歉，请你原谅。我几乎天天从窗子里往路上望，希望看见你，听到你的脚步声。"

早已结晶的泪水，像门前的霜，脚印踩在上面，全是污迹。我不断闩门又开门。我骑车到校园转，怕深夜他喝醉酒摔在路边。虽然我明白他不想让人找到时，谁也找不到他。一两天没音信是常事。

这天清晨，我醒了过来，仿佛和以前的每天早晨醒来一样慵倦懒散。但又与以前不太一样：窗外温柔的绿色淌入我的眼里时，我感到了树叶把风带动，涟漪在一次次抚摸洼地里的水，乌云像一座座相连的山，移动在田野上。我铁定了心，得改变这一切。首先我想到的是搬家。但出去转了一整天之后，我便打消了这个念头，一是一时找不到比我目前住的更理想的房间，二是我想，只要我留在这儿，我就会再拿起笔。

这是一个应该记住的日子：我不仅将床、桌子、椅子掉换了位置，而且把房间清扫得一干二净，达到了重租一个房子一样的目的。

门外小路上响起了脚步声。我定了定神，与其受门外一阵又一阵脚步折磨，那么还不如干脆将门打开。那是个多雨的季节。几天不见，他大大咧咧地回来了，手里挽着一个身段修长的女人，两个人互相注视着，欲火的热浪，煽得我和一直敞开的门直摇晃。古恒看也不看我说，外面空气新鲜，你出去散会儿步好吗？我说，不明摆着外面在下雨，你们才跑到这屋里来的吗？而且我在写作，我不想中断。

喔，真的，古恒敲了敲自己的脑袋，好像突然明白过来。真对不起，我忘了。那个女人看着我，古恒对她说，这是我妹妹。她心肠最好，待我比我妈还好。好吧，你继续写——你不会回头的，对吗?！

他们钻入了薄薄的蚊帐里。我背朝床，但比面对床更难受。一层蚊帐之隔，或许算是古恒对我感情的一点照顾？

我坐在那儿，笔尖在纸上划开一道道口子，眼泪吧嗒吧嗒地掉在稿子上。大概听见我抽泣的声音，床的叽咯声和嘴唇相接的吮吸才停住了。那女人说了句什么，然后我听到衣服的窸窣声，不知是穿衣呢还是在脱衣。我一直不愿、也不敢回头。

门被狠狠地甩上。

古恒说，"你为什么不走开，尽坏我的事。"

"因为我并不是你的妹妹。"我的反驳，语言贫乏、无力到我为自己羞愧的程度。其实我心里明白，我不是这样软弱可欺的，我不过与天下所有恋爱中的女人一样：为了抓牢爱情，睁只眼闭只眼。

人行道上，每隔一个水泥方柱，便有一条红色塑料长椅。

这条街，屋檐如广州街头一样宽，下雨天也不用穿雨衣打雨伞。

我和他坐在椅子上。周围是肩并肩的商店，拥挤的汽车，三轮车以及拎着大包小包的行人。那个傍晚，天空逐渐吸收椅子上的红色，渲染着远近的楼房。

这情景就像九十年代初那位著名女导演林白摆弄的镜头，男主人公在带轨的电车里看见他心爱的女人走在街上。我们的耳边一遍遍传来他的叫声。因为车玻璃，因为人声喧杂，因为所有可以导致她听不到他的呼唤的原因，他的心脏病突发，死在追她的路上。

刚结束的电影结尾，无疑打开了古恒与我之间的一条捷径，他注视停在对面站上电车的神态，使我的眼睛逐渐明亮起来。我从小就有的恶习，使我害怕自己被摄影机拍进去。

古恒当年在我的心中和此时此刻是多么不一样啊！

古恒拿着一枝白色的马蹄莲在我的肩上摩动；我为你写了一首长诗，副标题——献给人的女儿；飞机的侧面投射出虹的幻影，情况特殊时是几个弯曲的器皿，置于苹果的核中，置于比目鱼的

176

鳃上，闪耀在店堂强行穿透玻璃的心。

我的脸移向他，闭上眼睛，沉醉地听着。"这咬人的剪刀，一个装满红蚂蚁的杯子，"他抱住了我，手上的动作爆发到夸张的程度，而嘴在我脸上找不到家。

他睁开眼睛深切地看着我。他忽然把我推靠在墙上，所有的力量都使在我与他分开的时间——那段空白上，他企图用肉体填满它们。我正好对着镜子，他骨骼分明的背脊，绷着肌肉的腿和往下滑的裤子，一一晃动在我的眼里。

在他要进入我的那一秒，我推开了他。我承认我有意捉弄他，半点帮帮忙的心思也没有。"听着，"我叫他的名字，"你现在就走，离我远些，像以前一样。"

"我要是不走呢？"他愠怒地系上裤子。

我朝门边走去。"对我说是一样，对你可很不一样——我不是威胁。"

"你就这样走了么？"

"当然就这样走了！"

我的话音未完，手被他抓住，反剪在背后，"我让你就这么整治我，"他把我推到镜子前，"看着你自己，你把刚才的话再重复一遍！"

我没作声，他在镜子里的形象并不比我雅观，他咬着牙的样子，既狼狈又狰狞，而且很陌生。

"这不是你的心里话，你一直不给机会让我表示多么爱你，但你现在这么做，不就是在宣称……"他喘着气说，"你要我说爱你胜过一切吗？……"

"爱爱爱，"我说，"你真是一点不变。"

踏着一地损坏的花朵与击成碎块的镜子，我拉开门。经过舞池的门厅，穿过长长的走廊，按了电梯的按钮，在进电梯的一刻，我回过头：古恒果然还站在走廊拐弯处，灯光下他的衣服泛出绛红色，脸上疮疤更加不平——屋顶旋转红灯正对准他。他在吼叫，听不见声音，但可能说的是最有意义也最真实的话。

电梯门"哐当"一声关上了。他怎么在这个时候出现？这问题又跑入了我的脑子。

第九节

每月的中间，我在不同的日子会见一个不同类型的女人；而每月的最末一天，我喜欢选定一个特殊的地方，静静地想自己的事。

这天正好是月末，我坐在大世界悬空的锥体咖啡店里。落地玻璃窗外，西藏路、九江路上，一些人身上涂着油彩，一些人衣饰是复古式披麻戴孝。他们眼光笔直，漫步穿过街上稀疏和紧密的人群。这些做白日梦的人似乎与患夜游症的人轮流值班，占据了这个城市不多的绿地和长椅。

我付完账，把小费放在桌子上，正准备起身走掉时，一个一副江南才子模样、大约三十出头四十不到的男子，一步跨上手扶自动电梯。

我当然马上明白了这个人是谁，我隔着假石山真兰竹朝来人叫了一声。

"她是一只乌鸦！"

"你总能把她变得酸酸的。"

我喜欢和债主进行类似上面的谈话，她的牛仔裤 T 恤衫一类的衣服是我另眼相看她的理由之一。而眼前的她眉毛添粗，涂了金属色的唇膏，亮闪闪的，烫过的头发一丛黄一丛泛红。

"女人扮男人的确不一样。"我的声音在我自己听起来很高兴，这使我有点意外。

她侧过脸来，眼睛看着我，嘴唇一动，没说话，却诱人地笑了。

大世界极乐世界七个字，像一道斑斓的彩虹腾起在傍晚淡蓝的天空。失禁舞的大型广告满城皆是。

五千元一张门票。对大多数市民来说数字不小。可这舞一眨眼成了时髦货，老年人少年人一样发狂，通路子弄票。有趣，拿钞票买逆时针的感觉，我们冷笑。

我们在棋盘状的里弄里穿越；在摩天大楼夹缝里，这里的老房子破败，肮脏，门窗蛛网密结，许多地方屋檐遮住了天色。远处十字交叉路口盖住下水道的铁板不时发出一两声怪响。"知道吗，我不开寸寸笑包房歌厅酒吧。"债主踢开一个易拉罐说。她是最早扔掉医院铁饭碗下海的医生。

我笑了，说难怪牛鬼蛇都从地底钻出来，想咬住城市的喉管。"我变我变我变变变"的词已成为电视新闻开场白，挂在每张嘴上。那贴在地铁火车站码头专做男器整直，女人阴蒂加敏的大页广告居然也有你债主一个。

我还做阴阳人手术，她嬉皮笑脸，说保证器官合适，有我这门祖传绝技，世上就多一台有趣的剧。

道路突然宽敞，却人声喧哗。我俩胡乱走到车台路和福佑路的古玩市场。全辐射灯高高低低，亮度深浅不一地照着摊位上的首饰珠宝、鼻烟壶、牙木竹雕、翡翠玉器、红木家具，还有一些字画文房印石、缂丝顾绣。真伪混杂，琳琅满目。

"几钿？"

"勿要寻开心！"

比起广东路上的百年老店来，古董贩子贼亮的眼睛更懂行情，而买主脸厚嘴更滑溜。

我拿起一把弹簧刀，刀盒雕着一只嬉戏的虎，刀柄刻有我熟悉的康乃馨花纹，我一按，刺目的刀刃坚挺地跳了出来。接住抛在空中的弹簧刀，我将它佩戴在我镀银的金属皮带上。

债主在旁说，既然你喜欢男人的玩意儿，下次我就带你去静安寺，那儿是真正的地下黑色娱乐区。

牛群从栅栏里分批提出。依墙站着两排五六十岁的男女，塑料围裙，长条案板血迹斑斑，苍蝇飞在人和牛之间，嗡嗡叫。铁钩整齐地挂着剖开了的比人还高大的一头头牛。

马杀鸡松弛，立竿见影俱乐部，剥皮游泳池，各种名堂的私人治疗室，错落有致，构成一个葫芦状的大服务中心，在葫芦底是杀牛场，显而易见那些逐渐年老色衰的人并非专职屠夫，但比专职屠夫更专心致志。我摸摸腰上的刀说，郎中先生，如果你也想试试，我也可以去一次。

双层高架单轨环城电车，慢悠悠的，几乎擦着马路边的房屋行驶，如一张旧唱片哼着一支久违的歌，树枝不时遮挡车窗玻璃，混杂一块一块淡而无味的灯光，细长的苏州河流泻到唱片上呜咽起来，岸两边狂舞的风，夹着刺耳的笑声，把我结结实实框住。

"你比以前更快乐吗?"我抚摸玻璃窗上一个幽灵般的人影。

"当然,那还用说。"我急不可待地替她回答。

第十节

袅袅升起的烟雾之中,父亲与母亲坐在对面,以我少见的严肃面孔盯着我,只有当窗外的天空接近浅红色,他们脸上才挂着枯淡的笑容。我头轻,脚也轻,感到空气也轻。这种云烟的最新产品,抽了两支,香气就不离开,在我身上的一些角落找居留点。难道我是真的想看见他们?

善开玩笑,是他自然的天分。就这一点,使她迷上了他,上班他们在一个办公室,回到家,他们又在一起,不在一起时,她的心却跟随着他。因此,他们之间究竟相互憎恨到何种地步,不算我在内,所有认识他们的人都可以想象。玩笑开了几十年,到了这个份上,他总指着窗台上的一盆从不开花的仙人掌,说你对它发火吧,骂、打都由你。于是她就把气发在这个象征着男性器官的植物身上,有一次,她独自在房中对着仙人掌吼:给你个麻雀屎!他听见了,说,作为植物,谢谢佳肴美味。

我翻了一个身,母亲的眼泪像一条河涓涓淌着,然后,像一个小水沟,最后成为仅仅暴露着被水冲刷的光滑平坦的枯石。我的脸埋进松软的枕头里。

嗯,就这样,我嘴张开,在童年的深处,窒息,兴奋,那是革命取得成功,全国无一处不红彤彤之时。

是什么声音让我停止前行,电话,或是门铃?

我微微睁开双眼，回忆正趴在床头，我想伸出手去抚摸它，可我突然一脚踢开了它。"哇"的一声，它跑开，带着忐忑不安的目光。

我从床上坐了起来：没有任何东西可以满足我，更不用说一个男人，而我还自以为满足，这不显得可笑吗?!

"叫他走!"我大声说。

隔了一会儿，有声音答道，"他不走，说一定要见您。"

古恒被带了进来。我从卧室通向外间的百叶窗望过去，他站在一幅高行健的水墨画前抽烟，脸侧着，看不清神情。

大约两三分钟后，他似乎是抽完了烟，掉转过头，朝卧室走来。他满脸是笑向我的床靠拢，正要接近我时，回忆汪汪叫了两声，露出锋利尖硬的牙齿，特别是死死盯着他的一双眼睛一闪一闪，他打了个寒战。

"我的天，你什么时候有了这么个母夜叉看护?!"这是古恒再次见到我说的第一句话。

"关你什么事?"我坐在床沿上，正在套黑色的长丝袜，"谁让你闯进来?"

"是呀，关我什么事，关我什么事……"

我当没听见古恒念经似的嘀咕，用手揉了揉脸，推开落地窗，到宽敞的围廊上，隔着洁净的玻璃看出去，天似乎刚下过雨，黑油油的一片。

下了楼梯，我出了门，来到花园里一块不太整齐的呈淡青色的石头上坐下。回忆跃上我的膝盖，我把它抱在怀里。

黑色的窗框内落地白窗纱微微拂动。花园里树木葱绿，花朵长势不错，尤其是那像血一样红的小碎花，一年任何时候都在开，同时也在败落。二层高的小楼房爬满常青藤，草坪整齐，紧贴地夹着几枝柔弱的勿忘我，晶莹的露珠在闪动，阳光从松柏、樟树、梧桐的枝叶间漏下来，但云山已经峰踊堆迭，恰似我郁闷和狂躁的心情。

古恒的脸从玻璃窗框里探出来。一个他从前的女人，现在正坐在这样一幢花园房子草地的石头上，穿着齐膝盖的深黑色丝袜，浅黄色的皮肤，赤裸着部分上身和下半身，头发已到了不能再剃短的程度，怀里抱着一条黑色大狼狗，在这么一个时而阴霾时而阳光乍现的天气里，又是这样一个潮湿的上午，空气里到处都荡漾着透骨的香味。他呼吸越来越急促，在后来最后一次见面里，他言称他就是在这个时刻进入了非他所能控制的莫名其妙的情绪的。

"蟪蛄！"我第一次听见古恒叫我的正式名字，他从来都叫我一些由他自己发明的怪称呼，诸如葡萄红、不愿受气小青蛙、六六顺之类。他从楼上下来，站在离我不远的楼门门框中间。我仍背对着他，没有回身，仅打了个哈哈，算作回答。

"你能对我好一点吗？起码让我可以接受。我已经离婚了。"他一手撑住门框，一手放在腰上，"你知道这是为什么？"

我说，我已经对你说过了，别来找我。我派去调查的妖精昨天已向我报告：古恒突然出现似乎没有什么背景。那就更没必要打交道、往来了。

"你听见了吗？我已经离婚了。"

我当然听见了。我心想我都不知道你跟谁离的婚。

"就让那种东西——操你！"他等了很久后，突然粗鲁地吼了一声，报复我的沉默。

我站起身，回忆摇着尾巴，在草地上与一条不知从哪里跑来的小花母狗亲热地对视。我告诉古恒，他若打算决斗，就少在这儿和我啰唆，"过桥去，他们的地盘在江对岸，老开发区。"

"我不会辜负你的重望的。"他打着伞沿着花园里碎石子铺就的小径走了几步，停下，说，"我告诉你，你得小心，别把我人性里最残酷的一面显露出来。"

"你别把我身体的另一面显露出来。"

"哪一面？"他问。

"这一面。"我边说边将身体转过来对准他。我俩都没有笑。

第十一节

鸟和鱼都在非自己的区域生存了下来，鱼可以飞，鸟也可以潜入水中。

妖精这么打了个比喻，来回答我。她穿一身黑底白点的服装，裙子不像裙子、连身裤不像连身裤，却像一只海狸鼠，在饭店喧闹的声音中窜来窜去。

饭店的大西餐厅里坐着淑女模样的女人，她们举止得体，语言文雅。另一些身穿燕尾服，口袋上露出一角白绢的男人一只耳朵上挂了耳环。这些职业杀手等在这里，与其说在等待任务，还不如说在等待钞票流入他们饥饿的口袋。这是几个有势力的帮会的联席会议，我一直坚持不参加，但现在我们已弄到非参加不可的地步。失望和愤怒都不是紧要的，理想的破灭感迫使我行动。

"我们派出去的姑娘，被杀了不少。"有声音叫道。

"必须报复！"

"冤冤相报还不够吗?"

大厅里许多人同时吼了起来。

金鱼吐着气泡,咕咕响。

弄堂口鲜花店,单枝的孔雀毛插在高筒瓷瓶里出售。

假若这个头发耸立披着蛇皮的男人,不是一脸麻子的话,长得真够清爽的。

"我祖师爷教的特技,"他炫耀地补充了一句,"旧上海这码头之大哥黄金荣。"他手里的苹果皮如一条波浪线垂落在地上,叠出一个没有肉的苹果。

猫对这个勾她到家里来的男人说,你不是要给我看你发家的宝贝吗?

麻子放下苹果、削苹果的刀,打开走廊里的一扇门:地下室爬满了癞蛤蟆。"别看它们不受看,到时个个都是特级炸药。"他回到卧室得意地说,"跟我这家伙一样顶用。"他把手放到猫的腰上。

猫问,你脸上有多少颗麻子?

"大约1880颗吧,"他眯着眼睛说,"每一颗都是一个女人!"

猫说,你这人怎么一点不幽默,为了奖励你的不幽默,我给你留下一个真正的纪念。猫拿起削苹果的刀,"给你一个帅位吧,统率全军。"她手中的刀在麻子的左脸颊划了一个大×。

女人与女人已这样相互介绍经验,好像只是一种雕虫小技。想想也是,那老一套;用一个对付猛虎的陷阱,对付一个要几个小时才能硬起来的耗子般的肉棍,真没有什么值得骄傲的。

"这不行,这不符合我们俱乐部的宗旨。"我举起双手,让整个大厅安静下来,"我们主张甘地式的不合作主义,费边式的渐进主义，新马式的改良主义。我们要求女人们团结起来，拒绝男人的性霸权，挫伤他们的性暴虐倾向，从而改造社会。我们不能偏离这既定的宗旨，这是我们运动的立足点。"

有人鼓掌，也有人吹口哨，怪怪地尖叫，跺地，敲桌子。

债主接过我的话，说："只有内奸、叛徒，才故意煽动左倾机会主义，喜欢极端行动。这些人，奉劝她们还是脱离本俱乐部为好！"

"而且本俱乐部再次重申，拒绝与任何暴力团体合作！"我必须坚持这个原则。

大厅里开锅一样地争吵起来。我借故离开，刚走到有着喷水池的前堂，发现妖精跟了上来。于是我俩到了饭店顶层的房间里。

"你依然是一个诗人。"我对妖精说。

"二姐，别话中带刺！"

"前天你和谁在游艇上？别以为我不知。我委派你去调查古恒的背景，你身负任务，却假戏真做。"

妖精戴了一条黑丝绒做的项链，衬得她的脖颈修长、白皙，美得惊人。

古恒以前多次建议我买这种项链，我没有在意。看来这次妖精是认真走邪了。"我本来想再听一次鱼和鸟的高论，看来纯属多此一举了。"接着我说："我想，我应该又叫你阿通了吧！"妖精有个人人皆知的毛病：一和男人在一起，她就便秘，上卫生间一坐就是大半天，只能吃泻药才能解决问题。离开男人，大便畅通无阻，什么事也没有，她最不能忍受的就是这外号。

喝着一杯千山万水的妖精笑了起来，说："一个看不见的男人就如同一个死去的男人，因为不存在，所以便无所谓。"她的话很

186

坦然，那意思再明白不过了：由于古恒重新出现在她的生活里了，她自然就忘了他从前如何玩弄她，连同她一把泪一把鼻涕绝望的哭泣。

我沉默了。妖精看出我的愤怒，突然爆发式地吼叫起来，停都停不住，说我的心只在别人身上，我视老家伙债主为第一位，小油皮猫第二位，可她呢，不过是替补的工具。而她费尽心思追求我，我不过敷衍了事；比如，仅仅吻吻她而已。

她放下杯子，看了看我，或许是由于我的一言不发，她才说了下面这段绝话：

干脆说吧，古恒对我说了，你到处找他，让他觉得再不回到你的身边已不像话了。现在你假心不在乎他，其实是怕再次失去他。同时，你又害怕由此危及你在康乃馨的领导地位。哎，他怎么会喜欢你呢？你瞧瞧你的脸、身段，已经被酒和烟残损，如果不化妆，唉，一种毁坏的美，怎能使人持久地保持热情？

似乎为了显示她的细腰和高耸的乳房，她便如模特儿一般在房间里走起时兴的太空步来。

我淡淡地说自己不太相信古恒会那样做。我的手在沙发的靠背上画着，我表示知道自己是什么样，而且比她略为懂得一点男人的品性。我劝她既然加入康乃馨了，就得守康乃馨的规矩。

"算了吧！说白了，你不让我爱你，难道还不让我爱别人？真的，谁会要你这样的性叛逆：你不想嫁人，是因为没男人可嫁，还想压制我？你真是古恒分析的那样，是阴痿，徒有其名的荡女，该去看医生……"

古恒昨晚打电话来，一边诉说他如何寂寞，一边张扬他的战绩，自然而然地谈到妖精，我知道古恒的用意。

我对妖精说，"你一点不腻吗？你与多年前一样，本性不改，只要你怀疑谁是我的男友，你都要动心。"俱乐部禁止和男人发生有情感的性行为，除非目的是戏弄、报复。而且，听刚才妖精说出的古恒挑拨的话，虽然是他生性如此，现在却使这个团体已面临重大的危机。看来，我得亲自弄清古恒的面目才行。

你不妨经过几户人家共用的低矮的厨房，爬上漆黑窄陡的楼梯，手摸索着木质结构的墙，到一扇照着紫色光波的房门。

古恒会拉开门。房间亮着台灯，像笼子一样大，一扇窗敞开，床套着洁净的床罩，舒适而温暖，有一股我最喜欢的干草香味。熄了灯，两个红红的烟头在黑暗中一闪一闪。一个典型的上海弄堂里年老的女人，穿着花睡衣睡裤，突然从过道里端走出，不敲门就推开门，出现在门口。但你当作没看见似的。一阵低低的脚步声远去了，但她那双空洞的眼睛似乎还留在门口，长满割人的麦芒。

那和古恒共度长夜的人并不是你。

九死一生，摸倒长城，绍兴处男，各种名酒这些男人都喜欢，常在这间小屋，一边喝酒一边感叹！只要是女人，都可以浪到天一样高呀，只要你需要她浪，并且只为你浪。古恒喝酒如水，不停换DVD录像盘。

所有人可以是朋友，当古恒这么认为的时候，他是在说，每个人都可以成为他的朋友。他们喝醉的时候你可以验证哪个男人强些。

我说到这儿时，妖精垂下了头。那张散发着干草一般香甜气息的床，在变形，像一条宽大的鱼，越出墙，淋着铁青色的月光，这鱼和自己的影子，在街道的楼房间慢慢游动。

我什么也未看见，就像我乘坐在奔驰的列车上。那时我对上海的了解，只是凭借着从书本上得来的片鳞只痕的知识；污秽的河流，弯曲狭窄的马路，霓虹灯的蛛网，谜语一般的里弄，脱得精光掀起一角门帘的妓女，铺天盖地的服装店、旧书摊、面包房、影剧院、人力车、出租车、电车驶过众多的桥。黄浦江岸上，屹立着一百多年来各时代一层比一层高的建筑，不倦的黑暗之中，却永远是夜来香如一袭柔风来回低吟。钟楼的大钟在这块旧殖民地的大世界敲个不停，提醒饭馆里的几杯残酒。

事发前的黄昏飞满落叶。

母亲不放开他一分钟一步路远，这样反而刺激出他的决心。他选择了那个夜晚，他说你谁都嫉妒，你甚至连你自己也嫉妒，你怕照镜子，你怕看见什么呢？

血像花朵一样溅到我的脑子中。

他闭上眼睛，母亲似乎也熟睡了。

再也没有敲门声、开门声、关门声。泪正从他的脸上一滴一滴淌了下来。终于，他们两人能安静地躺倒在一起。一根系住他脖子的丝绸领带，被再三辗转，终于送到他们唯一的女儿蝴蛛的手里。

我仿佛如当年一样坐在火车的窗边，凭眺广阔无际的田野、村庄、小镇，套着缰绳奔跑在铁轨一旁道上的马车，倾听离我越来越远的那个城市最后一声来自亲人的喊叫。那个城市也濒临长江，天空里飞着江鸥，水面上浮游着大小不一的船、稻草、碎木块以及破布鞋，穿过好几个省、市，绕过一座山又一座山，最后，带着半个中国的污染物流到上海。在这个时候，我清楚地意识到我父母的必然结局、我自己尚未到来的结局，都无法逃脱一个可笑的形容词。

　　　新娘子　起床吧
　　　婆家送来一朵花
　　　什么花
　　　栀子花

　　飘飞着市嚣和尘埃的空气里，突然静了下来，出现一群男孩重复念唱这段儿歌的声音，稚气，无邪，而且嘹亮。

　　雨淅沥地下起来。

　　关于人与人的种种关系，我什么都知道，什么都看见过了，但又有什么用呢？我只能关上窗户。我只能如此。回到我同回忆的依偎里，从它露出獠牙的大口中，窥视黑暗的内部，然后毫不犹豫地往深处走去。

第十二节

　　看来局势比我的预料更为严重。

　　各小报纷纷报道本市所有医院的泌尿科急诊爆满，经调查事出有因：接连发生一桩桩男人被伤害事件，受害者虽无生命危险，但少了一样对男人来说不可没有的东西。报纸分析，像嗜万叶、嗜养蜒蚰、收集广告、旧易拉罐、软木酒瓶塞一样，有一伙人近来开始收集男子的性器官。奇怪的是被害人并不上告，也不报警。其中有些人因为还留有睾丸，但失去满足性欲的工具，忍受不了性欲的折磨，自杀身亡。现怀疑是黑社会康乃馨俱乐部——其成员都是些性变态的女人所为。暂无确实证据。报纸提醒本市男性公民重视自身安全，云云。

我随手扔掉一大沓报纸。抬起头来，默默看着回忆在江边悠闲地溜达。

"古恒没伤着，"有声音在我一旁汇报说，"只是……"

"什么？"

"和他一起去的一个妞命搭上了，另一个妞受了点轻伤！"

"是妖精吗？"

"不，不是。"那声音结束了，那场决斗也随即在那声音的叙述中结束。

我松了一口气。为古恒，或是为妖精仍活着？当年妖精刚考上比较文学系的研究生，与古恒见过几面后，便相约去游泳。"他像我梦中的一条鱼，从水里冒起，水花在他的四周溅开，他那种微笑……从那刻起，我就想，一定要征服他。"她和古恒极相像，落入占有欲之魔手时，都停不住步。

我的目光越过回忆在远处的身影，投向外摆渡桥：人群像蚂蚁，公共汽车、卡车、老爷车、出租车、三轮车、手推车、自行车如乌龟一样蠕动，喇叭声乱麻似的缠在半空。而从下水道里跑出来的老鼠，往车轮和人脚间的缝隙游戏般奔逃，发出比人声还高昂的尖叫。

光头不要紧，只要身上另有毛发。我突然想起自己剪掉长发时说的话，几位秃头男士不约而同重复的话。这是个笑话吗？我认为不是！如果不是，那为什么又引来一阵喘不过气来的笑声？

自动调色悬灯，罩着一个个灯光的小笼，里面临时拼合的一对男女，或一对男人、一对女人正畅快地伸手抬脚，在散发美味的旋律里，跟着舞池中心的领舞，落入彼此身体的低八度和高八度的地方。

在鬼火流荡、冤魂出没的阴森气氛中，仿佛听见咯咯响着偷看你的不是坟里的白骨，而是自己的血液和骨头。债主经常津津乐道她当知青时去坟堆谈恋爱的事，而火葬场呢，她说，飘荡着死人灰烬的空气有种兴奋剂。

半夜的南京路上。两个少年身上缠满红纸，手拿八千里喇叭，正在诉说满城黄衣使者牌的荧屏电话与膝上电视对他们身心健康正常读书学习的危害，"坚决消灭，只要这个城市还有一个黄衣使者，我们就不会撒手不管，请红衣牌主顾坚持下去。"

十来个少年把没收来的夺来的一堆荧屏电话膝上电视砸在地上。露出内脏的机器，一副可怜巴巴的样子。

我在路边的电话亭里，和债主谈最近这几天来的情况。

债主的房间到处是书，但她从来不读。她的床安置在书之中，书犹如坚厚的墙，把她围在里面。在我第一次到她的家时，我就毫不忌讳地谈到自己的看法，这房间实在像一个棺材。没想到，她回答我，这正是我要的。想到此刻她正躺在那个类似棺材的床上握着电话筒的形象，我便忍不住重提旧话，我问她妖精犯俱乐部规怎样处置妥当？

"二妹，"债主说，"你有权对妖精采取纪律处分，但不必对任何主义太认真了。"

电话那头传来她咯咯咯的笑声，谁在债主那儿？我敏锐地感觉到这里又有名堂。可能是猫，我已经好些天找不到她；也可能是古恒，如果他知道哪里是我的最弱点！

我撂下电话的手直抖。第一，这个俱乐部正在失控之中，我怎能容忍传媒把我们叫作"阳具狂"、"杀人犯"。可是除我之外另外几个负责人已开始自行其是，连一向同意"消极反抗"、"勿以暴抗暴"原则的债主也改变态度，在这个问题上与猫观点一样暧昧，我几乎成了孤家寡人，康乃馨也快成了货真价实的匪帮。虽然挨割的都是罪有应得，警安局有意袖手旁观，但这种互利协定不会长久。其次，说好了上我这儿和我一起过周末的朋友，以前会感到荣幸，会打扮齐楚提前赴会。现在却常让我空等，直等到我无可奈何，只好一个人在街上瞎走。类似这种事已发生过好几次了。我是一个不会再去爱男人的女人，那么女人呢，我承认我从来都爱，并对我所爱的女人怀有同等的感情，决无嫉妒之心，毫无条件。嫉妒是性关系中最可悲的一环，我们为之而奋斗的康乃馨精神就是要摆脱这个万恶之源。但我发现自己受不了已被男人割出的伤口，再被女人打开。

第十三节

他特意剪掉留了十多年得意非凡的及肩长发，留了个分头，故意显得很轻松坐在花园里我平常喜欢待的那块青石上。他的样子，我几乎不认识了。撑开的绿油纸伞，在他手里如风车一样转动。天并没下雨，他是有意，还是不知？我再次发现古恒竟然还能玩得出新花招，对付女人永不疲倦。

"你没有做不出来的事！"我说，"你离间分裂我们俱乐部的核心成员，诱使我们团体误入自杀性的绝途。"

"是，又怎么样？不是，又怎么样？"他装作镇静，"我已在这儿等了你整整一天一夜，诚意还不够吗？我必须帮助你，阻止你。你知道你吗？你继承了你父母的疾病：精神分裂症，他们的血还流在你的身上，让我给你仔细分析一下。"

"谢谢你来教导我！"我将身体倚靠在花园的雕花黑色铁门上，"某某人一会儿要自杀，一会儿要决斗，一会儿干脆失踪，把这一切无理智行为，统统用爱情来包装，这种人更急需治疗。请你走开！别在这儿玩火，把无辜的命也赔上。"

"你认为我从来没有真心待你？你不已经把我的心给摘去了吗？"

我做了个此话臭不可闻的手势。

"好，好，我服你了，"他轻轻咳了两声，站起身，走近我，说，"你已经怀孕三个月，能告诉我吗，你怀的是谁的孩子？"

"你跟踪我?!"这个撒谎者，刚才还说在我的房前等了整整一天一夜，和从前一样，没一句真话，而且以此为荣。确实，我刚从医院检查回来，除我的医生之外，谁也不知，自然我也不会和人提。

他似乎因我一时的慌乱神色而得意。

"反正我绝不会怀你的种！"

他眼睛盯着我。我突然羞红了脸，他讥讽地笑起来。

"你真的想知道，"我走到银杏树下，半打趣半认真地说，"知道了不后悔？"

"只要你说实话。"

我摇了摇头，疲倦地坐在草坪上，昨夜的梦，整天缠绕着我。

"干吗要折磨自己呢？而且还做出一副想象丰富的样子。"古

194

恒说。

"不错，我会做的，我的想象也会如此的丰富！"我的话未说完，一把雪亮的弹簧刀突然从我的手里蹦出，对准古恒的裤裆。七年前，我就应当用这么一把刀对准他。

他想笑，但脸抽搐了两下，未笑得出。"你怎么也会对我这样，学左倾机会主义者恐怖分子的样？"

"看来这是没办法的事，凭着我过去曾自动上当的那一段，我今天可以饶了你，但你让我加深了对非暴力的腻味，要改变这个社会，非暴力太慢了，太便宜了你们这些恶人。所以奉劝你还是赶快离开为好！"我用手试了试刀锋，"我害怕我改变主意。"

天空，一群鸽子飞着，猛然间变成女人的脸。

当花园里一个人也没有的时候，悲哀笼罩了我，刀从我的手里滑落在草地上。康乃馨已经开始腐败，而且现在腐败开始降落到我自己的身上。

债主开着她的黑色菲尔龙，在城外的高速公路上急驰。她戴了一顶鹭鸶帽，遮住半张脸。嘴里在说着什么，但我听不清楚。不就是你不想卷进古恒的旋涡，你未免把男性的魔力看得太强大了一点吧！

不，我早就想离开了！她握着方向盘，脸侧了过来：古恒其实没有你想的那么糟糕，他想写金老虎畅销通俗小说丛书，把诗写在小说里，一章一章地解释诗中所指的那些女人，一骂到底的却只有他的前妻。

我的录音电话里有古恒第三十一次的声音：

　　我最喜欢把一个新鲜的女人像剥笋子一样剥光。

我说债主你干吗替古恒说话。

债主笑笑，她的眉梢新穿了一只银环——连我都不知道这是什么符号。环上的棱角反射着扎眼的光。她摇摇头，把脸转过去。雨，打在车玻璃窗上，车轮溅起高高的水花，溅上一辆辆飞一般行进在公路上的汽车。

"你去哪儿?"

"一个我也不知道的地方!"她的声音夹着一股冰凉的风。

看着她从视影屏幕上消失，我这才懂得"到了年龄"这话是如何悲哀。我是隔些时日才清楚她为什么想逃，想逃离自己的原因。她可能比我们更灵敏，她已经嗅到了康乃馨隐秘发展的腐败。

第十四节

手表刚指到十一点，淮海路爆炸似的沸腾起来。两个衣衫褴褛、蓬头垢面的中年男子站在街角耍火刀，路人把钢镚扔进地上的小土碗里，钢镚碰钢镚的声音脆生生的。更多的人聚在脚踩喷气滑轮车飞越三个大废铁筒的把戏四周，铁筒均在一米五左右高度，并列排成一线，边上放了香蕉皮。叫声、笑声、掌声，伴随一个瘦瘦的少女一次次惊险的表演，她似乎忘了自己每次都是擦着地狱的边而过。

各种人从不同的地方，拥向位于这条街上的居士堂。时过境迁，昔年的法师已瞎了一只眼，此刻正身披黑白两色袈裟守候在堂门口。

清除心魔的讲经结束后，在悔罪的跪凳上，信徒们嘴里嘀嘀咕咕，一边忏悔，一边却在不停地祈祷，来一场革命，革掉除自己之外整个世界的命呵！

佛堂的梵呗乐声反反复复，像一个个幽魂，在城市上空游荡。人们难以入睡，关灯，开灯，在枕头边读比现实更深刻的浪漫小说,《你一直对温柔妥协》《同心爱者不能分手》散布在大小街头的书摊上，购买者日益增多，在他们废寝忘食昼夜读小说之际，他们不仅没有陷入绝望，而且按照书封底鼓励手淫的广告词做，要轻松，又要想象神秘。这种等待极有耐心、很无聊，但是执着，同时他们总能听到那些濒临死亡的人的声音，那种唠叨。哎呀，这日子哟，他们喜欢这么过，我们过不了，就让我们快点走吧！护士走过来，不耐烦地捏住他们的手指按下安乐死电脑程序的"同意"按钮。

他们嗤之以鼻，然后继续埋头阅读。

康乃馨俱乐部的总部设在这个城市最好的地段，掩映于一幢幢洋式楼房中间，它所有的房间全有大长方形的双层窗，正厅屋顶装饰着各省的省花，与这城市其他的夜总会、舞厅酒吧没什么大差别。灯光暗到恰如其分的程度，靠东边的阳台上，夜，展开一幅移动的画卷！翻卷着泥沙的江面上，渡船、货轮、驳船、拖轮总在呜咽，船上的灯光映在水里，景色像黑白电影旧片子一般摇晃。

这是返回总部的全体会合日子。当我们一行人浩浩荡荡踏进俱乐部大门，侍者迎了上来，"都准备好了，二姐。"她们和我们一模一样装束：一身长过小腿的晚礼服，有点仿这城市昔日闻名世界的旗袍，但下身左右开衩到胯处，后背裸及脊柱底，领子开得很高，肩稍稍垫高，袖子结束在胳膊肘那儿。质地柔软，色泽分别是康乃馨的红、黄、橘、白、大红、淡红、淡黄、粉红等，袖口和下摆是康乃馨牙齿形的，走动时，身体的一些部位若隐若现。好像非要人明白不可：这世上，唯一的花朵是康乃馨。

我径直推开名字叫"婴儿"的房间。这房间为会议厅有时兼娱乐所用。我之所以挑中"婴儿"，不在于它奇大，而是我喜欢这间房子墙上的一幅巨大油画：子宫中的婴儿用牙齿、指甲、脚趾、眼睛，用他所能有的全部抵制抗议降生到这个世界上的苦难。大块的亮色，像天光一样洒下来，照着一枝猩红的康乃馨。这房间的怪诞氛围，始终让我感到舒适平和。

半敞开的门，传来姑娘们在大楼其他房间发出的尖叫和笑声。离全体会合的时间还有几分钟。我坐了下来，想静一静心。正欲端起茶几上的一杯水，发现一个方方的匣子摆在那儿。

我拿在手中，我不想打开。这个匣子对我来说，并不陌生。许多年前，一认识我，古恒就送给我这种礼物，一打开，就会弹出一个酷似古恒的头，而且录音开始叽叽咕咕说话。凶残而可笑的脸、椭圆形的脑袋，拖着弹簧头颈——一个纸人，名号竟然叫"上海王"，他张开的口，白痴一般重复：毁灭吧，毁灭吧，毁灭吧！

"这一切仍是为你积蓄灵感和经验，或者说，提醒你应该重操旧业；回到文学写作上来。"昨天古恒戴了副墨镜，煞有介事地看着马路对面空荡荡的公共汽车站。

"怎么可以用毁灭来完成小说？"但我心里感到一阵紧张，他正在猜我的动机，最后让我承担他想让我负责的一切。

这是那晚留下的最优秀的脱衣舞男，那个男人，他必须跳舞。那个男人今晚嘴唇紧抿，目光缥缈，一件件越剧里状元的冠服，在他的手中打着旋飞出舞台，如片片云被风刮落到观众席中。在吟哦式的二胡声里，那个男人漂亮的脸蛋，与他手臂胯部的动作的灵敏舒展形成谐调的统一。

舞者在一把椅子上环绕自己，用自己的舌头舔自己的身体，他必须表现出渴想女人的种种欲望。康乃馨俱乐部的女观众不会嘘叫，不会抢接衣服，不来西方女性那一套。她们冷面看着，满心轻蔑，男脱衣舞表演使全体会员进入对男性的优势状态。

门警通报说有个打着绿油纸伞的男人要进来找我。类似这种表演都是俱乐部高薪请来，从不让外人，更不让男人看的，而古恒专挑这时来，而且敢闯入康乃馨总部，是凑巧还是有意？我生气地想。"好吧，"我说，"让他进来！"

古恒看到一屋穿着设计绝妙、做工精湛服装的康乃馨会员，一震，但即刻镇定，或故作镇定状，走到我的身边，将伞放在椅旁，坐了下来，餐桌上一盏高悬的玻璃吊灯正照在他头上，使他的脸格外阴森。

我找不到债主。古恒说。

我"哦"了一声。

舞男绕着一个椅子在表演，椅子长出一只肌腱虬盘的手臂。

你不可能不知道她在哪里。顿了顿，古恒带着怀疑的口吻说，你们该不是对她做了什么吧？

我说，这就是你来这儿的借口？你如果还自称有良心，就别上这儿来。

古恒目光扫了一下台上，就避开了，他拿起桌上的枇杷清酒，给自己倒了满满的一杯。

妖精有意拔掉多余的眉毛，精心勾画了眼线，但未戴耳坠项链手环，几天不见，她好像老了许多，特别是她挑了件淡橘色的康乃馨服，衬得她的脸更加憔悴而且疲倦。隔着好几张椅子，她倾身向前，朝古恒举起酒杯。古恒装作没看见似的。她晃了晃酒杯，自己喝了一大口。

寥寥几下掌声。那舞男再三弯腰表示谢谢。音乐又响起。舞男重新穿了一套行头，背过身。古恒似乎再也坐不住了，他拿出一支烟，点燃，然后去了阳台。

板鼓声持续着热烈又伤感的节拍。有人开起玩笑，说离一百个被割的阳具还差一个，就一个，就圆满完成了今年的指标。猫眼睛向阳台瞟去，开玩笑的那人做了个怪相。

"把他清理掉，咱们这里不允许有男人进来。"有声音叫道。

妖精忽地站了起来说："在这儿动手有忌讳，最多把他赶出上海。"

"不行！"猫说，"这个男人给我们带来了许多麻烦，罪恶滔天，不惩罚不足以平民愤。"她的煽动得到了一片应和声。债主走了后，会员中的温和派失去了最主要的发言人。

我知道我不能不说话了，但我头脑里想的却是，不管古恒现在是否对我怀有感情，但以前与他有过一段真诚的日子，或许现在也有，我看了一眼妖精。妖精眼里一副可怜的求情，她是要我保他。我觉得不能拿古恒这么干。不知出于什么心理，我认为自己可以对他动手，但别人不能。于是我让大家静下来。然后，我慢慢地说："这个人背景复杂。应当成立一个专案组仔细审查。"我又顿了一下，决定押上我的全部分量，"我亲自担任组长。"我的话音刚落，全场嘘叫起来。我知道我的话引起了所有人的反感。

"男人的身体结构就没有感情这个细胞，二姐，你怎么到这个时候突然聪明起来？"

猫止住了大伙的哄笑。然后，拍了拍我的肩，却一点不讲情面地对我说，"二姐，你看着办吧！"

我转过身去。我清楚最困难的时刻到了。只一会儿，我回转身来，举起手，说，"好吧，让我们表决。少数服从多数。"这时我发现古恒站在我的面前，一脸是笑。

"你笑什么？"

"笑你们，笑你，你和她们都是一样的货色，"他走到我跟前，"你不过是借民主之名出卖我而已。你不是要制裁我吗？好，我让你看，我自己动手，自宫！让你们得到点永世难忘的刺激。"他猛地拔出一把弹簧刀，他什么时候从我的随身小挎包里将刀取走？他动作快到出乎意料，但我的女友们动作更快。

不妙的是酒精和夜晚灯光的种种因素，最后躺在地毯上的是松开手枪的妖精，在妖精的身边是回忆。几乎没有几滴血，只有一声枪响之后陡然的寂静与淡淡的硝烟味，以及一把插在椅子上的刀。

显然回忆看出古恒装作自杀，而目标是我，看来他是想用刀劫持我以脱离险境。古恒警告过我，他有引以为自豪的"未暴露的一面"。回忆立即扑向了古恒，妖精为了古恒，立即拔枪打回忆，已经扑翻古恒的回忆反过身来，冲向妖精，狗和人滚成一团。妖精的手枪首先击中回忆的心脏，而回忆在死之前咬断了妖精的喉管。

我几乎心碎得昏了过去。这是第一次看到俱乐部内部自相残杀，虽然另一个成员是一条狗——我最亲密的肯为我付出生命的唯一的朋友。我的悲哀无人可诉说，这代价无可挽回，这场面看不见几滴血，却比任何一次残杀都血腥、冷酷。

第十五节

打开礼物！我将会看到那纸人的眼睛像珠子一样亮。

好吧，现在我听你说毁灭，我说着，将方匣子拿在面前，打开。匣子里没有跳出任何一个怪物的头，只有一摞放得齐整、写满密密麻麻字的纸。

我坐了下来，凑近一瞧，发现是一部名字叫《康乃馨之恋》的小说手稿。屋顶的玻璃吊灯，以及餐桌上的烛光照在小说上，太弱的光线使我难以辨清这部似曾相识的小说上的字迹，这个时候，在这种气氛下要我看这种东西，不是扯淡吗？

我让她们把古恒押进来。门吱嘎一声，古恒被带了进来，他已被女人的高跟鞋踢得脸上青一块紫一块，但仍然试图保持一贯的冷漠高傲，他还真能做到神色不惊呢！待他坐下之后，押他的三个人退了出去。

将这沓稿子放入礼品匣子里，我往他坐的方向一推，一副不屑于看的神态。当我满怀憎恶的眼光扫向他时，我感到我错了，在刚发生那场巨变之后，仅仅过了十多分钟，重新看见古恒，我非常仔细地打量他，不知为什么，我反而没有出事前那么深恶痛绝。我明白他终于成功地破坏了我们的组织，自杀式地成功了，什么动机，我却至今不知道。

"你不看也行，你也不用看，你完完全全是按照你的小说来生活的。"

"我的小说？"

当然是你的小说。他边说，边从匣子里拿起一大沓纸片，身体和靠椅一起稍稍离开桌子，掏出打火机，吧嗒一声响，淡绿色的火苗一下腾起。等我醒过神来，已晚了，火焰，像个猛兽，吞噬着他手中的纸片。我跌在椅子上，蒙了，只能看着一页页变成灰烬的小说卷曲着在风中飞舞。他嘴里念念有词：只有烧了它，才会使你完全清醒过来。

你瞧，他们不过是幻影，他们根本不存在，一个个全是你杜撰出来的。

哭声、叫声、呼救声从正在舞蹈的火焰中传出，围绕着我。一种锥心彻骨的痛楚，使我离座站起，企图夺回剩下的最后几页尚在匣子里的手稿，但他一把抓在了手里，接上一张快燃尽的纸，火苗立即拥抱住了手稿，而掉在地上灰烬中的残骸，还在继续冒着烟燃烧。

早该结束了。的确应当这样。

我的的手稿早丢失了，那个放小说的抽屉里只有两根枯干发黑的肉骨头，半张纸片也没有。我忘了小说叫什么名字。内容呢？我的老天，我更无法追记！整整一年的时间竟然白费。当时，这件事使我筋疲力尽。而我本人并未在小说中，无法中断别人的表演，又未在小说之上，不能去拉线落下帷幕。如果我是那个我，我会千谢万谢地说声拜拜！再见！但不是，我真是尴尬极了！

古恒，闹剧该结束了！你不觉得你的行为很可笑吗？而且这无法挽救你，五分钟之后，你就会比死还难受。我说，"现实比我的小说走得远，你我都是过时之人，然而你比我更过时，你偷去了我的小说，你死死抓住我的小说不放，认为一切根源都在小说上。告诉你，我当初写小说时，根本不懂得这个世界，我忘了所有的情节，甚至忘了是我写的。"

"从写到被写，是个简单的转换，"他从容地坐了下来，眼睛俯视他的杰作：一堆纸片变成气息奄奄的灰烬，轻烟还在冉冉上升。他隔一分钟就啃一下手指甲。我怎么从来也没有注意到他这个习惯呢？

"你的生活——你只能生活在小说的想象之中。你这个懦弱的女人！"

古恒说完哈哈大笑起来，使我全身发毛。一刹那，我恍惚了，不知自己究竟身在何处？

桌上杯中的残酒，瓶里等待怒放的红白双色康乃馨，我已收起身边的那把弹簧刀。两支蜡烛已经燃尽，熄灭，烛滴像血掉在烛台上，早已凝结。一切依旧，并非幻觉。然而古恒还在毫无休止地对我进行语言轰炸：我们分开不过一段手指数都数得清的时间，如此短暂，你就变成如此变态。谁会忍受你们这种女人。

他甚至还烧掉了我的小说，这难道还不够吗？

我拧亮了所有的灯，巨光犹如白昼。

我和他站在房间的两端，中间隔着那张奇大的长方形檀香木桌子。"数都数得清的时间？短暂？"重复着他的话，我感到必须告诉他。

我将日历倒过来对着墙上的镜子，指给他看：6661——一号魔鬼。我往上提起袖子，露出臂上的文身，666组成一朵花，而1成为一支箭。

曾装着我小说手稿的礼品匣子发出一阵咯咯咯的笑声。

"康乃馨运动注定要产生，你难道不明白吗？人类需要乌托邦，清除了性压迫性虐待的乌托邦，才能存活下去，才能进入又一个千年而不至于毁灭。现在还只是春天，咱们走着瞧。我现在已差不多能猜着你为了什么目的，再次闯进我的生活闹是非。不过。历史毕竟不全是一种写法，还是一种坚硬的实践，尤其是对个人而言。"我不想再说下去，我退向窗边，脸上毫无表情。

这时，十几个身穿红衣、朱衣、绿衣的人影静静地从门外走进来，手里拿着刀子。

我还有什么必要选择吗？没有，绝对没有。我点了点头，我不点头也一样，我只是对自己点头。她们马上对古恒下手了。他像猪一样被剥光，被干脆利落地割掉，像一块沉重的石头倒在地毯上，再也未发出一点声音，他的手紧捂住自己的下体，腿时不时抽搐几下。

我掉头走开。但愿他能活下来！我想。今后，还照样欺骗女人？这婊子养的！也但愿我能平安离开，理想已被暴力之手摧毁，器官的批判已经变成批判的器官，我不再是，也不愿再做一个地下帮团的领袖。

我走进阒无一人的车库，拧亮了车灯。半夜一点，是我离开的时间了。

我们时代的献身者

这个塔楼，有点像二十世纪八十年代在香港维多利亚湾建成的中国银行大楼，把空间斩钉截铁打几个折，一只纯钢的青鹤，亭亭玉立。不同的是，这塔楼建在岛的正中央，四周是嶙峋的火山岩，冷凝的花岗岩浆，像地狱一样从来未曾风化。围着这岛的，却是蓝如丝绸的海水，一直铺展到地平线弯曲成圆弧的尽头。

T—84特种机安稳地停在尖耸的塔顶平台，仿佛一只鹰落到树梢，也像鹰一样收起翅膀。用声速的三倍飞行，非常劳累。这个时代少数的忙人，只能用这种方式旅行，从北京飞到大西洋只用两个小时。忙人不得不体魄健壮，才能承受世界降在他们肩上的大任。这世界大部分人，百分之九十七的人口已经被联合国宣布为"闲人"，不用工作，也不准再工作，随他们意愿逛悠，每月发津贴比原来壮劳力工资多一倍。执行这条联合国决议坚决的国家，国民生产总值马上以每年百分之二十递增，使原先犹犹豫豫的国家也赶快动这社会大手术。的确，经济社会学家早就指出了技术先进只需要百分之三的人干活，否则互相拖累。告诉"闲人"们，他们解放了，有福了，愿干什么就干什么去，条件是不能污染环境。这是一个充分发挥人的潜力的美好世界。

扑翼机合拢了翅膀，引擎声渐渐降低，现在变得像个男低音歌手在化妆室里试嗓子。从塔顶升起的接口直接伸进机身，赶来参加这次会议的东亚代表，一个个紧一下领带，掸掸整洁的服装，走进接口，空姐托着盘递给每人一支长城牌克毒口香糖，这是航空公司为到下降岛的旅客特制的纪念品。

"小姐，谢谢。"正提起黑皮包高个的北京男子微笑着说。"不过拉慕尔病毒不是通过空气传染的。"

空姐打着日本式的躬，英语也说得如他一样 BBC："先生说的当然对，这只是敝公司的一份敬意。"

他将口香糖接了过来，想起这位此刻动作如木偶的空姐，一路上与他打趣时的活泼劲儿，自嘲似的摇了摇头：看来恐惧传染比病毒更快。

接口电梯以每秒百米的速度下降，电梯门一打开，他们就看见一位身材笔直的高级军官恭候在门口欢迎。

早从电话上彼此认识，此人是紧急部队第三号人物蒙贝尔少将。

"熊一如博士，"他敬了个礼，"我奉命带你们参观联防基地，并讲解有关情况，会议将于两小时后举行。"

他握了握少将的手，"谢了，谢了！"他说，"基地情况我在线已经做过三维实景观察。"心里嘀咕，这是什么时代了，还需要实地视察！这些军官永远无法忘记二十世纪末在军校学到的规范。"不知罗琳博士是否有空？"

蒙贝尔少将说："罗琳·古斯塔夫森博士在准备两个小时后开始的会议材料。"

"你能否问问她，"他尽可能谦逊地说，"能不能我们一起准备材料?"

军官立正,打开对讲机。说了两句就递给他。罗琳像经常在屏幕上一样微笑。

"一如,"她说,"有失远迎——汉语是这么说吗?我的汉语越来越糟了。"

"罗琳,我们最好立即谈谈。"他说。

"噢,这么想念我?"罗琳说。

他用余光溜了一下少将,少将识相地往远里站。他说:"就是。但我还有更重要的话说。"

"总不至于向我求婚吧?"罗琳逗趣他。她是他们这一行有名的红魔美女,但也是身体力行的女权者——实际上所有的男女忙人,全拿婚姻当笑料,留给闲人结结离离。"四点钟开始的会,将审议你提交的全部报告,决定是否开始启用中国发展出来的 SS22 抗体,这是全世界等待了多年的消息。"她缓了口气,说,"你恐怕准备好了,而我还没有。我一向没有你的沉着劲儿,这你知道。"

"恐怕我要马上告诉你的,比文件准备更重要。"他有点急了,声音突然提高。

罗琳惊奇了。因为这个男人从不急,总是不慌不忙,而且对她从来温顺,温顺中带着一份礼貌。"那就请你马上来。"

听见她同意了,他把话机递给少将,站立两三步远看着紧闭的电梯。少将一连串的是是,然后恭敬地对他说:"熊博士,请,我带路。"

他们穿过一条塔内的内部备用电梯,透过玻璃的墙,看得见这个塔像傅科近一个世纪前描写的"中央监视"塔,俯视着整个大环岛。下降岛被用来作为昔日麻风病院式的病毒隔离区,是联合国大会变成超级权力机构后的第一项命令。二十世纪末的"多政府主义"，对艾滋病毒过分手软造成病毒蔓延，三十年无法控制，反而多次地方性变异造成药物失效。好不容易过了十年的后艾滋时代，享乐成性的人类，又弄出了这个拉慕尔病毒，对这次性传染病流行，国际强权政府来了个强硬手段：全世界的病人都送到这个位于大西洋中央的岛上统一隔离。

岛上以前的房子，映入他的视野，大都像美国汽车旅馆式的模样，海滨一带特别多，很整齐，倒也不能说比旅游地更为拥挤。五百米高的中心塔，是唯一的高层建筑，四周是明确无误的隔离区：封锁壕、电网、监视哨，所有的房子轮辐状一排排对着中心塔，可以一览无余。而整个岛中间用电网高墙隔断，一边是男区，一边是女区。

他想，这倒与电脑三维观察感觉不同，怎么那些鼓吹解放哲学的后结构主义者没有想到，他们为这个世界返回结构和秩序，提供了反论证？

电梯停在一个装饰优雅的门厅，无土特殊培育的植物鲜花悠然地生长着，清香如野外草地。蒙贝尔少将把眼睛靠近门上一个孔，让安检系统检查视网膜，仅两秒钟就让开，让熊一如上前去受检查：必须查两个人的视膜图，门才能自动打开。少将敬了个礼，原地不动等门开。

他一人跨过厚重的钢门，如同什么保安机构的总部，他明白这是必要的。这里的机密如果被偷被抢或被破坏，后果比任何地方受袭击更为严重。

罗琳从办公桌后站起来，顺手摘下她的眼镜。她没有穿实验室的大褂，而是一身紫金的官员服，有点像他刚告别的空姐，不过干练而成熟。

他拥抱她，很想好好吻吻她，但罗琳侧过脸来让他贴了一下。

"欢迎，"罗琳说，"欢迎来下降岛。你是第一次来吧？"

"是第一次。"

"怎么样？"

"像集中营。典型的集中营。历史资料上看到过。"

罗琳向他手一摆，桌前左侧有一把舒服的皮椅。他坐了下来，把手提包放在脚跟，抬起眼看正微笑的罗琳，她耸耸肩，不想在这时刻讨论这个岛像什么的无聊问题。

如何处理病毒控制的激烈争论，把医学界分成争论的两大派，更把全世界的闲人分成两大示威阵营，吵得无止无休：左翼要求尊重人权，右翼要求安全第一。他们俩都太清楚对方的观点。罗琳被任命为下降岛监管区主任，当然不仅是由于她是病毒学专家。实际上熊一如在病毒学中的地位比她高。

"好吧，让我们快点解放这集中营，"她幽默地绕回问题的关键，手却在摊满文件的桌子上理理，双手相交，做出一副公事公办的样子，而且腕表显露在她与他之间。没过一分钟，她的耐心果然到头："那么——有何贵干？"

他皱皱眉，并不想掩饰。这些欧洲高级知识分子，汉语都说得不错，词汇量相当大，可惜在细腻的风格问题上，总会出错。他早就不再纠正此类错误，正像三十年前英语是全世界唯一通用语时，没人在乎你说得如何得体，只要能说就行。更何况他不想她说，"太谢谢你，我的汉语个人辅导员。"在这会儿，他与她不存在这种或那种关系。

"长话短说，"他稍稍顿了顿，"今天会议，是要检讨中国组发展出来的疫苗，决定是否做全世界推广？"

"是这样。我正在看你们昨天刚补充交来的临床对比数字。"

"说服力不够？"

罗琳犹豫了，她不想在会前就暴露核心小组的立场。"很有趣。"连声音都在敷衍，"不过病例不够，实验尚处于早期阶段。"她抬起头看看他焦急的脸色，她无法对这个聪明的同行隐瞒："恐怕只能试用。"

"我赶过来想对你说的，就是我如何发现 SS22 抗体并开始早期培育的。"看到罗琳不耐烦的眼色，他举起两手，"十分钟，就给我十分钟，你就会明白数字报告不能说明一切。"

他身子坐直一点，条理清晰地讲起来，速度开始加快，不然这个女人会中止他，把他赶走。他明白核心小组的大部分国际专家不会认可他的报告，这个罗琳是领头的，今天必须说服她才行。

"最早，我用了一个特殊办法培育抗体。"如同站在高台前，深吸一口气，跳下水终于冒出水面，他张开嘴狠狠地吐气。

罗琳惊奇地瞧着他，她浅蓝的瞳仁清澈透明，瞪大时却显得深不可测，目光里有那种北欧的骄傲。

三年前这个时候，这种像麻风一样腐烂人外表脸相的可怕疾病，人们都不知道发生了什么事，但是在医学界的注视之外，在民间，老百姓已经明白了底细，而且已经在用自己的方式处理。

病毒感染最早必定出现在女人身体上，在小阴唇左右两侧部位，会各出现一点小红疹子。肉眼几乎无法看见，但女人自己心里十分明白，这个敏感部位的任何异物即刻就知晓。不久她们也发现只要一次"全过程"的性交，就能把病毒转移到男人身上，自己就干干净净摆脱了病毒。那些重新感染上的女人，却是与带病毒的男人又交合了。简单地说，男人靠性交不能解脱病毒，一旦传染上，就是死症，而女人能做到，只要在病毒开始的最早一个月的红疹期做一次洗净性交。过了一个月，女人脸上开始出现脓疮，那时就无可掩藏，也就无可摆脱了。而在男人身上，潜伏期却长达三个月。

很自然，这个秘密最早是"性工作者"——妓女发现的，男人不太知道，良家妇女自然也不知道。由于潜伏期太长，而且世界范围人员来往频繁，病毒几乎在短时间内遍及全球。刚在后艾滋时代好好享受了一番性自由的现代人，几乎已经忘记了保护套是什么玩意儿，各地卫生局大量赶制分发，却难以普及。

一时全世界茫然不知所措，大家如惊弓之鸟，远远躲开异性，尽量避免性活动。男人怕主动的女人，女人恐惧所有的男人，而医院里住满了急性麻风似的病人，医生头痛，对来采访的记者摆手，只能看着他们全身流脓污秽不可闻，唯一的办法是尽量隔离，其实医学界已确定这是性传染病，其他途径几乎不可能，隔离只是因为样子难看，气味巨臭，连护士，甚至殡葬师都不愿意靠近，殡仪馆要价极高。

风声一传开，妓院马上门可罗雀，风流女子要让男人信服她不是在有意"净化"自己，已经不可能。为怕遭到报复性毒打，女人不再向男人抛媚眼，街上看不到女人性感的任何服饰，颜色鲜一点也被视为有嫌疑，长裙黑布料成为贞洁的标志，一时竟成时尚。强奸案从此销声匿迹，市容严谨，洒满季节的阳光。

很快，南欧一带出现了"倒贴"，女人给男人钱，发生性关系，但给钱几乎等于说明了自己有病毒要转移。所以，还得加上其他种种骗法，装纯真处女，装一见钟情，装性欲难忍。总之，设计任何让男人上钩的办法，女人日思夜想，煞费心机，这是一场智商较量。脱化掉病毒的女人有时骄傲地声称，真正高智商的女人是一言不发，净化后，从此再也不与男人做爱，以求生命安全。不过，对男人无爱，嫉妒一词倒是从女人身上失踪，少了是非和乐趣。

"我拿自己做了抗体供应者。因为无法找到带病毒的男人。"他说，"你知道的，男人潜伏期病毒无法测定，而血中抗体数异常时，已经到潜伏晚期，血清已被病毒污染。"

"什么，"罗琳惊叫起来，打断他，"你自己是病毒携带者？"

"当时我就明白，若初期病毒携带者自愿供血，让我们实验室培养，或许能有法分离出抗体。可是男性病毒携带者没有任何症状，无法测出也就无法培养；女性病毒携带者如果知道，在一个月潜伏期中就想尽办法保守秘密，只有这样，才能找到男人上床。那么，唯一的可能就是自己来，如果我感染上，我的血清肯定能培养出抗体。"

罗琳额头开始冒汗，身子倚在座椅上，有气无力。她可能怀疑他们之间的一段情是否也是预谋的一部分。不过明显时间不对，他们那段情发生得较早，应当是在病毒开始传播前，两人几次各种交锋不分上下，看出对方的欣赏和彼此的诱惑，床下床上他们都是出类拔萃的角色。

他笑笑，没时间解释个人间的事。

他说，他当时所在的医药公司已经宣布破产，老板借此保住资产，当然不能再给他负责的实验室拨款，已有款只能维持几个月。他们对病毒的分子链已经做出尝试性解读，眼看所有的工作都要停顿下来。哪怕他转到别的制药公司另起炉灶，缓不济急。所以就想，只能马上弄到足够血清立即开始，同时四处找资金。

"所以，你拿自己做牺牲?"罗琳的声音嘶哑。

"也不尽然。我如果能在三个月内制造出疫苗，就能救自己，男人一般三个月潜伏期，我身体好，可能还长一些。我觉得这并非毫无可能——孤注一掷就是了。情况不允许我再等待。有了血清试样，急需的投资就会来。"

"哦，用这种办法!"罗琳说，摇摇头，好像要摇掉这个可怕的冒险念头。

"要做'男妓'并不容易。我到各种网恋站去找可能的对象。有的女士寻偶广告，非常像急于'洗净'的女带毒者，尤其是自夸巨富的女人。我没有时间，也没有兴趣慢慢搞网恋，直接要求先付款入账再见面。但是那些女人马上断了联系，猜想她们一是不放心我得了钱不做事，二是以为我是风化警察设圈套——当时安全部门的策略就是把病毒拦断在女人身上，因为只有女人知道自己在干什么。"

他看看脸色苍白的罗琳，她手在桌上一敲，示意他继续:

"几次'寻偶'失败，我清楚这不可能成功。唯一的办法是赶到消息闭塞不会看英语或汉语消息的偏僻地方，在深山老林里，有些女人正在那种地方寻找一夜情，找活命的出路。具体过程我就不讲了，耽误时间。"

罗琳用汉语说:"请讲，我在听。"她起身给他倒了一杯水。他喝了一大口，时间猛地站在他一边。他想起那时上穷碧落下黄泉地寻找对象。亏得公司还没有拍卖那架供总经理、董事或其他急事使用的折翼机，能够速度极快地在任何地点降落。在兴都库山中，在鄂尔温草原，在萨拉丁沙漠，他急如星火地找可能的女人。每到一地，他掩盖好飞机，穿最简单的不醒目的衣服，租辆车或租匹马，弄套当地衣服打扮完自己，赶快学上几句本地语言，就到集市或酒吧，寻找急不可耐的女人，那些带着巨款引诱无知的本地少年的外国女人。他如猫轻巧地嗅着鱼腥味，迈着稳健的步子向前：这样可保证自己被感染，而不会感染别人。

想当然的道理？别讥讽地笑。为达到目的，在几天之内找了几次性冒险，得到几笔经费，他必须虚假地与这些女人情意绵绵，女人看到有可能上手时会不顾一切，而他只有取到足够的钱才能肯定这真是个"有染女"，而不是同样无知的"寻芳客"。

三天下来，他却没有设想的那么幸运：他无法肯定成功地被感染了，而且再进行下去，他可能自己成了传染源。这要命的赌博，使他冒出一身冷汗。绝望之中，他决定进行最后一次。他将飞机上存放的地图一一摊开，目光落在太平洋环岛的一个小岛上，这是一个无法做旅游沙滩的渔村。在他选中的一系列地点中，这地方本被删去的。

第四天上午，应该说是阳光最温暖热情洋溢之时，他到达渔村，假装成一个本地贫民，在泥滩捡取海水里上来的废物。对所有走过的男女视而不见，专心极了。终于，他看到一个女人朝他走过来，一个东方女子，衣饰讲究不俗，绾着头发，身材迷人。

她用英语跟他说话，他茫然不知所答，只是憨厚地笑，然后那女子用汉语，他更装糊涂。那女子脸也不那么紧张，绷成一个拳头的左手放开了，腕上戴着一只镶嵌宝石的镯子。

他装痴呆不懂。汉语明显不是女子的第二第三语，而是母语，虽然带一点广东腔。女子蹲在他面前，一阵浪涌来，袭得她的衣裙和鞋湿湿的，她看着他，朝他周身上下看，边看边说。语句怪怪的，仿佛说的是："你真好在这儿，认识应该，哪边家在？"她站了起来，浓黑的一头长发披散下来，回头望村子的动作优雅。他庆幸这几日的大晒太阳，已经将本来就泛黑的皮肤镀了一层褐色光泽，显得格外健康，他继续装得傻傻的，伸手去抚弄女子引人注目的手镯，他看出上面的宝石是真的。

女子立即把镯子脱下送给他。他什么也不懂地拿着，抬起头朝女子快乐地笑，很近地看这个女子，她最多不过二十多岁，眼睛深邃，右鼻翼边有颗小黑痣，地道艳丽的南洋女子。

他咕哝了几句"本地话"，知道这时候的肢体语言比什么语言都有表现力。他的目光看着她脸上的痣，曲线优美的嘴唇，目光里腾起火焰。她显然也激动起来——相信找到了一个不知情的本地青年。

他们走回旅馆时，是正午十二点，旅馆很安静，白墙白栏杆衬得高大的葵叶棕姿态沉着，上面开着一串串乳黄色的花茎，阳光转成一片白光，温度上升，如他们俩的身体的感觉。所有的人前戏都很短，生怕失掉了机会，男人无法支持长时间的勃起。但是这个南洋女子，似乎真的产生了感情，在淋浴时抚摸他的脸，喃喃地诉说着什么，然后牵着他的手出浴室，两人投入忘情的拥吻。

糟糕，他想，这可能真是个寻找爱情的女人，如果他已经带毒，那就会殃及无辜。女子已经躺到床上，妩媚地朝他微笑。他回到浴室拿来毛巾，慢吞吞地擦干身体，眼睛却不朝床上望。他故意无助地站在那里，女子笑出声，叫他上前。她摸着他的身体，充满柔情，突然从床边一个提包里取出一大袋金光闪闪的首饰，要送给他。

这下子他一直悬着的心搁稳，相信找对了人，可能这女子的确相当富裕，而且把一生积蓄全部拿出来救自己一命，可能连祖辈遗产都带来了，而他能给的帮助就是将这场交易进行到底，女人爱恋的样子可能是习惯，她的乳房不大，红晕却比一般女人多些，皮肤有光泽如丝缎。

他趴在她身上，亲吻着她，正想进入她，突然，她把他推开，靠着枕头抱着腿，哭了起来，一边用汉语说："我不能做这事，我不能做这事。"

他倒是第一次看到这样的生死关头朝后退的女人，他现在完全相信这是个带毒女，反而更加急切地要得到她，像一个淫兴大发的男人，他扑了上去，把女子按在床上，但是她用力推开他，非常用劲，他掉下了床。

她再也不抬头看他，样子非常绝望。他看出来，这女子是认真的，是个良心发现的人，他无法再纠缠下去——他能体验这种利他情操，毕竟他自己就是在以命相搏。

他看着这局面，不知该说什么好，同时发现自己下面蔫了，失去了性能力，性欲不能讲道理。他穿上衣服，准备离开这房间，这个道义两难不是他能解决的，况且，他自己是不是已经带上病毒，还是个问号。他拧开门那一刹那，女子叫住他。

他回过头来，女子把一大袋首饰都递给他。他没有去接，惊异地问："为什么？"

"有了这些东西，我怕我还会想坏主意，再用这些东西去勾一个男人。"

看着那些闪亮的珠宝，他明白这是一笔相当大数目的钱，但是他还是犹豫，无功受禄，等于抢钱。

"病一发作，这些钱财完全没用。"女子伤心地说。

他需要这笔飞来的财富，他已经能想象经费已到，血清已备，工作就能展开，或许，对全世界的拉慕尔病人最重要的事，是他拿着这钱就走。

他走过去，接住沉甸甸的袋子，靠近她，俯下身，用汉语说："你叫什么名字？"

"珍妮，"女子几乎没有思索地回答。"珍妮陈。"这个男人突然改成汉语，没有使她吓一跳，或许她已经在精神过分激动准备赴死的状态。

他托起女子的脸，她仍痛苦地闭着眼睛。他在她那颗痣上吻了一下，轻轻地说："你这钱会有好用场，你也会得到好报。"

他知道这最后半句是虚伪的，疫苗的培养要三个月，三个月内，他可能来得及救自己，有这个可能，但是这个女人却只有这一次机会，为什么不让可能与机会连接一下呢？于是，他把这个女人揽入怀里。

"这么说，我们在处理一个道德问题？"罗琳尖刻地说。

他想说，欧洲人的伦理学太学理化了，中国人的道义只是讲个怜悯，讲恻隐之心。

"道德并不是供思考分析的。"他说。

"但是你看，"罗琳按了一下按钮，墙的透明圆形的办公室几乎把全岛景色全收眼底，"你看我们把这些已病残的男女用电网隔开，不然他们会像野兽一样撕咬扭打。男人恨女人，因为女人是明知其事，有意传染给男人；女人恨男人，因为是男人传染给每个女人。"

"不对，"他说，"有意传染给男人的女人，已经清除，就不会发病落到此地。潜伏期内传染给女人的男人，不知其事，无知者无罪。"

"瞧，"罗琳说，"你自己开始分析善恶责任。仇恨是群体的狂热：这里的男人，恨所有的女人；这里的女人，恨所有的男人。连我们每天派出的治疗队，都必须男女分开，不然要被撕碎。"

"不，我相信只有同情怜悯，才能拯救这世界，我决心来实践我的下半句誓言：在珍妮陈这样的人身上，疫苗应当起作用。"

"你想找这个病人?"罗琳迷惑地问，"你相信好人不会得病?"

"对了。这就是我百忙中先打扰你的目的。我怕在会议上你们这些专家否定我的疫苗，而在这里，我们会有一个成功的开始。"

罗琳神情冷淡，但仅仅是一瞬间，她收起讽嘲的微笑，一声不响地按亮电脑。看来她被这个中国男人的决心所感动。她打上 Jenny Chen 的名字，屏幕上马上显出了有十个病人叫这名字。她摇摇头，招手让他走近，然后一个个打开这些人带照片的档案：

"不是，"他摇摇头，"不是，往下。"在第七张上他停住了，头发绾上，脸上有颗黑痣，"好像是她。"虽然是登记照，也是一个娇好的面容。然后他读到档案：新加坡政府遣送，病历记录三个半月。"是她。"

"要看近日档案吗?"罗琳犹豫地说，毕竟，她看出来，他对这女子是有感情的。

"我是医生。"他说。

罗琳一按键，屏幕上出现一张长疮的脸，几乎遮住眼睛，眼睛眯成一条缝，头发剩下不多，还被剪得短短的。再按一个键，是全身赤裸的照片，已长满疮，完全不像他曾经见到的美好胴体。

他不知道这个女人是否已经完全无药可治，或许他培养的疫苗也已经无计可施。

他千万里飞越大洋到这个集中营，是为了什么呢？来听那一套枯燥的数字分析？

他说："请今天的会议主席团同意我和这个病人同时进行治疗。毕竟，一切从肉体开始。"

他猛地脱掉上衣，撸上袖子，松开一条绑带。上臂赫然露出的，是反复感染的溃疡，现在绑带一撕，涌出无法阻止的脓血。罗琳一声不响，她已经料到这个东方男人会有这样的下场。

我们共同消失

一

傍晚雾气翻卷，尹修竹奔回学校时，她头发都披散了，本来用了一条丝绢绾住，现在丝绢不在了，风一吹，头发就乱如野草。她心里肯定，陆川躲开了她，早已回了学校，有意让她在外面乱找整整三个小时！她气喘吁吁地奔进学校大门，校园依然是空空如也，没一个人影。这是暑假，学生全都回家了，老师也走了，就他们俩借个理由晚走，留下两个人在一起。

尹修竹朝教师宿舍那一头奔去，两棵桦树后的一片黑瓦的平房，四周有围廊，藤蔓依架延伸。中间是个小天井，玫瑰依墙爬着，开着粉红的花。在二十年代，师范学校的老师待遇算是比较好的，在这个偏远的北方省份，这是最高的学府之一。她朝陆川的房门砰砰砰打了一阵，没有任何回音。那么陆川真不在？她背靠廊柱，一着急，气都接不上，心跳得急促，眼前冒出金星。

这时她感觉背后有人，那缓慢的脚步不陌生，紧跟着声音就到了：

"尹老师，怎么啦?"

不必看，她就知道那是门房老李头，她一直想躲开的人。整个校园一时全部留给她和陆川，偏偏这里还有一个老李头和他瘫痪的老婆。人说老李头是校长家的老仆人，他做事仔细负责，对人也不错。不过在这个特殊时期，对尹修竹和陆川来说，老李头有点碍事，他们平时装作看不见老李头，老李头也知趣地装作看不见他们，大家避了解释的窘态，也算过得去。不过现在，尹修竹想，只能问他了。

"你看见陆老师吗？"

老李头说："今天中午起没有看见。"他的脸色挺认真的。今天中午当然是他们两一道出去的。

"我是问他有没有回来。"尹修竹急急忙忙地说，她转过围廊，到天井里。

老李头看到她真的着急了，直截了当地说："我没有看见，我没有看见他回来。"

当时，是她叫陆川躲起来的。她说，"我背过身三分钟，你好好躲起来，我肯定不要三分钟就可以把你找出来。"

陆川说，"不行，你得闭上眼睛，捂住耳朵，不然你还是听得出我藏在哪里。"

尹修竹说，"没问题，全按你的做。我一样还能把你找出来，你别想躲过我！"

可是尹修竹在山上来来回回搜寻，就是没能找到陆川。她喉咙都喊哑了，脚也走痛了，一身是汗。

尹修竹与老李头把事情原原本本这么讲了一遍后，站了起来。若是平日，怎么会与这个守门老头说呢。

老李头说："就这样？"

"就这样。不见了！"

"是玩闹？你们没有吵架？"看来这个老李头不傻。

尹修竹脸红了。不仅没吵架，他们正好得恨不得捏成一个人。"当然没有吵架。"尹修竹几乎要嚷起来。"怎么办呢？怎么办呢？"她心慌意乱地说。

老李头同情地看着这个年轻的女教师，他想想说："到街上叫人帮着找？"

"镇上有警察。"尹修竹有气无力地说，这事她早就想过。

二

第二天早晨，她坐在干净的石阶上，她的旗袍很素净，浅蓝，镶了同色丝边，当瓦楞上麻雀一只不剩时，她发现天色已晚，便站起身来，脑子里虽然一团糨糊，心里却清楚极了：陆川确实不在了，被她"玩掉"了。

尹修竹与陆川热恋才一个星期，这之前两人都未打破这层茧。放假后，周围的熟人不在了，他们才鼓起勇气。这一星期天天厮守在一起。她已经忘记了没有陆川在身边的日子是怎么样的。

她甚至已经忘记了最初见到陆川的情形：她和一个女同事从食堂把午饭拿回来，在路上同事捅捅她的腰，说前面那人，是新来的英文老师，北大毕业的，或许只是借这地方暂时落脚吧，肯定不会久待。真是一表人才啊！

听到这话，她抬头朝左前方看去，正好看到陆川朝她投过来的眼光，那种特有的劲敛眼神，她拿着锅子的手一颤，她急忙垂下眼帘。他们互相走过，没有打招呼。

她在育婴堂长大，孤儿大都这性格。一个人习惯了，并不觉得有什么必要改变生活，天天教她的地理课，兼代两节国文，大部分时间关起门来写作。实际上她已经给上海的一个刊物寄出一个中篇，编者回信表示鼓励，说是"暂存待用"，她看着那信，虽未说一定会用，但是心里充满了期待。

不过与陆川天天遇见，之后就熟了。陆川也喜欢文学，而且偶尔也做文学批评，写了好几篇介绍普罗文学理论的文章，发表在报刊上。她要来看了，看得似懂非懂，不过还是给他看了刚写好的新作，一个惨情故事。

陆川把小说拿去了，过了半小时，就送回来，一声不响地还给她。

她本以为陆川会说什么，可他就告辞了。他前脚跨出门槛，她后脚就跟上了，叫住他。他停下来，她却不说话，只是疑惑地看着他。陆川笑了，走了回来，说："我总以为女作家难看，尤其是能写爱情的女作家都难看——乔治桑那样的人——没想到你这么漂亮，能写出动人的爱情故事。"

她完全没有思想准备，脸一下子绯红。她知道男人喜欢朝她看，已习以为常，不过从来还没有男人敢直截了当地对她说"挑逗"话。她羞得几乎要赶他出去，但是看到他那张俊美的脸上真诚的笑容，心里一酸，突然想哭。

仅是这么一想，泪水就盈满眼睛，她赶快转过身，不想让陆川看到。几乎同时一双宽大的手臂抱住了她，她急得转过头来，正好撞到陆川下巴，吓得尖叫起来。幸亏声音不太响。陆川赶忙将她拉入胸口，等她平静下来，他才松开了手。

"我还没有说完呢，"他说。"有爱情，还应当有理想——革命理想。"

陆川说得那么平静，尹修竹觉得他恐怕爱过许多女人，一点没有她身体碰到时那种要晕倒的感觉。可是她对此没有反感。对他的"教训"话，也没有不高兴。她心里暗暗吃惊，为什么不反感呢？

好几天，陆川与尹修竹连手都未握，不过，每天晚上他都来她的屋里，在她的书桌边坐着，直到月上树梢。窗外有脚步声，人影走过，又走回来——不久来回走的人增多了。她的同事有两次还借故拿书，来逗笑。等同事走了，尹修竹有点紧张，但是陆川不当一回事，眼睛都没有斜一下，她也就镇定下来，不去管那些干扰的杂音。

那天夜里，陆川走后，尹修竹在漆黑之中，听着那打更声渐渐远去，突然觉得怀里空空荡荡，她必须紧紧抱着被子，腿裹住被子，才能压住内心的躁动。真是丢人：她想那个男人，不管她愿意不愿意，她的身体完全不受控制。原来真正的恋爱竟然是这个样子！她很吃惊自己这种神魂颠倒如痴如醉的状态，这简直不是她，一个从小没父母，一向独立不依赖任何感情的人。

第二天早晨尹修竹在天井见到陆川，她什么也没说，不过更像熟知多年的好朋友。有机会还是只谈文学，他们的眼神已经商定：等暑假来临。有等待，日子过得也快。

陆川与尹修竹不同，他有一个大家族，在南方福建，但是家里没有什么人等他回去，母亲已经去世，父亲妻妾多得很。尹修竹本是无家之人，以前暑假都是朋友或同事怜惜她这孤儿，邀她到家里住一阵，换个环境。大概都知道尹修竹与陆川的事儿，今年谁也没来请她。

等到校园里差不多走空了，陆川早就半夜潜进她屋子。那场面虽然在心里已经演习过许多次，一旦亲临，还是让尹修竹摧心折骨地浑身瘫倒了。待到校园完全走空，他们就住在一起了。原先说好用功时各人回各人屋子，但是整整一个星期根本就没有用功的时间，甚至根本没有俩人身体分开的时间。

终于到这天中午，陆川看见窗外太阳不错，他建议他们到学校背后的山上树林去散步。

才走进树林不久，陆川就把她抱住了，狂热地吻她，并开始解她旗袍的扣子，她只好躺下来：这样即使有人经过，也未必能看见。草深，拉痛了她，陆川脱下衣服铺在草地上。陆川说他在下面，男人皮厚，不怕刺。尹修竹看到他在下面目不转睛地看着她那身体，那喜不自胜的样子，才知道上了当，赶紧伏在他身上，用手盖住他的眼睛。

她太放纵了，不守妇道，这是报应。尹修竹想，她真的把陆川玩掉了。

三

一连下了几日雨，尹修竹足不出户，既不梳妆，也不换衣服，人傻了一般躺在床上睁眼瞪着天花板。这天夜里打更的声音响起时，她听到了一个孩子的哭泣，好奇心使她走到窗前，发现蹲在黑暗中的老李头，他在小天井里蹲着抽叶子烟。她缩回脑袋，等再去看时，那儿已空无一人。她突然发现这个世界非常陌生。

陆川在那个下午突然消失，前后院子几十间教室的校园就只剩下她和守门人老李头两人。"他突然就不在了，我怎么想也不对劲。"她重复地说这话，意识到自己的头脑出了问题。

现在尹修竹只能吃老李头送来的饭菜，他在自家的锅灶上烧的，她也不觉得不卫生了。她吃得相当少，不停地喝茶，那茶叶是陆川给她的，每天她只上老李头那儿提开水瓶回来，她塞给老李头老婆钱，她说，就算搭伙食吧。

奇怪的是，她喝了那么多茶，还是能睡着，每天大部分时间都在睡觉，似乎在补上那一个星期缺失的睡眠。

有时昏睡之中，她潜意识地想，那么，为什么不是她消失，而是陆川消失呢？

或许，在陆川那里，是她尹修竹消失了。完全可能是这样，两个互相消失的人如何才能听到对方的声音，够得到对方呢？

四

院子里突然有脚步声，很慢，但不迟疑，重重的，不是老李头。尹修竹从床上撑起身体，屏息仔细听，的确是脚步声。她睁开眼睛，看到满屋子的阳光。这是第几天了？也许过了几个星期，她想，这个沉寂得可怕的世界怎么还有脚步声，可能完全是幻觉，她复又躺下。

可是那脚步声更近了，尹修竹猛地从床上跳起来，撩起竹帘，正好来人在窗口，像是往里看，他们弄了个脸对脸。尹修竹呆住了，那脸好像是陆川，一个男人。但是，不，并不是陆川。这能是谁呢？

外面阳光太强，那个人看不清屋里，正在眨着眼调整瞳孔。尹修竹突然意识到她只穿了一条短内裤，天气已经进入三伏，哪怕这个北方内陆，正午也很热。她半睡着时肯定把睡衣脱掉了，自己也没有察觉。

她"哗"的一下盖下竹帘，赶紧退到柜子里抓了件薄黑麻纱裙子。那个人一定什么都没有看清楚，只知道窗后面露出一张脸。她想，才多久，她已经不像一个姑娘家了！

她再去看那人，他退到廊柱边，咳嗽了一声，耐心地站着。

"就是这间。"是老李头的声音。

"尹小姐在家。"一个声音说，不像是问题，而是肯定。

尹修竹飞快地倒水到盆里，洗了一下脸，对着墙上一面已经开始脱斑的镜子抚了一抚头发。许久没梳头发，没整理自己，这么大热天，这屋子肯定有味了，看到桌上碗碟筷子脏成一气，她急得团团转。

"尹小姐方便吗？"门外的声音问。

老李头不知咕哝什么，他压低嗓子说话。

"不急，我没事，等等不妨。"那个声音说。

这次尹修竹听出来，外面那人是北方口音，声音很圆润。她觉得很难为情，怎么能如此放任自己颓唐到如此地步。她赶紧整理屋子，把脏衣服朝床底推，又推开后窗，找出扇子狠狠赶屋子里的空气。

然后，她看了一下镜子，头发还是太乱，便用梳子稍稍理了头发，飞快地拢了一下，心里挺感激那个不速之客，明白人情。

都弄好了，她这才走过去打开门，脸上挂着歉意的笑容。

的确是老李头陪着一个青年男子。那人穿着中式长衫，干干净净的蓝布，像个大学生，或是药铺学徒的样子，和蔼地看着她，带着微笑。他的脸很秀气，几乎有一种文雅女子的周正，换种说法，像个男孩子脸俏皮地长在成人的身体上，实际上他身材高大，老李头比他矮一大截，只是不像陆川那样棱角分明的英俊。

老李头对尹修竹解释说，"这是凌先生，是学校刚来的老师。"那意思是不得不来打扰你。

"凌老师，你好。"

"尹老师，你好。"

两人寒暄着，却没有握手，注意力在老李头离去的身影上。

"凌风。冰激凌的凌，凉风的风。"他转过身来说，"都是当今的好东西。"

尹修竹笑起来，突然她觉得背脊发痒，但是她从不愿当着人做不雅的动作，同时她又觉得不应该笑，已经好久没有笑过了。她没有这权利，因为她闯了一个无法弥补的大祸，一个活生生的人消失在她的手中，一个比对面的男子更有生活激情，更应该有资格活着的男人被她杀死了。突然，她意识到现有的一切，好久以来的麻木消沉，突然被心里的一阵绞痛替代。

"尹小姐怎么啦？"凌风关切地问。

可是她难受得要命，人如一张薄纸软软地往地上倒，凌风跨上一步，正好接住她。

等尹修竹醒来，她已经躺在自己的床上，床上的脏被单枕头套子毛巾都没有了，身下垫了一张干净的席子。凌风正在给她摇扇子，看到她睁开眼睛，他问：

"尹小姐好一点了吧？"

尹修竹霍地坐了起来，说："太不好意思了，我这样子。"

229

"再喝两口凉水。"他递给半杯水。桌子上放着一碟酸菜，还有一碗绿豆粥，飘过一股香味。这个陌生男人竟然就给她递水递食了。

尹修竹怎么看凌风都像她的弟弟，听育婴堂的嬷嬷说，她有过一个弟弟，两人是双胞胎，这是当初放在他们身上的纸条上说的。但是那个弟弟早年夭折了，她对他完全没有印象，因此从来不觉得缺失什么。现在这个小青年从天而降，她才感到自己缺一个家人，一个可以把什么话都说出来的亲人。

但是这个人，这个娃娃脸秀气的男人，她一无所知。刚认识，这个人就已在照顾她，在搀扶她，她又有什么理由认为这个人不值得相信呢？在这个世界上，有人关心她，这本身不就是太好太好的事吗？

她喝了两口水，抬起头来，用眼睛谢谢凌风，凌风似乎松了一口气。她把腿蜷起来，抱着，靠在床柱子上，看着凌风到桌子上去端那碗粥。他那账房先生式的长褂应当很碍事，可是他真的像做过药铺学徒出身，什么东西都不滴洒出来。

她想想，不想再与他客气，现在再作自我介绍，未免有点装傻。于是她把题目引到职业上："凌老师教什么？"

"说是让我教国文，"他说。"其实我刚从师范毕业，师范毕业不能教师范。大学毕业才能教师范。"

"不会吧？"尹修竹说，"我就是师范毕业，到这里教国文，我也没资格。"

"哪里，"凌风笑着说，他的声音放得低低的，挺文静，虽然话说得没有他的脸相那么孩子气。"尹小姐是女作家，有才情的人，不能以学历论之。"

尹修竹把端到手里的碗放在一旁的独柜上。这凌风有点奇怪，才来第一天，把她打听得如此详细。

"你怎么知道我写作？"

"刚读到的，"凌风很轻松地说。"我让寄到这个地址，果然今天在老李头那里取到了，刚出的第七期《新生》上面有你的小说。编者按说是文坛新秀初鸣不凡，我看不是不凡，是好生了得，写情写人，都是大手笔。"

尹修竹双眼发直，看着面前这个人，他转过身，然后从袖子里变戏法似的拿出一本杂志，不急不忙地翻开，递到她跟前。果然，是她的中篇《逆门》，在编辑部那里放了大半年，她早已置诸脑后不抱任何希望了。拿起杂志，看看又合上，她的名字打在封面上。这真是一个奇迹，看着自己的名字变成了公众的名字。

第一次看见自己的文字排成铅字，感觉很不一样，可是当着这个捧她为大作家的人，她又不能失态，所以就未打开读。

她拿起碗，下床来坐到桌子前，那碟酸菜也可口，很快就吃完了。

"还要吗，锅里还有，我去街上小店里买的，有一大锅，尽管吃好了。"凌风说。

"我好久没这么吃得尽兴。请再来一点吧。"尹修竹说。

她走回床边，拿起杂志，抬起头，正看到凌风的眼光，没有一点嘲弄，反而非常温和而亲切，好像是鼓励她读下去。于是她就翻开读了起来。

五

这天夜里尹修竹睡得很沉，但是天蒙蒙亮时，她就醒了——半梦半醒时突然想起一件事，把她唬得梦影全无。那篇小说，在刊物上署名尹玲，并不是她的本名尹修竹。尹玲就是她，这件事没有一个人知道，只有陆川。

凌风怎么会知道这是她的小说？

她出了一身冷汗，反胃，想吐，可又吐不出。这事情太神秘，她本能地觉得这与陆川突然消失有关。她太大意了，这世界危险四伏，到处有人在准备算计她，而她竟然粗心到对陌生人完全没有防范之心。

她赶快去天井的水龙头提了一桶水回屋，洗了个凉水澡：凌风昨天扶她的地方，他的手碰过的地方——她的肩膀和腰，特别不舒服，好像有肮脏的东西粘在上面。一股怒气往上冒，往她头脑上冲，她的创口不仅重新打开了，而且还有人在上面撒盐。

尹修竹她心急火燎地往围廊石墙那边走。天青灰，院子里悄无人声，东面的天空还有几颗微星在闪光。她长吸了口气，停下来一秒钟，已经看见凌风昨天住进的那间宿舍了，与陆川相隔一个房间，老李头晚上帮他张罗搬定的，还替他烧了开水，并提到他屋里。

尹修竹一心想要揭穿凌风的诡计：这个娃娃脸的家伙，肯定不是好人，知道陆川失踪的事，害了一个不够，还来进一步害她。

尹修竹举起手要敲门，却发现凌风宿舍的窗帘下透出灯光来——这个人竟然醒着！他在干什么，在这么一个安静的凌晨，在这个新来乍到的地方？她不由得放轻了脚步，蹑手蹑脚到窗下，慢慢抬起头，透出窗帘的缝隙往里张望，她简直不能相信自己的眼睛：这个叫凌风的人坐在窗前的书桌上，虽然没穿长衫，但还是整洁地坐着，桌上摊开的是一本杂志，再凑近一些看，还是那本《新生》，而且翻开的是印有她小说的部分。再看了一眼，她几乎要尖叫了，赶紧捂住自己的嘴，搁在杂志上的竟是她那天遗落的绾头发的丝绢，牙白中有点点浅黄的梅瓣！

她记忆迅速恢复了，想起来，那丝绢并非弄掉了，而是被陆川抢走的，他们正在闹得高兴时，头发散了，她停下来重新绾头发——哪怕在最狂乱时，她也不愿意自己不整洁。陆川一把抢了这条丝绢，塞在自己的裤袋里，不让她再为头发分神。

这个人杀了陆川！

她脑子轰的一响，本应该找到对策再行动，可是她什么也未想，就冲到门前，猛地推门，门没有关，她一个跟跄跌进屋里。但是屋里那个人一步跨在门口，正好把她接住，她几乎是一跤跌进他的怀里。

那个男人很轻柔地捧住她，乘势让她坐进他刚才坐的那张藤椅里。

尹修竹努力镇定下来，她拿起桌上的丝绢，问道："你是谁，你从哪里弄来的？"

"陆川给我的。"凌风半蹲在地上，眼睛望着她说。

"什么？"折磨了尹修竹这长时间的问题，没想到竟如此直截了当地得到了回答，这令她非常吃惊。她脸色苍白，嘴唇发青。"他在哪里？"

凌风站了起来，拿了一张凳子过来，坐在尹修竹的对面。他皱着眉，似乎很不情愿地说：

"他被捕了。关在市警第三监狱——就是老虎桥那个地方。"

完全出于尹修竹的预料，他本以为陆川死了，听见他还活着，她的眼睛都亮了光，可是马上那亮光就不见了，再没有比被捕更糟的了。只是她的声音没有先前那么尖厉，理智回到她的身上。

"陆川怎么会被捕呢？"未等凌风回答，她又说了一句："陆川怎么被捕的？"陆川以这样的方式消失——她曾经想到过这一层，陆川没有说过，但她猜得到陆川肯定是革命党，但是这与他们玩的迷藏怎么联系得上呢？一个人不能因为不想玩就被捕呀！尹修竹一脸不解的神情。

"那天，"凌风说，"那天中午在后山树林。"

"你怎么知道，"尹修竹猛地站起来。"是你把他抓走的？你这个反动派！"

"是的，我是反动派。"凌风摆手让她坐下。他一点不绕弯地承认了，反而使尹修竹无言以对，不知如何说下去为好。想想，还是坐了下来，她想知道到底出了什么事。

"已经盯了他很久，"凌风说。"怕进学校抓人，会引起学潮风波，这个师范学校闹学潮有名。所以一直等到那天中午你们俩出去散步，就有人来报告了。"

"谁，谁报告的？"

"我不知道，真的不知道——或许以后会打听到。"凌风摊摊手，"我只是市三监狱的看守，本轮不上我们这批人，不过那天突然调我们出动，他们认为要抓一个革命党要人，而且在野外，人要多一些。"

"我的天！"尹修竹在心里叫道。她想起那天静谧的树林，他们像在天国伊甸园一样放肆裸戏，可爱的蝉鸣声中，只有摇曳的树叶间露出的白云看着他们。真是胡扯，一大群人在盯着呢！

"上峰指示，此事惊动的人越少越好，所以我们只是在远处，想等你们两人分开再动手。有人带着望远镜，但是我没有看。"

他的话一说完，尹修竹脸涨得通红，这个凌风真会凌辱人！她能想象这批反动派狗警在那里拿她开心的情形，顿时觉得气都喘不过来。整个场面太脏，太恶心，还不如他们一枪把她打死痛快。如其那样，还不如把她和陆川统统打死在那林子里，不让他们知道，也不让他们有悔恨的机会。

"我真的没有看，"凌风说。他的话可能是诚恳的，他可能没看，他一人是个害臊的男孩子，那就证明大部分人都看了，尹修竹气恼得差一点呛住。她平生最想要的是纯净，最见不得脏事，不料自己成了脏话的靶子！

凌风很体谅地等她平静下来才继续说："等到他一离开你，藏到你看不见的地方——一棵泡桐后面，他们就把他捂着嘴扭倒了，他想挣脱，当然未能成功，更多的人扑上去按住他，把他带走。你一点没被惊动。不知为什么你站在那里闭着眼睛，捂着耳朵足足有三分钟，那时间足够把他带走。"

尹修竹嘴都张大了，原来还真是她把陆川玩掉了。她站在那里闭着眼手堵着耳朵，样子肯定傻极了，肯定让这批狗王八回去后笑疼肚子。

"那么，你怎么会到这里来？"尹修竹回过神来，终于想到眼前的人没有必要把这一切告诉她，如果这真是秘密逮捕的话。于是她换了一句话："我的丝绢怎么到你手里的？"

"我在老虎桥当看守，"凌风的语气还是那么平和，不慌不忙地说，"我非常钦佩陆川先生的道德人格和革命理想。承他看得起，把我当作朋友，他在狱中给我讲了很多革命道理。"

"他现在还活着？"尹修竹问，她早就应当问陆川现在的情况。被秘密逮捕，那就是说，要处决他太容易，没有人会知道，也不需要审判之类的过场戏，所以，她潜意识里就断了这个心思。现在经凌风这么一说，她即刻追问上去。

凌风站了起来，拉起窗帘一角看看外面，院子里依然无一人，只有晨鸟在啁啾，天空已经开始变成玫瑰红。

"前天他被押走了。"凌风放下帘子，坐回尹修竹身边，声音放得更轻一些。"我也不知道押到哪里？"看到尹修竹紧张的眼光，他说："不像押赴刑场，因为审问还没有好好开始——他们在等中央来什么人，亲自过问。我估计是想问出北方一带的组织关系。秘密逮捕，可能就是为了这个原因。我认为陆川先生可能被押到省党办去了。"

"那里会拿他怎么样呢？"

"陆先生不招供，恐怕会就义成仁——我不想瞒你，陆先生叫我不必瞒你。临走他只有跟我说一二句话的机会，在我帮他收拾东西的时候，他把这丝绢交给我，让我一定要带给你人。"

尹修竹已经泪流满面，泣不成声。她已经无法坐着，她倒在凌风的床上，伏在床上痛哭。听到凌风最后咽下的半句话，她完全明白了：

"我知道，他叫我不要等他。"

"对。他先前谈你谈得很多。他说你是一个很纯洁有才能的女孩，他告诉我你的写作，说你应当有好前途。"

"他不会活着回来了？"

236

"恐怕这是陆川先生心中的宿志。"凌风仔细想了一下,"我已经决定跳出火坑,一个星期之前,我已经去找了他说的另一个接头地点,把情况转告了组织。我想一切都已经补救上。我告诉陆川先生组织上已经做了相应布置。他很宽慰,但是他说,供不供,有关他的人格,他还是一字不能吐。"

"你是说他们会拷打他,上毒刑?"尹修竹从床上坐起来,恐怖地叫起来。

"是的,"凌风说,"这是肯定的。所以陆川先生让我给他买了砒霜,他说他会及早从容就义。"

"你——"尹修竹尖叫起来,凌风急忙把她的嘴捂住。可还是听得见她闷着声音说:"你害死了他!"她激动地用双手想扳开凌风的手,想跳起来,凌风不得不用身体把她压倒在床上。

"尹小姐,你镇静一些。"凌风轻声说。他的手松了一点,还是随时准备捂住她,因此还是压在她身上。"我是陆川先生的朋友,我没有害他,正如那天你与他一道出去,也不能说是你害了他。"

这一句话把尹修竹说得哑口无言了。的确这一阵子,她一直都认为自己害得陆川失踪,只有她有给陆川带来灾祸的可能。看来她自怨自艾过分了。如果他们一直没有分开,那又怎么样?陆川早晚还是会被抓走!只是不会把她弄得这样疯疯癫癫,整整几个星期悬在空中,几乎要把自己折磨死。

这一切,这一切对于她来说都来得太快太急,她不知道怎么想才好。而凌风还是怕她会突发歇斯底里,一直躺在她身边,手按住她的肩膀。但是尹修竹已经不再挣扎,她又是一夜没睡,事情来回反复剧变,把她弄得筋疲力尽。

"平静下来就好,"凌风的声音几乎像来自空中,很遥远,"平静下来，一切都会好好的。"

尹修竹听到自己的声音在说，"平静了，我已经平静了。"

"平静就好。"还是那个遥远的声音。

渐渐她感到眼睛在自动合上。"我要睡着了，"

她终于在凌风的床上睡着了。

六

此后，她每夜睡在凌风的旁边，她害怕：世界上这一切变故与残忍，不是一个小女子能承受的。凌风有时候出去打听消息，一直没有任何消息。他回来就到尹修竹那里，详详细细告诉她情况。没有死刑消息，哪怕秘密处死，他的旧日同事也会知道。但以前的同事看见他，只叫他快走。

两人分析，最有可能是陆川已经吞下砒霜，这恐怕也是对任何方面都合适的办法。

尹修竹已经不抱任何希望，凌风不管什么变故都平静镇定，这态度也影响了她。她坐下来重新写作。《新生》刊出的那个小说，反响出乎意料的好，报上有评论，也有许多读者来信，有的人感动得声泪俱下。

小说里写到育婴堂的孤儿，嬷嬷写信来，说前来问候的人很多，他们看了她的小说后，开始关心孤儿们长大之后的感情生活。

她的小说的确是半自传的，像所有开始写作的人一样，当时自己完全没有恋爱过，只是凭空虚构。

她新写的这一篇，也带半自传色彩，这次有理想，有革命，也有激情——这些以前陌生的东西现在溶进了她的血液。她已经看到理想如何感染人，陆川的理想精神和宁死不屈，从容就义的崇高感染了凌风，也感染了她。小说未写完，凌风便读了，非常感动，对尹修竹说："你变得成熟了。"

这天晚上他们相拥在床上，互相安慰。凌风从来不要求做那个事，她也不想，虽然她很喜欢凌风，喜欢他对一切事的镇定自如，还有他的善良和正直。他们似乎有一个不必言明的约定：只有他们知道了陆川的确切消息后，才能真正互相献给对方，他们不能背着陆川做什么事，这样不公平，主要是他们内心感到不公平——陆川是他们的偶像，他们不能玷污这理想精神。虽然陆川留下遗言让凌风来找她，但只有陆川真正不在人世了，他们才可以执行他的遗言。他们每夜亲密地睡在一起：这夏天还没过去，他们衣衫单薄；露胳膊露腿的，听着对方的心跳，呼吸到对方的气息。这种肉欲折磨，好像是一种净化仪式，一种给他们的考验。

尹修竹每天早上醒来，睁开眼睛前，心里就祈祷：但愿这个暑假再长一些！再长一些！在一周后，在学生老师陆续回来之前，他们必须知道下一步怎么办。

一连两天，尹修竹闷闷不乐。看到她不高兴，凌风也很焦急。

这天晚上尹修竹对凌风说，"能不能快点弄清楚情况？马上就要开学了。"她忍不住了，首先她希望自己很快就写完新的革命爱情小说，同时也很快就应当结束这种悬挂在回忆中的生活。凌风也非常赞同。这天夜里他们的拥抱变得热烈，尹修竹亲吻凌风时，久久不肯放开，她感到周身的血液沸腾起来，她也感到他的身体在颤抖不已。他们的身体不受他们控制，紧紧地贴在一起，开始摇动起来。

最后还是凌风停住了，他挣扎出尹修竹的长吻，默默下了床，轻轻走出去。过了好一阵，他才回来，对尹修竹说："我明天再出去，我想这次一定会打听到陆川的下落。"

尹修竹已知凌风是个说到能做到的人。他让她平静，她就会平静下来，实际上只要凌风在，只要想到凌风在，她就能镇定下来，继续写她的小说，生活中的所有事也都有了次序。

七

只是小说结尾，尹修竹写得很慢，她似乎长久地在考虑小说中的人物应当如何对付命运，替他们设身处地安排各种可能的方案，给全书作结。

但是她整天也没有安排出一个合适的结局。

这天天黑了，凌风还没有回来。尹修竹拿着碗筷到水龙管子盛水时，她听到院子里有脚步声。"凌风，"她轻轻唤了一声，把水桶拎下地。可是凌风并没有走过来，可能是没有听见，尹修竹用碗去接水，抬起头来，吃惊地看到一个陌生男人往围廊那边走，背稍稍有点驼，似乎是个儿太高了。

再仔细一看，竟然是陆川，那走路的动作和姿势，尹修竹太熟悉了，只是最近忘掉了而已。

她呆住了，手里的碗掉在地上，吧嗒一声碎成两瓣，筷子却一直滚下去，落入水槽。

陆川顺声回头，看见尹修竹，就快步走过来。

"你回来了？"尹修竹轻声说。

"我回来了，"陆川走到天井："你不高兴吗？"

残照好像就在这一分钟里把亮度减低，好像是不让她看清陆川的脸。但是她听得出他声音很疲倦，脸上是一种憔悴，人瘦得颧骨极高，胡须也没有刮。

陆川靠近到她的身边，抓住她湿淋淋的手，她禁不住全身颤抖起来。陆川一把就把她拉到了怀里，紧紧地抱住她，那种熟悉的拥抱，马上让她喘不过气来。

"我回来了，你不高兴吗？"陆川还是那样反复地问。

"高兴，高兴，"尹修竹说。等了一会儿，她抬起头来看看他："你怎么回来的呢？"

"上午搭火车从省城回来的。"陆川说着，拉着尹修竹的手朝围廊走。

"噢。他们让你出来了？为什么呢？"尹修竹太想知道，已等不及回到屋里。"究竟出了什么事，你一走就一个月！"

陆川急急忙忙说起来，在尹修竹听来，大致与凌风讲得差不多。这时陆川突然停下来，盯着她的眼睛说："我知道你想问什么，你想问我有没有叛变？"

尹修竹刚想声辩她根本没想到这个问题，陆川已滔滔不绝说了下去。"我告诉你：我没有叛变，我没有什么可叛变的！我已经切断了大部分联系——在暑假之前就切断绝大部分联系，因为我知道我已经被盯上了。"

"被谁盯上了？"

"学校里有人，"陆川轻声说。他转过头，看看四周，这让尹修竹突然想起很早见到的一幕情景：凌风也曾四处看看院子，然后才说话——这个院子里可能有什么人呢？这个学校早就走空了。凌风那天说过，陆川消失的那个中午，他们出去散步，就有人报告了。除了老李头，还有他那个路都走不动的瘫痪的老婆，能是什么人?

陆川说:"我暑假不走,就是组织上的安排,让我不要走,以免打草惊蛇。"

"什么?"尹修竹现在见惯不惊了,知道有许许多多的秘密,她永远弄不清楚。"难道你留下不是与我恋爱?"

"当然是。我的意愿正好与得到的命令一致而已。"陆川一清二楚地说。但是尹修竹不明白怎么会那么一致,那么巧合。总有一个是顺带的,趁其便而行之的。革命和爱情,不会两个都一样重要,分量正好一样。

"怎么会放你出来的呢?凌风说——"

陆川正好用嘴唇在打她的嘴唇,听见她说凌风,便扫兴地放开了她,但是在她耳边咬牙切齿,一字一字地说:"不要提这个人!"

"这个人是谁?"尹修竹有点生气了,她不能再被这些男人蒙在鼓里。"我的事,不是你告诉的吗?"

陆川说,"这个人是刽子手!告诉我,是不是这个人到你这里来过了?"

尹修竹心里更生气了,她其实是想说,"不就是你叫他来的吗?"只不过话一脱口,便变成:"关于我,不是你告诉这个人的吗?"所以,当她听到陆川这么问她时,她便不再说话了。

"那么,你们俩有什么事不成?"陆川进一步逼问,口气挺凶的。

尹修竹愣住了。她和凌风的确好上了,又没有真正"好上"。不都是为了陆川吗?这了实行他陆川的嘱咐,两人才相依为命的吗?

陆川看了看尹修竹，已经明白了答复是肯定的。他脸痛苦地抽搐，问道："这个人现在在什么地方？"

　　尹修竹清清嗓音说："今天去找你了。"她不愿放低声音。"他说今天一定能打探出你的消息。"她朝四周的黑暗看了一下，"该是回来时候，他出去了一整天。"

　　陆川一听，就催尹修竹朝屋里走，看到她脚步没有动。他说："我就是舍不得你，才专门回来接你。"

　　他没有必要问问尹修竹是不是愿意。这是不需要问的事，他对他们的关系有十二分的信心，尹修竹本来就是属于陆川的。

　　就在这时，凌风的屋子灯突然亮了，门打开，光正好照在他们身上。尹修竹怎么也没料到凌风已经在这里，或许早就在这里，一直在等着。

　　"陆川先生，"凌风走出来说，依旧是那么宁静的低音，那么真诚。"陆川兄，欢迎你出狱。"他伸出手。

　　陆川没有去握凌风的手，也没有应声，他对这样突然冒出的戏剧性转折，似乎早有估计。他非常疲惫，现在面对凌风，好像到了表现男子气的时候。他看着凌风悬在半空的手，纹丝不动，鄙视地看着，直到那只手最后缩回去。这时他才以责问的口吻说：

　　"是你安排我出狱的？"

　　凌风走上一步，恳切地说："我哪有这样的权力，你弄出了天大的误会！我只是打听到你今天可能释放。"

　　他又想上来拥抱陆川，但陆川还是避开了。凌风沉吟半晌才说："别忘了，是你把我引上革命道路的，是你让我懂得了革命道理。"

　　"我起先也是那么想，"陆川清清朗朗地说，好像宣战似的，

"但后来，你把交代的事干得那么干脆利落，甚至给我弄来了毒药，把我弄糊涂了。我在被押走的路上，忽然明白了：我没有这么大的感召力，我不可能把一个反动派在几天之内彻底改造过来。"

"所以，你也没有服毒自杀。"凌风说，"你知道组织已经做了应对，你什么关系都交代不出来了，除了一个关系——"

"对，那就是你。我可以供出你，却无法说你在哪里。"陆川说："你拿着我最爱的人做人质，我一清二楚。"

"难道不是你自己请我来照顾小尹的？不是你给我的丝绢？"

凌风称尹修竹"小尹"，把陆川气着了，"你，你是个双面——三面——间谍，你骗了所有的人！"

"并非如此。"凌风说，"只是我明白你可能做什么，我也失去了一切组织关系，上级知道我与你有瓜葛，他们要等你的问题全部'解决'，才能恢复联系。我在这里等候你的日日夜夜，却改变了主意——我爱上了小尹，我也相信她爱的是我！"

这两个男人同时转身朝向尹修竹，但是她不见了，在他们正在清算旧账时，尹修竹已经回到她自己的宿舍里，往皮箱里扔东西。当两个男人赶到尹修竹屋前，她正提着皮箱走出来。看到她，他们同时惊叫起来："你上哪里去？"

他们都没想到，最可能消失的，反而是这个女人。

尹修竹停下来，把皮箱搁在地上。她一点也不着急地说："别害怕！我已经听够了你们两人之间的来回倒账，谁欠谁的！可惜，这些乱糟糟的事都卷进了我。其实连我做梦都明白，我早就不是原来那个傻乎乎的女教师了！别以为我是你们可以切开，可以分的财产，错了，我早就明白我应该成为自己！这一个月中我弄懂了许多事，没有白过。"她身子弯下，想去提皮箱，但是停下了。"你们问我爱谁？我也说不清。凌风，我们俩的爱是安宁的，我也爱过你。陆川，我也是爱你的，我们的爱非常热烈。作为男人，你们都很可爱。你们对我的爱情倒不是虚伪的。"

她回过头来，屋子里的挂钟，在这极其安静的夜晚，那嘀嗒声分外响亮。尹修竹身上的旗袍整整齐齐，头发整理得干干净净，仿佛她又回到做姑娘时的洁癖，一切都细致而从容。

陆川吃惊地盯着尹修竹，他顾不上凌风，急得上石阶，却只是站在尹修竹旁边，张口想说什么。不过，尹修竹用手止住他，她说：

"爱情不应该被劫持，不管以什么名义。我相信你们各有苦衷：以前的事就算了。我们这场面，也未免太像一出戏。戏总要落幕，我认为我应该走了，今晚八点半有一班火车去南方，我现在赶去。至于你们，你们谁愿意跟我一起走？我就在火车站等着。"

她重新拿起皮箱走下台阶，到天井里，跨上石阶。她不怕远行，上海的《新生》编辑部与她保持通信，她请他们把稿费寄存在那里待取——她早就想过不可能在此地久留。现在她将以一个女作家的身份南下。她突然回过头来：

"其实你们俩可以一道来，我可以稍等一下。这样你们谁都不用害怕对方再使什么绊子，你们背后的人——不管什么人——也不好做什么下作事。哪怕马上有报告上去，说是三个人一起走了，带着行李，我看哪个能明白出了什么事。"

她轻声地笑了出来，招招手说："来吧，我们三人一起走，我说过，你们两个人我都爱。其实你们俩我谁也舍不得，离开你们其中一个，我一生都会懊悔的。我说的是真话。"

这样的结局，比任何小说都有意思，任何争风吃醋的言情小说格局，都不可能有这样出人意表的结局。她带着她的新小说，迎接她新的前程。

尹修竹边走边想，她没有听背后的脚步声，她相信那两个人都会跟了上来。她留恋地看了看路上高高的桦树，想象着他们三人一起消失在火车站。两天之后，在那燠热的南方，在竹子摇曳生姿的影子中，她双手分别拉住这两个男人，两个耳朵分别听他们对她倾诉心中无限的冤屈，无尽的遐思。

玄机之桥

　　飞机在十八坡的上空打旋，巨大的引擎声浪湮没了城市所有的喧嚣，她站在十八坡城门上，捂住耳朵，惊异地看见了那个常来到她梦中的人正全副武装站在打开的机舱内，避风镜使他的脸变了形，但她认得出，就是此人，在每周末深夜十二点整，与她在沿江公园山顶上第五排长椅上见面。

　　飞机仅仅在这个依山而筑的城市上空，盘旋了七分钟，便拖着长长的白烟，穿过云层，消失在观望的人们整个下午的骚乱的议论之中。

　　当夜，她去了约定的幽会地点，即下半城的沿江公园。预感只是预感，但她感觉到，时间仿佛应该消失得更快，民国三十八年这个秋天可能会提前逝去。她心情郁闷地步入公园山顶上，当她走近最高处的空地，她发现第五排长椅上横放着一件东西。今天是星期五，她想这就对了。于是她向那长椅大步走去。

　　那是一个男人。

　　一个酒瓶歪倒在地上，酒鬼！她正欲拔腿离去。

　　等一等。那人含混不清地叫道。

　　她回头，黑暗之中她没法辨清对方，但绝不是那个常在梦中会面的人。

她几乎是奔着下山，两步并作一步撞下一坡一坡弯曲的石阶。她的家在大桥下第一个墩子旁。从沿江公园出来之后，她没有马上回去，而是在大桥上慢慢走着，迎面吹来的风，从她未系上长围巾的脖子窜入，滑进她的旗袍里，像条冰冷的蛇。一件旧大衣裹在身上，她双手揣在大衣口袋里，不停地走着，没有方向，没有目标。偶尔，车辆驶过她身旁，那不太亮的车灯打在她的脸上，她不得不用手挡住脸，眯起眼睛。她已经听到远远的山后传来的炮声。

整个过程，从我遇见你的那天开始就已宣告结束。我在寻找途径，尽可能快些逃出这貌似爱情的重重深墙大院。我必须改变我自己的一切，为了躲开你可恨的阴影，我长年写日记。昨天，我点火烧掉了日记，火光映出许多消逝的白天和夜晚，照出那年瘦削的肩，线条分明的身体。灰烬凝固成日渐憔悴的脸，我就是我的故事中的我。历史不是依然故我？多一声少一声轰隆又有什么用？这个城市已陷落过无数次，建造城市就是为了陷落。

她把身体重心从这条腿移向另一条腿，手和下巴放在潮湿的栏杆上，望着江水发呆，她微微卷曲的头发在夜风中簌簌发响。一队荷枪实弹的士兵走到她身后，她转过身，冷冷的水珠一小时一小时积在她头发和脸上，那最大的两滴水珠像泪挂在脸上。看见她，胡乱喊叫淫猥的语句，军官詈骂着逼他们继续赶路。在拥抱死亡之前，士兵需要拥抱女人，这想法使她很悲伤。

具体地说，这是一张地图。我从口袋里摸出一张皱巴巴的纸。

你注视着我的眼睛，"万一我出了意外，"你停了停，接着说，"万一我死了，你必须继续执行任务，焦土政策，必须执行！"我猛烈点头，表示非常赞赏。"别讥讽我！"你用红色铅笔在那地图上画记号。在桥头偏东方向，一个类似亭子的图案旁边的空白处，你打了个"√"符号。

桥下江水悄无声响地流淌，一道发亮的宽带把这个城市划为北岸、南岸。贫贱苟生者与花红酒绿共处，柔情蜜意、卑劣淫荡流淌在一起，每点亮光就是一个世界。而夜为她遮住了年龄、欲望、嫉妒和仇恨。

一个戴礼帽的男人由大桥的南端走来，待他走近时，她望了一眼，转过身体，她问来人几点了。男人丝毫不奇怪一个单身女人深夜不归家而在桥上忘了时间地游荡：桥那头就是妓女出没的暗娼区。男人为她点燃打火机，照亮他自己的手腕，然后看着她模糊不清的脸。可是她张开大嘴，伸了个懒腰，眼皮低垂，盯着地上，声音含糊，似乎说了一句"谢谢"。

你说，你得做最后请示，最晚三天就回来。渡船的哨子响了第二遍。你上了轮渡船。你回到北岸，你将从那儿出发。

江边上拥挤不堪，过江的人提着大包小包，拖儿带女的母亲，一担两绳找活干的脚夫，脸上仿佛都流露出惊慌。伤兵血污的担架乱七八糟摆满了河滩。茶馆码头都流传着共军过了东江，已经逼近这座城市的消息，广播里却是种种平抚人心的来自政府的辟谣报道。我走在这些人之中，河沙正在渗入我的布鞋里，我抬头再次遥望山上那个浅红色的亭子，加快了步伐。

倦意凶猛地袭来，她连连打了三个哈欠，眼皮像被一根线缝住，没法撑开。

她听见长椅上的人在说她违约，她想开口解释，但她说不出话。昨夜？不，前夜，自己去看了一下大桥，然后躺在家里两天两夜，老母亲后来说她高烧，发了两天。她的母亲实际是她的养母，两人之间只存在还债和收债的关系，她必须还清收留她这个孤儿的全部代价，她必须养她，即使她是多么厌恶这个同样厌恶她的老女人。

她动了一下身体，说实话她不太相信自己真的大病了一场，如这样，她还怎么做生意养这个"家"？麻烦出在哪儿？她一根一根手指地扳动指关节，每次发出一个清脆的响声，她的思索便往前进一步，她记起自己向一个陌生男人问时间，自己想睡觉，想抱着一个男人，像躺在那个想念已久的人的怀里。直到此刻，她仍昏沉沉的，想有一张床，舒服地躺下，去抓住那渐渐消退掉的快乐。

那个人从椅上站了起来，来来回回走动，从各个角度打量她。而她屏住气息，交叉双手，眼睛一动不动，脸上渐渐露出一个习惯的媚笑。

我决定在临江的"小过年"馆子，吃碗担担面，暖和暖和身子。然后再去听一段评书。当我吃完面，路过讲评书的茶馆时，面对里面的老头、小孩苍白麻木的脸和一派嘈杂声，我改变了主意。

滑竿把我搁在临时租来的小楼前。临近傍晚，太阳正在徐徐下落，淡淡的红光，笼罩着山上山下。我付了抬夫辛苦费，走上楼梯，门口放着一口箱子。我以为你临时改变主意，舍不得离开我又返了回来。我高兴地叫你的名字。楼上楼下厨房和堆放杂物的小间，都找遍了，连个影子也没有。看着箱子，我不知拿它如何处理，放在门口，万一被人提走，怎么向你交代？若是提进家，我又不知箱子里装了什么，不敢贸然行动。我想摸它一下，但却本能地缩回了手。

我忧心忡忡了一晚，直到夜深人静时，才鼓起勇气拉开房门，走到走廊上。

她被平放在长椅上，胸部一起一伏，每次都在等待的时刻来到了。可是，她的身体仍孤独地躺在那儿，孤独比那渴望更痛苦地刺入她的内心。她睁开眼睛，瞧见阴黑而高远的夜空似乎有星星重叠在一起，她从椅子上坐起，朝那男人露出洁白牙齿笑了笑，就去解自己旗袍左边的布扣，最后一颗纽扣还未退完，她的两个乳房便晃荡在漆黑的夜里。她感到男人的头摇动了一下，男人第一次见到她的胴体，都这样颤抖。她站了起来，身体微微向后仰。

汽笛声从远远的山下传来，船在慢慢移开码头，那挥动的手，垂下的头，蹒跚不已的步子宣示一种说不出道不尽的悲怆情绪。江上的汽笛在这个时候长鸣，很准确而及时，这正是应该有的伴奏曲，每次必不可少的音乐。她微微扬起沉醉的脸，那双天真无邪，但又被欲望点燃的眼睛眨了眨，她伸开胳膊，这姿态比任何一种语言都强大，具有不可逆转的征服力。她要拥抱。

而在拥抱中，她盼望听到汽笛持久地鸣咽下去。

我双手交叉抱在胸前，瞅着这口帆布箱子。走廊上亮着微弱的白炽灯。好奇心和恐惧在我的脑子里打架，我不是干特工的料，起码不是一个有经验的特工。我的逻辑能力被这口箱子的出现打乱了，我只配当一个工具，一个最糟的工具，我不会喝彩，不会呐喊，不会叹息，只剩下对未知的恐惧。

但我转过身，以背对着门，也就是背对这口帆布箱子时，一个念头一闪而过：那潜伏的预想将提前到来，或许已经到来。

那箱子约有两尺长，一尺宽，在四个角上钉了牛皮。我蹲在地上，来来回回察看。一把江字号锁挂在上面。这种铁皮锁一锤子就能打开。我迟疑着不下手，我不敢去核实那即将来到的事实。我已经有点预感到放箱子的人的居心不良，里面不会有好礼物。

山上的夜静谧可爱，而这夜，竟连树叶被风刮响的声音也没有，鸟儿们并未隐匿起来，鸟儿们去了更远的南方过冬。那只经常出没在房子周围的猫头鹰似乎并没有去远，我仿佛嗅到它的气味，感觉到它那双眼睛发出的亮光。

那把锁几乎不经我捣弄便轻轻一弹启开了。我取掉锁，伸进手指，将箱子里的东西摸了一下。再打开箱子不必要。箱子里什么也没有，空空荡荡的，只有一股熟悉而又说不出是什么的气味在空气中弥散开来。我做好了各种思想准备，但这个空箱，却是我无法去接受的事实。但眼前这个信号又使我想到许多可能，可能你无奈之中只能给我留下这个空箱，让我自己去寻找答案。

我抬头，除了走廊和房间里有亮光，四周是静寂幽深的黑暗。我下意识地感到，黑暗之中必有一双眼睛正在窥视着我的一举一动，或许忽隐忽现在山坳和树林间的萤火，那双亮闪闪的猫头鹰的眼睛，或许正是安排了这一切的人，用你的死逼我立即行动。你反复对我说过，共党地下组织已经在接管这个城市。尽管我们的军队还在四郊掘壕据守，这个城市已经被掏空。

第二天清晨前，我收拾好房间，即：将必须处理的文件、信件等东西通通付之一炬。沿着长着露水湿透杂草的小径，我下了山。我与你之间的约定烙印在我心上，渗入我与你第一次见面后幸福的回忆之中，世界在我眼前闪烁。

她感到身下的长椅在崩裂，一块一块木板往地上掉。他的嘴封死了她，她承受不了如此窒息的吻。他未来得及解开衣服就和她粘连在一起。他的手指在寻找她湿淋淋的身体，湿润的感觉比以往那着火的身体更让他陶醉。她去解他的领带，皮带，解了两次，未能成功，她一边解，一边求他，快点，快点。那柔软呜咽的欲望像一根牢不可破的绳，把她与他捆绑在一起，越来越紧，她呻吟起来，然后习惯性地半睁开眼睛，正看到他的眼睛红得像两个小球，似乎马上就要爆炸开来。这是他，他知道我喜欢被虐待，被折磨，不然就感觉不到快乐的滋味……可是他什么都没做。她警觉地清醒过来，发现男人正狠狠盯着自己的眼睛发呆，半晌，男人才从喉咙里干吼出一句话："你不是丽萍！你不是我要找的人。"愤怒使他的圆脸拉成长形，"你是假冒的！""冒的"二字说出口，他便提着裤子在她的视线里消失。他可能没听见她也欢快地喊了一句："你也是假冒的——"

她看了看手表，想，应是江轮到达的时刻。她披上大衣，大衣里一丝不挂的身体，那丰满下垂的乳房在黑夜中抖动。她坐在坍塌成一堆烂木块的椅子上，双腿自然地张开，她在等着那即将响起的长长的汽笛声穿入她的身体。

渡船靠拢了北岸。我随人流下了跳板，拾起一块鹅卵石，扔在水面上，它没打个水花就消失不见了。我记不住这块石子为什么要沉入江底。相对过去而言，感情已不在我生命中居重要的位置。我上了一级级陡峭但较宽敞的石梯，进入城门之后，顿时发觉城市的喧嚣附在算命先生的招牌和大街小巷破破烂烂的各种标语上，它们在夸大我的遗忘症，在一步步绷紧我的神经。

马路旁一部留声机正在高声放着川剧，一句比一句高的念白，让我腻味。黄包车带着我拐进水铺子巷，我正想叫车夫停车，却嗅到身后有人跟踪，黄包车掠过了一个妓馆，拐进了东三街里的一条巷子里。

越来越多的危险在等着我，我只能单独行动。整个计划在我的脑子里反反复复。我已脱了一层皮，换了一次血，丢了一颗心。这中间的时间仅仅只有三天。

她听到了那艘船靠岸的长鸣，那船好像正对着她开来，直接从山脚开到山上，开到她双腿张开的深河之中。她几乎激动得快掉出泪水。

穿好衣服，系上围巾，她朝沿江公园门口走去，在下坡的路上，她突然停住了。

隆隆的炮声夹在轮船的汽笛声中，越来越清晰，越来越近。这座城市看来真的快陷落了。她想，自己欲望的冒险也将结束了。

我终于得到潜入黑暗之中的自由，黑夜给我提供了保护，在黑暗中，那条猎狗般紧追我的人，对我无能为力了，我暗暗窃喜。因而我来到沿江公园。

那天把地图交给你之后，我就再也没见到。不过，这难不倒我。我忘记了感情，但不会忘记这份地图，它刻在我的脑子里，如果我没有记错的话，那远处崖边的亭子，即你在地图上打"√"符号的那个。

在一个坍碎的椅子下，我拾到一顶男人的礼帽。我瞧了瞧，把帽子盖在头发上压住眼睛。那个亭子被夜色勾勒出大致的轮廓，虽然看不清它的八角。

岩崖支出半截身子，悬在半空，从上面可以看到江桥，南边是郁郁葱葱的山峰，两岸一排排房子，破破烂烂的吊脚楼之间石梯迂回，上面攀着小似蚂蚁的人影，而天边正出现浅浅的晨光。炮声已经渐渐退远。这个城市已不再抵抗。

我走进这个位于江桥之北偏东的八角亭。

雾锁山头山锁雾；
天连水尾水连天。

这副对联正对着我，在两个相并列的柱子上，没有横批。正读倒读的回文联，令人作呕的小聪明。我的目光滑动在已经模糊不清的字迹上，我明白了其中的玄机。我把手按住下联"天连水尾水连天"的第二个字"连"。我似乎看见了你出现在柱子后面。难道你还活着？我全身瘫软下来，泪水滚滚而下，抱住你不放手。但这不过是我的一个想法而已，一个幻觉。我已经说过，我早已放弃了对情感的选择，哪怕真是你出现在我面前。爱情消亡了，仇恨也消亡了，我的左手停在半空，伸向上联倒数第二个字"锁"。

我的手被人狠狠往后一夹，我来不及按"锁"字下的钮键，有人朝我脸上打了一拳，血从我嘴里流了出来。"这地方老是有妓女，真碍事，"我听到有人说。"继续发报吧。"

　　她和其他一些满脸脂粉的女人一起被带上了驶往郊县去的小船。码头上，站着端着枪戴着军帽的士兵，人群杂乱，喇叭里正放着一支欢快的进行曲。她不想让注满眼眶里的泪水滚下来，她把脸调转回船舱，看着对面位子那抽烟的男人。他的脸盖着一层霜，穿着一身军装。他身上有一股并不陌生的气味，她感到这人极像深夜十二点整与她在沿江公园椅子上会面的人。这使她忘了身边那堆妓女的叹息、哭泣和咒骂，她嗅着这气味，那眼神似乎在对他说：你赢了。这男人没作声，嘴角却动了动，把目光从她的脸上游离开。她盯着他和他身边的两个士兵，心想，并不是你赢了，我认为你赢了，是我在嘲笑自己所谓的聪明。

　　船舱里铁铲送煤的声音，使她想起了那些失去的日子，那些与他水火相拼的情景，水就是水，火就是火，水能淹没时间，火能烧毁时间，但时间没法把水与火彻底抹掉。她抬起脸朝正看着她的那个男人丢了一个媚眼。

　　男人呆看着她，突然叫起来："你不是妓女小六？"

　　听到他颤声叫出的这几个字，她笑了。只有她知道全盘失败中依然保存的一点小小秘密。这秘密将在未来无穷无尽的岁月中给她一点儿宽慰。

　　船冒着白烟，在汽笛声中驶过这座城市唯一的桥，那炸弹会因岁月的侵蚀而生锈，腐烂，失效，但弹药埋在那里就像精子埋在肚子里。在这一瞬间，我的眼前闪出老母亲的脸，我几乎看到老母亲脸上从未为我流过的几滴清泪。我没有朝玻璃窗外远远被船抛在身后的桥望一眼。

火浴之渴

台峰山顶有一块石头，石头上有两个脚印。整座山就这石头最高。珠儿好奇地将右手放上去，手心冰凉，她立即缩了回来，在衣衫上擦抹。一位打柴老头儿走近，拿起她的手仔细看。

"你从哪里来？"他问。

她指指山下，东南面的小城在一马平川的沙绿色中，黑灰的瓦屋顶一清二楚。

老头摇摇头，嘟哝一大串话，但珠儿不懂。但是老头不吭声了，收起柴捆就走。绕过竹丛，却又折回告诉她，费了劲才弄明白，老头从来没有看见人摸过那块石头。

"因为太高？"她插话。

"不，"老人忧虑地看着她，"一天后，如你还能从你来的地方到这儿，我再告诉你。"

珠儿往山下走，不能走得太快，云雾弥漫身后身前，一脚下去，像踩在半空。她攀上山崖是第一次。以前春末夏初，她都有意登上，但都未成，不是险峻，而是沿途全是桑果蛇果等野味，一路吃上去，肚子就填满，上到半山就头脑糊涂迷了路。现在下得山来，她的手心出汗，浑身发麻，痒得她只能停下这儿抓抓那儿抓抓。

她看到街口，赶快提起精神，往家跑，来不及收住，险些撞上一个收破烂的人。捂住胸口喘气。那人抬起头来看她，就提起背篓跨过水沟到另一条路上。她没有理会，继续奔跑。

这年她十三岁，经常逃学，父母管不了她，单位里忙着大炼钢铁，和铁有关的，都是好东西。不错，吃在大食堂，和大人白天打不上照面。学校老师不按课本上课，另发资料教，作业就抄报纸，你抄我也抄，只要抄得多就得表扬。她做过几次，就没有兴趣了，还不如趁课不像课的时间胡窜。城市不大，每条街都有标语，装点得像过年。她收集火柴票、烟盒，做藤枪，边逛边扔，偷新华书店的书，捡集市上农民的鸡蛋。遇见打群架分山头的男孩子，就躲开，顺便猛推一个欺负小孩的大人，那人还未回过神，她就跑没影了。

可这天，打上过山后，这个一向乐天十三岁的女孩子，被一个砍柴老头的胡言乱语弄得莫名不安，变得若有所思。

为什么要一天之后，一天之后，会怎么样？什么事发生？

得了得了，那鬼老头才不必要理睬。

她绕了一圈，回家，不过不是跑，而是快步走。一个讨饭的女人，平时总是在餐馆打转，这会儿却在路边捡起一个烟屁股，津津有味地吸着。珠儿拍了拍那女人，女人口含着烟蹲在地上，好像没有看见她似的。她觉得奇怪，也蹲了下来，横过脸看见女人紧抱着头不看她。

她站了起来。四下望望，吸了一口气，拣条近路，来到河边。河水清澈，虽然水流比冬天时多了，河水还是清澈的。她弯下身，看到水中她的脸，一向是脏脏的，怎么变成一张粉红黛白的桃花脸？不像真的，摸着捏着，肉乎乎的。

她明白路上遇到的两人的反应，坏人才有这样的脸，好人的脸不该这样。她走进河里，捧水洗脸，却洗不掉。干脆抓泥沙抹，也抹不去。她急得把脸浸在水里，没用，照旧是桃花脸。头发生长得快而凶猛。她急躁地在水里奔跑，但是在水里脚变得很重。河面只有木船驶过，河边停着渡河的小轮船。

阳光从河水上一点点往后退，朝远处的桥退去。桥修了好几年，一九四九年共产党一来就开始动工，修修停停，什么原因不懂，但一直在修，三月前终于修好了，却只准人过，汽车不敢，说桥要塌，有危险。现在又开始修，但炼钢铁是第一，所以每天只有几个工人在检修似的烧烧电焊，敲敲打打铁钉。基本上是停了。老人们说，停了好，这桥本就不该修，修了，这个城市就没有安静，又是杀人，又是放火，死尸数也数不清，更别提修桥死的人，很不吉利。

她记得有面山全埋的是建桥死的人。月亮的尖刀又插上桥头，天黑了。

父母不认识她了，她站在屋里中央，不知所措。母亲特别夸张的一声叫唤，她的眉头一跳。父亲倒也镇定，厉声说：

"给我出去，把自己弄干净了才准回来。"

珠儿被赶出家，她应该想到这个结果。

省了事，家不用回，免了每晚得回家的麻烦。她一点不慌，走得慢慢的，有一两个钟头吧，才到桥跟前。桥上除了有脚手架，还有一些废纸盒，每当她在外野累了，她就想上这儿，这下好，她可以安心钻进一个干燥的盒子里，蜷缩着身体，她觉得比家里的床舒服。她在一本外国小说里读过，有一个了不起的人，就是在木盒里度过童年的。这令她非常羡慕。纸盒比木盒还差，她比那人还能吃苦。

夜深，听见风声，不觉冷，倒是不习惯听不到人声。有个外婆来才好，她才不管是不是真的是外婆，有人给她讲故事就好。父母虽是机关职员，有文化，可从来不会讲故事，也不给她个妹妹，嫌女孩子麻烦。她想外婆，也想到该给外婆准备一个大坛子，外婆可以坐在上面，最好，外婆就安静地在纸盒外面，即使外婆没把手指头当胡豆一般嚼得脆响，只要给她讲海里天上龙虾神怪，就行。

这时，她听到了声音，有手指敲在纸盒上，很轻，但一声是一声。好外婆真来了，她闭上眼睛，一点也不敢动弹。好外婆说到就到，小时听小叔讲的故事，父母不在家，狼变成外婆就趁这空当来找小孩，怎么办？想逃也太晚，不晚，逃也没用，外婆脚下会生风，会飞。

"我不是狼外婆，真是你外婆。"外婆的声音比母亲还脆甜。

"珠儿，珠儿，你出来吧。"外婆在纸盒外耐心地叫着她的名说。

这个自称外婆的人披了条头巾，背微微有点驼，脸上脖子上全是皱纹。"别想了，珠儿你出来吧。"外婆把她心理揣摸得透，声音还脆甜，只是没了耐心，"你不出来，那我就进来，不过，咱俩待一个盒子，不会舒服的。"

明显是讲明她的处境。

不就是死吗？死可怕吗？这念头冒出同时，她打开纸盖，站了起来，十三岁的她，还是小小的，在月白天黑的桥上，却是一道很大的影子，投在栏杆上。

奇怪，没有动静。外婆并没有走近她，还是在原地。

她索性跳出纸盒，朝外婆走去。

外婆往后退，声音有些抖："你是谁呢？"

"我是珠儿。"

外婆说："你不是。"外婆的背突然驼得很厉害，变得又矮又小，最后缩成一团黑影，整个不见了。

她扫兴地扭过头，打开盒子，钻了进去。

直到第二天中午，珠儿肚子饿了才醒来。她跳出纸盒，身上鞋上全是木屑，上上下下打打拍拍，算是清理了。回到家，家门挂着一把锁，她忘了带钥匙，如果家门开着，父母还是要赶她。不必看路人的脸色，她也知道，头发又长了一寸，她还是桃花脸。

当然不能去大食堂，学校附近有块农田，地瓜偷着吃最甜，解饥又解渴。吃完地瓜，她往郊外走，爬上树，掏鸟蛋吃，从树上滑下来时，她记起狮子山上砍柴老头说过的话："一天后，如你还能从你来的地方到这儿，我再告诉你。"

去问问老头子，到底要告诉我什么事？何必绕着圈，装什么疯？

珠儿在田坎上，手里握着一束勿忘我，勿忘我蓝得让人心动，她看着花，记起自己在有脚印的石头前，她仔细摸过石头。

不知是梦里或是那天在山上，她走着走着，脚步越变越轻，身子变灵巧，她只是走急了喘着气，身后有声音："是你啊？"

她掉过头去，是那天的砍柴老头。老头看见她脸上表情和其他人都不一样，毫不吃惊，只是脸非常僵硬。她当即明白，老头儿刚才的话，可以理解为："你还活着吗？"

她逼着他问："讲呀，快讲，你说一天后告诉我，一天过了，说给我听。"

老头脸柔和了些，擦了擦脸上的汗，喃喃说："道理没道理，没道理道理。"

她打断他，笑吟吟地说："老爷子，别来这一套，有话直讲，否则等于放屁。"

"言语不言语，不言语言语。"老头说。

她不高兴了，一转身，几步就到了一个小水坑，没脱鞋就跳到水坑里，哗哗地洗脚。她不在乎老头讲不讲故事，什么事可悬着她的心呢？故事都是人编的，老东西的故事，也不会精彩到哪里去。

一步跨出水坑，她脱掉湿淋淋的鞋子，一左一右提在手中。她脑子也没动一下，就站上一块有两个脚印的石头，双脚正好完完全全装在两个脚印里。老头在身后连连说："失陪失陪。"一阵脚步声远去。老头闷得慌，拿她开心，一看不是开心的料，就撤了，真没劲。

对了，那天她在台峰山，山巅上有块石头，上面的两个脚印，就和这石头一模一样，她踩在上面，心里很踏实。珠儿坐在石头上穿鞋时，鸟儿躲在树里，赞成她似的叫得欢。她感到有点气闷，拉拉衣服，不对，平平的胸，在隆起。她一直在等着，非常害怕地盼着这一天到来，身体下湿湿的，是血。母亲告诉过她，这是月经。血倒是一会儿就没了，而衣服太小，乳房顶着她，隐隐发痛。几分钟不到，她从一个小女孩变成一个丰满的少女，还是一张鲜艳的桃花脸，人见了都不喜欢的脸。这可怎么好，这可怎么好，她听着自己嘴里说着，声音却是别人的，然后她高声地叫起来，"啊呀啊呀——"吐出一口悠长的气，回声在云里绕来绕去，不见结束。

她不明白应当是惊还是急，决定去找老头。

她找到一个烂草棚。草棚像风一吹就会塌似的，肯定漏雨。她推开竹块做的门进去。里面比外面想的大一些，但床干净，只有一个角落结满蜘蛛网。

她叫人，没人回答。她退后几步到门口，怎么贴了封条？她进门时，没注意。封条旧旧的，残破不堪，不是这几年，可能是刚解放那些年，她才几岁，一群牛鬼蛇神从山上押下来，个个胸前挂着黑字红×大木牌。有点儿印象，好多人家都贴了这种封条，那些地方都是好看的大房子，也都没了，这破草棚竟还有。

她重新跨进去时，动作太大，一下跌倒在床垫上。撑起身，爬起，她跪在垫子上，仰起头来，桌上供着一尊石像，石像灰扑扑，越看越比一座房子大。她再仔细看时，发现石像有些面熟，对了，眉端嘴角像那砍柴老头。

走心思了，有毛病，她对自己说，稳住，稳住。不错，是一间草棚，她不过不小心跌了一跤。她站起来，胸部又在隐隐疼，她感觉到乳房在长大，双颊发烧地红，她闭上眼睛。

越想越迷惑，越想越神思云游，三条路在她面前出现：左一条通往石阶，石阶下是密密麻麻的黑瓦矮小房子，像蚂蚁的人，挤成团扭成线。不用说，她的家就在其中；中间一条看不清，雨雾弥漫；右一条红红的，光光闪闪。

三条路相交，时左时右时中变化。

这是什么游戏？珠儿发现她使用的语言也和以前不同了，她坐了下来，她的手指做那尊佛是相同的姿势，盘腿盘得一毫不差，背也伸得直直的。她重新闭上眼睛，点数，从一点到十二，每一桩小事都在眼前如画展开，包括她生下就大哭，好几天都不省人事，父母以为她没救了，可她还是活过来，包括每回生日母亲都煮两个蛋，她知道自己又长了一岁，包括她冲进燃着的房子跟着大人扑火，一个人在荒山里走，对着百货商店大镜子照，眼黑眉清。她手指中间一条路，就是它，不管这是什么样的路，她都走。

她就这么做了。她感到自己被一种很重的东西击中，痛得大叫，睁开眼睛，发现她躺在街道派出所的水泥地上，房子小窗子小，她开门，门反锁。撞门，过了好半天，才听到门外一个声音："进了拘留所，还不老实待着？"

第二天，珠儿和这个小城十个少年一起押上去少管所的车里。全是清一色男孩，大小不一，见她不敢说话，却都盯着她，像稀奇似的盯着。开车的押车的，都穿着崭新的军装。她听见押车的说：

"瞧，那女的，是狐狸精变的，是这个犯罪集团的头子，城里每一处散发蒋匪帮国民党要回来的传单都是他们干的，竟还闯进深山野沟里偷听敌台学着往台湾和外国发电波，闯下大祸了。"

临近中午，车停了，那两人进路边餐馆吃饭，他们则留在车上，照旧关着。从玻璃窗可望见那两人脸红红的回来，不知为什么那么激动。车子倒开得不快不慢，可是里面在乱笑，笑得很有节奏，这时，珠儿看见这小城唯一的大桥。

她猛拍车，叫："停车，我要解手。"

车照开着，她觉得快流尿了，大叫。一车的男孩子跟着叫，跟打哈欠一样，传染快着，都要解手了，猛拍驾驶室的玻璃，又叫又跳。

一个急刹车，引擎响得扎耳。他们被统统赶下车，押车的比开车的火更大：

"都是些小流氓，翻什么精。大爷今个儿高兴，陪你们翻翻精，去，上桥撒尿去。"

果真到了大桥口。押车的在前面，开车的在后面，他们一个跟着一个排着队小跑在中间。押车的动嘴也动手："不准东张西望，跟上，快点。"

有工人站在脚手架上烧电焊，火花飞溅，桥栏杆也有人在刷油漆——桥在修——一跑在桥上就觉得桥在嗡嗡响，随时都要坍塌一样。

珠儿在倒数第四，她第一次注意到桥头工地挂着红红的口号"一天等于二十年"。奇怪，一吓，也不尿急了。她的眼睛闪过一个亮点，恍然大悟。只是一瞬，她的神色立即像在寻找什么的专心专意，她脸更加粉嫩粉嫩。

她的目光在十个少年中搜寻，这个我不认识，那个好像见到过。她或许曾经真的在某一天里和他们中的一个悄悄见面，授意了他干这事那事。她和他们打成一片，她睡纸盒里时，他们也在其他纸盒里，她无比好看的脸，被他们中的某一个亲过，她的嘴唇，也被他们中的某一个亲过，她的身体，也被他们中的某一个温柔地抚摸过。风吹拂她成熟的身体，她看见自己头发有一缕开始灰白。

围观的人多起来，但被开车的拦住。太多的人，下午是看热闹的最好时辰，珠儿的父母不会来，他们一定认为他们生了一个怪物，居然还是一个犯罪集团的头头，一个祸害，他们太没有面子，说什么，他们家，还是个不大不小的干部家。

　　因为珠儿不小便，男孩子们谁也不敢小便。押车的警察等得太久，恼火了：

　　"好啊，你们手全背在后面，不撒尿了，你们戏弄我，向我挑战。"他挥着手喊："站整齐站整齐，向左看齐！听着，"他清清嗓子，"朝前齐步走，停住，给我撒尿，一起撒呀！兔孙子们。"

　　他让他们站在桥栏杆前，正对着东方，河水在他们脚下穿过。男孩子们被迫掏出那玩意儿，只有珠儿没有，她本来就没有，她只是站在那里。

　　"给你们一个锻炼的机会，比跳水，谁赢就放谁回家，不必去教养所。我说话算数，我今天的话一句顶一句，句句当真，跳水吧，跳赢的滚回家。"

　　他从裤袋里掏出一个哨子，爬踩在一堆纸盒垃圾上："我吹第三下时，一起，一起往下跳，现在爬上栏杆。"

　　男孩子们都犹豫了，从上望下面的河水头晕。但是他们不看押车的警察，他们看珠儿，这桃花脸的女首领。珠儿明白在这小城当好汉，什么时候应当有胆子，什么时候得明智一些。珠儿望着河水，觉得一生经历已经太多，心里疲倦。两秒钟后，她看到自己坐在水里，浑身光彩，像被观音用水洗干净的玉女，而周围是体面的金童。于是她点点头，伸出双臂，她觉得她能飞起来。

　　哨子响了，栏杆上的孩子全没了。

　　押车的被自己哨子的威力吓蒙了，他不明白这些少年怎么突然消失，围观的人群赶到桥中心，往下看，河水仍是河水，船还是船。

没一个冒出水面，据桥上烧电焊的工人说，这么高，撞到水面都撞晕了，会不会游泳都死路一条。有人水性好，潜在水下浮到下游上百米，再冒出来。桥下旋涡多，在七天里一具具尸体均从下游几十里外打捞到，可珠儿的尸体怎么找也找不到，下游也未发现。只有一具年老的女尸，那一头白发漂浮在水里，如玉米须子，人们不认为那是珠儿。

（梁）任昉《述异记》：信安郡石室山，晋时王质伐木至，见童子数人，棋而歌，质因所之。童子以一物与质，如枣核，质含之不觉饥。俄顷，童子谓曰："何不去？"质起视，斧柯尽烂。既归，无复时人。

环形玫瑰

一

认识维维安是在那个中午。她头枕两本厚书，尽量离开各种肤色的男男女女，自个儿躺着，一会儿就半睡半醒了。她听见草地上有脚步声走近自己。对任何声音的靠近，她都本能地警觉。在这个城市，阳光很受欢迎，上午天空灰暗沉闷，临近中午阳光突然像闪光的剑剖开云层，渐渐云朵闪散，碧蓝透彻，晴空万里。穿着花花绿绿短衣短裙长裤的青年学生躺在芬芳的草地上，色彩异常绚丽。她睁开眼睛，一个灰蓝色眼睛的姑娘正朝她微笑。

不知为什么她脸红了。那姑娘伸出手，自我介绍说，她叫维维安。

她撑起身体，伸出自己瘦纤纤的手指，握住了维维安的手。

维维安一头红发在阳光下闪着耀眼的光泽，仿佛一个个光环罩着，衬得她脸部表情极其生动。她注意到维维安的牛仔裤上有好几个有意烂开的洞。她站起身，发现自己比维维安矮大半个脑袋。她在中国人中也算是娇小的，而维维安是典型的英格兰姑娘，高大丰满。维维安的左耳上挂了两个耳坠，一个是和右边一样的蛇，另一个则像钻石，小小一粒花苞，那颜色与她的眼睛光泽很接近。

她坐了下来，抱起那两本厚书。

那个叫维维安的姑娘也坐了下来，她的腿很长，长得似乎始终没有结束的地方。而她的手里却抱着一条长毛狗。长毛狗的肚子上有块黑色的斑圈，头顶也有块略小些的黑色斑圈。长毛狗冲着她叫了一声，转动小得古怪的眼珠，像玻璃珠子朝她滚来滚去。她本能地把身体往后退了一下，双手僵硬地抱紧膝盖，紧张地看着狗身上的黑色斑圈。

维维安拍了拍长毛狗，说别怕。丘比特很听话，很乖！维维安唤作爱神的长毛狗果然不叫了，蜷缩在维维安怀里，十分柔顺。维维安说自己不是有心打扰她。而是从来没有在草坪上看见东方人晒太阳睡午觉，不管是中东人还是远东人。维维安耸了一下肩，拉了拉掉下肩膀的上衣，她操着一口地道的剑桥英语，但说快了，就听出了她的声音带北爱尔的口音。西方人交朋友，就这副自在劲儿。一对金发碧眼的男女，相拥躺在维维安的左侧，他们面对面拉着手。她搞不清楚自己是在避开维维安，还是丘比特的玻璃眼珠。

阳光温暖地抚摸着雾都大学校园草坪和草坪上的每一个人，像梳子那么解痒，像溢出的酒那么柔软，人们懒洋洋的。微风轻轻地越过阳光，吹拂到她的身上。

天黑之后，唐人街更热闹。她掏出身上最后一点钱，从华光书店里买了毛笔宣纸墨。她想画画，想回到有情调的生活中去。一家家拥挤的中国字招牌的店铺餐馆，来来往往的黄皮肤，也有少数白皮肤黑皮肤凑在里面。广东话，香港"国语"，英语飘浮在喧闹的空气里。如果听得见家乡话，她就会觉得走在家乡，当然，这只是一个小小的幻想。走了整个下午，她一无所获，找不到一个工作，无论洗盘子卖水果上货架都人满为患。你们大陆学生来得太多了、没法照顾。经理负疚似的摊开手，脸上毫无表情。

中国古式牌坊下有两个石狮，堆着脏纸果皮腐烂的菜叶。她停住脚步，不，不能就这么回去，得再试试运气。

在"匡记"餐馆，她生硬地说了几句拾来的广东话。老板似乎有点唐人少有的幽默感，笑了起来。她赶紧用英语接上，说她需要一份可以吃饭的工作就行了。

老板上上下下看了看她，说你干两天试试，只管吃饭，不给工钱。两天之后再说。

二

沈远的桌子上摊了一堆稿纸。他每天给华文报纸译点东西，稿酬之少，只够抽烟。他慢慢翻着《英汉大词典》，却不动笔写一个字，仿佛这么做，可以抵御她的问话。

她无法忍受房间这么小他还拼命抽烟。火车从窗外摇摇晃晃而过，巨响在烟雾腾腾的房间外持续不断，这使她更加按捺不住狂躁的心情。她转过身，背对沈远，免得再次争吵，或者说免得延续至今未停的争吵。火车的声音湮没了她心里的喊叫。玻璃窗上有个模糊的影子，那身影真该随玻璃粉碎，在火车行驶的声音之中，谁会注意呢？

已经全摊牌了，她想。你妻子不是因为知道了我们的事，才提出与你分手。而你也知道她想和自己的英国老板结婚，所以慢慢拖着。你逼她每月付你生活费，直到你拿到学位，找到工作取到绿卡。

是。但又不全是！他将烟按灭在烟灰缸里，说这样又有什么不好！我们可以在一起，不是吗？

靠人施舍，你那么硬的骨头也落到这个份儿上了。她转回身，斜了沈远一眼。

别忘了，你也是靠我才出来留学的！

看来我不是靠你，而是靠她！她猛地推开窗。火车又轰隆隆驶过来了，轮子滚动摩擦在冰凉的铁轨上。她听不清沈远的回答。她的头脑在一寸寸倒空，她的心浸泡在屈辱之中。知恩报恩。但现在谁欠了谁？沈远妻子的高招，或许也是沈远的高招，她不愧为干贸易的，什么事都可以是生意，而你，连你也成了生意人？

火车声终于消失，房内房外一片寂静。

她松开胸前交叉的双臂。沈远从椅子上站起来，摘下眼镜，放在桌边。他不高，偏瘦，典型的湖北人，但普通话说得不错，只在激动的时候，湖北腔才漏出来，土里土气的调子，让人联想他曾是喂猪娃子鼻涕乱抹的样子。改不了农民样，不仅善于算计，而且心胸狭隘，鼠目寸光，善于占便宜，人所有的劣根性加在沈远身上，其实一点都不过分。

那么说，你让我到英国来读书，是让我来吃软饭的啰？她用出平时最不屑的粗俗话。

不不，你吃的是硬的，沈远脸上画出一个笑容。

她愣了一下。她要骂"无耻"，但她止住了自己。沈远三番五次催她，写信打越洋电话，托朋友带小礼物，请求她早点办理出国留学手续，早点到他的身边。她眼里的天空变黑，变成菱形，变成一团湿湿的乱草，在眼睫毛的抖动之中，黑色变成水，停留在窗外与铁轨并行的一座房子的尖顶上。是怕被那尖顶扎伤，还是怕那水顺着尖顶的斜度淌下来？她迅速地抓起地板上随身带的背包，"哐当"一声摔门而去，噔噔噔跑下楼。

沈远并没有追上来，他知道她会和以前一样回到这个让她瞧不起的破房子，除非她到更破的地方去，去洗盘子，去当保姆做更难于启齿的工作。

路灯昏昏浊浊，街道漆黑冷清，一个醉汉躺在地铁站外的地上，酒瓶横在三步远的地方。垃圾箱塞满了塑料袋包装盒纸片裹着的脏物。地铁站标志亮着光，她走了过去，醉汉翻了一个身，她本能地往围栏边靠。地铁站门口没有乘客，连售票机也关了，里面没有点灯，黑洞洞的，股股冷风不时灌来。她退了出来，马路对面的电话亭里有个戴帽子的人在拨电话，一辆白色轿车飞快地驶过。她看了看手表，十二点二十五分，早过了末班地铁时间。即使有地铁，也一样无处可去。庞大无比的伦敦，竟没有她安身之地，仅仅一晚上也没有。夜风掀起她的衣衫、裙子、头发。醉汉脚动了动，手向前伸，仿佛想抓那空酒瓶。

火车咔嚓咔嚓的声音远远传来，夜里班次减少，要隔很长时间，才能听到这熟悉的声响。她站在街下面，仰头望去，顶上阁楼融进黑暗，白色窗框隐隐勾画出两扇玻璃，房里，似乎熄了灯。

她把鞋脱了，提在手里，蹑手蹑脚地上大门内的楼梯，来到六楼。她坐在地板上，背靠门，头埋在膝盖间，每一分每一秒都冷漠地合同黑暗堵住她的喉咙，她只能把手伸进挎包，去摸钥匙，她手中唯一的武器，去转动那扇关得死死的门。

她轻轻走进去。沈远已上床睡觉了。他对她从来都是这样无动于衷。但这次他错了。

从床底拖出皮箱，她收拾衣物磁带。沈远躺在床上，没吱声。他肯定醒着，不过装睡而已。

当她把箱子盖好，立起。沈远从床上翻身而起，走过去抓住她的手，不让她走。

当无赖就当到底。她说自己现在不走，用不着这样。我能去哪里？我只得乖乖回到你这儿来，像堆贱骨头。

沈远只穿了一条内裤，肋骨突出，但面目清秀，看不出三十六岁的年龄。她被他按在椅子上。仅仅一会儿，她就站了起来，去拿桌上的杯子，手不当心，桌边沈远的眼镜跌在地板上。她俯身拾了起来，仔细检查，好好的，未有丝毫损坏。放好眼镜，她拿起杯子，喝咖啡？加不加牛奶？

咖啡！沈远没想到她会在这时说这句话，他从漆黑阴森的窗前转过了身，说不加牛奶。

他们坐在地板上的布垫上。两杯咖啡冒着热气，各自摆在跟前。相对而坐，使他们平静，又黑又苦的咖啡左右着沉默。火车驶过的声音，刹那间变得微不足道，他们拉长了耳朵，在提防地倾听对方的脉搏，如何变化跳动的形式，火车"哐当，哐当"的声响像鼓点，催打着节奏。

喝完咖啡，两个空杯摞在空盘里。睡觉吧！沈远站起来，到床边掀开薄薄的被子，将床边的枕头放正，见她没说话，又说，

274

时候已不早了！他走到只能站两个人宽的卫生间漱口。门关上了，他坐在马桶上拉屎的声音仍然清楚极了，不一会儿是马桶抽水的声音，沈远走出了卫生间。

他经过她身边，她想如果这时他抱住她，向她道歉，或请她留下别走，可能她的心就软了下来，好不容易坚定起来的主意也没了。但沈远侧身闪过她，径直朝床走去，碰也未碰她一下。

"叭"的一下，沈远躺下之后熄掉了灯。偶尔窗外火车驶过的微弱反光投进房里，隐约可见一节节车厢，在玻璃窗上画着自己的影子。

"叭"的一声，她拉开了灯，我们谈谈。

几乎是同时，沈远又熄灭了灯。房间里恢复了黑暗。睡觉吧，有什么问题，明天再说！沈远打呵欠，他的双眉一定皱成了一座山。他说的明天也就是后天，也就是再后天。她知道他没法面对她想谈清楚的问题。

她在黑暗中拾起沈远的烟盒，抽出一支，含在嘴上，用火柴点上火。烟头一闪一亮，映出她瘦削的脸，黑亮的眼珠，微微卷曲的头发。她拉过烟灰缸，轻轻弹了一下烟灰，背过身死死盯着墙，她整个人渐渐消失在阴影里，她看不见自己。沈远均匀的鼾声融入一屋少得可怜的陈旧的家具，融入火车顽固而丑陋的撞击声中，她狠狠地吸了一口烟，吞了下去。

打开煤气，点上火，她把两只鸡腿按进装有水的锅里。鸡腿在锅里乐呵呵地蹦跳。她踮起脚尖，按住锅盖，足足有一刻钟之久，锅里才平静下来。炉火扯住她的衣角，窜上她披在肩后的长发，一团红光在一阵焦煳臭味中裂开又一团红光。

那是刚到伦敦不久，她对沈远说她总是梦见自己身上着火，梦见一个年老的女人。沈远说他去捉几只鸽子回来煮煮。哪儿都有，广场、地铁、街头到处都有鸽子，吃了，梦就会自行消失。他在开玩笑。

没法消失，她说。那个在火中一个房间一个房间乱窜的女人，并不是她，而是母亲。她的哭泣声，她的脸，像一团深陷进骨头的乱草，那乱草遮住她，为什么她总是穿一件长及脚边的黑衣？环绕在她身边的是骷髅形的鸽子，随她一步步移动。

她仿佛又听见了那笑声，又尖又细。她双手紧紧搂住自己，紧贴冰凉的墙。

三

"匡记"餐馆以价廉实惠知名于全伦敦。味好，分量足，加上侍者态度好，光顾"匡记"的人，比唐人街其他餐馆多一倍。

她穿着绿缎子旗袍，旗袍开衩很高，露出她尚算丰腴的大腿。她的长发高高地绾在脑后，端庄优雅。她端着盘子，穿梭在坐得满满的桌子椅子间。动作要轻，脚步要稳准快，同时要格外小心，别出岔子。而且脸一定别忘了微笑。几天下来，她已过了最腰酸背痛难熬的坎，看来自己能够坚持到底。

她终日微笑，这是职业要求。化妆之后，她仿佛变了一人，对满堂的人和眼睛视而不见，一心一意记住那些拗口的广东话菜单，熟练地记下客人点的每一道菜名。但这次她感到有人在注视自己。她故意不朝那个方向看，那不是她照管的桌位，她转身走向柜台，那双眼睛也跟着她到了柜台。她转过身来，朝那个方向望去，是维维安，坐在靠窗临街的一张桌子前，一个穿黑西装未打领带的男人坐在她的对面。跟每张桌子一样，橘黄色的台布，一个玻璃花瓶，插了一枝粉红色的蔷薇，正在缓缓舒展开花瓣。

维维安站起来，她叫着拥抱她，仿佛在这里见到她比任何地方更让她高兴。她把她搂在旁边的座位上，说她穿上旗袍，简直太美了，东方美人！虽然认不出了，但肯定是她。维维安的笑声很响，旁若无人。

她怕老板看见，忙打断维维安的话，说自己在工作，不便坐在这儿。另找个时间，咱们再聊。走开之后，她想起维维安的男伴，一个头发长及肩，用根发卷系住的人，维维安忘了介绍，她也忘了与他打招呼。

她又朝维维安那个方向看去，维维安在朝她笑，那个男人也朝她的方向看。他们显然在谈她。

这天正好轮到她提前下班，她脱掉侍者的旗袍，换上自己的牛仔裤、T恤衫，走出"匡记"餐馆。维维安和她的男伴坐在对面街心花园的铁栏边。像在等她，又像饭后悠闲地休息。

老远维维安就向她招手。

她走了过去。

你住在附近？维维安问，她知道维维安的意思，一是想知道她住在哪里，二是若她住在附近，希望她能邀他们去她那儿。她把挎包从肩上取了下来，拿在手中，说她住的地方太乱、太小，而且还有两个同伴。

突然爆发的尖叫声，从莱斯特广场那些系保险带坐转椅的人嘴里发出。维维安看着悬在半空东倒西歪的倒挂的人，说她最近搬了家，在哈姆斯苔德，离地铁很近，正缺一个室友。她问她愿不愿意和她同住？一个人一个房间，共用客厅卫生间厨房。

恐怕我付不起这样的房租。她知道这种房子一个月起码得要四百镑左右，加上电费水费煤气费电话费，会更贵。她只能婉言谢绝。

维维安笑了，耸了耸肩，她能理解。为什么不去看看？维维安劝她。

她笑了，苦笑。她在唐人街任何一家店铺餐馆打半工，一个月下来工资不到五百镑，仅够乘车吃饭住最差的房子，幸好教授答应她，明年全免或免一部分学费——作为奖学金。

维维安将电话号码写给她，让她给她打电话，说不定你会改变主意，房租其实一点不贵。

但愿我有这钱！她放好维维安写下电话号码的那页纸说，笑着告别，这个叫丹尼的男人住在哪里呢？他的眼睛一直在维维安身上，很爱维维安的样子。

广场上，高大的铁狮子四周逗留着各式各样的人，而他们的四周是各式各样的鸽子。黄昏，仿佛一只巨大的鸟张开宽大的翅膀，遮住晚霞，露在翅膀外浅黄色的晚霞，正一点点被这只鸟吞食，变为淡黄，随着翅膀的抖动，时而显出一大块橘黄色霞光。

她站在国家画廊希腊式柱子间，俯视广场边上的车道，一批又一批的汽车，围着广场打转，各自寻找环形路上自己的出口。

下了国家画廊门前的石阶，她从右侧人行道跨过斑马线，走向喷水池，水花从塑像嘴里吐出，轮回往返。池子边沿湿湿的爪印，像鸽爪又像人的手指，重重叠叠难以分清。沈远托人带给她一封信，说朋友看见她在"匡记"，才找到了她，想与她谈谈，要她到纳尔逊纪念碑下等他。

揉成一团的信纸，在她手里越变越小，有什么好谈的呢？她从他那儿搬了出来，独自闯荡费了一番周折，找到一间房子，也是阁楼，屋顶，最低处得弯腰，和餐馆里两个广东女佣人住一起，房租一人一周二十镑，一月八十镑，水电煤气费另算。好在离唐人街不太远，半夜下班不必叫出租车，可以搭伴走回家，她们只讲广东话，她默默听着，听懂的，心里学几句，到英国留学还学广东话，真是难言的悲哀。挺住就会熬到头？但愿如此！学英国艺术史写论文读学位是为了生存，学广东话打工也是为了生存，后者更能生存下去。难道不是这样的吗？

一个背着旅行包的游客，端着摄像机，对着她身后的喷水池。她走到一边，这时沈远正好跨过人行横道，经过卖爆米花的车。她只当没看见。空气里还有鸽子屎的腥味，也有爆米花的甜香。游客慢慢增多，灰黑的云层出现在天边。

沈远气喘吁吁，说地铁中途停了下来。警察接到电话，说有人安放了炸弹。自然是虚惊一场，白白误了一个多小时。他见到她，很高兴。可他的眼睛告诉她，不是这么一回事。他有意穿了一件她送给他的紫色灯芯绒衬衣，人既没瘦也没胖，潦倒落魄的神态始终依旧。走了这么多天，为什么一个电话都不打给我？他的关心，使她有些心动。我特别想回国去！她淡淡地说。那个南方城市，那条江，那石块铺就的小巷，走在上面，声音清脆悦耳，相比现在，那时真像广场上的鸽子，飞则飞，停则停，自由自在。她出来留学其实不过是自讨其辱自求沦为二等公民。

圣马丁教堂传来阵阵钟声。沈远停住脚步，说：真是的，谁不想回去？但回去得有条件。他承认自己是个懦夫、打肿脸充胖子也要说国外如何好。他取下眼镜，掏出手绢擦了擦眼镜，戴上眼镜之后，他望着对面比广场高许多的英国国家画廊，那是全世界唯一免费出入的大型美术馆。他说他有一天在高更的画前站了三个钟头，绝望耗尽了他以前对高更所有的敬意。他似乎觉得她没听，你在听我说？他恳切地请她听他说。

好的，我听着。她也喜欢高更，大学毕业她留校讲艺术史，高更、凡·高，凡·高、高更随他们在校园散步，一个孤独被几人瓜分，孤独就不那么可恨了。他们在房间里长谈，关于艺术以及如何把生活当作艺术来过。在中国的一切，仿佛都变得遥远起来。伦敦，这座多次出现在一个阿根廷作家笔下被损毁的迷宫，当她和他此时此刻置身其中，才真正看清了迷宫的颜色、厚度和像诗一样的音质、韵律，它仍然神秘。只能不知所措，只能晕头晕脑、毫无出路，除此之外，还能怎么样？还谈艺术地生活，或生活艺术化，真太奢侈了！灰黑沉寂的天空逐渐升高，夹着一些暗青色。他是那种肯吃苦又能吃下孤独和寂寞的男人吗？他就读英国国王大学英国文学，研究Ｄ·Ｈ劳伦斯，并不了解女人，起码不了解她这样的女人，像一些Ｄ·Ｈ劳伦斯的研究者一样，或者像劳伦斯一样，生活总被他们自己弄成一团乱麻。

她对沈远说，他应该回国去，别空谈条件条件的。

何必呢？我们在中国躲躲藏藏在一起，费尽力气到英国才住在一起。他说得的确是事实。沈远搂着她的腰：别离开我，好不好？

她想抽掉他的手，却被他握住了。她摇了摇头，心想你来就和我说这些。油黑发亮的铁狮子变得模模糊糊。

他们远远看去像一对热恋中的恋人。

她的脸色柔和，说时候不早了，她得走了。

就顺着这马路往前走一会儿。他提议。他指的是西敏寺大本钟一带，泰晤士河畔那些脚步优雅的绅士淑女喁喁私语，旅游车的马蹄声响在光滑的路面上，让人心醉，也心碎。

真的，在伦敦的夜色里，坐某个都铎式建筑的酒吧，手握一杯加冰块插着一片薄柠檬的科涅克酒，晶莹嫩黄，诱你全身心投入。如果走到因雨淋日晒变色的长木桌长木凳前，或坐或站，怡然自得。假如乘游艇，看泰晤士河水如何翻卷，辉映两岸灯光，一直到上游，到里奇蒙，那儿天鹅最多，夜色之中那里的天鹅像一小片一小片白光，泛着柔情的伤感。

不知不觉中她随他来到泰晤士河岸。他们在一个长椅上坐了下来。

啊，上帝，我可以关在一个核桃壳里，自以为是无垠土地之上的王。沈远一字一句背诵，手比画着，故意夸张，但她的兴致仍不见高涨。

她手抚椅子，转过身去，不看他。叹道，吾王，可是我们没钱，喝一杯啤酒的钱也得掂量一番。

你别说得这么糟，瞧着，我马上就买两杯来。他起身。得了，她拉住他，与他并行站在石栏杆前，她说，还是止住这个美好的念头吧！别人不知，我还不了解？爵士乐布鲁斯轮换飘浮在空气里，桥下一个酒吧亮着灯光。两岸漂亮的花园小楼泻出丝丝缕缕温馨。

瞧瞧，你老婆就住在那种房子里，而你呢？她说他像一件物品，被老婆随便塞在伦敦的一个肮脏角落，越塞越糟，住在火车道旁。

他毫不在乎，但声音听起来发颤，说那英国男人特小气。

不管怎么说，他们不是就要结婚了吗？她笑了一下，说我没猜错的话，打你从飞机降落伦敦那一刻，你老婆就没有和你待在一起。

沈远的手激动地颤着石栏杆。她住了嘴。

我不是想和你在一起吗？他抓住她的手，你比她好，比她漂亮，比她更合我的意。只要能和你在一起，他看着她的眼睛，继续说，我愿意住破房子。

她沉默了。桥下喝啤酒聊天的人渐渐增多，他们坐在岸边，脸上挂着笑容，女人的笑容尤其幸福。去你的精神贵族，去你的浪漫爱情，去你的美丽夜色。回家老老实实写这个月的论文报告，天亮之后，老老实实端盘子伺候人才是真格的。

她一边说再见，一边拔腿就走。

各种广告醒目地顺着地铁电梯徐徐下降闪现在眼里，报警电话、化妆品、内衣、沙发、图书、电影、旅游车啦，包罗万象，形形色色。一个十七八岁左右的青年，穿着花格子呢裙，站在电梯底端，吹奏着萨克斯，一遍遍回旋的主题，极像《波莱罗舞曲》。一个下着雪的街道，雨滴挂在屋檐边，清晨紧闭的窗，瓶中金黄色的菊花，相对一个衰老的女人，那布满灰尘的镜子，掠过几只受伤的鸟，长长的木梯，却听不见任何会面的声音。

她走进自动打开门的列车里，对面的车玻璃，摄入深不可测的夜，还有一副忧伤的面孔，她低下了头。

四

她腾清小桌子，取出毛笔墨，把宣纸展开抚平。

这是离她有半个球面的山水吗？那团墨在一点点润散，墨点

282

落在纸上，似乎在吱吱地响，然后化成一片朦胧，一片雾景，山水依稀，时光依稀，一切又是如此，那无法脱逃的梦。

上小学前，母亲常常把她关在屋顶的小黑屋里，家里阁楼的天窗挂了一个大竹笼，养了一群鸽子。下雨时，放飞的鸽子往家里飞。木板墙壁夹有漏缝，透过缝隙，可以窥视下面的房间，暗又潮湿的三合土地，油腻的碗柜，木盆里堆着的脏衣，尿桶尿罐发出的骚臭味直冲而上。

那个南方城市，太阳很少出来，阴雨绵绵，一下就是一个星期。窄小的石板路白净光滑，泥地积满小洼，用不着一上午过去，整条街就泥水淋漓了。偶尔太阳强撑着出来，却无精打采，惨白一张脸，几片亮瓦，漏下几许光线，打开笼盖，鸽子冲出天窗，欢呼着盘旋在房子四周，通往天窗的活动木梯，站在上面，摇摇晃晃，邻街灰瓦灰砖的房子清清楚楚，来回飞着的鸽子却模模糊糊，一如待在笼子里，扑打翅膀扇起的灰尘，覆盖在烂木箱上。木箱里堆着破烂的鞋旧瓶子缺口的泡菜坛子，以及没有轴心的油纸伞。

阴雨时节，笼里的鸽子咕咕咕叫着。母亲心情不好，脸拉长，让她感到害怕。

名义上是哥哥喂养鸽子，照管的却是母亲，她原在一个小学工作，是一名不错的教师。某次运动，父亲坦白曾被国民党部队抓过壮丁，父亲成了历史反革命，在厂里从科室人员变为打扫卫生的勤杂工，母亲自然成了反革命家属，学校勒令她放下教鞭，她无奈，只得求人到处做临时工。

她被母亲关在屋顶下的小黑屋。一些奇怪的声音，像猫追猎耗子，尖爪子不停地抓木板墙。她蜷成一团盯着门，渴望那扇门突然打开，不仅有阳光，而且还有母亲温暖的手抱着她。

她不会听错。母亲抽动双肩，哭泣声低低而沙哑，像嘴里咬着手绢。碗筷倒在地上的哗哗声。酒醉之后，父亲从不正眼瞧这个家，和她有点相像。她同情谁呢？

她朝楼板使劲跺脚，狠狠敲隔壁阁楼的墙。但没用，墙那边，鸽子咕咕咕叫，楼下父母的战斗继续进行着，她猛踢门，让我出去！让我出去！耗子瞪着眼，在她脚边跑来跑去，欢乐地叫着。

那间小黑屋使她过于紧张而快速地度过了毫无柔情的童年。她拼命读书，只有读书才能脱离家和这片阴雨不断灰蒙蒙的天空。母亲偶尔从生活的重负中静下心来教育她，要靠自己打拼一条出路，别指望这个家。母亲说得不对吗？她如愿以偿考上大学，远远离开了家，她很少回去过，其实多年来就回去过一次，那儿一切都没有变，相对无言，她可以重新回忆一次吗？不能。就是如此，然后她走得更远，到了西欧。她搁在土墙边小小的药瓶插着一束颜色混杂的野花，如那个年龄的梦，像茫茫雾霭，久久不散，从来没有因她停下了而等一等她。

五

又是一个好天气！校园的草坪上照旧躺着坐着许多人。她黑裤，红上衣，披着长发，朝图书馆大楼走去。昨天打工十二个小时，来回走在厨房柜台桌椅客人之间，累得骨头咯咯地响。"吃硬饭"，她想起沈远的下流话，是不好受，但硬饭就是硬饭，精神和骨头都熠熠生辉。到了图书馆进口铁栏，她放好上磁的出入卡，在三楼找到一个空位。她得找《巴洛克艺术》一书，查证论文中几个重要的注解。可刚走到标有"艺术类"栏目的书架前，一眼瞥见沈远蹲在书架间翻书，忙缩回头。

四周安静，仅有翻书声和脚步声。二楼电脑储存了这个欧洲最大的图书馆全部版本资料。谁要放一把火烧图书馆，得烧上五六个小时，可是烧毁了，于大英帝国又有何损？她躲过沈远，找到那本纸页柔滑的书。她坐下来专心地做笔记。

当她抬起头，发现沈远坐在她对面的空椅上，一声不响，读着他自己的书。

她将一页笔记、圆珠笔放入裤袋，下楼时，发现沈远又跟在身后。

别跟着我，像只苍蝇似的。

那你是什么呢？苍蝇跟的？沈远厚皮赖脸。

我跟你没话可说。

今天我在图书馆等你一整天，你就这么对待我？

谁叫你等的？真是的。回到你妻子那儿去吧！没准她不会踢开你，只做那英国佬的情妇。那样你可以一直吃你的软饭。她走向最底楼——地下室学校学生酒吧。

里面闹哄哄的，空气浑浊，难以呼吸，但学生们喜欢泡酒吧，喜欢这股酒气烟气，而且价格较外面酒吧便宜。酒吧座位极少，男男女女站着、坐在地上，三五成群，两人成双，大声嚷着，不然谁也听不见谁说话。

一堆人围着，中间的红发女郎，背影极像维维安。他们似乎在听她谈一件极有趣的事，笑得前仰后倒。

她走了过去，真是维维安。她叫了她一声。维维安一手端着半杯啤酒，一手夹着一支烟转过身来，硕大无比的圆形耳环一圈套一圈，脸上露出惊喜，像老朋友一样把她介绍给一旁的人。最后，她指着高个头，头发留得长长的青年说，这是查尔斯，爱每个女人就不爱妻子的"王子"。"王子"长脸，留着胡子，笑容腼腆，像个男孩。

她一一点头，握手，微笑。

在离她两三步的柜台前，沈远一个人抽着闷烟，眼睛盯着她这边。

她转过身背对沈远。她告诉查尔斯自己是第二次来这儿，她摇了摇头，说是第二次，不错，不错。她说她喜欢这儿的热闹劲……沈远端着两杯啤酒走过来，打断她的话，对查尔斯直道对不起，说他有事要与她谈，查尔斯笑了笑，手摊开，朝维维安做了个鬼脸。

她萎窘，但还是接过了沈远递上的啤酒。他们站到一个角落，她说，你有什么权利这么做？

我没有这权利，难道那帮洋人有？他压低了声音，靠近她的耳朵，说早就知道她想嫁给老外，而他不过是她的一座桥而已。

首先我得告诉你，我们才是老外，我还要告诉你，我嫁人不嫁人与你无关。她一口气说完。

他直点头，说，我说不过你。喝了一口啤酒，他甩了甩搭在前额很久未理的头发，说别把脸歪到一边，仔细听着有好处。

听什么？她仍没正眼瞧他。

嫁个英国人，不仅可以混个绿卡，拿到英国护照，而且还可以混口饭吃。他见她笑了，顿了顿，说，其实你和我妻子没有什么不同，是一路货。

杯里的啤酒泡沫未全消散，她摇了摇，泡沫不仅未减少，反而增多了，快溢出杯沿，她盯着杯子，仿佛根本没听见沈远的话，但突然，她的手抬了起来，劈头盖脸地朝他浇了过去。

沈远哇的一声叫了起来。她将杯子往呆在那儿滴水的沈远怀里一扔，杯子掉在地上，打得粉碎。

酒吧静了下来，所有的目光都望着他们，好几个男孩打起呼哨，她转身就朝门口走，经过维维安那伙人跟前，他们给她让路。维维安钦佩的眼光盯住她，她朝她苦笑了一下，推开了酒吧的门。

下午，剑桥广场出奇的静，行人匆忙，一些老人坐在长椅上。车有秩序地行驶着。这儿戏院较多，通唐人街，连接红灯区索荷。一幅女孩头像，挂在剧院大门上方。那是轻歌剧《悲惨世界》巨大的广告牌，老远就可以感到女孩在哭。她穿过广场，加快速度，抄近路赶去唐人街上晚班。晚班除了当侍者、端盘子，打烊后还得和店里的人一起负责清洗堂里桌椅、地板，换上干净台布。

推开"匡记"餐馆大门，脑子静下来，谋生对她来说是一个故事，必须完成的故事，货真价实？还别无他途？一个钟头三镑钱，至少与卑劣的游戏离得远一点。活下来，比石头还像石头。

她托着一个大盘，将牛肉米粉、空心菜炒鱿鱼卷、两杯橙汁放在客人面前。橘黄色的桌布，恍若一片辉煌的城堡在燃烧在震动。她掉转视线。门推开了，进来三个客人。她走过去，把他们引到墙上挂着中国大纸扇的桌子前，请他们坐下，一一给他们上茶，递菜单时，桌布的颜色又产生了刚才同样的感觉，对面那位长发披肩的女孩的耳环，越看越像一个大洞。女孩旁边，可能是女孩的母亲正在点菜，她问，小姐，不舒服？

她感激地摇了摇头，微笑着说，没事。等客人点完菜，她拿起菜单往柜台走去，脚步轻飘，身子直晃，她扶住一把椅子，坐了下来。

一位侍者正好经过她身边。她抬起苍白的脸，把菜单递给这位侍者，说她可能病了，得请假。

告假？就等于丢了这份工作。坚持一下吧！

她站了起来，头仍晕眼仍花。她摇了摇头。那位侍者扶她到厨房与洗手间的过道。

那你能自己回家吗？

她点头。

侍者看了看她，答应她给老板说明一下，替她请假。

谢了侍者，她靠墙站了一会儿，厨房的油烟味时而被打开的门扇过来。她换了衣服，提着自己的挎包，出了"匡记"门，费劲地挪到华光书店对面的凉亭里，坐了下来。

肮脏的木箱积满噩梦，每个拐弯处都藏着一个谋杀者。一本书上说，人类最害怕三样东西：一是虫，二是黑，三是高。它们是人类下树后史前生活留下的集体潜意识，而这些东西都不断在她的梦中出现。薄而脆的天花板，花纹由污水浸染而成，她不停地在床上辗转反侧，直到半夜她才吃了点同屋带回来的面条，她感到自己把黑暗同梦一起吞了下去。第二天，睁开眼睛，她拖着虚弱的身体走到窗前，朝窗外无目标地观望，一只小小的蜥蜴在左旁两层高的墙壁上，攀着一株青青的藤蔓。那座房子离她并不近，奇怪生了病，还能瞧见几乎和藤蔓一色的蜥蜴？

第三天中午时分，她已可以上楼下楼，烧开水喝。这场病来得快，去得慢。她服的是从中国带来的药。这个福利国家，看病还得花四镑多处方费。躺在床上的几十个小时，昏迷，清醒，清醒，昏迷，一直在靠近一个象征，伦敦这座迷宫般的城市逗弄了她，刺伤了她，掀倒了她。整整一周过去，她坐在镜子前，梳着头发，镜中那张陌生、冷漠的脸，残留着噩梦。她取出眉笔，轻轻描了描，加深了眉毛的颜色。"匡记"已不会再要她，老板有的是强壮者可以挑选。她揉了揉脸颊，小心翼翼地抹粉、口红，盖住病后的暗红色。

她挑了一件短裙，套上花上衣，关门时，她又回到桌前，对着小镜子看了看，用面巾纸抹擦了两下稍厚一些的唇膏，该是另想生存办法的时候了。她骨头再硬也硬不过这个城市，难道不是吗？

她在公用电话亭里打电话。

从电话亭里可以瞥见广场上卧着的黑狮，慢慢游荡的人，他们沉浸在鸽子飞翔的音节里，电话亭玻璃上带着水汽，模糊了她的视线，她拿着话筒，身子转了一个角度，朝地铁站方向，电话亭外，一个穿红裙子的白头发女人，瞪着一双蓝眼，在等着打电话。

教堂的钟声支撑着橡树，空旷、肃穆。她坐了五站地铁之后，走在这条栅栏内盛开玫瑰、绣球花、石榴花、剑兰的街上，这个美丽而宁静的地方，是伦敦？维维安说这里一周三十镑房租，一月一百二十镑，比她现在住的还便宜。

藤架上高高的凌霄花蔷薇，红如火焰，香气溢满整条街，一只只鸟在轻轻叫着，从花园的树枝上跳到篱笆上，像知更鸟，飞过她头顶，映在绿叶白墙之上，像一幅从未见过的画。她想，为什么不答应维维安？既然只有三十镑一周。虽然还未看维维安的套房，但她喜欢哈姆斯苔德，喜欢停在每幢房子前漂亮的汽车，喜欢途中经过的一条小溪，清澈透底的溪水飘荡着长长的水草，过期的水仙花，叶子却分外肥满，在溪畔随风摇摆，小路上带刺的黑莓，果实粒粒紫红，熟透了的，坠落在地上。

她抄近路，找到那房子。推开白色的栅栏。房主人住楼下，楼上楼下分两个出处，实际上是互不干扰的两套房子，维维安只要我那么一点钱，她的思想又集中在这个问题上，为什么有必要多要一些，如果她喜欢我留在这儿的话。她走上台阶，真的，维维安想些什么，与我有什么关系呢，三十镑就三十镑，有什么必要深究？

她伸出手，拉门上的铁环敲门。

六

像一件精美的器皿，一种既可以让你死又可以让你复活的仪式。可爱的现实，可怕的现实，与现实相对抗的幻想统统套入神秘的盒子。盖好它，就好受得多，是吗？她站在挂着白纱的窗前，体味仪式中淡淡飘散的巫气的药水，在这一刻里，少有的宁静靠近了她的心。维维安穿了件后背袒露的棉布白裙，在花园里，从伞形晒衣架取下一大堆衣服，走了上来。

她打开门，接过维维安怀里的衣服，放在客厅的沙发上。维维安梳了一个辫子，眼圈涂着紫黑的眼膏，本来就下凹的眼睛显得更加深邃。

"新奥尔良有一座房子，
在那儿有许多小伙子消磨了青春。"

房间里放着摇滚歌曲《太阳落下的房子》。维维安将这首歌反复录了一盘磁带，不厌其烦地放，让听者泪水盈盈，永难忘记。

维维安的用心没有白费。她先是惊奇，然后才是真正喜欢，时而随维维安一起哼唱。

二十七岁的维维安，全名叫维维安·德蒙特。这带贵族气的姓，使她为之骄傲，说宁可不嫁人也不能换掉这个姓。其祖上在北爱尔兰有一个巨大的牧场，轮到她父亲这一辈，似乎家境已不如往昔之荣华。尽管如此，在北爱尔兰经营产业的父亲还是给维维安提供了一切物质保障，让她在伦敦专心读心理学。待她游历了世界众多城市之后，越发对伦敦感情深厚。她好像有很多朋友，也有很多衣服，反正她很少看见她重复过朋友或衣服。

挂好衣服，关上衣柜，维维安弯身拾起地毯上的控制器，和她一起坐在豆袋子上，维维安按键钮，跳着看电视，仅仅几秒钟，她倒在地毯上，说我还是坐沙发，没法与你同享啊！她们笑了起来。

她从豆袋子上爬起来，说我们得做午饭了。

别忙做，还不饿呢？维维安让她坐下，说，如果你教我中文，每天半小时，我们就把那三十镑顶学费吧！白玉兰花高过一楼，正好在她的窗前，带着初生的美，或毁灭后的一种震颤，凭着粉红、娇嫩的玉兰花，远远就可认出这幢维多利亚式的房子。

客厅连着维维安的房间。她的房间靠着卫生间，客厅，不大，放着单人床、书桌、床头柜、衣柜、靠窗的一角有一个不宽但长到屋顶的书架，上面放着书、画册、资料夹，大都从中国海运邮来的。家具全是原色涂上油，有意显出木头条纹。吊灯台灯，窗纱、窗帘和墙纸、地毯、天花板颜色淡雅，房间既干净又舒适。

她走到维维安的房间，门裂开一道缝，她敲了敲门。屋内录音机声音小了。

她重新坐在桌前，继续看书。维维安说在唐人街当侍者太累，让朋友替她找到一份在比萨饼店接电话管外卖的工作。她说她是中国大陆学生，没有允许做工的工卡，唐人街餐馆老板正是借此盘剥打黑工的学生。没关系，维维安的朋友说，那家老板是他朋友，她不必为此操心。但维维安没有时间坐下来跟她学中文，每次她只学几句，就推说下次再学。你是个坏学生！她骂她，

可我是个好心肠的好朋友。维维安得意地强辩。

她拿起《汉语口语》，皱了皱眉头，喊，维维安，来呀！维维安说你来。

拗不过维维安，她走了过去。维维安正跪在地毯上，一大堆音乐磁带、CD盘堆在录音机音箱旁边。咱们开始吧，认真学，她说。十分钟后，维维安便扔开了课本，求她开恩，说到此为止，明天多教一页，行不行？不管她脸色，维维安又跑到音箱那儿，挑了挑，翻了翻，她举着一盘画着琵琶的磁带对她嚷：CHINESE———ZHONG GUO。

她接过来一看，果然是中国琵琶演奏的曲子。她向她借了这盘带子。梦境似的乐音。隔开美丽森严的墓地，涓涓流淌的溪水，小心地围拢她，犹如独自一人时，听着窗外花园里的知更鸟、喜鹊、乌鸦清脆的叫声，白日，黑夜，一次又一次来临。

七

查尔斯那玩意儿就像橡皮糖，还好意思纠缠我？她坐在床边，照看酒醉的维维安。维维安换男友，像换首饰衣服鞋子。在她看来，她并不太快乐，她需要男人，是为了忘了他们，但奇怪的是

她的男友被她扔了后，没有一个跟她翻脸为仇，仍是好朋友。她不能不佩服西方人在性关系上之大度。

维维安说晚上那个 party 来了许多人，年纪和她不相上下。维维安涂着银白色指甲油的手在空中挥了挥，不带你去是对的。真没意思！浪费一个晚上。她倒了半杯矿泉水，给维维安喝。

舒服多了。维维安谢她，说自己在 party 上不过就喝了一杯杜松子酒。没醉。她跟着学了一句，没醉，说维维安你走路都不稳了，还撑什么呢？

就是头有点晕。维维安没看她，面朝墙，说珍妮你知道吧？她见过，一个苗条动人时髦的女人。珍妮总追求我，躲都躲不开。我把她介绍给亚当，呵，就是那个德国纳粹，今天晚上她和他始终在一起，这下好了，她找到男朋友了。

维维安停止讲，看着她，她喜欢叫她的英文名字，海伦。她说，海伦，住在这儿，愉快吗？

她搞不明白自己干吗要闪躲开维维安的眼光，声音平静轻柔地说，很好，很不错。她以为维维安还要说点什么，抬眼一看，维维安却睡着了。

她熄掉灯，轻轻关上门。回到自己的房间，怎么也睡不着，是睡衣碍事，紧了？她脱掉睡衣，仅穿了把屁股绷得紧紧的内裤。还是无法入睡。她只好套上耳机听音乐。I've been changed, yes, really changed（我变了，是的，我真的变了），她翻了一个身，维维安在与男人、女人碰杯在微笑。He's a man, he's just a man（他是个男人，仅仅是个男人），歌曲哀伤幽怨，用一种恐惧的声音唱出来，让人更加迷茫，不知该怎么办，Don't you think it's rather funny?（你不觉得这很可笑吗？）她摘掉了耳机，扔在地上。扯淡！

狗屁！她将枕头压住脑袋，想忘记此时此地，更想和那个迎面而来的可怜的女孩，错道而行。

八

她跑到厨房，从墙缝往里看，若明若暗的煤油灯，在低矮的桌上，火焰扭动油烟闪闪烁烁，东一支筷子西一支筷子。酒杯歪倒在桌边，父亲瘦长虚弱的身体搭在椅子上，看不清他的脸，母亲眼白一翻一翻，像渴极的鱼。

桌上菜碗散发出肉的香味。

她的口水在嘴里翻卷。她背对紧闭的房门，听着鸽子在阁楼上互相摩擦着身体转动的声响，它们没有叫，一声也没有。她想象着鸽子一闪一闪的小眼睛，包满了水，那无言、沉默。是安慰，还是在追悼？

九

教堂彩色玻璃上的羔羊，随着晚祷的钟声起伏，在轻轻叫唤。人们画十字，相互祝福，让死去的人永远安息，活着的人平安如意。人们画十字，赞美主。她推开一扇窗，倾听那迂回在空气里的祷告，那些声音从窗外的玉兰花涌来。

玉兰花渐渐黯淡。淡淡的夕阳，使房间蒙上一层温馨的光。她双手由脸朝后脑理了理乱发。维维安房间里又有客人。

她侧闪过身子，过了走廊，维维安的笑声从紧闭的门里传了出来，他们似乎在说将在哪儿度假。一个男人的声音说，他很想去维维安老家的牧场。

她扭开暗锁，出了房门。

房东老人正在侍弄花园，用剪刀剪去白黄红玫瑰，他嫌玫瑰长过了篱笆，走路总挂着衣服或脸。一条长毛狗摇着尾巴跟在他的身后，看见她，便跑了过来。狗的头、身上的斑圈，使她一下认出狗是维维安认识她那天抱着的丘比特。她怕丘比特跟在身后，就大声与老人说话。老人七十多岁了，一头白发理得整整齐齐，但他的耳朵不灵，她重复两遍才听清。

哈哈，老人笑起来，说人怎么会怕狗？他放下剪刀，叫，丘比特。丘比特跑到他面前，舔他的脚，他说，你别吓着我的狗。

老人孤身一人，有个侄子不时来看他。维维安说他脾气怪，但是个好人。她打趣地对丘比特直道对不起，惹得老人又笑了起来。她难以想象这个干巴巴瘦精精的老头年轻时是个板球明星？那天在花园晒太阳，老人竟与她们唠唠叨叨，夸耀自己坐在慕尼黑玛丽安广场的酒吧里，一边喝黑啤酒，一边欣赏一丝不挂的德国女人在身边走来走去。

这时，维维安从窗子里探出半个头，可能是房东老人的笑声引起她的注意，海伦，你去哪？

出去随便走走。

早点回来！维维安叫道。

走在弯曲的小径上，她轻轻地松了一口气。水草随着溪水轻悄悄地流逝，风不让人注意地掀动叶片，她的头发、她的衣角。小溪对岸一片红色的房子是手工艺品市场。一面长又宽大的玻璃窗透出坐在酒吧喝啤酒的人影，情侣居多，双双对对，不时旁若无人地接吻。水仙花已见不到踪影，一些白菊零零星星开在溪边，映入水中，像一张张凄楚的脸。

两个腆着肚子的英国半老徐娘扎紧大裤腿，在采黑莓。树丛深处，荆棘纵横，熟透了的黑莓，挂在那儿，让人垂涎欲滴。她在路边摘了一颗，含在嘴里，甜甜的，略有酸味。

桥旁边，有个一百多年历史的水磨，除了轴是铁质的，其他部分由木头制成，远看像一个风车。覆盖在上面的厚厚的苔藓，保持着不随着人间进步的神秘感。开动起来的水磨，卷出的水花，像一段白绸，环绕在半空。站在桥上，两旁的树木丛丛叠叠，相互遮掩，隐约可见远远近近的红砖红瓦房白色小楼和黑框白墙都铎式建筑。建过尖顶的画坊，传出手工艺市场街心乐队演奏的英格兰民歌，古老的旋律贴住夕阳殆尽的天空，格外悒郁、怆然。穿得极少的英国女人在桥上走来走去，骄矜而傲慢。当然这是他们的国家，他们的美丽的国家。

十

电话铃响了。维维安首先接过去了，一听是找她的，便让她接。

哈啰！她刚准备问对方是谁，但一听声音就明白谁找上门来了，你好！她改用中文和沈远的妻子说话。

沈远的妻子仍用她漂亮的英文，声音慢慢地，听起来不仅悦耳，而且惬意。她说，好不容易找到她的电话，她要她原谅一直没有时间去看她。这段拐弯抹角的话是一段开始曲，紧接着便出现了主旋律：你有眼光，海伦。我见过维维安，她就是有点怪癖，喜新厌旧，但这没什么不好的。她非常迷人，听说还非常有钱……

　　我不是离开沈远了吗？她握紧话筒的手似乎沾着汗珠，黏糊糊地。她松了松，把右手换到左手，贴住耳朵，这不是你等待之中的事吗？那意思再明确不过了，咱们没什么谈的。她不在乎沈远的妻子话中带刺，暗示她和维维安关系不正常。

　　我得谢谢你哪！我们可以做很好的朋友。沈远的妻子说我们可以吃个午饭，我请客，怎么样？似乎是因为她没反应，她便又掉转话题了；维维安不错，不错。

　　这关你什么事？她有点恼火了。

　　沈远可痛苦了，我真不愿意看他落到这个地步；赔了夫人又折了情人。

　　这不正符合你的要求，是吗？

　　沈远妻子愣了愣，随即以笑声掩饰，但他毕竟还是我的远啊！我们感情之深，别人没法理解！

　　她清醒过来，这个女人不只是来奚落她侮辱她一番，说沈远仍是她的，即使她不要了，也不属于别的女人、不转让出去，或许有其他用心，比如沈远没在离婚书上签字，所以她有意来挑动她，激怒她，让她回到沈远那儿去？

　　说话说完了吗？她不客气地对沈远的妻子说，我不会跟你配合的，她搁了电话。

　　两分钟不到，电话铃又响了。她瞧了一眼故意在卫生间和客厅的过道走来走去的维维安，拿起电话。沈远的妻子用中文对她说，海伦，你说了实话。很好！也许沈远值得你爱，也许不值得，这和我关系不太大。她有些咬牙切齿，但声音仍然甜美温柔，她说她只关心一点，不过她可以告诉她，这就是她不会轻易放过沈远，当然她得养他，这点不矛盾，她得折磨他……到发疯为止。

她直称赞沈远的妻子，然后问，你的话有完没完？她奇怪自己竟然能做到如此心平气和。

完了，可以说是暂时完了。电话线的那一端，沈远老婆那张算得上好看又异常聪慧的脸仍在柔声地说。

她放下电话。玉兰花在窗外飘散，一瓣瓣坠入泥土、草坪。几个连成一片的网球场，沈远和穿着白球鞋、白短裙的娇滴滴的妻子在打羽毛球。他们挥动球拍，球在网上擦过，弹在地上，跳过网，蹦起。笑声飞扬，旋转在半空，单单停在她站立的窗台上。

回忆，像个轮子，她滚动这个奇特的轮子，轮子也在滚动她，朝同一方向，朝一个不该停住的点，急速而去。是的，那时沈远胆怯到纯洁的地步，在她面前，他总是举止不安。她毕业留校刚到分校教书时，沈远已教了两年英国文学，他对英国文学熟悉到让人吃惊的地步。她与他谈莎士比亚、济慈、艾略特以及塞克斯顿、普拉斯、海明威。普拉斯一生像个奇迹，在冬天的伦敦，开煤气自杀，他说她死的那个冬天，伦敦全是雪，水管都结了冰。那个冬天呵，多么寒冷。她现在在伦敦，却不愿去找普拉斯当年的居所，她不知道这是为什么？而那时，她的心相对现在，显得多么年轻。

> 我是唯一的人，命中注定
>
> 无人过问，也无人流泪哀悼……
>
> 十八年后仍无依无靠
>
> 一如诞生那天同样的寂寞……
>
> 于是经验告诉我，说真理
>
> 决不会在人类的心中成长起来

他背诵着。她看见了风中的橡树在荒原上，被巨风刮着，树叶朝一个方向。艾米莉·勃朗特有一张怎样的脸？她想象着，觉得穿白衣白裙的她在眼前一闪而过。像那些长长短短的诗句一样，那是个漫长的冬天，那是个漫长的一夜，他一层层脱掉她的衣服，他的手指随着她本能的拒绝而颤动不已。然而他的叫声随着她的配合而停止。他打开灯，说没想到，她不是处女。那你也是有妇之夫啊！她在心里说。一开始他对独占的重视远胜于对感情的珍惜。

他不止一次地问她，那人是谁？

她没有作任何解释。如果她能忍受比黑暗还可怕的孤独，如果她遇到了别的人，如果那个人比他更好，（如果……呵，打住吧！）她或许早就溜出了他的生活。

十一

维维安似乎在厨房的冰箱取什么东西，大声唱着一支歌。她听不清楚。

吹风机在嗡嗡响着，她停住，拔掉电源，把吹风机放在桌子上，绾起长发，用夹子固定在脑后，套上牛仔裤，白紧身衫。这时，鸽子结伴飞进花园，啄食房东老人扔在花园草坪上的花生。她想吃鸽肉，从踏上这块陌生的土地看见第一只鸽子开始，她就有这个念头。那天，维维安把一只飞到她肩上的鸽子赶开，她心里就直后悔。快来呀，海伦！维维安在催她。

她走下石阶，跑出花园。维维安已坐在她那辆银灰色的丰田克雷西达车里，见她走来，维维安说，坐好，系上安全带。维维安教她开车，态度很蛮横。鸽子掠过树枝，在前车窗上拉下一摊鸽子屎。

她骂了一句"Damn it"，停了车。维维安打开车门，用纸巾小心翼翼地擦去鸽子屎，她打了两个哈欠，钻回车里。

她握着方向盘告诉维维安，她想捉一只鸽子。

维维安说，这再容易不过了。

我想把鸽子蒸着吃。

维维安侧过身，灰眼亮了一下，伸出手，拍拍她的脑袋，说海伦，你神经是不是出岔子了。

你们洋人不屑把鸽子当作宠物，而我们中国人宠物也可以是食物，猫呀，鸟更不用说了。她看了大惊小怪的维维安一眼，说，维维安，你说你如何喜欢中国，但你不可能理解中国人。

为什么？维维安叫她把车开慢点。车玻璃映出树花云朵的投影，路边青翠的草坪，一个白发老太太牵着狗去对面马路，往红邮筒投信。那座常常阴雨不断的城市，由陡峭的石梯、低矮灰暗的房屋组成的街道，似乎从未有过如此清静干净的时候，每个角落充满了垃圾，泥水涟涟，人满为患。鸽子像驯服鸽子的人一样驯服，待在笼里，除了一定时间放风，没什么自由可谈，主人一个口哨，它们就得乖乖回家。那年月人没吃的，黄皮寡瘦，鸽子自然也养不肥。可这并不妨碍人杀鸽吃鸽，将鸽毛装入竹筐，晒在窗台、门外台阶，比赛谁吃得多。晒干后的鸽毛闪着光泽，十分美丽，收破烂的老头用一个钢锄儿，挨家挨户收走。

瞧瞧，这儿，鸽子把什么都弄脏了，玻璃窗、房顶、花园、雕像、人的头发，衣服。

不远处是街心花园的环形车道。她停了车，和维维安换了个位子。

鸽子有鸽子的权利。维维安驾着车，不紧不慢绕着花园，亮着左灯。一连串汽车等在左边线外，有人不耐烦，在按喇叭。挺着大乳房的鸽子不时擦过人的身体腾飞，不时落到地上，停在台阶边，它们显然活得比人轻松自然，不时，舒展翅膀从高处俯瞰这些不能飞的动物，发出一两声悦耳的咕咕声。

从地下停车场乘电梯出来，一排排架子搁着盆景、绿植、菊、玫瑰、郁金香、指甲花、海棠、吊兰，一年四季的鲜花似乎都有，一股浓郁的奇香迎面而来。

她推着小推车，维维安不停地往里扔面包、黄油、牛奶、芝士鸡腿、香肠、色拉油、菠萝鸡、维果罐头、卫生纸、洗衣粉、香皂。维维安叮嘱她爱吃什么就拿什么，多吃点，你长得那么瘦小。狗食猫食罐头排满两个长长货架，这个国家宠动物到了与人平等的地步。

维维安拿着一袋红萝卜叫她，你喜欢的色拉。维维安说的色拉，是她做的家乡泡菜，红萝卜是做泡菜的主要菜料之一。自从维维安第一次尝她做的菜后，就赞不绝口，她辣得嘴都合不起来，好好，真不错呵，以后你做菜！她笑了。

十二

母亲把一个红布包藏到衣柜最底层。那是刚有记忆的时候。小学三年级，她已识得不少字了。母亲翻冬衣出去晒，她瞧见那东西，弯身拿起要看，被母亲一把夺过来，说小孩子，不要乱动大人的东西。那红布八成新，不重。

那天家里没人。关上门之后，她打开衣柜，找到那个红布包，揭开一看，是一本用毛笔工工整整抄写的小册子，里页是木版印的竖行，小册子没有名字，她模模糊糊记得一些句子：

强阳采阴秘术……百战而成仙。房中秘宝莫过鸽胆拌蒜末而吞食之，必使经脉相通，津气盈流……女气发舒而取其精气，陡阳可养阴也宜然……

围上围裙，母亲打开鸽笼盖，抓住一只灰鸽翅膀，提了出来，用切菜刀在鸽子脖颈划一小口，血流进盛有清水盐的碗里。被杀的鸽子不死心，蹬腿挣扎。母亲抖了抖只剩一口气的鸽子，鸽血又滴了下来，有的溅到碗沿上。笼中的鸽子在惊恐地打转，不停地叫着。母亲的围裙和地板一样，斑斑点点血，她往杀死的鸽子身子倒开水，开始搅拌，扒毛。

父亲每次与母亲吵闹，总要提到一个男人，母亲低低的辩解似乎很委屈，父亲不听。是那个男人吗？

他偏高，中等身材，穿着整齐的中山装，说话、走路一副斯文相。每当她被关进小黑屋，她就感觉是那个眼睛眯着的男人来家里做客，母亲留他吃饭，少不了鸽肉。

她和母亲走在厂办公大楼里，想这干净的梯子，一尘不染的栏杆，透亮的玻璃窗都是父亲打扫的。而她就是在父亲不停地清扫擦洗、倒垃圾痰盂、汇报思想接受训斥的过程中一点点长大的。那个男人坐在厂大办公桌前的藤椅上，母亲像不认识他一样和他说话，求他办一件事，似乎是与父亲有关。他不愿多说话，打着官腔，说要等党委研究研究。

他端着茶杯，站了起来，肚子微微腆起，鸽子在里面咕咕咕叫，它们待不住了，没有待的空间了，她感到它们会突然从他的喉咙窜出。她不知所措，紧抓住母亲的手，脸色灰白，嘴唇发青。母亲摸了摸她的额头，匆匆忙忙对他说，女儿生病了。拉着她出了办公室。

回家的路上，她跟去的时候一样好好的了。母亲骂她装疯卖乖的！那么说家里那种男人呻吟声不一定都是父亲。她第一次这么想。父母不息的战争，不一直在告诫她吗？人，不管男的女的都难对付。唯有独来独往，像母亲骂她的装疯卖乖也行。就像此时此地，她坐在花园的椅子上，进入黄昏时分的寂静，这多好！

丘比特在玻璃门内晃来晃去，黑色的斑圈扩散开来，房东老人坐在沙发上看电视。风沙沙沙地响，她不由得打了个哆嗦。

十三

卫生间大开着，维维安躺在浴缸里大声嚷，太累了，受不了，她说她一睡觉就做梦，下流梦、噩梦、怪梦，然后自己笑了起来。

她在写期末论文。导师对她很严格，开了一整页书目让她读，要她就巴洛克艺术的分析作一个研究报告，并定下了报告的具体日期。白天在比萨饼店打工，将当天卖不完的饼带回作为晚饭。这是在比萨饼店工作的好处。她早已吃腻了，但省事省钱，还有营养，有什么不好呢？她和维维安在经济上分得清楚，有借有还，各付各的账。

你干吗不动冰箱里的鱼？维维安在浴缸里责备她。哗哗的水声。一会儿维维安又说，你快点完成倒霉的论文吧，我们一起开车去度假，巴黎，如何？她翻动着身体，水溢出浴缸，直布罗陀，真是太美了，难以想象那种美，海水、日光，透明的蓝！

她坐了起来，擦抹香皂，然后又躺了下去，着迷地回忆第一次在地中海的阳光下裸泳、晒日光浴。一旦返回了自然，你总想生活得更自然。

她停住笔，伦敦南边布莱顿也有一片专门划出的裸体海滩，是不是？她问了一句。

你怎么知道？

我不告诉你？她笑了。

维维安走到她的房门口，手里拿着一条浴巾在擦湿发，她裸露的身体很美，皮肤黑黑的，富有光泽、弹性，只有两个乳房、下身略显本来的肤色。那三块白斑是常晒太阳造成的，那是西方女人相互比赛谁度假多玩得痛快的另一种标志。

她站在那儿，用浴巾随随便便地擦沾着水珠的身体，然后，包好湿漉漉的头发，比她穿上衣服还自然，大方，昨夜你看电视那么紧张？按理说，你应当喜欢恐怖一类不合常规的东西。

我不喜欢鬼电影！

其实挺滑稽的，一点不可怕，那血是番茄汁。

电视里放映的那部拍得惊险又血淋淋的电影，维维安说女主人公善良柔弱，小羊羔似的，像她。

她笑了。维维安啊维维安，如果你不是红发蓝眼，如果你和我一样的肤色。我们或许……想到这点，她吓了一跳，忙套上耳机，不理会维维安光着身子在屋子里走来走去，收拾浴缸，往洗衣机里扔脏衣服。维维安乐于帮助她，用各种并不让她发窘的方式施惠于她，难道自己甘心于此？她不愿弄清楚，而愿糊涂下去？趁维维安回她自己房间那一刻工夫，她轻轻关上房门。那高高的额头、蓝眼、飘浮于空气中浴后的芳香，盯在她的身上，呜呜直叫，她把头伏在桌上，手放松，像小小的火苗，挡也挡不住，窜上她心底在眼前轻轻地颤动。

十四

母亲半夜回来，门吱嘎一声开了，又吱嘎一声关上了。她站在五屉柜前，借着窗外淡淡的月光，对着小圆镜梳头，那镜子离她很近。梳子在头发上缠着，她用劲才梳顺并不长的头发。她把梳子上的断发取下，拿在手里。

她的头蜷缩在被子里偷看母亲，慢慢移动着身体，母亲的背上有一道伤痕，对，是伤痕，她心跳了一下，想问又怕惊动她，还有鼾声阵阵的父亲。

母亲似乎累得背都弯了，她把头发合拢，拿起梳子，但不一会儿，将梳子放回敞开一条缝的抽屉里。

急促的脚步声在门外的石阶上响起。

维维安进门就说来不及了！她对着镜子用唇笔勾了勾嘴，填上涂均匀的口红，便打开衣柜，找衣服。

别急，我等你。她坐在维维安的床边。墙上有一只鸟展开绿色的翅膀。她凑近，是一个标本，那翅膀边有一串黄色的小圆点。自搬来这儿已一个多月了，怎么没发现呢？鸟的头部圆，而嘴呈钩状，下嘴比上嘴小。

那是查尔斯送我的鹦鹉！维维安说，你再看看它的眼睛。

她摸了一下鹦鹉的眼睛，在动，在盯着她，做得真好！她抚理光滑的羽毛，由衷地赞道。她将它挂好在墙上。发现壁炉上有一透明玻璃纸做的小盒，像蝴蝶？像蜻蜓？被一根针插住，一朵金黄的干菊花坠在下面，一个美丽的坟墓，葬礼正在举行，却永远没法完毕。

我就喜欢小鸟小昆虫之类的玩意儿！维维安穿着内衣转过脸来，意味深长地说，点燃一支绿沙龙烟，火焰缠住了烟，很快烟头燃成一节灰，她一改平常的豪放野性，眼睛扫向玻璃方桌上一束紫色的鸢尾花，将烟灰抖在缸里，说每当春天一到，父亲便带她回祖父的牧场，旋荡在空中的花香叫人迷途，小小的蝴蝶，舞姿轻柔，蜜蜂叫着，从一朵花畅饮到另一朵花，我爸爸却说整个牧场因我而活了。她听着，觉得维维安不是在说往事，而是在拼命拽住一种柔情，一种早已失去暧昧的幸福。维维安找出一件质地柔软做工考究的黑裙，大敞领，双肩露在外面，下摆形似筒裙，既性感又典雅，她戴上金项链，没有挂耳坠。

你真漂亮！她对维维安说。

在学校大礼堂里，正举行着一年一度的学期末聚会。人多极了，川流不息，中国学生也来了不少。维维安窜在人堆里找自己认识的人，不一会儿便没影了。

她倒了一杯可口可乐，坐在靠主席台的那排位子上。

一个浓妆艳抹、刻意打扮的女人在她斜对面，约十来步远的地方，正和两个女学生说得嘻嘻哈哈，眼睛朝她坐的方向看。她认出她是佳佳，沈远的一个熟朋友，刚来伦敦时，与佳佳有几面之交。有一次她和沈远半夜为点小事发生争执，她在街上转悠，想找人倾吐，便进了路边电话亭，想只有佳佳这时未睡，是夜猫，生活优裕，嫁了个秃头的英国丈夫，一个年龄可以做父亲的人。她拨通了佳佳的电话，说自己心情不好，想和她说说话。一周不到，整个伦敦的中国学生都知道这件事：沈远想抛弃她，她痛不欲生云云。

她没和佳佳打招呼，只当没看见似的喝饮料。

她站了起来，偏偏这时，维维安走过来，叫住她，海伦。

那三人的目光整齐地扫向维维安。她对维维安说，她想一人先走。

维维安挽住她的胳膊，等我一会儿，我们一道走，如何？

我们不干一杯吗？急什么呀?！沈远头发梳得整整齐齐，穿了一套灰西装，连胡子也刮得干干净净。

维维安顺手从旁边的长方桌上拿过一瓶红葡萄酒，往沈远的杯子里倒。

如果我没猜错的话，这位应是德蒙特小姐，沈远拿过维维安的酒瓶，自我介绍他叫沈远，是她的男朋友、未婚夫。

嗯，维维安用手轻轻挡了一下自己的杯子，说她讨厌这血一样的酒，可惜这儿没有威士忌、白兰地，真遗憾！她拍拍沈远的肩膀，说了一句中国话：幸会，幸会，朝站在一旁的她翻了一下眼皮，说祝贺你呀，海伦，你有未婚夫啦！

她像没听见维维安和沈远的话，往杯里倒可口可乐。

这就是你的保护人，喂，真不赖呵，住在哈姆斯苔德，济慈当年写《夜莺颂》的地方，沈远微微笑着腰挺得很直，不，应该说，你比我更不如，落到如此地步，吃一个女人的软饭。

不关你的事。我就是不发火，看你怎么着？她心想。

怎么不关我的事？沈远反问。

软饭，维维安跟她学中文不用心，也不肯花时间在上面，"软饭"是什么意思？

沈远慢条斯理地用英文说，软饭就是煮得很烂的米饭。维维安不太相信地摇摇头，开始觉得眼前的气氛不对劲。

别笑，沈远，我告诉你，你与我早就结束了，咱们如果不能做朋友，难道还非做仇人不成？既然我们不在一起了，谁也管不着谁怎么过！

事情没你想的那么简单，你知道我离不开你。他瞬间装出的潇洒劲全没了，再说，就那么几个中国女留学生，全被男鬼子、女鬼子弄走了，我们怎么办？在人声喧闹的大厅，他的声音轻得像蚊虫。

她苦笑，眼睛胀痛，眼泪在打转，说怎么说得出来？女人又不是牲口，由不得你们这帮男人分配。站在她背后的维维安探过头来问，海伦，怎么回事？

没事！她不想维维安介入进来。

沈远瞟了一眼转过头去和人谈话的维维安，看看，难怪伦敦的中国人说你，你自己把自己搞成什么样了？

什么样？我告诉你，这伙中国人心理不正常，整日造谣生事，唯恐天下不乱，小人也。

她停了停说，即使像你们造谣的那样，也轮不着你来做道德说教，女人总比男人可爱，何罪有之？

沈远想笑，但没有笑出来，他直点头称是，那……我在这儿为你们干上一杯！他声音有点颤，举起杯子，去碰她的杯子。

从别处转了一圈的维维安走近沈远，拍拍他的背，手伸向他的屁股捏了一把，沈远惊得跳向一边，脸陡地一红。维维安举起杯子去碰沈远的杯子，说，干杯！太好了！干杯！一边说一边溜到别处去了。

沈远握紧杯子，手上的筋因过度用力而冒了出来。她真担心杯子会被他捏碎。他一饮而尽杯中的酒：你的性格一点没变，总是对着我干，让我难堪，我不太相信你会喜欢那头骚洋马。他清了清嗓子，说他真的不相信他们不可能重归于好，一点没救？

除非，她说。沈远把话接过，除非下一生下一世！

下一生下一世也不会。你死了这条心吧。那些夜晚早已消退颜色，那些诗句早已被泪湿透，越来越模糊。况且，她顿了顿，犹豫了一下，但还是说了出来：你老婆也不会让你得逞！

不可能，他肯定地说，他们已经议决去法院办离婚正式手续。

她打过电话给我，就在前几天，她点到为止。

她能说什么来着？

真想听？她问一句。

沈远点了点头。

她说她会养着你，但饶不了你。

沈远沉默了。他看见维维安和一个男士聊着朝这边走来。在众多的女人之中，维维安打扮脱俗，高雅而华贵。他神色诡秘，说真替她难过，她的保护人真是寸步不离她。他放下酒杯，心急火燎地走了。

她站在那儿，浑身一抖，沈远无意还是有意点出一个她自己一直不愿承认但反感渐渐增长的事实？维维安的确把她看作自己的所有物，一件有趣的收藏品，一个娇小的中国瓷人儿。

她把杯子放在桌上，面包、黄油，还有芝士，桌上堆的全是洋人喜欢的食品，酒都打开瓶盖，她倒了一点雪碧，但没喝也没拿起来。她在努力打消那个使她极端不快的念头，应该说既是无可奈何，又是坚定不移地打消，说事实嘛，事实就是维维安对她很好，再也没有别的什么人对她那么好了！人们过节似的穿来穿去，相互致敬，慷慨激昂地议论，低语，笑声、碰杯声。个子高的俯视矮个子，矮个子的仰望高个子，并肩者更融洽，胖瘦不一，或坐或站，形式自由地进行精神或意志的亲密或搏斗。

他怎么走了？维维安拉她的手说，来，我给你介绍詹姆斯教授。

母亲悄没声息地将小圆镜扣倒在柜子上，轻轻叹了一口气，转过身来，眼角的泪滴闪闪发亮，母亲独自一人对着镜子哭了，在夜深人熟睡之际，难道真像她和父亲吵架时恨恨不已地说，她所做的一切，是为了父亲，是为了这个家？

她当时怎么就没想到母亲一发脾气，罚她跪在搓衣板上，把她关进小黑屋，并不是因为她没听她的话，而是一种需要，对，是需要。如果早知是这样，她多么愿意永远待在小黑屋里，让鸽子和老鼠的声音轮流响在耳边。哦，那会是一首动听的歌。

上午的阳光一寸寸挨近她的脸，她拉开窗帘，伸了个懒腰。薄而脆的世界似乎沾了水，轻轻用指头一戳就可以洞穿。她感到自己的可怜在于用所谓的精神加厚内心的屏障，但是如果置身于那座湿淋淋的南方城市呢？自己不是已经远远离开了它吗？她赤脚从床上跳到地毯上，透过白纱窗，玉兰树隐现在窗外，渐渐凋零，那芳香却和盛开时一样，太阳沉没于芳香之中，慢慢爬上玉兰树，爬上屋顶，挂在天空。她穿上鞋，想去花园看看那株玫瑰灌水之后活过来了没有。房东老人拄着拐杖，站在伸进花园一截的玻璃亭子里，一旁的椅子空着，他像在等什么人，脸上流露出焦急。丘比特窜到他的脚边，舔舔他的脚，转到他的背后，玩椅子后的小皮球。

回到房间，她自言自语，玫瑰是活了，但他若是突然中风了，怎么办？我们连知道都做不到。

维维安在熨衣服，说你在念叨什么呀？

她说，老人要是死了，我们也无法知道。

维维安笑起来，哪里会？一看他就是长寿人，什么也不求，也不需要。

她哦了一声。

你不信？维维安打赌似的说，既然上帝保佑了他那么多年，就会继续保佑他。

你是基督教徒？

不是虔诚的基督教徒。维维安往熨斗渗入冷水，我小时碍于父命，每星期天都跟父母去教堂过礼拜。长大了，才对布道不再感兴趣。

现在你不信上帝了？她帮她翻了一面红裙，铺平。

我当然相信上帝，不然就完全没什么可信的了，那更可怕。维维安把熨好的裙子用衣架挂好，放入衣柜。海伦，你信什么？中国人是不是都信佛，信孔子？她敲敲自己的脑袋，糊涂加糊涂，一团泥。她俩哈哈笑起来。

敲门声响起，停在她和维维安之间。她们听了一会儿，不错，是敲门声。

十五

维维安放下手里的蒸气熨斗，取掉电插头。走到门口，从门孔里往外瞧了瞧，对她说，迈克尔来了！然后打开了门。

来人捧着一束康乃馨。

啊,真是太美了!维维安接过花叫道,她和迈克尔拥抱,吻了吻唇。然后对迈克尔说,这是海伦,你见过的那个漂亮的中国姑娘!

她笑了笑,作为回答。这位头发卷曲留胡子戴金丝边眼镜的迈克尔是维维安较为固定的男友之一。

迈克尔朝她飞了一个媚眼,正好被回过头来的维维安看见了,但迈克尔照样毫不在乎地与她没话找话说。

她对迈克尔说对不起,到厨房,从冰箱里拿了一块比萨饼出来,放在盘子里。水壶的水正好烧开了,她冲了一杯茶,放入牛奶汁、两勺糖,坐在厨房的桌子前,搅拌着茶,吃起来。

维维安出来为迈克尔冲茶,瞧了瞧桌子上的东西,皱了下眉,拉开冰箱门。

你干吗老吃你们老板不要的破饼!维维安转到她身后,若你再和我分得清清楚楚的,我就真生气了。她的手扶着她坐着的椅子把手,求你了,海伦,尝尝这德国香肠。她问她能不能画一张中国的山水画,并指明要她家乡的风景。

放下手里的茶杯,她扭过头去,维维安深紫色的眼帘,像火焰般红的头发,灰蓝色的眼睛,动人的声音飘浮着,一阵波浪袭来的感觉她的心抖了一下,她转过头,手中钢叉却在比萨饼上划了深深一道口:但得等忙过一阵之后,再为你画,她说。

你加班到什么时候结束?维维安问。

还有一个星期。从上午十点到晚上八点,她得一直待在比萨饼店里,有时干五天,有时干六天,每周时间不一致。自然工钱比在唐人街打黑工高多了。

维维安摇摇头,端着一杯茶,一杯咖啡,进自己房间去了。

十六

唐宁街 14 号门前，首相在发表讲话，一群记者举着录像机、摄影机。

从导师那儿回来后，她闷闷不乐坐在客厅的地毯上看电视。下学期的奖金泡汤了。不是她不够格，成绩不拔尖，运气不好。学校裁员，经济衰退也影响了大学，缩减了资助。艺术史系取消了奖学金计划。明年六千镑学费怎么办？幻想就是幻想，不可能梦中摘下一颗星，这颗星就留在枕边钻进了心里，常常就是如此，当你醒来什么都不存在了。

她喝了口加冰块的橘子汁。隔壁房间里传来维维安的声音，像是一连串的脏话，说得飞快且低沉，她听不清楚。

紧接着是一阵碎裂的响声。你打烂了我最喜欢的东西，你这个无赖、杂种！门咣的一声打开了，维维安清晰的声音在颤抖。

迈克尔一边拿着自己的外衣，一边嚷道，我走，我走，这女人疯了。他打开门走了出去。

维维安奔过过道，将一个黑包和那束插在长瓶里漂亮的康乃馨花通通扔出屋门外：滚得远远的。她朝门一脚踢过去，门自动关上了。她回到自己的房间。

是过去安慰维维安呢还是装作不知道？维维安和其他英国女人不太一样，时而温柔体贴，时而狂野古怪，她任着性子来，想干什么就干什么，完全不计较后果，有时骂到声嘶力竭的程度。只有一次，她听维维安在电话里向人道歉，态度谦卑到让她发笑的程度。

维维安房间里似乎没有哭声了。她不放心，轻轻走了过去，敲了敲门。

进来！过了一会儿才响起维维安的声音。

她推开了门，维维安蹲在地毯上，手里拿着碎玻璃块，地毯、椅子底下有碎玻璃碴儿。

她帮维维安拾摔破的咖啡杯，用吸尘器将可能陷进地毯里的细小玻璃碴儿清除干净。

他说你了！维维安抓住她的手，我和他争了起来！维维安的眼光哀怨。她把维维安扶在床上坐好，迈克尔和维维安闹成这样？她不愿问维维安，也不太相信维维安刚才含含糊糊的话。

维维安对镜看了看泪水弄花了的眼圈，红肿的眼睛，起身进了卫生间。

真是，这两天过得不痛快，也不知是怎么一回事？维维安拧开的水管哗哗地淌着水，我什么时候为男人哭过？她洗净了脸，从卫生间出来，坐在椅子上，重新化妆，刚才那副伤心劲已消失得无踪无影。我们邀些朋友来玩玩。你的论文报告也做完了。这样美好的周末，咱们得轻松轻松，对不？

不等她答应，维维安便跳起来打电话，她在这时候能找到什么样的朋友来？墙上的磁盘电钟已快到七点了。

回到自己的房间，她没有开灯。过道里那盏灯笼状的吊灯，随着敞开的窗吹入的风，摇晃着猩红的光圈，蔓延在鱼肚白的地毯上，那儿放着维维安和她的拖鞋，除了隔壁维维安打电话的英语，四周静得可怕，既没有玉兰树发出的香味，也没有蝉或鸟的叫声。她感到累，说不出的凄凉，压迫着她的心，她点了一支烟，抽了起来。

温暖的水，流进白色的浴缸，淹没她的身体的每个角落，每个空处，水蒸气弥漫之后，天花板出现了一些朦胧的图案。她躺在浴缸里，头发甩在脑后搭在浴缸边上。水面浮着洗澡液化开的白色泡沫，滑腻腻地环绕着她，柔嫩的花瓣，一层层覆盖她，她闭上了眼睛。

天花板上用热气形成的图案，因她关掉水而变幻得清晰多了，更像人的脸，一只手，一个凋谢的翅膀。她动了动身体，对面的镜子模模糊糊。她抓住浴缸的把手，坐了起来，伸手去抹镜子上的水汽，镜子里出现了一个眉清目秀黑发挂着水珠的东方女人。她的目光移向倾斜的肩，饱满娇嫩的双乳，苗条的腰，特别是那红红的嘴唇，湿润，微微露出牙齿。仿佛第一次对自己容貌关注，第一次对自己这么喜欢、倾心，她呆呆地注视镜子里的自己。

她从水中站了起来，镜子映出她修长的腿、挺直的背，背脊上的沟痕，丰满的臀部。她转过头，维维安站在门旁一盆长着小鸟嘴的热带植物旁。她脸红了。

隔着门，维维安叫道：海伦，快点！

马上就来。她答应着。她在穿一件红绸面料像旗袍的裙子。沈远最喜欢她穿这件裙子，说有曲线，又能显出她修长的腿。真见鬼，自己又想起他来？她拉上裙子背后的拉链，关好衣柜，开始梳头。

又是敲门声。你们来了！维维安的声音在说，呵，安东尼，乔伊斯，不，他们早来了，肚子里已灌满了啤酒、威士忌、杜松子酒，成酒桶啦。一片笑声。窗外花园那边隐隐约约响起汽车刹车的声音。街这边似乎停满了车，不然车不会泊在那儿。

杰基，面具带来了吗？

一个娇美的声音在说，带来了，都带来了，亲爱的，悠着点，慢慢来。

她打开门，灯忽然全熄灭了。维维安在嚷，都戴上面具！

有人递到她手里一个塑料壳，叫她戴在脸上。她抚了抚头发，将它戴好，露出眼睛和鼻子，她动了动嘴，不错有个活动的口，房间太黑，她小心移动，但还是撞着了人，对方笑出了声。

混血的凯特举着燃着三支蜡烛的烛台进来，放在桌子上，烛光缥缈，一闪一闪，狗脸，猫脸，狐狸，还有可怕的鬼脸长在人的身上，一律白色，奇奇怪怪阴森可怕。打开了客厅与维维安卧室那道关死的门，房间特别宽敞。最亏的是她，戴上面具之前，她没看见任何一个人穿的是什么衣服。从声音上也可区分出来。可是她错了。它们掀动面具上的活动小口慢慢喝着酒，却有意地改变自己说话的声调，它们议论威尔市海边悬崖上狄兰·托马斯的墓，麦当娜新拍的性电影，皇室秘闻、海湾战争以及第三次世界大战的可能性与必然性。牛脸的鬈发女郎把看足球那股劲带到这儿，踢猫头鹰的屁股，说足球踢在门框上算分就绝了。

那还不如缩小球门或根本不要守门人更来劲！一条带美国口音的狗盯着墙上的鹦鹉，维维安你家的鸟为什么不动，要知道，鸟不动，就是在等着做爱啊！

真的吗？声音不像维维安。

蝴蝶做爱只是快乐的撒籽，鸟跟人一样，差不多。那狗不停地动大腿，得意着呢？

瞎说！蝴蝶不做爱。哄闹之中有声音驳道，说得跟真的一样，好像你看见过鸟做爱？

她的手紧张地握了一下，这未免太奇怪了。

十七

你怎不鸣叫，可爱的鸟儿？一头牛对她说，打量她的旗袍，你从中国飞来找谁呢？

她走到墙上的镜子前，看见自己竟是一只鸟，吓了一跳，人们胡乱拿的面具，怎会她是一只鸟？

一只手在她腿上拍了拍，低头看，一只狐狸递给她一支烟。她接过来吸了一口，吸第二口后，她明白了，它们在抽大麻。难怪房间里流动着一种奇特的香味，叫人闻后骨头微微战栗，身体变得柔软，而心里非常轻松无忧。旁边的老鼠叫她递过去。音乐响起，是成人模仿儿童的轻声哼唱的曲子，旋律怪诞，节奏很和缓。轮回的大麻又传到她面前，烟入喉咙，极不舒服，之后，她感到了比以前的轻松无忧加倍的兴奋和快乐，是否成瘾的都会这样？群兽摇晃着和自己脸不相称的身体抱在一起跳舞。她被一头虎抱在怀里，虎呼吸急促，浓重的法国香水味从花衬衣上发出来。虎还有个喉结。

突然门开了，庄严地进来一条带人脸的狗，是楼下老人的丘比特。肯定是维维安想的绝招。掌声、口哨声、笑声起伏不断。丘比特撒欢似的吠叫，在地上打滚。

她的脸绯红，身体在慢慢散架，变化成了一堆随时会因风而纷飞的羽毛。

我是一只鸟，干吗不呢？那头虎把她重新揽入怀里，抱得紧紧的，它在低语，在问她，又像自言自语，想和虎交配吗？她本能地摇头。但她被抱得更紧了，说，想、想、想，她闭上眼睛，那声音仍在逼问，温存而火热。可不等她开口，一只猫把她抢了过来，那熟悉的手，柔软，带点潮湿，像火焰的头发，那呼吸的气息还会是别人？

她紧紧依偎着这只猫，房间里混乱不堪，又井然有序，他们显然不是第一次玩。有人在解领带，脱衣。她不知怎么挣脱了那只猫的怀抱，晃悠悠地从东倒西歪的人堆中跨出去。

她躺倒在自己的床上。你手伸过去，摸到那扇旧木门，门边皂荚树、桑叶相拥，你抓住母亲的手，她轻轻抚摸你的脸。旧木门在风中吱嘎地响着，她感到一只手在摘她脸上的面具，脱她的旗袍。香气，缠绕着她，托起她一点点上升。窗外花园宛如白日，绿绿的绣球花一大丛一大丛在滚动，门外低低流淌的旋律里，鼓声轻泻进来。脚步声从她床头退去，门被轻轻关上。她为什么不来？她想。

她不让维维安的嘴唇靠近她的脖子，别的地方随她抚弄。

维维安静静地躺在那儿。她拉了拉被单。你别离开我，我讨厌男人，维维安侧过身来，抚开几根挂在她脸上的头发，说如果她变了心，她就杀了她，把她埋在花园里。

然后呢？你再自杀！她接过维维安的话。

维维安笑了起来。她没有笑，我真想尝尝被人杀死是什么滋味，她轻轻说了一声。

真的，不管你跟谁，都不如跟我在一起好。我就觉得你对我得劲！特别是你东方人特有的温柔。我对别的女人一点感觉也没有。如果有，也去得快，就你，我彻底投降了，我也搞不明白是怎么一回事。

我们不可能在一起，她不知怎么冒出一个这是西方帝国主义对东方弱者再次侵占的念头。这么想，她又觉得自己荒唐，便改了一种语气，声音温存，我是说我们不可能永远一起。她把手放在维维安的肩膀上，问她，你懂吗？

维维安摇了摇头。她伸过手去，想握住她的手，可是手握了个空。维维安并不在她身边。

难道维维安有意不理她，让她一人待在黑暗里，还是维维安乐坏了，早已忘了她的存在？她听见隔壁房间里一片欢闹声……她忽然发现自己嫉妒起来。

鸽子，无数的鸽子在屋顶上飞。母亲打鸽笼盖，让鸽子飞走。那似乎是个夏日的午后，她穿着一件短裙站在楼梯的扶手边，看着母亲用手赶鸽子。

鸽子全部飞走了，母亲松了一口气。

但母亲错了。鸽子一只不少地飞回来了，它们带回来伤心欲碎的太阳，那个南方城市，那灰瓦带阁楼的房子，才是太阳落下去的地方。母亲拿起菜刀、木桶上楼，她每上一级，都费了极大的劲似的。她系好围裙，开始杀鸽子，每杀完一只，涂在她脸上的灰云便揭去一层。她在不停地洗一双血手，不停地用刀剖开鸽子。

那天天气很凉爽，用不着蒲扇。母亲却拿着蒲扇坐在一把旧藤圈椅上，看着一家老小三口吃饭。哥哥走到厨房，把筷子伸进灶上一大锅烧好的鸽肉时，母亲说，不是让你吃的，别动。一向撒皮赖脸的哥哥被母亲的神色唬住了，坐回桌子呼呼喝稀饭。母亲脸上的云越来越薄，露出铁青色。

父亲喝着盅白干，胡子拉碴儿，沉默寡言，桌子上只有一小碗胡豆一小碟泡菜。母亲扔了蒲扇，起身，把灶上整整一锅鸽肉，放在一个尼龙网兜里，走了出去。吹进门来的风夹着母亲和邻居的说话声。

那个奇怪的日子，她的下体一阵潮湿，内裤湿透了，她伸手摸了一下坐着的凳子。血，她一看，几乎吓晕了，不知所措，一动不动坐在那儿，拿着筷子，盯着碗发愣，那猩红的血，在一点点染开。她双腿在挣扎，拼命想止住，但止不住。她终于惊恐地叫起来。

这是月经，你是大人了，还这样不懂事！母亲第一次温柔地对她说。

一直到第二天中午维维安出门的声音才惊醒了她。她揉了揉眼睛，头仍昏沉沉的。她披了件衣服下床。过道里大小不同样的鞋不见了。她和维维安的拖鞋靠墙而立。客厅和平常一模一样，干净、整洁，似乎喷了香水，像菊花的味道。

梳洗之后，她换了一件白色套裙。天空游离着淡淡的云雾，树叶、花朵在风中沙沙地响。她看了一下时间，赶紧取了挎包，得赶快走，不然就赶不上下午和晚上的班了。她在门口穿皮鞋时，突然想起今天是星期天，她的休假日，但她仍然拉上了门。

广场上，人没有以往那么多，有的人一看就是外国游客，胸前挎着照相机，手里举着微型摄像机。生有绿锈的塑像对称地站在喷水池两头。爆米花车的四周围着小孩和鸽子。她机械地将手中的面包捏碎，撒在地上。鸽子传递信号似的叫着，一只羽毛全黑的鸽子飞到她的挎包上，啄她的手指。她打了个冷战，鸽子发出欢快的叫声。四周迅速消失的不是车流人影，而是时光，泰晤士河水静静地流淌。城市，灰暗阴沉。城市，既不想张开眼睛又不想闭上眼睛，如此古怪！广场东北角几乎没有人，十来只鸽子

320

散步似的跟在她身后，排成队，成一线慢慢移动。她蹲下身，手伸向一直和她并行的脖颈有一圈翠绿羽毛的灰鸽。可它比猫还精，飞快地闪开了，停在石栏上盯着她。几乎同时，所有的眼睛唰的一下像钉子一样扎来，有人在叫警察！她旁若无人地抬起头，维维安的声音响了起来，她挤过人群，朝她走了过来。她再次感到了鸽子滑出手心的空荡荡以及鸽子扇在她脸上惊慌的风。

十八

往左边看，那儿是索荷，紧靠索荷是唐人街，维维安站在哈姆斯苔德公园高地上，指着远处模模糊糊的城市轮廓。

那……那边，就是圣马丁教堂。她其实只能略略看见一个尖顶。

那儿可能是紧靠西敏寺大楼、大本钟的泰晤士河，维维安说，我们可去码头区看看，一幢幢后现代式的建筑，像玩具的宫殿。

她被维维安带进一个奇大的玻璃房子，像手伸开的奶酪树、棕榈、山茱萸、紫荆、玉簪、鸢尾以及盆景里的苹果、金橘、石榴、樱桃、杏子，应有尽有。一丛叠一丛，一片接一片的紫色小花，像小时见到的勿忘我，映在玻璃上，比一场久违的梦遗下的水迹还深入她的肌肤。

十九

我准备下周去西班牙度假！维维安搭着梯子，把厚被和冬衣装入一个大塑料袋，扛上阁楼，放在那儿的一个大箱子里。你去吗？维维安又问了一句。

她的长发用一条手绢系在脑后，站在厨房的水池边洗碗，大声点，她叫道。

还不够大声吗？我要去西班牙……电话铃响了起来。

维维安飞快地从梯子上下来，甚至来不及移动一下梯子，闪过身子往自己房间跑，哈啰，她抓起电话说，她不在！似乎对方坚决要求着，她才说，好吧，等着，我去找找。捂住话筒，她叫，海伦，电话！

她搁下水淋淋的叉子、勺、擦了擦手，走回自己的房间，拿起电话。

我一直在等你搬来，回家。沈远冒头就是一句。

我们已经分手了，你难道还要我再重复一遍吗？话筒响了一下，维维安肯定拿起了电话。两个电话，但共一根电话线。维维安能听懂她与沈远之间说的中文？她用英文重复了一遍刚才的话。有点像开玩笑，在这儿，中文成了外国话，她更难相信维维安有兴致一直拿着话筒，等着自己和沈远说些什么。

你说完了，我还没说完，沈远求她回去：明天法院的正式离婚文件就下来。

别自欺欺人，我不相信你会签字？签了字，沈远的妻子就可以甩手不管，他得自食其力，这是一开始就明摆着的事。

你若今晚不来我这儿，我就死给你看，沈远冷冷地说。她没搭腔。不信，是不是？我会死给你看的，他激动得语无伦次，说话颠三倒四，我以为你和那洋马母牛早完了，真的，我不信你是同性恋。

她尽量控制住自己，沈远，你说要死，就像个人样死给我看。

你算什么男人，只不过身上多了一块像橡皮糖的东西而已。

你等着瞧吧！沈远的口气坚定无比，同时还骂了一声婊子养的。

她坐在床上，面朝墙。"同性恋"不如"婊子养的"这句话更伤她的心。沈远知道怎么做能伤她。的确，她是母亲当"婊子"养的，母亲用青春用肉体换来父亲少被惩罚避免升级关押坐牢，母亲使一家人活了下来，这代价是实实在在，一分一分地付了十多年。

维维安到她的房里来，海伦，别理他这种男人！她看得出来，维维安是真心在安慰她，虽然听不懂电话，但她感觉得出来她与沈远已闹到不可收拾的地步，同时，维维安也是真心地为她与沈远分开高兴。

二十

咕咕声在逐渐变大，仿佛有几百只鸽子云集阁楼。它们往瓦缝里钻，啄屋梁，屋梁出现空空的声音，房子在摇晃，整幢房子倒塌。

她从床上猛地坐起，浑身冷汗，想也未想，穿好衣服，站在地毯上。她想起沈远那个电话，越来越不安。

她轻脚轻手推开已睡着的维维安的房门，拿了她放在手提包里的车钥匙，来到停在花园旁的那辆银灰色小车前。

在一个上坡处，她往右转弯，进了六层楼高的一幢破旧房子前的小街，雨下了起来。

她噔噔噔地跑上顶楼，转动手中的钥匙，将门打开。房间里静悄悄的。一片漆黑。她打开了灯。

沈远侧卧在床里侧，手上、身上都是血。血溅到墙上、床单上、地板上。他以前说过，割腕自杀，让血流尽……她紧靠墙闭上眼睛，感到喉咙哽塞，心跳加快，快停止了，便用左手指甲掐右手虎口，直到她痛得叫起来，才松开，才睁开眼睛，一把推开浴室的门，对着盥洗盆吐了起来。她拉亮了灯。

浴缸边拉着塑料帘子，一直垂到地上。她慢慢移动步子，走近，拉开塑料帘子：一个人躺在浴缸里，鲜红的水淹没了全身。

是沈远，他眼睛闭着，嘴闭着，死得硬邦邦的。

她倒退一步，吸了一口冷气。

火车急驶过的声音穿过房子，直冲她而来。

那一池水清澈透底，没有可怕的红色，沈远苍白的脸斜露在水上。她走上前去，摇沈远的肩膀。他一下从浴缸里坐起来，双手掩面。

我没死，你很失望，对吧！好一阵，沈远才开始说话，难道我这辈子真差个手捧鲜花的黑衣寡妇在坟前假惺惺地哭泣？他一把扯下塑料帘子，扔在地上，水滴溅得他和她脸上身上到处都是。

他光着身子从浴缸里迈到地上，不知是冷还是激动，浑身直哆嗦，那个器官缩得像根小虫，可怜又可笑地吊在腿间。

她抹了抹脸上的水滴，一字一句地说，沈远，我真的受不了，不是对你，而是对自己厌恶到了极点。她抓住门把手，摇晃的身体才没有倒下：我此生此世再也不想见到你。

沈远脸变形地呈菱形状，看着地上的塑料帘子，像个拔了毛的公鸡，全身皮肤惨白。

她心软了一些，动了动身体，想向他靠近，但她的双脚定在那儿了。她问自己，为什么不赶快逃开，她不明白在等待什么。

驶回那幢熟悉的房子。她没想到，维维安披了件米色风衣坐在路旁石阶上，抽着烟，明显在等她回来。

见她把车停在门口，维维安走了过来，替她打开车门。

他死了？

你别问了，好吗？她几乎是哀求。

雨早停了。漆黑的街道，路灯照着仍然湿漉漉的路面。她背靠着车座合上眼睛，隔了一会儿，说，他要是死了，可能我就不会离开他了。可是他……他，她说不下去，真的，他还不如死了的好，那样子，她绝望地想。

那么你跟他上床了？这么长的时间。维维安尖刻地问，扔掉了手里的烟头。

她疲倦、无力地垂下了头，没有否认，也没承认，维维安你问得太多了点，你在这个时候，多么不该这么说啊！

维维安没有再说话，她示意她越过车闸，移向左边的座位。

坐上驾驶座后，维维安猛地发动，她的丰田克雷西达车嗖的一下用大油门冲了出去，开上半夜无人的道路。偶尔对面疾驶过一辆车，车灯晃过她们的眼睛时，一霎间什么都看不见。

那幅画在她书桌前暗白条的墙上挂着，她有什么必要一直带在身边呢？车子在潮湿的马路上飞快地驶着，经过一个个紧闭门窗的书店、咖啡馆、旅馆、麦当娜快餐店，展览馆、画廊、超市商场，她们穿过泰晤士河，又从滑铁卢那儿折回。凌晨到天亮时分，整个伦敦都在她们的车轮下滚过，她和维维安都未系安全带，任凭车子向前驶去。那是一群鸟，你也可以认为它们是鸽子，它们互相抓住脖子或尾巴。像空中特技跳伞的叠罗汉一样扭在一起飞着。也是的，有什么必要带在身边呢？

她记得维维安当时说的话，你真怪，喜欢这种画？从哪里弄来的？她还记得自己是这么回答维维安的：是它自己从《魔鬼词典》这本书里跑下来找我的。

车子驶进一个圆形马路，转着圈、尖顶、圆顶的建筑拱门，还有那蓝红色拼凑的米字旗，都在阴森可怕地注视着这辆仿佛没人驾驶的车。地铁标志闪着亮光。街道上连一个流浪汉，一个酒鬼也没有。越过泰晤士河，穿过广场，穿过那些古色古香宫殿式的建筑，穿过那最后一批盛开的康乃馨花。

城市，冷漠地耸立在四周，毫无表情地注视着他们几个人在发疯。

这是个可憎可怕的世界，我们无法选择要不要来。这是谁在说话？

远远地她看见了大本钟，一点不错，指针正在凌晨四点上。高高的纳尔逊将军的塑像渐渐清晰，又渐渐模糊。天快亮了，她感到脸上流下滚烫黏糊糊的液体，她想，那可能是眼泪。

你一直对温柔妥协

1

一封父亲突然病亡的电报，使小小中止期末的最后三门课程考试，赶回久已忘怀的家。

小小绕过那写着父亲剧团名称的纸花圈，拨开一条黑绸的床单般宽的祭幛，走到他家房子背后。哀乐声太洪亮，肯定是母亲故意开大录音机，在这里声音才小了点，他的神经略略松弛了一些。

十多年前，小小上小学时，他喜欢一个人在房子周围走动。房子年代久远，许多地方补了又补，修了又修，仅仅是屋顶的瓦就得每年整理一番，深深浅浅的灰瓦中夹着一些红瓦，漏光的亮瓦每隔一段距离就有一块。由于太阳光不强，天阴沉着脸，屋子里只有黯淡的光线。小小生下前，他家就住在这儿，习惯了，就无所谓好坏了。特别是凭窗望着江水，当船从上游驶向下游，或从下游驶往上游时，那拉响的汽笛声，听来熟悉又亲切，夜里睡觉，这声声汽笛总是他的入梦前奏曲。

小小将视线从房子移向窗下那条石梯组成的小路，他坐在一个石头上，看着行人急切切，在石径铺就的小路上一个又一个地

327

消失。他应该哭，但当独自一人远远抛开屋前那悲哀的道具时，他怎么也淌不下一滴眼泪来。他的模样仔细瞧来像一个女孩子，可他的泪水呢？

　　清除屋前的火炮余烬，纸片、花圈，仿佛热闹一阵的房子一下清静了。一只玻璃盒子装入父亲的骨灰。小小躺在床上，非常累。墙上每一处水渍、线条、图案，都在给他暗示或联想，他看任何一个地方都有一种不舒适感，像太阳晒热的铁皮屋顶上的一只猫。

　　下午他打扫房里清洁时，将剩下的一小筒绿色的油漆，搁在小土碗里，他找来刷子，决定把褪掉色的窗、门重新刷上颜色，以遮住被雨水和岁月侵蚀的痕迹。

　　母亲翻过身，制止小小，说，反正这房子不久就要拆掉。不要刷油漆了。

　　拆掉？那我们家住哪里？他问。

　　谁知道呢？附近一个卷烟厂扩建厂房，把周围的许多地都买下来了。母亲有气无力地说，她躺的木床红漆已剥掉，不宽也不窄。

　　旧木柜隔在一间二十多平方米的房间中间，小小仍住在里面，在木柜和墙之间的空处，挂了一块绣有小花的门帘。他对自己说，你本不该回家，从初中时住读，在市中区上学，很少过江来。上大学已过三个年头，你一次也没有回家。父亲的死是一个圈套，你少考三门，等于晚毕业一年，自愿被这只剩名义的"孝道"劫持。母亲在火化完父亲的尸体后便躺倒在床上，又是一个圈套，使他不敢说半句回学校的话。他躺在从小睡大的单人床上，往自己脑门儿狠狠擂一拳。小小裤袋里攥着处方笺，上面开着一大堆茯苓、肉桂、朱砂、荆芥穗、桔梗、柴胡、苦杏仁之类的中药。请到家里来的中医，说母亲是心血不足，虚火上升，胸中郁热，惊恐虚烦，痰涎壅塞，血压升高。

吃几服就会好的，母亲没有理睬老中医好意的预言，只说了声谢谢。

小小送走中街那位自己挂牌的老夫子医生。说，好，你这病没什么。

母亲不理他，仍躺在那儿，隔了一阵子，才把喉咙里的清水状的痰吐在床边的瓷痰盂里。

通向石桥中心和水池子的街全是石阶，人如蚂蚁，爬上爬下，摆水果摊，蔬菜摊及街两边的馆子、布店、鞋店、五金工具店、药铺、发屋、医院诊所都依石阶的坡度而建，他出了两边是紧紧挨着楼的小巷子，去找药铺。汗水随着闷热沁出，衣服渐渐湿透。街中心那个水池由石块水泥砌成，里面蓄满了水，是用来消防的，久了，各种脏物，包括死耗子、死猫、臭烂袜子、鞋等东西扔了一池，臭气熏天，他想母亲常说的一句话：用久了，什么都有感情。抓完药，小小沿着石阶一直走到江边。沿着沙滩他往家走去。

沙滩靠趸船边有几个小孩在戏水，扔石子，打水漂。跨过趸船架在坡上横穿河滩的各种缆绳，在几块嶙峋礁石背后有一片较为平缓的沙滩。游泳和看游泳的人三三两两，在江水之中，或在沙滩上。偶尔传来几声喊骂声。

小小站在一块岩石上，看了看下面游兴正浓的人影，今年他们中间谁会成为"水打棒"？

小小正名叫丛沭，小小只是他的小名而已。他出生的那一个夏天，天气异常闷热，下江游泳的人从他家门外的那个石阶上下，络绎不绝。窗下时而传来背搭游泳衣裤、手挎游泳圈的大人小孩的说话声。那一年到江边乘凉的人也不少，因此淹死的人也不少。他后来见到打捞起来的溺毙者的尸体，女的都仰着，男的则卧着，浑身都是通体透明发胀，增大苍白，浮肿而面目全非，见了自己的亲人还会七窍出血。小小落地那一刻儿，正值一队人抬着捞起来的溺毙者："水打棒"，从门前的石阶经过，父亲闷坐在门前的矮凳上，就取了个"泝"字。丛这姓就少得怪，这名就更奇。小小上小学后，查字典得知，"泝"，为水流回旋的样子，还为旋涡的意思。父亲成天见了他，脸上没有晴天。他怕父亲，很恨父亲给他取这么一个怪名字。他记忆之中，父亲总是抽着最劣等的纸烟，蹲在江边倾斜的一个石块上，盯着用草编的席子盖住的一罐罐绿豆芽、黄豆芽，不时嘴里含着烟，用木桶从江里盛满水浇在豆芽上。豆芽在父亲一心一意的照看下生得又壮又大，每天上午各种女人，从老太婆到中年主妇，还有六七岁的孩子便拿着菜篮或竹箕排队买父亲的豆芽。小小路过一座低于路面的房子，那屋顶一伸脚就可以跨上去。平平住在这儿。他犹豫了一下，还是没有往左旁陡峭的石阶下去，他情愿把自己留在过去，留在回忆之中。因为平平占据着他的回忆，还有这幢破旧的矮于路面的房子右边与另一幢房子间的漆黑的小沟。有一天他躲在那儿，让平平找他好半天。平平生下来就是瘫子，六七岁时有了一点好转，但只能用两个小木凳，挪动行走，身体一动，眼睛便一挤，嘴一歪。没有人愿和平平说话，他的父母对平平也不好，或许平平可以治好，但他们舍不得花钱。对一个靠给人在码头扛包的工人和做点零活的母亲来讲，哪有钱医平平，况且平平下面还有两个哇哇直哭的妹妹。

小小总觉得自己第一次看见平平时，平平眼光里有一种古怪的引力，把他硬拉过去。他下了左边的石阶，不由自主沿着平平的眼光到了门前空地。他没有和平平说话，平平也没有说话。那时，他不过八岁多一点，却像一个成年人一样静静地面对沉静得与年龄不相称的孩子。小小回想平平不断挪动小木凳，他的手和拖在地上的两条腿。平平指指在他家石阶旁生长的两丛野枸杞。平平让他摘下结出的鲜红晶亮的枸杞籽，说，很甜，很好吃。他吃了摊在手心的野枸杞籽，让平平吃，平平摇摇头。结果，十来粒野枸杞籽全部是小小吃了。

小小推开了自己家的门。

天已经黑了，母亲没有点灯，房间里阴沉沉的，有股逼人的凉气。他拉亮了灯泡，看见母亲用手指了指，然后翻身脸朝墙，似乎是怕光的缘故。小小将一包药倒入瓦罐，装上水，放在火上熬。最后一次见到平平，他已经长成一个瘦瘦的少年，刚考上市里重点中学。他开始住读的生活。平平在家门前看见小小从巷口沿着石阶走上来。他似乎想站起来，却倒在地上。小小把平平扶了起来，让他坐下。平平看着小小，目光异样地柔和。小小觉得有一种类似恐怖的战栗，又觉得新鲜、甜蜜，他没敢把自己考上学校的消息告诉平平，这本来是他来看平平的原因。

那天，小小睡得很酣，洗完脚他就上床了，母亲收了摆在江边街上的凉茶开水摊，早早地回家吃饭收拾厨房，准备睡觉。爸呢？小小问母亲。

不知道。母亲懒得回答。隔了一会儿，母亲倒完垃圾回来，对小小说，睡吧，你爸爸什么时候这么早回来过？

小小赤脚伸进鞋里，说，我去江边找爸！

别去！听见了吗？母亲声音突然提高半度，她的嗓门让小小吓了一跳，缩回床上。大概已经过九点钟了，在小小快入睡之际，窗下隐隐约约有歌声。小小想不起歌词，他当时根本就没在意那歌词，而是在捉摸那低沉沙哑的声音是谁？

当小小想到是平平时，歌声却停住了。小小第一次听平平唱歌，第一次也即是最后一次。窗外那稀稀零零的树枝间，夹着两株向日葵，正垂着头，开着野花的草丛中有白色的蛾在飞。那是个季节之交的日子，不知道为什么小小会猜到那歌声会是平平而不是一个路人。小小当时已经进入睡眠状态，他现在细想那逝去的一切，觉得自己滑稽可笑。当然如果他未睡意蒙眬，他想他一定会跑出房子，去看个究竟，如果真是平平，他可真不知道怎么做才好。虽然现在他明白该怎么办。

小小把铁板压住一些火苗，又在铁板上加了些煤灰。微火熬中药是他从邻居家学来的。他坐在炉子边的小凳子上。母亲吐痰的声音传入他的耳朵。

尼泰戈尔，尼泰戈尔。这支曲子只有一句话，是高峣把小小带进这神秘的音乐里，反复专心地倾听。他熄灭了房间里所有的灯。只有月光的蓝色投进窗来，给他俩的身影蒙上一层忧伤，罩入梦中。那是一个梦，如果不醒。如果小小始终如高峣一样闭着眼睛该多美啊！

临别的那天下起一场暴雨。小小披着雨衣，骑车来到高峣在校外民居租的房子。高峣正在伏案写他的法律论文。他是小小的老师，他长得并不英俊，脸颊上有一道小时候被开水瓶炸开致伤的疤痕。但这并不影响他那眼镜后射出的尖利目光。他喜欢穿T

恤衫、牛仔裤，冬天将 T 恤衫换成高领、黑毛衣或红毛衣，打扮不入流，在青年教师中别具自己的风格。他穿的，用的，不是最差的将就，就是最好的，绝不随大流走平均。

"不，你不能停下三门功课不考。"高峣对小小说，"这一定是你母亲的花招。"

小小说不像，父子一场，不能不回去。小小越坚持，高峣越反对，那是他们几个月来频频争吵后最激烈最彻底的一次战争。

高峣最后说出是他自己不愿小小走，他说受不了不见小小的生活。

这当然是毫不遮掩的占有欲，但这种占有欲却让小小一下子感动了。小小告诉高峣说自己回家后，马上就回来。

那民居房间是平房，但独门独户，离学校较远，骑自行车一刻钟。高峣找了许久，才找到这么一个既安静又没人打扰的房间，但他的校内单人宿舍仍保留。小小第一次被高峣带到这儿时，高峣一路上说房间糟透了，什么都没有，什么都差劲。可打开房间，小小眼睛一亮，房子虽是砖墙，但刷得雪白，没有挂一幅画或一种装饰品。木床木桌木椅都是五成新，而且都是两件，排得很挤，但干净整齐。高峣的桌子上放着一个镜框，小小和高峣靠在一座木房子走廊的栏杆上，背景是覆盖着白雪的山峰。那是海螺沟冰川宿营地。那个夏天，在海螺沟得穿绒线背心，才能抵御远处冰峰袭来的寒气。小小和高峣各骑一匹精瘦但精力超凡的枣红马，慢慢随大队溜过栈道。高峣在路上扼死了一条菜花蛇，把蛇挂在树枝上。小小看了一眼，不敢再回头。

高峣把他自己房间里的书和用具全搬来了。"喜欢吗？"高峣问。

小小点点头。他坐了下来，正好面对窗，一棵桦树与一棵银杏树在离房子不到十米的地方，他的确喜欢这房子。

在海螺沟那个晚上，小小正好和高峣住在一个房间。小小上床后，翻来覆去睡不着，也说不出身上哪个地方出了毛病。半夜，高峣起来上厕所，发现小小大睁着眼睛，他拧亮灯，说，你怎么回事？小小脸色发青，冒着汗珠。他把手放在小小的额头上摸了一下。

不知为什么小小感觉好受多了。高峣坐到他的床头。小小说，我不敢闭上眼睛，一闭上眼睛，我就看见那条菜花蛇，它缠住我的身体我叫不出来。

高峣抓住小小的手，说，你怎么胆子这么小？他安慰小小说，睡吧，没事，有我在呢！小小在高峣的注视下闭上了眼睛，果然一会儿就睡着了。

小小觉得高峣像他的哥哥，他们像是亲兄弟。小小上大学的第一天，扛了大包小包行李，因为没有大箱子，东西装得零零散散，再说小小不想再回家乡，他把能带的都带上了，包括在江边拾的奇奇怪怪的卵石，蜻蜓、蝴蝶标本，甚至小时候路上拾来洗净的糖纸。在大学校门口，就遇到了高峣主动帮他把行李扛到系办公室报到，然后又帮他搬到分配的学生宿舍楼。没留地址，不等小小谢他便匆匆走了。后来小小才知高峣是七七级那拨大学生毕业后刚留校不久的老师。高峣看起来像个大学生，一点也看不出比小小大十多岁，但却是有名的高傲，从不做帮新生搬行李之类的事。海螺沟冰川宿营地那间木房，有种让小小害怕的美，白天他尽情沉浸其中，夜里他把白天看见的一切景点都化为了想象。在海螺沟的五天游览时间里，他没有一晚不是从噩梦中惊叫起来，他的惊叫，自然惊醒了高峣。最后那一晚，高峣从坐到他的床边到躺到他的床上，犹豫了大半夜。奇怪的是小小竟睡得非常安静，一个梦也未做。但第二天他们便返回了回去的路程。阳光从树叶茂密的林子漏下，雾气渐渐散了，鸟声沿着山路飘来。小小骑着马跟在高峣后面，他不知道自己是怎么回事，高峣频频折回身来，关照他，这时他脸红了，高峣却极其自然。

可能是高峣态度太自然，小小心里觉得高峣本来就是那种人，而且一步步把他弄成了那种人。他不时向高峣发脾气，责怪高峣心怀叵测，有预谋有计划地安排了他俩之间发生的一切。

那场暴雨中的战争，由高峣停止而停止。但小小第一次明白了高峣对自己是多么留恋。他看着高峣伏案写作的背。高峣没有理他，足有一下午没跟他说一句话。小小想，自己再过一个小时就要提着行李去乘公共汽车到火车站了，他竟然不理他。小小感到绝望，还掺杂了一种上当受骗的感觉，他恨自己的心理太敏感，以至于预感，可能他们再也见不到了。

2

母亲吩咐小小早晚在平柜上一尊白瓷观音前烧两支香，小小这才知道母亲竟信佛了。他没有问母亲怎么会信佛的，他懒得问。

吃过几服中药，母亲脸色也未有一点变化，她双眼浮肿，脸颊上出现明显的老年斑。她才刚五十出头，却是一副老态龙钟的样子，而且几乎从不梳洗。小小看不下去，便帮她梳头。母亲白头发并不多，如果她稍稍装扮起来，精神一些，会显得年轻多了。

小小，母亲叫他。

他望着母亲，等待下文。母亲在床上动了动，却打住了话，隔了一会儿，才说，别去抓药了，我没病。

你有病。小小说。

我说过了，没病。小小凭直觉感到刚才母亲要说的不是这类话。不知什么原因，她把话吞回去了。

小小在漆黑的床上，看着那道隔在房子中间的柜子，那绣有小花的垂在柜子与墙之间的门帘。他竟记不清母亲和父亲在床上的情景。曾有多少年他可是记得清清楚楚。

母亲说，你别在我面前装模作样。

真的。你在说什么，我不懂。父亲回答。

啪的一声，母亲碗砸在地上。别干蠢事！父亲叫起来。你逼吧，逼吧，早晚我会成为一个疯子或白痴。母亲的话随着瓷碗裂成几瓣的声音响在屋里，清晰极了，压过江上汽笛。

母亲咳嗽，翻身的响动破坏了小小龟缩在幼年的心，他听见母亲叫他端茶，她口渴。

母亲喝了一口，便把茶杯递给了小小。她的眼睛注意地看了一下小小，说，你怎么越长越像他了。

他？小小问。

你父亲。她的神色看不出丝毫的夸奖或敌意。她的手重新放回胸前，像一个十多岁孩子那么茫然无知，需要人照顾，一个生病的孩子，既不想什么也不盼望什么。

荷花池边是一个个长椅。他和高峣没有坐下，而是站着。小小不知为什么总是不停地向高峣讲自己的家史。

"你父亲一直没有回到剧团去？"

"没有!"

高峣说,很难想象你父亲可以靠卖自己生的豆芽为生?小小说,我没有看见他读一本书,提过一件与他从前工作有关的事。他总是斜眼瞧我,猛地往我脑袋上敲敲,像拍一个皮球,不管痛痒。我在他眼里连条狗都不如。

小小突然有点觉得高峣像他父亲,两人一般身高,也都戴眼镜,特别是两人鼻子比常人大多了。为什么自己一见高峣,就觉得不同寻常的感觉。

爸的问题实在不算问题。小小对母亲说。为什么到他死后才解决?

你问我,我问谁去。母亲变得越来越缺乏理智了。

或许是爸的死,才使问题得以解决。小小突然有点刻薄地对母亲说,妈,若爸不死,你就不会躺在这儿舒舒服服,靠他补发的大笔工资和抚恤金过日子了。

那怎么样?母亲盯着床柱头说,我有病,医生也这么说,她气喘吁吁。

那你要么就得像爸去生豆芽卖豆芽,要么就像从前摆个摊,卖凉茶开水去!

这是我儿子说的话!母亲叭地吐了一叭口水在痰盂。小小走出屋外,她便停住了,脸一阵抽搐。小小知道母亲要骂的话不外乎是滚开、滚走、没良心、没孝心的东西之类的话。但母亲并不糊涂,她知道小小本来就想一走了之,这个家多待一天,对他就是多一天的折磨。她偏不说出这类话。她留不住小小的父亲,得留住小小。

小小把母亲的心思弄得一清二楚。母亲毕竟是母亲。他把回家之后闷在心里的气发泄了许多，心里轻松了些。小小把沾湿在背上的汗涔涔的背心拉了拉，想下河边去洗个澡、游泳。但他还是从石梯上折了回来，他仍像小时一样，怕水，说不出来的怕，到游泳池，他从不敢到深水区，父亲只有一次带他到江里去。那时他才四岁。为什么越大越对水畏惧？他多次问高峣说，可能你是火命，他让小小去算算命，被小小顶了回去：堂堂名牌大学的法律老师，唆使弟子迷信。小小笑着高峣，心里实际上是恐慌算命人证实高峣随意的说法，自己若真是火命，那就命定要……十岁时，他和街上孩子捉迷藏，躲在两个院子之间狭长的通道里，他将脸从这堵墙转向另堵墙，却从木枝墙间的缝，看见一男一女赤裸着身体，像狗跟狗干那事一样。女的头发长长垂在床底，脸上有麻子。他害怕极了，紧紧贴在墙，怕弄出一点声音，惊动人。他看见捉迷藏的女孩蒙住眼睛正好慢慢探索性地经过通道口，赶紧朝她走去，让她捉住他，自愿甘当俘虏。

　　那两个扭在一起的身体像鬼，只有鬼才那么张大口，垂着舌头乱舔。

　　邮递员每天上午、下午两次走过门前，他是个五十多岁的男人，短短的胡子已泛白了，脚步很稳，从中街那鳞次栉比的破旧木房子、土墙院下来，经过小小家对面一排不太整齐的自搭厨房的房子，往江边那三家各自孤零零的木板房走去。才几天小小已习惯听他的脚步声，而且能从众多的脚步声里分辨出他的脚步声来。天气下过一阵雷雨之后，较为凉快了一些。

　　小小在等高峣的信。回到家之后，他第一次感到高峣对自己意味着什么。可每次想来，他又感到失落、失望、失意。不知失去了什么，但肯定是失去了东西。

冬天的北方，屋里的暖气带来春意。穿一件薄薄的绒衣就行
了。高峣喜欢随着音乐跳舞，他让小小当观众，一会儿他便喊热，
就脱去身上的衣服，脱到身上什么也没有时，高峣笑了。因为小
小讥笑他说，高峣你有裸露狂。取掉眼镜、衣服的高峣仿佛换了
一个人，有一种和月光合而为一的美。高峣踏着音乐的节奏，扭
得很随便，仿佛一个人在月光下漫步，孤独和忧郁笼罩了包裹他
的月光。小小想自己一直在排斥阻挡的东西，也就是自己一直在
接受的东西。

小小，音乐完了，高峣喜欢像小小家里人一样叫小小。他停
了下来。

小小问，还放吗？

高峣摇摇头。当他俩各自躺在自己的床上时，小小俯卧床上，
脸朝着高峣，久久地凝视充满了复杂的感受。高峣说，他从小就
喜欢裸着身子，甚至说他的父母在家里很少穿衣服。小小如同听
天书。世上竟有人家这么生活？！"不怕人碰见？"

碰到有人来，我们就迅速穿上衣服，再打开门。高峣说别人
怎会理解。不过，小小，你会理解的，对吗？

小小不由自主地点了点头。哦，不，我不太清楚。他笑了起来。

不过，这晚，小小没有失眠，非像以往那样吃两片安定才能
入睡。他一会儿就感到睡意卷来，他闭上眼睛。那一夜他做了不
少梦。梦见自己站在公路与房子之间弯曲的小路上，他走在高峣
身旁。阳光洒满路边的榆树，温室的塑料薄膜，远远看去像一个
玻璃房子，模糊不清。他和高峣步伐一致，一会儿感叹阳光灿烂

温暖如春，一会儿沉默，没有一句话。当高峣说小小你看你这样多好时，小小才发现自己的衣服离开了他的身体，他急得想叫，手捂住私处。高峣说，小小，你放开手，不然要被笑话。你看对面。果然，对面过来一群人，全是赤身裸体，他们有说有笑，在阳光里走着。小小放开了手，但还是叫了起来：高峣，高峣。

他醒来，发现高峣在他的床边，他的手紧紧抓住高峣。每天到来时，看看相同，过过不同。不管是在床上，椅子上；不管躺着，站着或是另一个人整个被刻记在心。做任何事本质是相同的，时间也是相对固定的，地点也是相应不变的。就像那几只飞蛾在黑夜里来来往往，那种重复却是新鲜，难以比拟的，可以再三看，可以再三想，小小从没有厌倦过。

他抓药，熬药，照护母亲。他查看日历，已到了学校放假的日子。仍无起色的母亲脾气变化无常。现在回学校呢，还是等母亲能下地走动之后？小小拿不准。高峣没有信来，他放假了会还在学校吗？

小小拧开水龙头，没水。难怪自来水管前排了那么多桶。他把桶挑回家。水缸里水已见底了。于是他决定下江挑水，用明矾澄清夏天已经变黄的江水。江边已有一些人在有石头的地方盛水。小小将两个木桶装满水，担在肩上，往前爬坡时，他觉得前面一个挑水的女人背影极熟，那件棕色裙子，自己在哪儿见过。那双肩倾斜，被两桶水压得背有点弯。但那女人拐过一间房子就看不见了。小小觉得现在记忆力差极了，他想不起这女人是谁，但他肯定见过，而且就在不久前父亲停尸在家的那个时候。

小小把水缸挑满了水，开始掀开压着火的铁板，加煤球，蹲在地上淘米，做饭。

母亲蜷缩在床上，用一把纸扇扇着。"你一天二十四小时躺着，怎么行？"小小说，他心里生出厌恶，不耐烦。

母亲不理他的话，却问小小，今天早晨为什么忘了替她给观音菩萨烧香？

你不信，干吗摆这个样子？

谁说我不信。母亲质问小小。说小小你得小心菩萨生气。她说，若不是她在他小时带他去庙里给文殊菩萨烧香磕头，他会考上名牌大学？能不信吗？她要小小谢佛。

母亲是读过书的人啊，上过初中，她手捧巴金的《家》在轮渡上专心致志的神情，引起父亲的注意。他们正好坐在渡船尾那圆弧形的一排椅子上。他们这样相识，很有点罗曼蒂克。小小难以把这幅图画与躺在床上那脸上毫无活力的母亲联在一起。他说，难怪父亲不爱你！

小小你在说什么。母亲要小小再说一遍。小小知道自己说到母亲的痛处，便不再作声了。

母亲说，你说呀？怎么像个哑巴了？她把床边放着的凳子上的药碗轻轻端起来，慢慢地倒进了痰盂，那手颤抖不已。

3

父亲眼睛深凹，脸色黝黑，配上实在不算小的鼻子和一副眼镜，组成一张奇特的脸，在小小手中的书页间移动，越来越清晰。

他一生只导过一个戏，一个只演过一场的戏。由小说《红岩》改编的话剧《江姐》。说是过分渲染了江姐站在城墙下看到牺牲了的彭松涛血淋淋的头。特别是江姐在城墙下流的那些泪水更是丑化了革命者的形象，成了才子佳人戏翻版。写检查的父亲一气之下提出不干了，回家种豆芽。那时父亲正值才华初露的年岁，但性格倔强过人。其实他早有预见，与其让剧团开除批斗、树为反面典型，还不如自己开溜的好。是不是就在那段日子，母亲一改平日和父亲吵吵闹闹，变成一个温顺的贤妻，在江边渡口摆起凉开水摊？

小小想，可能是自己搞错了。他上小学时，放学回到家刚踏上家的台阶，便听到母亲的喊叫声。他看见父亲在床上，母亲赤脚站在地上，绾在脑后的头发散乱了，披在身后。母亲内衣扣子一颗不剩，她的脸铁青，眼睛亮闪闪，充满了仇恨。他再仔细一看，吓得全身瘫软。母亲手里握着一把磨得尖尖的剪刀，对准父亲的脖子吼道，离——不离？同意就点头，好说好散。不同意就摇头，不是你先走，就是我先走。

父亲没有点头，也没有摇头。他的手伸了过去，企图夺过母亲手里的剪刀。母亲和他厮打在一起。鲜红的血溅到两人身上。母亲的手被划伤了，父亲脸上淌着血。

母亲冷笑说，这是鸡血。

父亲怔了一怔，你记性真不错。小小都长这么大了，你还记得。

当然记得，我不是处女。你非说床单上的血是鸡血，亏你说得出口。这一笔账我一辈子都记得。

这日子没法过。父亲捶着自己的头喊道。

是你不想过。结婚的晚上就被你的丰富想象想象出了今天这样的结果。不，是被你导演到今天。

父亲抬起痛苦万分的脸，说结婚那晚他太激动了，瞎猜测，胡说。

母亲说，晚了，已经晚了。每个人应该为自己的言行负责。她丝毫不悲伤，也不捂住伤口，让血滴滴淌了下去，流在地上。

父亲用手抹了抹脸上的血，突然起身出门，看见小小，他一呆，但仍走了过去。他一夜未归。小小整夜没有合眼，总觉得父亲沉重的脚步在房子周围徘徊。他打开窗，外面的雾涌了进来，江上的汽笛声渐渐多起来，鸡叫了，仍没有父亲的影子。

一周之后，父亲突然回来。那夜，小小被父亲赶到母亲的床上。父亲睡在他的小床上，鼾声大起。母亲一会儿起床，一会儿开门，动碗筷，似乎是故意弄出声音。父亲仍睡得死沉沉的。母亲穿着木板拖鞋，迈着有节奏的步伐，终于走到小小的小床前。十岁小小才上小学，他四岁营养不良，得了肺病。医生说没救了，却自己慢慢好了。他总有一种奇怪的感觉：自己是没爹没娘的弃儿。他不合群，故意远离同学、邻居和一切他认识的人。他频频梦见父亲把母亲杀死的场面。他被自己的梦吓坏了，见了父亲便垂下眼光，不敢正视父亲。

小小给高峣讲述自己的故事，他重复地说到母亲将一壶烧得滚烫的开水浇到父亲的脚上。父亲捂着脚哇哇直叫，从床上滚到地上。他滚到小小面前，抓住小小。"我一点感觉也没有，要知道他是我爸啊！"小小对高峣说。

不，你有感觉。你恨你父亲，生下来就恨。高峣说。

小小不承认。不可能，我一直在盼望他对我好，喜欢我，我一直在等待。

高峣抽烟有个奇怪的习惯，不喜欢过滤嘴，每次必把过滤嘴撕掉。他说这样抽烟才有感觉。他抽烟厉害，喝茶厉害。那张有疤痕的脸被烟雾遮住，小小看不见他，只听得见他的声音。

小小在发抖，他抓住手中的书，像抓住一把稻草。父亲突然死去，正如他预想的一样，他会早早地离开父母中的一个。他猜想在父亲吞服大量敌敌畏中毒死亡之前，家里必是一番真枪实战。他从那敞开的窗、紧闭的门以及江水一天天往上涨的势头，那混淆不堪的野花夹在乱草之中，垂着头的金黄色的向日葵，看到那一天，父亲的剪影，喝敌敌畏的全部动作，闭上眼睛前的所有恐惧。

邮递员从不多看小小一眼，他一身绿衣，肩上挎着绿包，包里装满报纸、杂志、信。手里拿着一札信、电报。他慢慢下台阶，从小小门前走过。

小小想问他有信没有，但说不出口。高峣会给他写信，他把他送走，站在月台上，他的头发天生有点卷曲，眼镜反射着太阳光，变了色。小小看不见高峣的眼睛，只看见自己的影子。高峣在一点点缩小，在火车的鸣叫中后退，小小突然觉得高峣已经很大，他应该找一个女人结婚，他身边有那么多女人崇拜这位大才子，他教的班上就有好几个女学生一心想嫁给他。他应该有个家，有孩子。高峣在小小这么想的时候退出了小小的视线。火车轰隆隆的声音使小小整天整夜在想高峣该找一个怎样的姑娘。小小从心里希望母亲拍的电报是真的，他的父亲对他来讲，从来就没有存在过，的确也不存在过。为什么高峣不能做自己的父亲还找个好女人呢？车厢里亮着小灯，窗帘垂下，小小看不到飞驰的列车掠过的平原、树林、田野、房屋、城市。

邮递员的身影在沙滩上了。小小看见邮递员过了呼龟石下街那座两块石板搭起来的小桥。那儿有两三个院子相互错开，一个低矮的缆车道下的洞。他消失在洞口。邮递员选择一条近道，可能是那排木房没有信报纸。小小听到母亲在叫他。他走进屋里，掩上门。

母亲说，小小你能不能换一家店抓药。我讨厌那药味。她说自己就是浑身无力站不起来。

小小尽可能平和地说，你不能老这样躺下去。开学我会回去，你怎么办？我不能再误了功课，最后一年了。

再说吧，再说吧。母亲不耐烦了。"小小，你上街，就为我买点苋菜了，妈喜欢吃这种菜。"这种菜炒熟之后，那菜汤红似血，菜叶软绵绵。小小想母亲心一定很狠，喜欢这东西。清明时节苋菜和着大蒜炒，可以驱鬼神，而且一年四季不生病。

这说法叫小小怀疑，但母亲总是要求，从不回报的态度使他觉得母亲不仅心狠，而且异常冷酷。直到某个夜里，他突然醒来，听见母亲在说话："他错了呀，他错了呀！"

小小知道母亲在说父亲。但他不知是不是梦话，就撑起身，掀开一部分门帘，看见母亲像小小把她放在床上时一样靠在床头，侧身对着门。小小感到母亲望着门的目光在等待着什么，她在父亲死后那几天居然一滴眼泪也未掉，街坊邻居都在奇怪，世上竟有如此硬心肠的女人。不过，世上也有他这么硬心肠的儿子。小小不祥地想到母亲在余年会这么一直拒绝下地，会这么蜷缩在床上，侧着身子，头靠在床档头。她的脸不清晰，小小还看见她躺着的地方一片模糊。小小努力回想父亲的模样，他很难勾勒出父亲阴沉的脸：深陷下去带血丝的眼睛，闪出逼人的冷气，鼻子宽大高耸，像个小山丘。那嘴，经常发出小小听到仇恨在心的话。父亲并不是一个地地道道的生豆芽的小市民商贩，他曾是戏剧学院导演系毕业的大学生，他是导演。不管穿什么破衣，做什么下等活，抽什么劣质烟，也不能遮挡他艺术家的气质。小小想可能父亲全然不是岁月雕刻在自己心里的形象，他可能生得仪表堂堂、五官周正，双眼炯炯有神，而非常适合做生豆芽这类活计。父亲想做什么就能做好什么。小小突然渴望瞧一眼父亲的照片。他翻开抽屉，没有。他打开衣柜，把柜子弄得哗哗响的声音引起了母亲的注意，她问小小，你在找什么。

照片。小小硬硬地吐出两个字。

母亲笑了起来。小小第一次听见母亲笑，凄厉又尖刻。他有点芒刺扎背脊的痛感。

"妈，你笑什么？"

母亲停住了笑，用手敲了敲衣柜，以作回答。

小小蹲在里间地上，他从母亲的笑里，捉到一丝蛛迹，他发现母亲的笑有种胜利的兴奋，那蓝色的火焰冒着很高，葬礼第二天，在江边沙滩上，母亲交给他一大包东西，要他烧掉。他记起来，除了父亲的衣服、鞋、伞，还有一大堆信。有些信是父母的字迹，有的不是，有的一看就是女人写的，字迹娟秀，叫父亲很亲热的称呼。小小不想看，通通放进火里，有几张照片，有父亲母亲的结婚照，母亲没有穿旗袍，而是穿一条白色连衣裙，父亲穿着西裤，扎着皮带的衬衣上系了根花领带。小小还看见自己坐在母亲怀里，父亲站在母亲背后的三人合照。他心不软，手也不软，扔进火里，看着火焰一点点将照片上三人吞没，自己当时不也感到一种从未有的轻松吗？

小小突然觉得父亲、母亲和他自己实际上都非常可怜，他第一次清醒地意识到，他们之间关系的扭曲，是一错再错。他小时常常诅咒这个家，怨自己生错了娘胎。现在他明白，谁也没有错，谁都无可奈何，无能为力。烧完父亲的遗物，他进了家门。母亲很安详。就像此时此刻，她侧着身子，注视着门口神色一样。她不允许小小闩死门，夜里也不让。小小发现母亲喜欢听脚步声，家里不管来什么人都高兴。到家里来的人不外乎查电表、看水表、收房费、收水费电费的人。小小从没见过来亲戚朋友。母亲嫁过来后，就和反对这门婚事的所有亲人朋友断绝了联系。

母亲对小小说:"你听见没有，别让他待在家里!"那是父亲火化后的当天，母亲指着桌子上用白布盖着的骨灰盒，"我看了心烦!"母亲告诉小小如何处置骨灰盒的方法。她将痰盂移到床前。小小想那一刻开始，对，就是那一刻，母亲便以躺在床上生病的形式对待自己，而不是对待这个世界。

小小看着母亲平静的样子，她连眼睛也未眨一下，那轻松在伪装与真实之间，让人难以判断。他乘船到家几十公里以外的长江下游，按照母亲指定的地点，将父亲的骨灰盒沉入翻卷不息的江水之中。船继续开着，江水被船剪开两排白色的浪花。江面上的天空又蓝又深，江鸥似乎从江水与天空的空隙处飞出，紧紧尾随船。这些尖叫着的白色鸟儿经常出现在小小的梦里，它们站在小小的身上，用嘴啄他。他关住窗，盖住床单，但鸟啄破窗框，一群又一群地扑进小小的房间，母亲在赶鸟，小小嘴里叫着他自己也听不懂的奇怪的话。

小小将饭和苋菜端到母亲床边的凳子上。苋菜的红色染遍了饭。小小背过脸去。母亲津津有味地吃着，连说，好，真不错。小小，你怎么不吃?

小小说自己已吃过了！

母亲一边夹苋菜一边说："他一生什么都想干，但什么都干不了。不是干不了，而是他太丢不开女人。"母亲说父亲在区话剧团一直不得志受人整，根本不是像父亲说的那样，而是风流事太多。拈花惹草惯了，改不了恶习。

哦，小小惊讶地应了一声。

你知道吗？他进过拘留所，要不是证据不足，他就该蹲监狱了。

小小觉得母亲丑极了，"他进监狱对你对我有什么好处？"母亲听小小这么说，饭菜一下堵住了喉咙，咳了半天，才缓过气来。她说，有好处没好处是他的事，与我有什么关系？

可是对我关系重大！小小叫了起来。

你。母亲搁了饭碗，说小小，你说走就会走的，你心里根本没有半点妈的位置。我清楚极了。我老年会很惨，你巴不得我早死！

小小掀开门帘，进了自己房间。他套上耳机，听小录音机里放的音乐。母亲的吼叫像蚊子嗡嗡直叫，像一只最大的苍蝇。他把音量调到最大。

那个晚上，小小头一次梦见了父亲，父亲低沉的声音似乎在说，他喜欢这长江。他坐在石头上生豆芽时就想从这儿乘船漂流到入海处。躺在海水里，随波浪带走，不回头，随波浪到哪儿就到哪儿。

小小醒了，认为父亲的话不能当真，父亲在说反话，他的声音太高兴，让人有理由想到父亲不可能饶了他和母亲。小小听见母亲翻身的声音，他闭上眼睛，如果再梦见到父亲，他一定要问问。小小想有很多问题，很多。但他心里却变得很平静，一会儿就睡着了。

4

当小小走到呼龟石大街的一大坡石梯时，一连三天他都感到自己被人注视。他从那儿走下沙滩，那儿有几株特大的苦楝子树，夹着一棵黄桷树。黄桷树缠绕着弯弯曲曲的葡萄树，葡萄树结的果非常小，而且异常酸，小小的母亲怀他时常摘葡萄吃。小小小时常到这地方用弹弓打苦楝子。小小不太相信自己的感觉，他回家后就没人在乎他。所以他也不太关心周围的人。小小没有回头去看，他继续下石梯，来到停靠着两艘拖轮一艘驳船的趸船前的沙石子混杂的江边。

江水轻轻翻卷着波纹。水混浊，已涨高不少。但远处还是有人在洗衣服，石板上堆着揉成一团的床单、衣裤。小小突然发现泛黄的江水多了一个身影。大概是正午时分，或许由于太阳光造成趸船投影在江面上。总之，小小发现自己站在江水边，自己那模糊的身影被另一个身影搅乱了，他失去了孤独的享受。他感到自己的衣袖被人轻轻拉了一下。回头看，是个三十七八岁左右的女人。

你太像你爸爸了。小小，越来越像！我听说你回来了。这女人吐字清晰，露出一口洁白的牙齿，那门牙有点突出，嘴唇微微向上翻，因而嘴唇看起来较厚。

那女人见小小没什么反应，说，小小你认不出我了？我叫乃秀。

小小说，我知道你是谁。他的确认出了这女人是谁。乃秀听小小这么说，一丝失望掠过她的眼睛。

乃秀的说话声像柔软的小虫子，爬在小小的皮肤上，痒痒的，他觉察到痒中还有火烧火燎的痛。

小小告诉母亲，他把骨灰盒从小手提箱里取出，走到栏杆边，骨灰盒像长翅膀似的飞了一段，飘飘落入水中，浮了几下，便沉下去没影了，江面只冒了几点气泡。

他会喜欢那里的。母亲盯着碗里的药水，眉毛跳了跳，却一口未喝。她说她是最了解小小父亲的人。

"失火啦！失火啦！"有人在惊慌地叫。

小小跑出房间，见呼龟石下街靠近缆车桥洞那儿有火苗夹着浓烟冒。他迅速跑回家，对母亲说，下街起火。他提起一桶水就往外跑。

围观的人比救火的人多，那间平房实际是一个自己搭的碎砖碎瓦的偏房，靠近一个院子旁边。有人从江边拖轮上提起两根水龙头，往火上浇。火越烧越旺。"没准鬼老头浇了汽油。"一个缺牙的老太婆，胖胖的脸，在那儿指指点点。

小小将水浇在火上。火没有小。有经验的人说，切断院子与这个偏房的连接处就可断火。踩瓦、泼水、喷灭火器、水龙头一起扑向两个房子连接处，狠狠捣弄一番，火源果然切断。消防队仍没影踪，几乎是在众目睽睽之下，那间破烂的偏房烧了二十分钟，成了一片焦土，冒着热腾腾的烟。

烧完了，消防队才赶来。人群闪开一条道。消防队在灰中翻搅了一阵，从里面抬出一具已成腊肉状的尸体，"死得好，死得好。"鬼老头的邻居在骂，三三两两议论，说鬼老头会使法，他不顺眼，见你家来了客人，割了一斤猪肉，便让你炉子有明火，但煮不熟饭，两个钟头，米还是米，冷冰冰的。"没想到作法作到自己头上。""活够了罢！"有小孩拾起一个酒瓶，黑乎乎的，却真的残留着汽油味。围观的人越来越多，远远近近的人都跑来了，看稀奇，看热闹。

小小提着桶从人堆里钻了出来。鬼老头他小时见过，鬼老头其实并不像那些人说的那么坏，他看到的是拾破烂戴一顶掉边草帽慈祥的孤老头，常被人欺负的情景。连几岁的小孩见到他也吐唾沫，乱骂，扔石子。"小小，你怎么不上我那儿去？"乃秀站在梯子口上，她背后是悬崖，那儿生有许多猫儿草、满天星之类的野草，一根电线杆立在悬崖边上。

小小站在倾斜的坡上，仰头对乃秀说，他会去的。可能是这天心情糟透的缘故，也可能是乃秀站的位置，在她的背后那些崖石、灌木野草，乃秀显得单薄、弱小，脸上是一副让他感到心里刺痛的凄楚。小小说，隔几天，我就去看你。

我知道他跟那些女人是怎么回事。母亲坐在尿罐上，那儿只挂了一块花布，遮住母亲坐在尿罐上解大便的脸，整个人。小小在调自己电子表的时间，他用一支圆珠笔按住表左旁小眼，另一只手不停在按动右旁的调阀。

隔着花布，母亲的声音不断钻进他的耳朵。她说，每有艳遇，他便像报捷一样告诉她，她没有反应。于是父亲便没劲讲了。

唰唰两声。母亲在撕草纸的声音。"小小。"小小停下调表时间日期。他将母亲软软的身体抱起来，放在床上。然后又掀开花布，盖上臭熏熏的尿罐。他在盆子里用肥皂洗手。母亲在叫，我也要洗手。小小将洗过的水倒了，重新从水缸里盛了小盆水，拿起肥皂盒，走到母亲跟前，将床边凳子上的杯碗之类的东西拿掉，放上盆子、肥皂盒。

母亲将手伸进盆里，说，有一次他把一个怀了孩子的女人领回家，那个女人只有二十来岁，比他小一半。我带她去了医院做手术。他跑到我面前，跪在地上，让我原谅他。他在演戏，我根本不相信那女人的孩子是他搞上的。

小小把母亲洗脸的毛巾递给她。母亲说，拿那条专擦手的。手脸分不清吗？

"将就点。"小小没好气地对母亲说，他像一个奴隶一样被母亲使来唤去。

"就不耐烦了，"眼前这个毫无女性柔情、暴戾、邋遢的老太婆哪一点如他心目中母亲形象？当年母亲还有一点干干净净利利索索的模样。"妈，你和爸两个人都太自私了。"

"轮不到你来教训，你不自私？"母亲又躺回了原处，瞪着眼反问他。

"起码比你们好，起码自私也是受你们影响，起码现在我还在这间屋子里侍候你。"

小小以为母亲会气得坐起来，叫他滚。可是母亲没有，尽管她气得牙齿咯咯地响着，她也没有扔出小小想的那句话。小小悲伤地端起盆子、肥皂盒、毛巾走到旁边的小厨房里。

5

高峣仍没有信来。高峣这么快就把他忘了？小小想到高峣会死，他会被汽车压死。小小吓了一跳。草草吃完饭，洗完碗，刷完锅之后，房间里弥漫一股中草药味。炉子上熬着母亲的药。高峣只是外表像个顶天立地的男子汉，其实内心非常脆弱。小小提到高峣谈到他与自己的许多细节问题，常常发莫名的火，对他不理不睬。"你对我的重要胜过我对你的重要。"

高峣对小小说："这是我的问题，和你没关系！"他拿出一个红木雕的骷髅，送给小小。

看见高峣那么喜欢这个骷髅，小小说，别送给我，就放在你这儿。不，路上带走吧。它能驱邪。高峣笑笑，说，这当然不是一个像样的理由，我喜欢这骷髅，因为它是活的，它活着，它会对你说话。

小小看高峣一副认真的态度，也许这个红木骷髅真如他所说一样呢？小小想可能不是高峣的问题，就他俩的关系来说，难道自己不就是这么一个人吗？他不喜欢女人，可以说女人在他眼里没有一个是美的，可爱的。他拉开弹弓橡皮，一点不心疼地将麻雀射下来，有只花羽毛的，不是麻雀的鸟儿，掉在地上，身子直抖动，那副可怜，任他宰割的神态，他一点不怜惜，心软，任一旁的孩子把鸟活埋在凹陷的土坑，我从来就不是一个善良心肠的人，我从来都在对自己说，我不需要任何关心、爱、帮助和温情。不然，我怎么可能活下来？可高峣呢，小小想，高峣是另当别论唯一的一个人，他不属于这个世界，应另当别论。

太阳移向屋檐下中间石板路上。过了下午，太阳偏西，逐渐向西山移。早晨当晒的东边，河风吹来，再喝着凉茶，暑热便可抵御了。小小觉得今年夏天一点也不热，他的房间的窗正好对着江，可以看见江北那边太阳红彤彤一片，在慢慢下沉。反射在窗帘的太阳光，淡淡地映在窗框窗帘上。更多的余晖挂满窗外的树叶。

小小烧好水，将大木盆从母亲床底拖出来。母亲说，在这个时候洗澡最舒服。小小将水冲好，倒入这个大木盆里。他对母亲说，好了，可以洗了。

母亲让小小把她的衣服脱掉，然后把她抱到大木盆里。母亲坐在盆里，手不停地搅动水。小小打心底里讨厌给母亲洗澡。他不愿和母亲有更多的肌肤上接触，每每触到母亲的皮肤，浑身就起一层鸡皮疙瘩一样打冷战。小小想自己根本不是母亲亲生的，而是领养的哪家不要的弃儿。那次，小小递水给母亲，他有意把手放在杯底部。母亲接杯子时，没从杯子上面握住，而从下面接了过来。小小的手和母亲的手碰在一起，她的手冰凉浸骨。他不由自主地摇晃，不是颤抖，而是害怕。

小小细心地为母亲擦洗。一手拿一条毛巾，他抱母亲时，用毛巾垫着，和母亲的皮肤隔着毛巾，使他心安。他左手拿着毛巾按住母亲的身体，右手将抹了香皂的毛巾擦母亲的身体。母亲的皮肤松弛，失去了弹性。但母亲的乳房却依然挺立，乳头红晕像少女一样，不像脖子、腰上的皮肉那么松松垮垮。

小小想高峣若在这儿，他会告诉自己该不该给母亲洗澡。他愿意把心里的想法告诉给高峣，连难于启齿的事也愿讲。他第一次遗精，是由于那本可恨的《醒世恒言》，就那么平平常常的故事，秀才小姐幽会的故事。他红着脸讲给高峣听。高峣笑了。高峣说，我养了一只猫。

小小问，在哪儿？

就在这儿，在对我说话，一个可怜巴巴的小东西。

小小这才明白高峣在拿他开心。小小抬起头，正好看到母亲瞧着自己，那目光迷迷糊糊，和平常两样，是那种亮晶晶的神色。小小心里一惊，母亲肯定把他当作另一个人了，可能是父亲。或许母亲与父亲非常好的时候。父亲给她洗澡，或许母亲多次这么幻想过？

"小小。"母亲叫他两声，小小才听见。母亲眼里的亮光已经熄灭了，她说，我和他曾经有一段开心的日子。我们成天泡在一起。"我对自己说，无论有多少女人，她们只能抓住他的胳膊，他的头发，他的腿，他的一件衣物，而他的心在我这里。"

木盆以前是黑色的，现在漆已掉尽。小小拧干毛巾里的水，将一条干而大的毛巾披在母亲身上，抱起她，将她放在已铺了凉席的床上。

母亲自己擦着身上的水渍。说生下小小后，父亲不让她喂奶，让小小贱生贱长，是死是活由他去吧。母亲说她们母子俩都是被抛弃的人。小小将盆子倾斜，盛去木盆里混浊不清的水后，端起木盆，把水倒在桶里，提到厨房的水洞口倒掉。

穿上衣服后的母亲拿了把扇子，一边摇着一边说，我真愿是他的情妇、妓女，让他做我的嫖客，而不愿是他的妻子。

小小从母亲唠唠叨叨的话语里知道，自从母亲点穿父亲和别的女人睡过觉之后，父亲便再也不肯碰母亲的身体。父亲睡在母亲脚那头。理由很充足，他很脏，不配和小小的母亲交合。

小小用扫帚扫去地上的水渍，想象父亲正和别的女人滚在一起，母亲说亲眼见到他身下是两个女人重叠在一起的身体，那整齐的呻吟像猪叫。母亲下班回来，看见父亲正在啃一个狐臭的女人。那些女人不知从哪儿跑来的，洗衣妇、卖鸡蛋、倒潲水的郊区农民，附近的临时工，最最粗俗肮脏的女人父亲都要。母亲察看自己的床单，看有没有污迹，或毛发之类的东西，她说，她每天都处于恐慌、耻辱之中，她活得累极了。小小觉得母亲的话不可信，一个艺术家，"前"艺术家，不会这样搞女人。给母亲洗澡，小小意识到母亲缺少男人，造成过早地衰老，使他觉得父亲有点过分。在他懂事以后，他几乎从来没有听到父母做爱的声音。夜里解手，的确看见父母各睡一头。那时的小小以为理应如此。父亲不在了。他看着母亲早衰的身体赤裸在自己面前时，强烈地感到自己已不再是一个小孩，而是一个男人，而母亲是一个女人。他骤然记起四岁他得肺病时，躺在床上病得神志不清、吐血的情景。母亲特殊的叹息。混杂特殊的气息。他打断母亲说，妈，你记得我小时病得快死掉的事吗？

不，我不记得。母亲断然回答，切断了一条可以通向他的路。他模模糊糊记得，那一夜母亲对他的照料，细心又周到。她轻声的说话，垂在他脸上的发丝，那柔软的手。他本应爱母亲的，母亲也是可以爱他的。小小看了看忽然阴沉下来的天，闷热如蒸笼，他轻轻敞开门。要下暴雨了。他想，应把晒在外面的衣服收回来，便出了门。闪电咔嚓一声炸裂天空，他往后退了一下，便迅速跑到屋外竹竿上将衣服收下来，他跑回家，折叠好衣服，放进柜子里。雨点洒下来，不一会儿，屋顶的瓦便响起哗哗的大雨声。一个响雷在闪电之后放出红光，雷声极响，他的腿颤抖了一下，没有孝心的儿女会被雷打死的。母亲瞟了小小一眼说。

那没有爱心的父母呢？小小懒得回答母亲。

江上的汽笛在雨中悠长而凄凉地响着，无力地飘过江岸。天空压扁了歪歪扭扭的房子，人都躲在屋里或屋檐下，只有一两人打着雨伞，戴着斗笠。桥洞、趸船、渡口，被雨击打的江水及江岸上的树、草。小小躲进听得耳朵发疼的音乐声里，那比雷声凶狠、霸道、无耻的摇滚，直奔他最易受伤的地方来，直接射中他最顽强的意志中高飞的鸟，那种甜蜜、湿润的感觉只会坠入别人的怀抱。他紧紧抱住脑袋，那是脑袋吗？不，那是一个球体，融入不该融入的东西，插入不该插入的尖利的饵，他只能顺着鱼线往不该漂动的方向漂动。雨水溅在石板路上，那声音陌生，那声音熟悉，都使他感到忧伤痛苦之极。

小小就是怀着这样的心情站在了雨水里。雨淋透了他，像锤打石头那么不遗余力、竭尽全力。这是一场小小至今为止见过的最大的雨。他面朝雾沉沉水汽迷蒙的江面，雨水淹没了他穿着凉鞋的脚，从他的脚背、脚趾漫过，这时他闻见房间里特殊的气味，在两支香燃尽的时候，天应该黑下来。可是现在天已接近黑夜，雨如注，还不时夹着几粒冰雹。那些应该记载下来的事件和时间地点，都为一种信念所左右，信念熄灭了，而记录的文字或心灵却在继续焚烧那张失败的脸。当小小无意中看到这么一本绿硬壳日记本时，睁开的眼睛充满了惊奇。毫无疑问，那写得并不规则的字迹，出自母亲的手，上面有许多空白，写几页，空几页，似乎在一天天失去拿起笔来的冲动，还是心灰意冷已经到了尽头？

小小随随便便翻着。这种阅读方式只能说明他故作轻松，掩饰自己偷看母亲日记的不安和自我谴责。十一月二日：

天转晴。房子。由中心开始钩织，向外侧加边成圆形，或变成为椭圆形，四方形，六角形，最后为长方形，以此终结。拍掉框，用剪子，或刀或火。求其自然状态，以美感为第一标准。母亲编织吗？小小没看见过，他冬天穿的毛衣是从商店里买的。母亲记这些干吗？莫名其妙。小小骂一句，又翻到三天之后，只见上面写着：第十次十针，第二次六针，进进出出，回旋针。第三次十八针，针前数数，圆周是半径的六倍。行行相距、排排相离，针针准确、精致。不可歪，不可乱，不可松。小小越往下读越觉奇怪，他被吸引住了。三月二十日。天转晴。房子显阴。重复无数次。线缠住针，针勾乱线。穿过圆周，重新添一针。再努力。起针。母亲提到房子、针、线、圆周、晴、阴等东西。一种本能使小小认为母亲在讲述什么。十二月二十八日。火，冲上。天转晴。水平线。水消退。横长斜线，迈过其黑框。近四十度斜角，垂直，曲线，浅蓝色，深紫。全部去掉，加入交叉、分散。拐弯抹角，绕过。全部染成黑色。放下针，松开手。选择另一种式样。日记本最后一页，是一幅钢笔勾画的女人裸体，形体模糊不清，那女人脸朝里，背对半圆形的墙，臀部尤其大。小小连续几天都做同样的梦：母亲坐在床上织毛衣。她对小小说，来，小小，试试。母亲举着一件短小紫色上衣。她喜欢紫色，可能是遗传基因的缘故，小小也喜欢这颜色。小小未走过去，便听到母亲说，不满意，不满意，我就拆了。他着急地看着母亲拆毛衣，却一句话也说不出。

母亲飞快地拆完毛衣，开始起针，用钢针重新织。她没有抬头。房间里流淌着茉莉花香，那香气非常像从母亲身上发出来的。小小从书上看到，梦中是没有嗅觉的。但他闻见了。醒了之后，他摸着额头上细微的汗粒，清楚地发现，那是一个上午。几乎每次做这样的梦都是上午。难道是自己清早替母亲烧两支香的缘故，烧完香便犯困，便上床睡觉了。不，不，小小否定了。这天上午，小小决定躺在床上，不睡着，他睁开眼睛，揉眼睛，扯耳朵，掐指头。他在香气袅袅之中观察母亲，她躺在床上，手缩在薄薄的被单里，恍若在飞针走线。她的脸冰冷，和梦里相差不离。金属和金属摩擦声，搅动他的神经，那是针与针的相遇，那是他无法接受的密切相遇。小小捂住耳朵，从母亲床前经过，逃向厨房。他笑了起来，他在笑自己。日记固然怪，但自己太往牛角尖上猜测，自己就这么神经过敏地以事就事真是太有意思了，去有意简单而简单，去为幼稚而幼稚，换言之，是求复杂而复杂。

6

　　傍晚，下雨之后的天空横挂了一条彩虹。小小跟在乃秀身后。她穿了件紫花的像旗袍的裙子，裁剪合身，显出她苗条的身段。他们经过缆车桥洞，拐进鬼老头那焦瓦碎土的废墟土偏房前一条巷子。这条巷子由低到高，全是石阶，巷子两边墙上挂满藤萝，有的墙粉刷成白色，有的黑色，像被烟熏过。小小想不起这地方。那平房的门都紧紧关着，像没人住的样子，异常清静。在一扇剥落的红漆院门前，乃秀掏出钥匙打开门。小小随她走了进去。

　　这是个很大的院子，里面搭着简易的瓦棚。除了乃秀作为自用的楼上两个房间，其他地方都堆着装粮食的麻袋，灰尘覆盖，蜘蛛网结在屋角。小小跟着乃秀上楼，一只老鼠叫着在楼板的夹缝里跑着。这声音提醒着小小，自己并非做梦来过这个地方，多年前，对，多年前他可能真来过这儿。霉味进入他的呼吸，他在向这些装着绿豆、玉米、豌豆及面粉的麻袋走近，但他想不起来。这时，他站在了乃秀的房间里。这个女人房间的布局几乎与自己家一模一样，使小小感到困惑。床、长木椅、柜子、桌子安放的位置都在同一位置，除了自己家破旧，是平房。而乃秀这儿是楼上，木墙刷了一半白漆一半绿漆，地板上了清漆，亮滑滑的。窗帘，到床单、被单、门帘全相同。若不是乃秀站在面前，小小肯定以为是在家里。乃秀和母亲长得很像，脖子细长，仿佛男人一伸手便可拧断，与母亲老态相反，乃秀生得细皮嫩肉，说话声音不仅好听，左脸还有个酒窝，小小想，她若笑，肯定很甜。"我是按照你父亲的意思布置这间房子。"乃秀直言不讳。她说十八岁就认识了小小的父亲，那时，她刚到小小父亲的剧团。

"你那天是不是到我家送花圈？"小小问。

乃秀手轻轻挥了一下，说，小小你记性怎么那么差？我那天随单位一拨人去的。你小时常来我这儿，你好好想想。

小小的记忆又进入那堆满发霉味的面粉、豆子、麻袋的房间。

乃秀说，想不起来算了。这时，小小突然冒出一句：你太像我妈了。

"像？是的！见到你妈之后，我才明白你父亲所说的是真的。"

小小走到窗前，窗外的景致竟是他熟悉的：江水，船只，对岸隐现的山峰、码头，下渡船的人流。他陡地一惊，仓库专用缆车下桥洞进入他的视线，原来这儿离自己家并不远，刚才自己跟乃秀走很久，只是绕了一个大圈而已。他向左偏出半截身子，他看到自己家的房子，那门前长长的石阶。乃秀窗前有一盆正开着花的金黄、深红色太阳花，一盆茉莉，两株仙人掌。小小不能相信这个事实，如果不是他亲眼所见：在不到五十米距离的地方有两个相像的女人，在两个相似的房间里生活，这一切都是因为一个男人的缘故。小小听乃秀述说，乃秀因与父亲的事而受到处分。她自己搬离了区话剧团的单身宿舍，租到这个作为仓库的空房定居下来。他几乎听不清乃秀在说什么，她干吗非把自己与父亲联系在一起？

　　天空很快黑尽，像一块黑布垂挂在窗前，只有那太阳花金黄，深红的花瓣在旋转，在点亮小小的心中赶不尽的悲哀。乃秀说，你看，我都忘了开灯。她拉亮灯。灯光给这间被霉味包围的房子带来了几许温情。

　　乃秀让小小坐在凳子上。小小发现一旁的桌子桌面是红漆，四个腿还是黑漆。"我刷上去的。为了这个红桌面，你父亲和我干了一架。"她说她凭什么要听小小父亲的，比如她把墙涂成这两种颜色，把床单换成白棉布，将碗有意打碎，换成自己喜欢的瓷碗。她在菜里少放盐多放醋。"'你改不了是个醋坛子！'你父亲说我。你说我是醋坛子吗？我是醋坛子，早就不会随你父亲摆布了。"

　　小小觉得自己没法插话，而且乃秀根本不需要他插话。"你父亲说我休想与你母亲有所区别。但我知道，就是我有意对着他干，才使他这么多年如一日地没离开我。甚至动这个念头也没有。我若顺着他，他早一脚把我蹬开。"

　　"他就那么好，非跟他不可？"

　　"小小，你不知道女人。为什么要跟他，我也说不清楚。"她说，这好像一场富有刺激性的赌博。她想赢。

　　乃秀靠在柜子上，抽着父亲抽的那种劣质烟。灯光之下，她头发梳得光溜溜的，但仍然遮不住一脸的憔悴。"小小，以前你太小，现在你不同了，长大了。你会懂得我吗？"

　　小小没有回答乃秀，他在想象父亲一喝酒就跑到这个只能在舞台上扮演群众演员的女人家里，说起母亲就控制不住，发一阵火。他不厌其烦地谈论母亲的身高、牙齿、眼睛颜色，她喜欢半夜起来穿木板拖鞋，以及她常做的梦：他和一个肥胖的倒垃圾的女人身体联结在一块儿。小小听到这点直发笑。但他没有笑出声来。剧团不让他搞戏，那么他就在生活中演戏。别人可能以为他是破罐子破摔。他不知怎么有点钦佩父亲。

乃秀说，他让我穿什么衣服，她就知道小小的母亲穿的是什么。他老是打量我，喃喃自语：太像了，太像了。乃秀双眼发直，脸呆板，毫无表情，整个描述杂乱无章，而小小看见父亲把桌上的筷子扔向母亲，母亲躲开了，却落在了小小的身上。这样一个男人怎会答应眼前这个女人生孩子。

你没有生孩子是对的。小小说。

不，我还后悔。虽然去医院做了手术。我已经没有好名声，我不在乎别人怎么看。乃秀固执地说，烟已燃到她的指头，她仍没感觉。

小小走过去，替她扔掉了烟头。她的手指被烟熏得黄黄的，手指纤瘦细长。母亲整天不和小小说话。隔着大木柜，他们彼此能听见对方翻身的声音。小小睁着眼，盯着天花板上一只苍蝇。屋子里点着母亲敬菩萨的香。小小脑子乱糟糟，睡不着。他给高峣的信摊在桌上，信画了又画，改了又改，浪费了好几张纸，最后留在纸上的却是他自己也看不懂的文字：房间。巷子。想象是谁在说话。去想象。距离。时间。另一个人。另一个城市。哥哥。小小翻了一下身。母亲干咳了两声。离窗最近的一片树叶，在他的角度看来，那片叶子就要升入漆黑的天空了。侵占所有的天空。小小在这个无风闷热的夏夜想起那天与乃秀站在石梯，一桩被切割得支离破碎的事通过那紧紧盯住他的眼神传递过来。他的手被引导，连同手臂全部进入一个湿漉漉的地方，那地方是他看不见摸得着的洞穴，那地方像吸盘，伴随着一个女人的呻吟，尖叫，干泣。他几岁？他太小了。每次事毕，那女人总说，来，乖，听话，让阿姨给你洗手。她端出糖果，他不动。那女人剥开糖纸，往他嘴里塞。

那天看着乃秀的脸，她天真而又被欲望折磨的脸，他全想起来了，他开始记忆清楚，可能就从那天开始，他故意模糊一切，切断自己的记忆。那一天乃秀将他拉到床边，她拉开裙子，里面没有穿内裤。她把小小拉近自己，她躺了下去。她把他的手往不该伸去的地方推了过去。那个下午阳光格外强烈，乃秀扭曲可怕的脸，像受刑，但那眼睛流溢着超出快乐的光芒。小小猛地抽回自己的手，在自己的布衫上擦那怪味的分泌物。他直瞪瞪地盯着乃秀，拉开门便跑下了楼。"小小，小小。"乃秀跟在他身后的叫声让他害怕，不，胆战心惊。他只想呕吐。他想起一次从乃秀的仓库院里回家的路上，捉到的那只黑蝴蝶翅膀上的白点，像一滴滴水那么晶莹透亮。这只蝴蝶在烟盒里待了一天，第二天被他放出来，扑扇了两下翅膀便不动了。蝴蝶病了，蝴蝶死了。他把黑蝴蝶搁在窗上。没一会儿工夫，窗上没有它的影子，被风刮走，还是自己飞了？

小小起身把给高峣的信撕了。在未收到高峣的信之前，他决定不给高峣写信。外面起风了，风把屋前的箕筐、垃圾、桶、扫帚吹得东倒西歪。旧报纸、塑料袋、烂布片在风中打旋，一条街一条街地游荡，然后被风卷起在江边。树叶的响声，极像人匆匆忙忙的脚步。小小关好窗，又去厨房关好窗、门。闪电在玻璃窗外划过，像孩子使用金黄的蜡笔，画出那么不规则的线条。雷声轰鸣，仿佛有人在耳边击鼓敲锣。屋外下起倾盆大雨，越下越猛。"今年又要涨水！"母亲没睡，在自言自语。小小觉得高峣的身体又硬又烫、又凶又狠。小小在躲闪，如同躲闪窗外的大雨，他想不出理由为什么要这么比喻高峣，他甚至把幼年对乃秀这个作为女人代表的名字彻底抹去。比较自己同高峣的情感，他认为女人不可怕，也不可爱。有一次高峣喝醉了，摇晃着推门而入，他的一只手还握着半瓶二锅头，眼睛红得像被虫咬过似的，额头上皱纹像深深的刀口。高峣那天遇到了少年时青梅竹马的恋人，这个女人接受过他，但第二天便投入另一个男人的怀抱。高峣无法忍受这种回忆。他猛喝酒，如同喝白开水。小小没有阻止高峣，他让高峣喝完酒，让高峣说，一直说到高峣自己累了睡着为止。

那是个雨夜。他为酒醉的高峣擦脸、脱衣、脱鞋、洗脚，让高峣躺在床上，为高峣盖上被子。那个雨夜，他睡在床上，读着一个鲜为人知的诗人的诗集，这个诗人的诗仿佛是专为他和高峣这样的人写的，这个诗人的诗帮助他看清这个美丽的星球其实只具有骷髅般的外貌与内核。小小第一次因激动而流下了热泪：

你从头发里

找到可怕的记号

那是与数字相对立的

斑点，饥饿的光

上升到脸的边缘

你看清了，他就是那个人

7

石桥街上，一个较为偏僻的拐角处，由于房檐遮住，光线极为阴暗。小小替母亲抓完药从水池子那里走上来，买了两斤小白

364

菜，半个冬瓜。他看见那个擦皮鞋的人正缩成一团，头上戴顶草帽。他坐上空凳，将沾满泥土的皮鞋伸了过去。小小的皮鞋像凉鞋，鞋面有些洞。风可以透进去，不窝汗，春夏秋三季都可用。那是高峣送他的礼物，小小很爱惜。

一只鞋刷净了，鞋面发着光亮。这时小小发现刷皮鞋的人是一个残疾人，行动不便。这个人始终低着头，用布清除鞋帮上的泥块，上油后，用刷子均匀地擦抹。小小看不清这人的脸。当他穿上鞋，付钱给这人时，这人不收。小小又递过去。"不用。"这人闷声闷气的声音使小小感觉他是平平。他走出了十来步回过头，那人也在看他。十几年过去了，平平的样子已难以辨认，但小小感到的是一种和外貌关系不大的东西，那东西使他牵肠挂肚，不忍离去，但小小还是忍住了不过去相认。平平不认他自有平平的道理。他的童年属于平平，有这，就够了。生活是单向的，不可逆转。过去的岁月，就像房子宜拆不宜修，他终于消失在街尾。

江边的鹅卵石，在小小和乃秀的脚下没有声息地陷进沙子里。江水拍打岸，趸船上泊着船，江上行驶着船。汽笛，轻烟弥漫飘着云彩的天空。昨天乃秀送小小回家，一直送到江边。乃秀说，她对小小父亲的死没有想到，她不相信他真会选择死。

难道他不是自杀？小小反问。

乃秀忙解释，不是这个意思。她扯到自己剥开皮蛋的事上，说发现皮蛋上不是松花，"小小，你猜，是什么？"

"什么？"

"是骷髅，蛋上是一个个骷髅！"她说肯定有人用骨灰和碱包蛋，然后专门卖给她。

怎么会呢？小小漫不经心地说。乃秀太神经过敏了。她说得有板有眼，把一篓皮蛋扔到江里。

"你父亲自私、软弱，不可能自杀！"乃秀又把话题转向父亲的死这个问题上来了。小小的手被乃秀握住，他觉得很别扭，就抽了回来。"你父亲，不，你母亲对你说过我吗？"乃秀问。

小小肯定的口气回答："没有。"看着乃秀失望的神情，他很解气，心里很舒服。这天下午四点左右，小小从外面回来，他刚踏上家门前的台阶，正待推门进去，却听到虚掩的门里有脚步声。他的头偏了偏，从玻璃窗窗帘的空隙朝里一瞧，怔住了。母亲没穿衣服在房间里走动。她掀开门帘，像小小父亲还在时一样，探头望里面。那双木板拖鞋被她踩得叭叭响。母亲骗了我，在我的面前，她总装成一个生病需要侍候的卧床的病人。小小想起每隔两天一次的洗澡，母亲坐在大黑漆木盆里那副神情，他真想一脚踢开门，闯进去。母亲站在镜子前，她抚摸自己，镜子朝门可以瞥见她如痴如醉的脸，半醒半睡的脸。接着她取出一把木梳，开始梳头。她的头发稀疏，有许多白发。她梳着，时不时停下，仰脸望屋顶。她的腰并不粗，晃眼一看，背影像一个少妇，这和小小给她洗澡时感觉很不同。小小不愿再看下去，天知道，接下来母亲会怎样做。他想起高峣，高峣的手在自己身上的移动，那种心悸瞬间传遍全身。小小呆站在那儿，什么都会结束的，自己别去想。

他在太阳照着的街上走了很久才回家。母亲躺在床上，"小小，你脸色不好，一身是汗，出了什么事？"

真是破天荒地，母亲居然关心起他来。他说他在呼龟石街上瞎走走，乱看看。

"小小，让我看看你。"母亲隔了一会儿又问，"你见了什么人吗?"

小小没理母亲,走到厨房用水冲洗了脸、身子、脚。他从茶壶里倒了杯水,喝了下去。

"过来!"母亲仍在叫他。她说,"你有事瞒着我。"母亲有几天了都没和他说话。小小想,有什么好说的呢?

空气凝固了,两人沉默着。小小试着说话,但太难了,他说不出来。他看见的那一幕使他不能接受。他下意识地想到母亲像下午那样情形已有多年,可能在父亲不跟她交合后便有了,或者正由于她有这种癖好,她不屑与父亲有肉体上的关系。小小脑中闪过在另一条街上那间楼房里,父亲与乃秀在床上狂叫的场面,母亲却在这个时候对着镜子手淫。江心并不是神秘的地方,只有天空才神秘,黑褐色雾蒙蒙的天空。那儿没有星光,也没有月亮。小小抬起头,长长的石阶,山腰上重叠着鳞次栉比的房子,倾斜,像灰暗的积木,一拳就可击得粉碎。天应该亮了。这是小小思想最混乱不堪的时候。一根铁针与另一根铁针摩擦着,他捂住耳朵,走到自己的行李包前,找到药瓶,取了两粒安定,又倒了两粒,全吞服下去,他心静多了,想,这下可以入睡了。

8

门外响起敲门声,轻轻三下。小小没有动,母亲却坐了起来。门上又响起轻轻三下敲门声。小小打开门,竟是高嵘,高嵘一把将小小拉到门外。

"谁呀?怎么不进来?"母亲在问。

高嵘提了提肩上的行李包,向小小递眼色。小小忙说"一个熟人"，就把门带上了，走了出去。

他们朝渡船方向走去。江岸上基本住的都是船上工作的船员、水手、货夫、下力搬运夫，做各种小买卖的人。歪倒的门前窗前挂着衣服、筐、纸箱。一个二十来岁的青年从他们身边跑过，紧跟着一个穿红汗衫提菜刀的人追了上去。后面尾随着一群看热闹的大人小孩。

高峣一副见怪的样子，他让小小找一家就近的饭馆吃饭。小小说只有水池子那条街才有饭馆。"那好，我也想去看看那地方。"

他们边说边走，消失在西斜的太阳光之中。江边一块怪石上坐着小小和高峣，停泊在岸边的船上的灯光，倒映在水中，半明半暗的波光浅影里，小小望着高峣，高峣的脸罩着一层白霜。小小小时候听人说死去的人脸上才会有白霜，他的心被人揪了起来，悬在半空，七上八下。可是高峣微笑起来："小小，为什么不写信给我？"

小小想说，我一直在等你的信。可高峣不是信来，而是人来了。他只好说："我写了！"

"我没收到。"

"我都撕了！"他低声说，生怕高峣听清楚似的。分开这段时间，小小每每想起高峣，就像是在读一个已经读过的小说。他突然想哭，高峣，你是不会理解的。高峣没有看小小，他说，学校里那帮庸人俗人成天无所事事，专挑事端，他不想待了。他是来向小小告别的。

"你要上哪儿去？"

高峣拍了拍小小的肩，说南方一家合资企业请他当法律顾问。

"你是说你要去了？"小小仍然回不过神来。

高峣点点头，他要小小毕业后去找他。

小小拿着高峣递过来的地址，字条上龙飞凤舞的字，他一个也未看。

小小只看见挂着"鸡奸犯"游街的一对中年男人，他和一群孩子跟在后面。他认识其中一人：胖叔。就住在呼龟石中街，常和小小父亲蹲在江边抽烟。公审那天小小未去，但贴在街口的布告却有胖叔的名字，判了十年。小小猛地起身离开高峣，他在江边乱石与沙滩上狂奔，一截水泥石柱差点绊倒了他。高峣抓住他。一块岩石遮住了他俩，江水翻卷的声音飘浮在整座不夜城上空。"小小!"高峣不停地叫他。停泊在远处的船上传来口琴声，那很蹩脚的曲子听来格外忧伤。

明天还未到来，明天已经来到。小小问自己是不是在做梦。他绝望地想，这是最后一次了。高峣把他带到熟悉的撕心裂肺的快乐之中，他们在沙子和岩石之间滑向夜晚，滑入水中。两个全副武装的警察拿着手铐在向小小走来，那辆示众游行的卡车，那块沉重地写着×××字样的大木牌等在一旁。

行人咳嗽声传来。小小想挣脱高峣，但却反而抓紧了他。

9

邮递员的脚步声响在门外。小小没有站到门外去，他趴在窗上，看着邮递员走过来。这个暑假会很快过去。秋天就要来到。小小想叫住邮递员，他在邮递员脸上寻找，找不到自己需要的神色，便转过头。邮递员的脚步声越来越远，他该走在呼龟石上街了。

母亲那本日记，小小再也未看到。母亲把日记本藏了起来，放在他绝对找不到的地方。小小做饭时，发现灶坑里煤灰中夹着黑纸灰，他猜想，这黑纸灰可能是日记，也可能是小小不能见的东西。

小小走到母亲床前，她没有看小小。

小小真想从床上拉起母亲就走，把她带到那条安静的巷子里，他推开仓库大院的门，霉味涌过来，耗子、蜘蛛、壁虎肆行自得。他敲开乃秀的门。一个和自己长像几乎一模一样的女人站在门内。母亲愣住了，瞳孔放大几倍地看着这个女人及房间里一切。母亲退后一步，扭头便跑出房。那发疯的样子活像一头母狮。房间里窒息人的空气使小小停止了想象把母亲带到乃秀那儿将发生的一切，对母亲和乃秀这两个不爱他，他也不爱的女人说来，如此做，是公平的。

小小独自一人坐在江边的乱石浅滩上。有一钓鱼人坐在一块伸出江面的尖嘴石上。他坐在那儿，直到满天星光照耀江面之时。乃秀一杯酒接一杯酒地喝。小小搞不明白自己怎么坐到了她的房间里。窗外街上响起"倒桶了，倒桶了!"的声音，附近郊区生产队的农民挑着粪桶，在大街小巷扯开嗓门大喊。时间迅速地改变一切，又无法摆脱一切。小小从乃秀眼里看见洗澡时母亲闪耀的火花，小小问，你家的小猫呢?

小猫，它早跑掉了。小小不知怎么想起多年前那只小公猫来。那猫总在他与乃秀之间跳来跳去，在床上打滚。小小觉得自己坐不稳了，他这时感到不是酒而是比酒更柔软的东西倒入他的怀里，那是一团火包裹着他，缠绕着他的身体，他快死了，他找不到一条路可以逃走，那纤弱而又有力的手伸进他的裤子，像一把钉子钉在那儿，他惨叫：不，不。

　　你不行。哈哈哈，你不行。他的儿子竟是这样废物，硬不起来。乃秀放声大笑。小小往门外退，他看着乃秀，"你是个软蛋！"她逼近小小。小小意识到乃秀一直在拿自己开心，也在拿父亲开心，或者说在报复父亲，一如当年。他一下抱住靠近自己的乃秀，把乃秀重重扔在地板上。乃秀甚至来不及挣扎便被他压在了身下。他一边剥她的衣服，一边骂，那些话是他从小看到街上人骂街，潜移默化后的作用，肮脏到他自己吃惊的地步。他有意不插入，他让乃秀看，老子英雄儿更好汉。然后他把乃秀搁开。这时他听到了乃秀低低的抽泣声。他俯下身去，仿佛看个仔细，乃秀一耳光重重打在他的右脸上，双手抓住他。门外哐当一声，像是什么东西落到地上的响动，接着楼梯上响起一串脚步声，越来越远。

　　够了，够了。你给我滚。乃秀喊道。她那件猩红色的裙子已被小小撕得一条一条挂在身上。乃秀本是小小不愿见的人，小小明白自己根本就没忘记她。他说，我就会走，别急。小小一副流氓无赖的样子，说，不是你请我来喝酒的吗？我得喝个痛快呀！

　　乃秀看着小小，说你真是你父亲的翻版。小小拖着重重的脚步，走在闷热潮湿的巷子里。

　　吞噬我吗，我恨你。

　　黑夜，乘凉的人都回到房间里去了。这个夏天实在不太热。小小觉得高嵘并没有离去，而是和他走在一起。你来去无踪，你使我成为这样自己讨厌的人，我不知所措，将不知所措下去。他想他得回家。家在哪儿呢？小小扶住墙。他迷了路，这条巷子深不可测，石梯向下倾斜，又窄又陡，一个人也没有，一条狗也没有，一个鬼也没有。小小醒来时，街上已有路人走动。他在一户人家门前的二级石阶上睡了半夜。酒意却尚未完全消散，他脑子一片混乱。

临近家门，他闻到了菩萨的香的气味，淡淡的，使人恍恍惚惚。太阳没有升起，天阴，云卷成一团，看不出是要下雨还是不下雨。桥洞下有挑夫提着扁担、绳索，从缆车旁的石阶跳下，那儿有一块栽有树苗的土，半截墙。

踏上家门前的石阶，他推门。门推不开，似乎是反锁了。母亲生气了！或是得到了什么？母亲对他的一夜不归似乎并不在乎。

小小绕到厨房的窗前。窗子未关。他踮起脚，撑着窗台。上了窗子，进了厨房，但厨房门紧关着。小小觉得母亲太过分了，自己是成年人，她管得太多了。他用劲撞门的同时想起昨夜里发生的事，乃秀门外奇怪的响动。那脚步声，如果不是别人，而是母亲呢？母亲根本就知道乃秀，而且对乃秀的情况一清二楚。自己低估了母亲，还设想将她带到乃秀那儿？这时，小小和厨房门一起倒在了地上。

小小从地上爬了起来，他看见母亲躺在床上，心里松了一口气。

他走近母亲。叫了两声，母亲没理他。

他扳过母亲，那是一张烧焦毁坏的脸。他惨叫一声。一股刺鼻难闻的气味湮没了供在瓷菩萨前的香的气味。他扔掉了那像镪水味的瓶子。母亲撞破的头似乎已停止流血，但凝结她的半白的头发、枕头、墙上都有斑斑血迹。小小不敢想，毁掉自己脸的母亲是怀着怎样的心情，她甚至可能端起镜子看自己没有脸的脸，撞墙而死？母亲性子烈，韧性之持久从她选择这穿在身上皱皱的红裙就可以想象，红裙散发着樟脑丸的气息，边上颜色渐褪。母亲或许就是穿着这件裙子坐在渡船尾的椅子上，与小小的父亲认识。

小小手一挥，瓷菩萨摔在地上，看着它东一块西一块碎裂，他想哭，可是哭不出来，他想笑，但也笑不出来。他紧抱自己的头，慢慢顺着柜子滑在了地上。江边的绿草变黄了一些，爬满了沙坡。清脆的汽笛一声声响在空旷的沙滩上。母亲一个字一句话未留就走了。他取出母亲的骨灰盒。两三只江鸥贴住船舷在叫着，在阳光中闪烁。只有天空才是神秘的所在。母亲的骨灰盒沉入江中，浪花朝四周翻卷，散开，阳光一下聚积在那片江水上，刺眼的白光在扩大，蔓延。小小感到母亲在笑，朝父亲？朝自己？那种笑非常含糊，分不清是爱还是新的战斗揭开序幕。他对自己处理母亲的骨灰盒动机却非常清楚，他认为自己是一个弃儿，从来都是这样的命运摆在面前。既然母亲说父亲喜欢江水，那母亲也会喜欢，不然她不会这么说。几天几夜过去了，小小打开了闭着的门。这时，他听见了邮递员的脚步声。他站在门前，邮递员朝他走来，又离开他而去。

一个陌生男人打开剥蚀的红漆大门。他堵在门口，问小小，找谁？

"乃秀！"

"她不在！"

小小问这人，乃秀什么时候在？他很纳闷儿，这人怎会在这个院里？那人说，"她搬走了。"小小又问，你是谁？那人说他是看仓库的管理员。门被吱嘎一声关上了。

是的，该是她离开的时候了。小小走到路上想到。这一切像个梦，或许真是一个梦。这个世界上根本就不存在乃秀这个人，也不存在父亲，母亲和他，这一切究竟是在哪个环节出了差错？

他晃晃悠悠沿着一排又一排石阶走到江边。长长的石梯延续着，他走在上面，什么也看不见，什么也听不见，江水打湿了他的小腿，浪席卷过来，他的裤子湿透了，他想起父亲给他取的名字"泆"。哦，父亲，对不起，我不想让你失望，但只得让你失望了。他不想成为没人认领的"水打棒"。"水打棒"被亲人认领时七窍出血，染红的江水，在漫延。他在心里狂叫着：没有任何东西能扰乱我，让我屈服，使我狂喜、感恩、热爱，也没有任何东西可以驱使我去恨、去报复，结束自己。小小坐在母亲空空的床上。整个房间在寂静中警戒着他的一举一动。他没有开门窗，没有点灯，黑暗中，往昔的岁月从他身边悄悄流过，而他将以沉默对抗。

街道委员会来通知，说这里的房子终于要拆了。小小绕着房子走，脚步声清晰地响在刚下过雨的新鲜的空气里。他抬头看见通往江边街上的行人里，好像有一个熟悉的身影闪过，他不想叫住这人。他转身把房门锁上。

鹤止步

一

电话铃突然响了，他们俩都愣了一下。铃响了两下就停了。杨世荣脸色发白，右手拿着一个"车"停在空中，不知怎么办才好，眼睛却在看贺家麟。贺家麟的领带小碎花，闪着细碎碎的亮绿，丝绸质量上乘。

铃还是在响，杨世荣手中还是拿着棋，手明显在抖动，不过目光从贺家麟身上移开了。

"真他妈的下棋也不给一个清静！"杨世荣说得狠，不过声音不重，"这棋正下到好处。"他的右手自然地点点，把车放在一个位置上，站起身，颔首致歉。贺家麟含蓄的一笑，表示理解。

杨世荣朝隔壁房间走去，穿一件黑麻纱褂子。他走得不快，不过腰板一挺，个子显出全部高大壮实，虽然不是顶天立地的那种伟岸。他是军官出身，镇江一带口音。不会下围棋只会下象棋，棋道也直，攻势颇猛，急于换子，好像很想早点下残局。今晚他已经让贺家麟领略了他下残局时的韧劲。

红木家具，加上南美藤沙发，靠垫若叠起一大堆，再大的房间也不够用，陈设真是太富丽了。杨世荣顺手带上房间门，去接电话。

从跨入这房子他就一再提醒自己，不能对不起老板，受此重任，是老板看得起自己。这些天来，他都只是在白天睡了一会儿，绝不出大门，一点也不敢大意。不过这人没有试图逃跑，也没有做太不好对付的事。他预先的担心不必要，紧张了好多天，但愿今晚可以轻松地睡一觉。

电话不太清楚，不知为什么杂音很大，而且电话线那边的人说得太快，情绪很激动。他来不及回答，只得"嗯嗯"回答，声音尽量压得很低。这时他转了一下身，从虚了一条线的门缝望过去，看到贺家麟搓搓手，看棋盘，端起青瓷茶盅，揭开盖碗，吹浮在面上的茶叶。

对方说个没完，杨世荣听着，"银行"两字从他嘴里冒出时，他一惊，赶快收住。怎么，今夜开始动手了？

杨世荣不便提出任何问题，隔壁肯定听到。他也不能做任何争论，在对方一再问他时，他只好有点勉强地说："就这样吧。"便放下电话。他站在那里，的确感到疲惫，从门缝里看见贺家麟又端起茶盅，喝了两口。茶叶是上好的，有股清香飘来。贺家麟刚才下棋时问过他：这地可能是沪西之外沿，霞飞路顶头接徐家汇的一段？

当然他没有回答。贺家麟的判断令人佩服，言下之意，此地就不在法租界之内了。这幢爬满常青藤的房子，一楼是客厅、饭厅和延建的一大间，楼上每扇窗有感觉，帘子紧拉，装了铁格栅。

那人说，窗外是风吹梧桐？不像是问他，问他，他还是不会回答：都知道法租界马路上种满梧桐，有些嫩绿的爬虫生出梧桐树，一转夏，它们身上的刺儿就要往人身上扎。那人自顾自往下说，还打了个比喻：残春初夏时分的上海之夜，跟锦缎绕在身上一样舒适，去年在贵阳住的旧祠堂改的兵营，巨蚊如雷，湿热蒸人，月前自香港转道时，九龙破烂不堪，这十里洋场依旧繁华，几乎是两个世界。

的确是两个世界。杨世荣摸了摸脑袋，怎么啦？他知道他如此做，是为了停止想刚才的电话，有意分开思路。这么说，银行出事，将出事？

不管什么事，那个安静地喝着茶的贺家麟，当然明白自己被软禁在这里。明天租界的报纸是否能给他看，就得请示。早晚此人会知道，但那是上峰决定的事，不用他操心。

楼下有一个班的警卫士兵，不直接与贺家麟接触，一日三餐都按时送到楼上来，有酒有菜，有茶有棋，有闲书，报纸却是挑了送来，文学杂志不少，风花雪月之外，还有一批男男女女新作家，文字相当出色，虽是汪伪点缀升平之计，却比后方千篇一律的抗战文学好看得多。这个贺家麟看得津津有味，还推荐杨世荣看。杨世荣闲着无事时，也翻一下。有个女子，小说刁钻刻薄，文字厉害，名字却俗气得可爱，叫张爱玲。贺家麟老是说这女人刻薄得好。

待情绪稳定了，杨世荣满脸笑容推开门出去，对贺家麟说，"怠慢得罪了。"

贺家麟照旧不亢不卑地笑笑，点点头。

杨世荣坐下看棋盘，他记得那子放在左边，现在怎么到了正中，不用多想，棋盘明显动过了。他说：

"这是我下的子？"

"不错。"贺家麟说。

"车怎么放在这里?"

"你看应当放在哪儿?"

"你动了棋吧!"他差一点脱口而出,终于忍回喉咙了。想想说这话没出息,显得自己太没有涵养,不配与上等人交往,于是他点头微笑。贺家麟虽然没有他高大,不像他一瞧就是当兵吃粮的坯子。不过贺家麟还真耐得起看,人说气宇轩昂,一表人才,怕就是这类人吧。这样的人当然不会趁人不在动棋子,这种怀疑也不该有。再说姓贺的是个人物,干大事的,哪怕今日是阶下囚时,也没有必要做偷鸡摸狗的事。

看来他刚才听到电话铃时,脑子根本没有回到棋盘上来,假模假样放松了一下而已。贺家麟坐在那里十多分钟,在棋盘上看出什么呢?看出他的窘相!

杨世荣不知怎么竟从贺家麟眼里读出这层意思,几乎同时有尖尖的石子哽在他的胸口,很难受。

偷鸡摸狗的事。

"输了,这盘输给你,"他爽气地说。

"岂敢,岂敢,胜负远远未定。"贺家麟说。

"败相已露,下面没有意思了。今晚不早了,休息吧,明日再战。"杨世荣忽然改了口气,很体贴地说,"来杯白兰地吧,我倒跟你学会了喝洋酒。"

二

听到街上汽车刺耳的一声刹车,不到半分钟谭因的脚步声在楼梯上响起,没有敲门,就直接推开杨世荣的房间,一脸是汗。

"娘的那个天这么热。"他叫道，"夏天不是杀人天，弄得全身腥臭！"

杨世荣嘘了他一下，指指隔壁房间，房门是关着的，但这么放肆的声音，楼下也听得见。

谭因伸了一下舌头，轻声问："杨哥，什么人？要你亲自来看守？"不等到回答，他注意力已经转开去，嚷起来，"这房间好气派！"他用手按按床垫，羡慕地说："好舒服的床。是真洋货。叫什么席梦思吧！"

杨世荣心突突地跳起来。最近一看到谭因，他就有这感觉。见娘个鬼，中了什么魔祟？谭因的脸白里透红，几乎像个女孩子。穿着中式裤子，圆口布鞋。虽然他头发留长，一甩一甩，顽皮得像个中学生，脸还是一副娃娃相。不过一米七六的身段匀称，从背后看，若是一个女子真是老天厚道了。

那么是谭因说话的声音，也不对，他不过是用故意撒野的口吻说话，声音高到他不能忍受的地步。若是队里别人在他面前如此说话，他早就让他一边去了。

谭因摸了摸考究的梳妆台，站直身体照镜子，嘻嘻地笑了。这间房明显是女主人的卧室，隔壁想必是男主人的卧室兼书房。西洋人怪里怪气的，夫妻分房间睡，难道干事还先预约征求同意？还有一间是孩子的房间，里面堆满小床童车各种玩具杂物，插不进一只脚。这幢花园洋房的原主人据说是英国的银行经理，看局势不好贱价把房子带部分家具卖了。可能离开没多久，这间房还有股淡淡的香水脂粉气味。

杨世荣拉灭了台灯，只留下壁灯。

谭因注意力又转回来，"日娘个稀罕，我还没有见过那么多血，手提机枪嘟嘟干倒十五个。"杨世荣连忙走上去堵他的嘴，这谭六永远不懂事。

谭因被杨世荣手捂着嘴，不动弹，脸一下红了，有股汗味，不难闻，像女孩子的汗味，甜腻腻的。两人紧靠的身体都不动弹，都僵住了。这突如其来的接触，使他们两人都透不过气来。

杨世荣放开了手，退后一步，不由自主往隔壁房间看了看。

谭因身子一转，靠着梳妆台，从裤袋里摸出一只玲珑的琥珀色小鱼。"杨哥，像以前宫里东西，顺路拾来，让你玩玩。"说着扔过来。

杨世荣手一伸，就接着了。鱼嘴红艳，鱼脊上有朵初放的花。雕工细腻，色泽清爽凝重。真货假货不论，鱼在掌心里十分含蓄。他把鱼递给谭因，"这么讨人喜欢的东西，还是你玩吧。"

谭因不接，杨世荣将鱼放在梳妆台上，镜子映着鱼，鱼一下子变得活泼起来。

谭因眼珠闪亮："杨哥，这地方好。"

"不好，"杨世荣摇摇头，"我在此执行任务。"

"日那个娘任务，"谭因说。他做了个扫射姿势，"谁叫你让我来！天王老子管得远！杨哥，有什么喝的？渴死了。"他一边走一边乱翻抽屉，"什么也没有。这种房子澡盆最漂亮，我洗个澡。"话一说完。就把上身的衣服一剥。

杨世荣这才注意到他的裤角和膝盖处有些微的血渍。"不行。浴室是这两个房间合用的，那人会听见，那头的门锁拆了，两边都一推就开。到楼下去冲个澡！"

"什么鬼囚犯，与我何相干？论功行赏，也该老子到洋房玩一次。"谭因叫起来，根本不理他的茬，神情非常兴奋。这小家伙第

380

一次痛痛快快杀人，杨世荣每次看到这种兵，都有点害怕：他们是敢死队的料子，杀人无顾忌，被杀也就"够本"。这种愣头兵活不长，一般一年半载，少数三五年，实际是短命鬼。但今天是在谭因的兴头上，他不好说这话。

他自己已见够了战场上的血。比如南京战役，他所在的部队奉命在栖霞山一线掘壕阻击，守了三夜，阵地几乎全部被炸平。待日军冲过战线直捣南京时，他才从阵亡者的断臂碎肢中钻出来，一路要饭跑回家乡。家乡五服内亲人都死光了，又是当兵饭吃粮久了，做不了田，只能再干本行，哪怕现在给饷的是当日的对手，但他情愿干见血较少的警卫，阴差阳错进了这个机关。

谭因脱去长裤鞋子，身上的肉圆润润的，灯光下泛出光泽。他连短裤也不剩下，一边扯，一边跳着步子走向浴室。年轻的皮肤没有一个疤痕，而且结结实实，不像他已经有好几处刺刀划过的长创，两个子弹洞，一身难看的肌腱，腿上因长年背枪抬担架跑出的筋脉。

谭因已经抓起浴室的门把，杨世荣奔过去想拦住他。但是谭因动作比他更快，把浴室门推开。果然浴室通向那间房的门大开着，这本是杨世荣规定的。

他们两都看见了贺家麟一身西服整齐地站在沙发后，脸上尽量沉稳地看着他们——一个赤身裸体，一个全副军装在浴室门口。气氛顿时凝住了。

还是谭因首先恢复镇静，他说了一声："伙计，打扰。"算是招呼，但是却没有跨出步子做任何动作，他看着这软禁犯，看得有点傻了。

这囚犯的确不像囚犯，那身西装是很少人才相配的乳白色，使他很宽的肩膀更加挺拔，鼻梁直正，本来有点柔顺的脸形显得飒然英气，头发是精心修剪过的，额前有几缕发丝略显乱，反而自然洒脱。

"请便。"那囚犯脸无表情地说，声音有磁性，很动听。他只说了一句，便转过头。

谭因还是站着没动弹，杨世荣走上前去，关上那边门。把通他房间这边的门却开着，也算保持一点防范。"洗澡声音小点。"他叮嘱道。

三

谭因自嘲地笑着说，"不就春光乍泄了吗？躲什么？"他站进白瓷浴缸里，动作有点笨拙，但马上找到了塞子。找到了冷水热水如何调节，就开始放水，龙头开得大，水哗哗地响。

"不知分寸！"杨世荣生气地说。

水声太响，谭因根本没有听见他的话，兀自一个人在浴缸里享受。

杨世荣心里恼火，刚才贺家麟什么都看见了。他清雅，我污浊；他文明，我野蛮；我是粗野丘八，他是天潢贵胄，雄姿英发，顶天立地为国家；我下贱末流，服侍老板的料子。他是国统正朔，我是伪逆附敌——这比下去还有个完吗？

贺家麟掉头那刻，眼角扫着他时，那分轻蔑，他并不陌生。他早就读懂这位绅士表面客客气气的眼光："偷鸡摸狗。"

此人绝顶聪明，一点即透。不用说，这之前他杨世荣早就露了马脚，他看着我露，还故意羞辱我，甚至有意帮我掩饰一下，

382

好像他是看守，我反而是囚犯，两把椅子现在调转了。

他不是恼火，而是非常恼怒：这种参谋部里画沙盘的人物，恐怕一滴汗也没洒到战场的血泥里。我打日本人时他在哪里？恐怕他根本没有打过一枪：做做外交武官、总统夫人副官，跟美国人套几句洋文，订个军火协议。而就该我们这种人做棋盘上的卒子：一百万士兵在丹阳遭轰炸被坦克碾平，在南京被追捕枪杀，在战壕里挨饿喂蚊子虱子，在泥水血浆里泡了全身脓疮。而他在哪里？这些公子哥儿自以为羽扇纶巾的周郎，当然正与大乔小乔在舞厅抛媚眼！

白兰地就喝了两杯，怎么头有几分重，洋酒喝上去舒舒软软，却照样性烈，他还不适应。墙上是一幅洋人画的马，四蹄跃起，上面骑一个碧眼高鼻的大将军，手里拿着一个单筒望远镜，头戴船形帽。或许是这个英国原房主的先祖，连祖宗都肯留下贱卖了？也未免太识时务了！他自然明白：不是由于这个特殊局面，哪轮得上他来住这种沪西小洋房？

这本不是他的天地，所以住进来，他从未有过一点兴奋，且别说是为了看守人。

浴室里传出什么摸来摸去的小调，谭六那个疯劲儿，给了贺家麟一个笑柄。真是个地道的上海小流氓！他眉头一皱：当初他在街边遇见谭因时，谭因还是个脏臭孩子，不知爹妈是谁，家住哪里。一个小瘪三，却知道跟在他的身后走，也幸亏老板吴世宝买他的账，给他杨世荣一个脸，让这臭小子留下来，跟在他后面做跟班的跟班，跑差的小伙计。不到两年，什么都学会了，什么都认为该他有份，已经张狂得可以了。

但还只是一个偷鸡摸狗之徒。

偷鸡摸狗！

他把风纪扣猛地一拉，扣子绷了开来。今夜奇长，焦躁难忍，仿佛专为了让他受辱。他身经百死，可是受公子哥儿的蔑视，却是生平第一次。

谭因出来了，洗得一身洁白，湿湿的头发，拢在后面，身上抹了各种各样的香水，还有化妆品，竟是浓浓的花香，如晚香玉那么艳烈。这个小屁孩今天尽情享用了浴室里英国夫人那些扔下不值得带走的玩意儿，脚趾缝也散发着香味如同那女人的什么玩意儿。他嘴里咕哝着什么，竟裸着身体走到桌子前，拿起一杯冷茶就喝了下去。喝完茶走到床边，猛地一下蹦起来倒在宽大的床上，床垫抗议似的把他身体弹上弹下，他悠然地闭上眼睛。

四

青菊如日本花，很素洁，几乎闻不到香，与窗台的盆景眼熟。家乡小镇，世家医生，到杨世荣祖父这一辈，连连遭遇战乱，军队常来常往。他上过私塾，但未能继承祖业。那年母亲中了邪，把父亲关在家里。有一日父亲好不容易脱身，边穿衣服边叫："她中了魔！"奔出房间。母亲披头散发追了出来，一脸红云。

那夜父亲不见了，都说他从崖上走了过去。母亲第二日就疯了，见着他，就笑。他终日躲着母亲，母亲说："你怕我，你跟他一样怕我。"

他一口气跑到河边，河里有芦苇和葫芦，晃眼一看，状如女鬼。他想也没想就上了一艘路过的运粮草的木船。

谭因的叫声"杨哥，杨哥"打断了他的思绪。

他坐在椅上，抬眼朝那边看一下：一堆肉。他口干舌燥，应该有一瓶老白干，灌个痛快。

"你知道今天我朝哪个女人身上连连打了十几枪！"谭因哗哗说起来：他和小队先是准备去外滩的，后来临时得到情报往江西中路赶，那些古玩店铺里的坛坛罐罐都碎了个稀烂。"是桃花江或是夜来香，对了，是那妖里妖气的玫瑰玫瑰我爱你的哆歌，有家人的留声机他娘的奏得轰响，嘿，这哆歌也他娘的只有在血流成河时听才来劲！"

杨世荣吃了一惊。"你干什么？"

"过瘾，杀女人过瘾。专对着她娘的奶子臭洞子打。日那个奶头子全打飞了，把那洞里打得翻开来。"谭因一边眉飞色舞地描述那种血腥，一边他那器官就渐渐地升起来。

杨世荣看得惊异极了，更惊异的是，他感到自己的小腹部也阵阵燥热，回荡的血流正在朝他的器官猛冲。这个小瘪三是个妖怪！他不由得想转眼避开。

"杨哥，"他听到谭因在说，声音迷迷糊糊。

他回答了一声，轻得只有他自己能听见。但是他没有起身往床那边去，今天电话中让谭因来，明摆着不应该：他应当说是公务在身。可是他没有。

谭因叫了第二声："杨哥。"

他只得婉转地说："隔壁有人，不方便。"

"什么不方便？"谭因一下从床上跳起来，"娘个稀罕他就没鸟？"这小子兴奋地抬起头来，眼睛亮，嘴唇也红，看见杨世荣依旧一身戎装，还没有解开扣子，便生气地倒在床上，扯过枕头盖上半张脸。扔出一句话："白得一个好床。"

过了一会儿，他翻过身，右手撑脑袋，左手在床上弹着："隔壁有人，哼，隔壁的人也不是什么好东西。"他皱皱鼻子，好看的红嘴唇也变形，上面长着一层浓浓的汗毛。"跟我们一样的东西——我是说，一路。"

"你怎么知道？"杨世荣对谭因极为恼火，绝对不该让这个小东西到这地方来。给任何老板做事，他也把公私分开。当时电话中竟答应谭因来的要求，是因为谭因太激动，所以他轻易忘记了环境。他不喜欢这种感觉，多年来的兵戎生涯，他明白这种忘乎所以，常使人判断过快，而酿成灾难。

"我当然知道，"谭因说。

"你知道什么？"

"我知道他想日我！"谭因手捶了一下床档头，眼神似乎有点飘。

"你，你！"杨世荣跳了起来。这谭因说话一向不顾忌字眼，什么话都可以直截了当地出口，哪怕粗话在他嘴里听来就不一样，不像他那些丘八朋友，全是战壕里的话头。当初是这小痞子找到他，而不是他找到这小痞子。是谭因做了他的老师，让他明白许多次为什么死里逃生后，他也没想到在乡下安个窝。他一向对此种信号非常迟钝，不甚了了，至今还是比这家伙迟钝得多。他知道这个道儿上的人，不能做正式夫妻，就谈不上贞洁和义务，虽然相互信誓旦旦，非对方莫属，一生生死相随。不过这位小无赖，当着他的面说这种话，也太过分了。

看见他皱眉，谭因依然原样朝着他诱惑地微笑，活脱一个老手。不过他的反应也不对劲。就这么一眨眼工夫，他的脑子里突然出现了谭因被贺家麟压在身下的情形，他感到血在往头脑里冲，一阵晕眩，他扶住椅子背，弄不明白自己晕眩的原因是什么。

"你怎么啦?"谭因注意到他的表情，收起微笑。

"没事。"杨世荣说完就想，我要把这小子杀了，贱种，见色忘义，竟敢当面背叛我。大丈夫一腔热血，可杀不可辱，可舍命不可失尊严。

他往前走了两步，想去取柜子里锁着的手提机枪，用那枪比身上的手枪爽快。之所以放一把手提机枪在那儿，是他以防万一。不管是外面过廊，还是里面通往贺家麟的房门和浴室的门，他都小心地锁上，但他还是格外谨慎。其实贺家麟有了枪也不会做什么，没有必要。他知道自己早晚会出去，只不过他带来的条件，双方必须有个交代而已。说是安全囚禁，实际只是做个受主人管束的客人。贺家麟是明白人，绝不会冒生死危险逃跑的。他对贺家麟的聪明劲儿摸得很透。

谭因此刻正笑眯眯地看着他，一点没意识到他脸色难看，对他眼里冒出的腾腾杀气，照样满不在乎。这人做什么都完全图自个儿高兴，根本不会想别人的心情，跟这种小娃儿说不清楚。心里一软，他就改变了主意。

他解下腰上的佩枪，打开枪匣，里面六颗子弹齐全。他啪的一下扔到谭因斜卧的床上。枪慢慢落到谭因的身边，谭因看着枪掉在腿边，纹丝不动，也不去捡枪，双手一抱膝，眼睛还是朝着杨世荣看。

杨世荣头稍微一歪，谭因才拿起枪，看了一眼蓝莹莹的枪管，伸手把它塞到枕头底下。镇定地说，"别怕，杨哥，没有危险，那个家伙只有一把肉枪。"

杨世荣窘住了，这个小阿飞是真痴还是假呆?

"没事，"谭因又说。他从床上站了起来，一身白皮嫩肉，跟这房间的脂粉气很相配。"我知道你不喜欢这个人，我也不知道他是什么人物。杨哥，小弟永远是你的人。我们拿他开开心。怎么样，现在就真的拿他开开心？"

杨世荣当然懂这是谭因在安抚他，但他突然想到下面将出现的场面：那个道貌岸然命运的宠儿，衣服被扒光了，被他自己脱光，汗流浃背。对这种难现于光天之下的脏事，本来只属于像他这样沉沦下僚的人物、蝇营狗苟的打手、过一天算一天的杀人者被杀者，现在这种体面人物也做上了。他倒可以看看这样的人做，能做出什么事——假若谭因的直觉不错，这个贺家麟是那么回事的话。

他脑子瞬间开窍，一个精神报复的机会。以后，他将面对一个别样的人物，他不会再感到压抑，现在他名为看守，实际上是个不够格的清客，将就陪着傲慢公子。今后他的看管任务将轻松得多，对方不再是一身西服那么一块无瑕的白璧。

这个人不要脸的喘息，每个恶心的动作，都将一一留下记录，在他的头脑里：玩弄命运傲慢的上等人，也一样顶不住一个小流氓的诱惑。

他左思右想，这是他管的地方，只有他手握武器。他控制着局面，他应该羞辱那些该羞辱的人。他在床边坐了下来，看着谭因，把枕头底下的手枪放进皮套，然后默默地从佩袋里掏出一把雪亮的刀，弹开刀刃，唰的一下切掉谭因的一绺齐肩的长发，径自走到浴室，扔进抽水马桶。

他转过身，对谭因说："去吧。"

五

谭因跳下床，一点衣服也没有披，走到杨世荣面前，很知己地贴了贴他的身体。他走路的时候，臀部的肌肉在腿的牵引下滚动，不是女人那种臀部累赘的摇动，也不像一般男子肌肉弹缩的单调。杨世荣递给他一件睡衣，他往身上一套，也没有好好系带子，走到隔壁房间门。谭因站在门前，敲了两下门，不等里面反应，就轻轻打开门，像一只敏捷的猫走了进去。

门哐当一下关上了。

杨世荣在房间里走动，隔壁房间最好这时不存在。他很想熄掉灯，让黑夜遮住一切。他发现他的手里全是汗，从未有过的感觉刺激着他。这个小瘪三，无耻之极的小色鬼，是去为他杨世荣复仇？不像。用这样的方式挑动他的性欲？也不像。他完全是为了满足他自己猎奇之心理，也不像。他很想知道谭因怎么个想法，等他出来，得把他叫到花园没人之处好好问问。

隔壁好像说起话来，仔细一听，的确是说话声。浴室门上有个监视孔可以看到那边房间，但他暂时不想去看任何情况，如同在大战前，静静地坐在战壕里，听远处炮声开始隆隆响起来，他知道那还没有他的事，只要没轮到他手下的那几个丘八投入战斗，他就不必操心。

隐约听见街上汽车驰过的声音。这个城市日日夜夜落在了一种嗡嗡的背景上，很像他家乡的田野，静寂之中，还是听得见野蜂在盛开的菜花地里忙碌的声音。这时应当半夜一点半了吧，他撩开一点窗帘，看见街道上划过的灯光，黄黄的，在夜空中切出一块块移动的影子。如果谭因他们动手是在这个下半夜，恐怕就会让半个城市都听到。放鞭炮似的，多少年没有放过鞭炮了。隔壁床或椅子弄得奇响，真如炮声震动，泥灰落到面前，他一下回过神来。

他走近房门，听到谭因在哈哈大笑，然后贺家麟也笑起来。看来两人谈上了手。这种事，尤其谭因摆得太明的打扮，只要能谈上手，下面的名堂就是顺水推舟。他从自己被诱惑的经验，明白这一点，只要不推得太急就行。他几乎为谭因的本事骄傲起来。

然后他听见贺家麟问了什么，谭因就滔滔不绝地说起来。他突然想起，他还没有向谭因介绍这个姓贺的是重庆军统派来的，意图联络或谈判的人。他的任务只是监视，什么都不能讲，要讲，只有让76号的头脑丁默邦、李士群亲自跟他讲。老板吴世宝队长给他布置任务的时候，已经再三告诫，关于76号的事，什么都不能说，千万不能让此人摸到什么底细。

谭因他们今夜袭击杀人的事，他还没有来得及问杀的是什么人。先前听吴世宝队长说过一点：在重庆方面鼓动下，上海工商界拒绝接受南京政权发行的货币，一个没有发行货币能力的政权，就是一文不值。犹豫良久后，上面对76号下了命令，什么手段都可以用出，也要打通上海的财路，可能不得不对租界内重庆政府的银行动手。当然这样一来，开了杀戒，与重庆的决裂，就没有多少余地了。

如果今晚已经动手，这种事，当然万万不能让贺家麟知道。他当时没有马上问个究竟，也就是怕隔墙有耳。而谭因这个小乌龟第一次过杀人瘾，肯定添油加醋在那里吹上劲了。

他立即奔到浴室的监控孔前，两个人已经在床上滚成一团。

谭因身上已经没有睡衣了，光身子被对方抱紧。房间里灯光太暗，看不仔细。

他缩回推门的手，很犹豫，不知道里面究竟是怎么回事？浴室的镜子水汽早就散了，正成水珠一线线往下滴。他看着里面自己有些模糊的脸，想折回房间，但身体没有动，又站到那门前。里面有嘶哑的叫声，他不由自主地喊："谭六!"声调发抖。

没有回答，还是那些嘶哑的叫声，还有叫唤。他的耐心到底了，手拧动门把，慢慢推，以防不方便可以马上退出。

门一打开，他看到虽然两个人衣衫不整，但绝不是上手的那种狂热。两人的确是在搏斗，贺家麟正卡住谭因的喉咙。

杨世荣一个箭步冲上前，把贺家麟的头发狠狠一拽，贺家麟整个人被拽了起来，可他的手没有松，连带把谭因也拽了起来。

"想干什么？"杨世荣低声吼起来。他不想惊动楼下的警卫班，不想让他们看到这场面。

贺家麟还是未松手，反而因为杨世荣的加入，更加抓牢谭因的脖子，谭因无法挣脱身子。

杨世荣一拳打开贺家麟的手，再猛一推，贺家麟倒退到床边才扶住自己。谭因倒在地板上，痛苦地咳嗽。

"无耻之尤!"贺家麟喘过气来，骂道。

杨世荣脸一下子红了：他的确是无耻之徒，比谭因更无耻。他想把谭因拉起来，退出这个房间，他无法为刚才的事做解释，挨骂是自己活该。他匆匆扶起谭因，谭因还在摸自己的喉咙，还在咳嗽。但是谭因伸出另一只手，抓住了杨世荣的佩枪。

"不许，不许胡来!"杨世荣正用劲扶谭因的肩膀，腾出一只手去抓谭因的手。谭因光溜溜的身子汗津津的，如泥鳅抓不住，而且已经把枪抓在手里，半秒钟也不耽误，朝贺家麟的方向开了一枪。

刚站起身的贺家麟脸色大变，呆在那里不知所措。恐怕不是被子弹吓着了，而是枪声太响，把他震呆了。这个静静的近郊区，就是白天有枪声也是很不寻常的，更何况是夜半，房间震得像一面鼓，肯定很远都可以听到。杨世荣吓出一头大汗，急得用腿去勾倒谭因，但谭因汗津津的身体太滑，反而溜脱了，在地上翻了一个转，枪还捏在他手里。

杨世荣喊："住手，不许开枪！"

这时候，谭因已经稳住自己。他一腿跪地，一个膝盖曲起，身子笔挺，双手直伸握枪：正是杨世荣教这个孩子的第一招，特工训练中射击最稳也最准的一种标准姿势。

到这时贺家麟才反应过来，刚要往椅子后面躲，谭因就开了枪，子弹直接打进贺家麟的正胸，像击中靶一样。贺家麟胸前喷出血柱。他低低地呻吟了一声，正在往下躲的身体就势滑落到地上。

杨世荣一抬臂，用一个极快的动作，把没有警觉的谭因手中的枪打掉在地上。"你太胡来！"他怒吼道。他来不及拾手枪，冲到椅子去看贺家麟。贺家麟正捂着自己的前胸，血汩汩地从他的指缝往外冒，他的嘴唇动了动，想说话，血却从嘴里喷出来。

杨世荣原希望谭因打空，他就能反身稳住这一头，不料谭因第二枪打得那么准，正中贺家麟心脏，而且打了个对穿。长期的沙场经验告诉他，这个人已经完了，半分钟内的事。

警卫早就跑上楼，敲门声响起，用枪柄猛敲，花园里全是持枪的士兵。杨世荣放下贺家麟，回身去拾落在地上的枪，四顾一下，谭因已经不见了。

"没事。"杨世荣喊道。他走去打开了房间直通楼梯过道的门，警卫们端着步枪站在门口。

"客人想逃跑，被我打死了。"他简单地说。

他来不及想其他的话头，糟糕透顶的局面，这是唯一能解释得通的说法，也是对他自己的良心唯一可行的说法。

他跪下一条腿，再看一次贺家麟，那张傲慢的脸已经被血弄污了。

贺家麟嘴里冒出血柱，却好像还想说话，好像想说的还是那两个字："无耻。"

六

杨世荣在狱中一直想着这两个字，贺家麟是什么意思，究竟是什么无耻：给汪精卫和日本人干事无耻？用集体枪杀手段抢夺上海金融市场无耻？那天晚上谭因"调戏"他无耻？还是认为他暗中"指使"此事无耻？贺家麟是否如谭因所猜想的那样是"同道"？或许本为同道，但认为这种安排是陷阱，进而认为76号无耻？

每个可能都是无耻。没有确定的罪名，使杨世荣很难受，他不知道贺家麟最后的几秒钟心里想的是什么，他从来不想已经死了的人，干这一行，每个人都难逃一死，子弹早晚会顺道弯过来。贺家麟没有机会说任何话，应当说给谭因和他都减少了麻烦，但是却让他心里一直不安。

至于谭因，并没有什么错，至少他躲开不认账没有什么错。这是他的责任，虽然他绝不会开这一枪，没有命令让他开枪，他绝对不会做这种事。他也知道，哪怕谭因认这个账，他依然无法脱离干系，既然负责看守，此后的局面无从解释，一切都得由他担当。

不过谭因的枪法，也太狠了一点，他的裸体使姿势更为简洁漂亮，简直像这个英国人屋子里的一个雕像。

谭因在他房内这事，费了他不少唇舌解释。吴世宝审讯他，不断逼问他与谭因是什么关系？他当然不会说。谭因在手枪上的指纹早就被他擦净。

但是上峰根本不相信他的解释，首先李士群一再怀疑击毙贺家麟一案大有蹊跷：即使有一千种理由，贺家麟也不会想逃跑。李士群认为杨世荣受了什么方面的指使，枪杀了贺家麟，为此怒责吴世宝用人不当。重庆与南京一直在信使来往讲价钱谈条件，76号也在琢磨杀人立威后一步棋如何走。不斩来使是首先必须做到的事，况且局面复杂，利害冲突不会是永远的。说到底，贺家麟并不是囚徒，即使知道双方关系刚出现的转折，也完全没有逃跑的必要。

杨世荣被上了刑。76号有名的一些酷刑，虽然不好全部用到杨世荣身上，但李士群怀疑是南京政权里的对手有意给他栽赃。吴世宝不得不做出一个交代，让杨世荣说出个头头道道。

鞭打杨世荣之时，吴世宝亲自到场。在76号的地下室里，手铐和脚镣钉死在墙上，鞭打时四肢被镣铐牢牢地反扣着，没有任何动弹挣扎的余地，杨世荣明白挣扎只会增加痛苦。

动刑刚开始，吴世宝突然传令把谭因叫来，站在他身边。吴世宝想看看这两个人中间有什么名堂，他不想把这两个人往死里整，但是抓住把柄，能叫部下忠诚：他的警卫总队在上海的活动越来越频繁，需要谭因这样敢冲敢打，下手特别凶狠的杀手，也需要杨世荣这样做事靠得住的人物。

打手把鞭子放到水桶里泡，鞭子打一下就蘸一下水，湿牛皮抽在身上会拉起皮肤，马上就把皮肤拽破，鲜血淋漓。

谭因一直发誓与杨世荣只是一般的朋友关系，那天只是因为顺车，在执行任务后到杨世荣那里休息。事情发生之时，他正在隔壁熟睡，完全不知道这个房间发生了什么事，他彻底否认见过贺家麟这个人，他没有必要见这个人——这都是杨世荣在吴世宝赶到现场之前匆匆告诉他应当这样说的。谭因在惊慌之中，已经失去思考能力，没有提出异议。即使后来，杨世荣再三思考这件事，也想不出有什么其他方法，可以让谭因顶下罪名。

鞭子一下下落在杨世荣身上，杨世荣的脸抽搐着，尽可能不去看谭因。谭因却因为好久没有看到杨世荣了，目不转睛地看着他，他不能躲开，吴世宝正注视着他。杨世荣胸脯上红肿的条痕已经一道一道翻出血肉，吴世宝下令停一下，问杨世荣有什么话说？

杨世荣摇摇头，鞭痕上加鞭的疼痛，尤其每次鞭子在空中挥起时，嘘叫声带来的惊悚，比继之而来的皮肉疼痛更加令人痛苦。他禁不住每次听到嘘叫声时，都朝谭因看一眼。他惊奇地发现谭因的眼睛不再闪避自己受刑的场面，谭因虽然看着，但脑子和眼睛不在一起。杨世荣这次看见谭因眼睛发亮了，是泪光，还是乐意见到他被鞭打？也可能是有意在吴世宝面前表现他自己？

每次鞭子飞舞起来时，响声让杨世荣脸上抽搐一下，血从伤口向下流成一片。鞭手不愿卖力气地向同伙行刑，但是吴世宝非要问出点名堂不可，鞭子总像是在空中嘘叫相当长时间才落下来。

杨世荣最感恐惧时，总觉得谭因脸上几乎放出兴奋的光了，不像是为他痛苦，而是那种看见痛苦的痛快。

吴世宝也看到了谭因没有为杨世荣不平的表情，他相信这两个人没有什么密谋，也没有超出一般朋友之外的关系。吴世宝为了团结内部，维护下属，只能顶住李士群的压力，几个军师商量了一下，编了一个"杨世荣交代"，说是手枪走火误伤贺家麟致死。

这场鞭打只是很一般的用刑，已经让杨世荣长久地卧养在床，亏得杨世荣是吃惯苦的人，而且一直没有累及谭因。事情本来也就可以到此为止了。

李士群则强调得执行纪律，不管是不是走火，都要杨世荣的脑袋，以向香港的杜月笙证明他并非不通情理，是可以谈判的对象。而吴世宝坚持认为，枪毙杨世荣会影响76号精粹打手队伍的士气。就在两人的僵持中，杨世荣一条命暂时保住。

不久，军统与76号在上海的互相暗杀达到了白热化程度，军统人员用利斧劈死了住院治疗的张某某，此人是汪的中储行业务科科长，而76号抓了一批中国银行高级职员，挑出三个姓张的抵命；军统在中央银行放置定时炸弹，炸死了中行业务主任。

两边杀人不眨眼地火拼，一边以日占区为基地，另一边以英法租界为依托。双方彻底打翻后，贺家麟事件反而变成一个不重要的未决案。

谭因在这一系列暗杀袭击中成了大英雄，他化装灵便，尤其善于女装，妩媚动人。而且见机行事，反应敏捷。该下手时决不留情，冲锋在前，敢拼敢打，使吴世宝对这个娃娃脸的打手分外赏识，经过拷打杨世荣的考验，他早就对谭因用而不疑，现在下决心提拔他作为特工总部二分队的队长。

一时上海滩盛传76号有个"血手哪吒"，枪法奇准，杀人如麻。杨世荣听到此，感慨不已：这个原本是中国广大内陆托出空中的一块风水宝地，占尽风头的，现在是几个连他这样的兵痞原先都看不上眼的人物！同时，他心里为谭因而感到骄傲：能在上海滩闯出大名声，不管什么名声，都是了不起的事。

谭因做了分队长后，看管杨世荣的警卫更是多行照顾。谭因的月薪不过三十万储备券，行动有功另有奖金。而且上海市面上，生财之道多的是：自杜月笙去港后，青帮留下的人，只能靠拢76号。得到吴世宝信任的血手哪吒，少不了成为首先必须打点的门神。

谭因的权势和在特工总队中的名声，使看管人对杨世荣另眼相看。谭因不断供应的金钱，也使一批批换来换去的监狱看管不愿对杨世荣过于苛刻。但是，他来看杨世荣的次数少了。

七

杨世荣正躺在床上抽烟解闷，恍惚中看到一个全套白色西装，三接头皮鞋的人物走进来，那鞋尖头尖脑，时髦得很，完全是一年前贺家麟的样子。他吓了一跳，身子往后一缩。那个"贺家麟"快步地朝里走，把礼帽拿在手上，警卫看到他，立即敬了个礼，没有拦住他的意思。

他忽地坐了起来，这个狱房与软禁贺家麟的地方不可同日而语。他定眼一看，来人朝他露齿笑，原来是谭因，能大模大样来这个地方的只可能是谭因。这小子几乎在一夜间长成一个大人，个头也冒出好大一截，脸形也变成熟了，只有露齿说话时能显出他旧日的孩子相。

谭因来看杨世荣时，监狱看守人正是三五成群，议论纷纷，很紧张的样子。杨世荣凭直觉得出结论，76号一定出了新的巨变：可能是李士群为争夺控制权，与特务总队的吴世宝火拼。

特务们每个人现在都面对一个如何自处的问题：究竟是忠于吴世宝，还是忠于李士群。趁四周无人时，谭因求教杨世荣这个问题。杨世荣想都未想就说："当然吴世宝是我们的救命人，而李士群要我的命。不能背叛吴队长。"

谭因不作声。想了一下，说："日本人相信李士群，说他有能耐。吴世宝可能会处于劣势。如果吴世宝倒了，我们跟着他倒，没有任何好处。"

杨世荣沉默了，谭因的思考方式不能说没有道理。但谭因作为吴世宝的主要助手，在这种时候背叛，未免过分。反正这不是杨世荣行事做人的立场和方式。

"唯一的办法是让李士群满意，才能过这一关。"谭因说。

"他给你封官许愿了吧？"杨世荣试探地问。

谭因摇摇头，但是杨世荣现在已经不知道谭因会不会告诉他所有的事。他觉得应当断然说出他的看法。

"李士群对自己人都诡计多端，日本人看得起，也甩得起。人生总有走运背运，做一个背主之臣，在江湖上被人看不起，不值。"

"我知道。"谭因语气很不耐烦。但是他稳住自己，轻声轻语地说："小日本占不住的缝太多，现在是谁有胆量谁打天下。李士群要管好多地方，他答应上海这个市面让给我，让我做上海王。"

杨世荣大吃一惊，顿时觉得晕乎乎的。这种话，哪怕能相信，也实在口气太大。上海是多大的世面，能让几个半文盲杀手称王？不过为什么不能呢？黄金荣、杜月笙又识几个字？是真英雄，又有几个肯定比谭因强？他一时觉得这个小子实在有能耐，至少胆子极大，不是他能够理解的。

不过他明白到自己已经不是大哥。这个谭因翅膀硬了，要自己一飞冲天。身逢乱世，不就是谭因这样的人物得意？他第一次明白，他们的路，已经分开很远。他即使出去，恐怕谭因也不会认他做朋友——他只是给司令当兵冲锋的料子。今天谭因来跟他透底，算是看得起他。

他知道不必多说了，只说这么做欠稳妥。"况且，"他说，"你以前提到过，吴世宝答应尽早放我。"

"大哥，"话才说到了关键，谭因也不含糊，"不管吴世宝、李士群，老子为他们拼命，第一条就是为了放你！"

此话是真是假，杨世荣都很感动。他知道自己的案子太重，不管是谁，都愿意先押着他，今后万一需要，可以拿他的头抵债。但是他喜欢听见谭因这么说。

谭因站起来，拿起礼帽要走，说要去见一个叫胡兰成的人。见杨世荣看着他，他一笑，说不是他要约见胡兰成，而是胡兰成要见他，已经约了好几次，这个人是吴世宝的军师，可能是想稳住他。

杨世荣想起他陪贺家麟时翻过一些杂志，胡兰成的文章他也读到过。他记得在什么场合与这人打过一照面，长得倒是讨女人喜欢。一个弄文墨的人来搞政治？最能把政治搞得臭气熏天的就是他们！

"酸人，好对付。"谭因笑意收住，说了这么一句就走了。杨世荣看着他的背影从监狱门廊里消失，天高云淡，他已经跟不上谭因的思路。

自那之后，谭因有三个月没有出现过。看守人告诉他李士群先在吴世宝头上安了个捣乱上海市面的罪名，把一大堆证据交给日本人，日本人把吴世宝关进牢里。在吴世宝的老婆和胡兰成的请求下，李士群又"打通关节"，让放出来。

看来是日本人明白过来：犯不着给李士群火中取栗，李士群要杀人，得自己动手。结果吴世宝在李士群的别墅里被一碗面给毒死。死得很惨，肚子痛得在地上打滚抽筋，七窍出血而死。

吴世宝出事的当天，谭因带一帮人守在静安寺赫德路192号公寓对门，那里是女作家张爱玲的公寓，他们用望远镜监视了几天。他们看见胡兰成在六楼的阳台上与一女子望景致，隔了一会儿两人进屋去了。就偷偷摸进楼里，守着电梯和楼梯。一直到天黑尽再天亮，也没见着胡兰成下来。一伙人最后到楼上搜查，把那个女人吓得半死，也没有找到，看来胡兰成在他们进楼前就溜掉了。

既然谭因带了头，吴世宝的部下没有一个人站出来为他报仇。李士群接管了特务总队后，就立即把谭因调到苏州，任江苏税警部队的团长。

杨世荣当然不全信看守人的话，尤其是讲得太生动的故事，更不能信，况且胡兰成仍活得尚好，吴世宝一死，他迅速离开上海，到武汉办一张小报纸去了。谭因如果连个文人都抓不住，上海滩如何站住脚？不管怎么说，这次谭因为李士群立了大功劳。

"升官了，"看守人说，"你的兄弟升官了。你不会待久的。"

这时他坐牢已有一年半，他只能希望成为有功之臣的谭因能办到这点。

400

可是事件之后，谭因只来过一次，匆匆忙忙待了三分钟，而且，派人送钱来的次数也渐渐减少。可能他认为自己的地位稳固了，杨世荣再也牵累不了他，杨世荣通常是理解的态度，有时不免气恼地想，他早就应当明白，这谭因是个出尔反尔不能依靠的朋友，尽管他皮靴绶带，外表活脱脱大当官一个，说话也像有身份的人，不再冒冒失失，他却感觉自己和他生分了。

没过多久，看管人又换了一批，换了一些李士群的亲信，他们对杨世荣看管得很严。他托看管人带信，要求见谭因，谭因却没有来。

他看着手里的琥珀鱼，那是谭因送给他的，鱼脊上的花欲开欲放，很像那夜谭因的嘴唇。他再次请人带信，并一同捎去鱼，一定要见谭因一次，最后见他一次，却依然没有见到谭因半个影子。不过有回话，说是公务在身，忙于清乡，一时无法到上海来见他。过几天，一旦抽得出身，立即赶来。

"上海王！"杨世荣想，上海王在跟乡下游击队缠斗。李士群也真敢胡乱许愿，谭因也真有胃口吞下这么大的诱饵，而最让人脸红的是，他杨世荣听了也居然觉得有何不可。这个世界没有什么变化，这世界等着骗人吃人。

过了一星期，过了几个月，杨世荣知道不用等谭因，同时又不甘心，所以照样等，但还是没有等到。牢里吃得太差，睡得很短，看管他的人每周一变，态度越来越坏，甚至两天只给他吃发酸臭的稀粥，气得他把碗一扔，看守们看他在那里吼叫，还嘲笑他不知好歹。瓦楞上有棵蒲公英，他看着那小小的黄花改变，变成白绒毛飞散，化成淡淡浓浓的昼与夜。

终于有一天中午，看管例外送来豆皮焖烧猪肉，米也是好米，还有一盒香烟。他们向他祝贺，说是李士群省长要亲自了断此案，放他出去，他马上就会自由。

杨世荣不觉得是个好兆头：谭因完全躲开了，把他推给李士群。

他一直在回想他们两人的交往，怎么想都觉得如一场梦：他现在是个阶下囚，谭因现在是带兵的大官，官大架子大了，不必再理睬这位昔日的兄长。没有天长地久的情谊，尤其是他们这种情谊。既然谭因能当他的面找贺家麟，他也能找其他人，比他这种兵痞更像样的人。男人间这种事情风吹来雨飘走，比会生孩子的女人更不可依持。

即使他不在这儿代他坐牢，谭因也会变心。都两年了，从前的事都已经过去，不必为此伤怀。事已如此，他没有必要感到后悔，不过他还是心里难受。当一切可以结束时，就该结束得干脆。人生实在如下棋，要图个圆满，要讲究步法一贯，下得磊落光明不丢脸，棋局长短，谁输谁赢，倒是不必太介意的事。

贺家麟说得对，这一切很无耻。

八

这是个阳光耀眼的下午。杨世荣出狱，押送的看守人祝贺他："兄弟，你的事可以结了。"

他的心七上八下，一脸的胡须和长发该剪，浑身真是脏得很。他很想洗个澡，在大池子热水泡一下。其他什么都不必想。如果他真能获释，他就到镇江报恩寺出家，化缘为生，清心寡欲，不再理会人世过多的纠缠和苦恼。反正他在这世上已经没有亲人了，没有什么值得牵挂的。

他被塞进车子，左右前后都有人，无法看到具体往什么方向开，尤其许久没有看到喧闹繁华的街面。他这才意识到他一直关在上海，看来在上海坐牢，没有什么特殊，到了最倒霉的时候，在什么地方都一样，只有希望成功者，如谭因那小子，才有"在什么地方成功"的考虑。大白天之下，人来人往，广告花花绿绿，铺天盖地，他眼睛还不适应，干脆闭上眼睛。

车子终于在一所宅院里停下。树木葱绿，繁花簇拥。当他穿过一道道门，进了几层警卫森严的厅，到了一间奇大的房间，才看到李士群一身西服笔挺坐在那里。难道自己到了有名的"鹤园"？他不能肯定，因为他只是听说，从未去过，不过他一点没有发怵。以前他作为下级人员，很少有见到李士群的机会，只有在行动前听训话时才能见到这个大人物。听看守说现在在上海滩，这个人的名字，已经人人闻之胆寒。当年的吴世宝只是个街头流氓，李士群可是个玩政治手腕的魔头。

李士群见到他，反而客气地从椅子上欠个身，拱了拱手。虽然是个五短身材，但比以前训话时看上去儒雅，换了个讲究的眼镜更书生气，说得上眉清目秀。不像他关押了近两年，苍白消瘦，萎靡不堪，以前雄壮的体魄只能仔细从眼睛和动作里辨认出。

"杨营长，"李士群说，还记得他的最高军阶，也许是刚读过案卷。"杨营长辛苦了，坐了两年牢。"李士群坐下来，边取过桌上的案卷，边说，慢慢地翻看。他并不看杨世荣的脸，似乎在对着纸片说话："这件案子，说清楚也够清楚的，说不清楚，也真够不清楚的。"

杨世荣没有说话，他觉得这势头不太好。

"按照你的说法，贺家麟是企图逃走，不得不就地解决。但是你有一个警卫班，为什么无法拦住一个没有武器的犯人逃跑？而且，为什么枪弹是正面前胸射入？"

杨世荣只说了一句："事起突然，他正好转过身来，我开了枪。"这是他一直咬定的话。

李士群搁下纸片，突然声色俱厉地说："少胡扯了！两年没有动你，现在贺家麟的鬼魂又变得重要了。杜老板要我们给个答复，要你的脑袋给杜老板消消气。"

杨世荣早就猜到是这么一回事：这批人个个脚踩几只船，他的命在哪只船看起来有用些。小日本日子开始不好过了，就得讨杜老板好，他的命也就得完。他不能永远幸运，不可能每次从死神手中逃脱。

见杨世荣没有反应，李士群说："立即枪毙！"他拂了一下案卷，像一堆废纸，马上可以扔开似的。

杨世荣看着李士群，心里想，像在做戏。如果他们真要他的脑袋的话，犯不着李士群来宣判。

果然，他听到李士群放低声音，"除非你说清楚谭因当时在干什么？"

他心一惊，已经有好久这名字没有在他脑子里了，他基本上已经忘记这个名字。谭因不是为这个人立下大功了吗？难道他能出什么事？他没有时间想。"谭因第一次执行任务，心情不太稳定，来向我说说。"杨世荣还是这句老话。

"别跟我来这套废话！"李士群走过来，离他有两三步远说，口气并不凶狠。"我知道你们这些老丘八的习惯。这也没什么了不起，当兵吃粮，还得解决性欲。慰安妇又不来慰安我们的部队。"

杨世荣不知说什么好，这事是第一次被人点穿。李士群又说得在情在理，虽然他不知道李士群说的是不是事情的因缘。他觉得因缘在自己的血里面：当别的士兵强奸民女时，他躲开去；当别的军官在逛窑子嫖暗娼时，他留在兵营里。原先他只认为自己克制力强些，自从谭六跟上他后，他才知道别有原因。

　　但这与案子无关，他对自己说。既然已面临死亡，他不必去辩解这种事。他没有亲属，没有人会记得他这个人扮过什么角色，有过什么羞辱。

　　"贺家麟是谭因打死的！"李士群说。

　　杨世荣失声说："不，没有的事。"他说得稍急了些，他原可以更从容地否认。

　　"你真犯不着为这么个人顶罪，"李士群说，"谭因是个什么角色，我最清楚。他能跟贺家麟去套什么近乎，我也清楚。他没有不敢做的事，没有不敢睡的人，也没有不敢杀的人！"

　　杨世荣只说："贺家麟是我杀的。"

　　李士群挥挥手。"没见过你这样的人。你说了两年了，从不改口。就因为从不改口，证明是假的。我这里的死刑犯，个个要翻几次供，弄几个花样才罢休。"他走到杨世荣面前，拍拍他的肩膀："你是个好汉，敢作敢当，我最爱好汉，最看不得那些背主卖友求荣没骨头的小人！"

　　杨世荣心里咯噔一下，李士群这话说得咬牙切齿，有股杀气，看来他要除掉谭因了！小谭六碍了他的事，不够听话，或冒得太快？他可是许过谭六"上海王"的宝座，不是有意栽人吗？虽在狱里，他也有所耳闻，有人向日本人告状，说李士群搞的清乡，是匪去兵来，兵来匪去。他真的又要借人头向日本主子交代？

或许谭因近半年没有消息，是他自己处境不佳，有意让我撇清关系？想到这里，他心头一动。突然觉得谭因与他又接近了一点。他实在不知道谭因失宠的经过。不会有半年吧？心怀异志的下属，李士群不会放半年之久不动手。

李士群回到桌边，又换回那种官腔官调，对审问杨世荣，他明显不感兴趣。"江苏省警侦局现已查明，谭因，时任上海特务总队队员，在一九四〇年五月二十一日擅自枪杀上海籍市民贺家麟，现宣判死刑。同案杨世荣，时任上海特务总队支队副，擅离职守，纪律处分关押两年。现刑满开释，恢复职务。"

"不，不，"杨世荣喊起来，"不是谭因杀的。"

"行了，"李士群说，"杨营长，你先代理一下谭因的团长职务，你有军事经验，他只是个街头流氓而已。江湖义气，也要看用在谁身上。为谭因这小子不值得，他早就自己承认了。"他朝门口笔直站立的警卫点点头："带谭因。"

看来谭因早就押在隔壁房间里，等着来与他对证。谭因进来的时候，杨世荣看到，这个负心人已经受过毒刑，虽然军服穿戴整齐，但是脸色惨白，脸颊上有血痕，走路拖着脚步，勉强地维持着。半年多不见，谭因已大变了，创伤和奔波也使他不再年轻俏皮，青春消逝太快，快到连他都没有来得及看到，谭因对他已经是个陌生人。他在牢里也想到过，有一天如果他们俩巧遇，可能会是这样的感觉。

谭因看到杨世荣，朝他一个惨笑，然后就转过头去，不再看他，尽可能身体挺直地站着，全场没有人说话，都在看他们俩。不过当他一笑时，杨世荣才看到他昔日撩人的光彩，他承认他现在像个好汉。

杨世荣很想过去拍谭因肩膀，给他一点安慰。他竭力控制自己，这已经是最糟的境地了，他不能把这局面弄得更糟。重新见到谭因，几乎使他的血重新沸腾。路已经走不下去，还有其他路吗？生命之火在他们两人心中都应当已经熄灭。

"杨团长有什么话说？"李士群对杨世荣说。

"你要谁死，当然谁死。"杨世荣镇静地回答。

李士群一笑置之："你明白就行。谭因作孽太多。说实话，等着他脑袋的人真不止杜老板一个。我有一句话，谭因这案子，叫作'不杀不足以平民愤'。"他似乎很得意于自己的用词，"如果你活得够长的话，你可以看到，我这句话会流行的。"

"那么好。我说。"杨世荣顿了顿，"是谭因欠了我的情，我白白代他坐了两年牢。他的确是不仁不义之人，行不仁不义之事。恶贯满盈，自该当死。"

谭因惊讶地抬起头，他看到杨世荣的脸色，没有愤怒，却有一种决心。他感到莫名其妙。难道真是如他们所说的，是杨世荣翻供指控了他，就因为这一年他接济少了，其实就半年没有办法去看他？他想扑过去打他，牙齿咬紧，手自然地握成拳头。

"想动手，是吧？"杨世荣理解地说。

谭因嘴里只"哼"了一声，很瞧不起的眼光，掉开了脸。

杨世荣不理会他，转过脸对李士群说："李省长的判决很英明。冤有头，债有主。请让我执行你的判决，我要亲手杀死无情无义之人！"

李士群满意地看着杨世荣，不过眼睛里有迷惑不解。难道人之间的恩怨情仇，能翻得那么快。他手下的人，乌龟王八贪婪之徒，多了也不可怕。只是乱世里，经常有不在情理中的人，使他头痛。杨世荣是个可靠的人，一直咬着说是他自己杀的。在这关键当头，聪明识时务是人的常性。但是此人要自己动手杀朋友，又未免太狠了一些。连他跟吴世宝，已经你死我活打翻了脸，他也让吴世宝死到家里去。

他稍稍一想，点点头。叫来了卫队长，对他做了交代。

然后他说："好吧，谭因已判死刑，杨团长负责行刑，立即执行。"说完转身就离开这房间。

九

那是个葱绿的长堤，一边是湖水，看起来像浏河附近。杨世荣一下子就看清楚了：他三年前在这一带打了一个多月的仗，一条条战壕死守，缠住日本精锐的海军陆战队。他是下级军官，没有军事地图，也用不到。他记性好，对地表地貌方向记忆非常明确。

这个地方他肯定来过，在从浏河向苏常退却的路上，部队在这里住过一夜。拂晓就受到日军飞机的轰炸，他把队伍连滚带爬从民房带到一条湖堤上：湖堤是最好的应急工事，这是每个低级军官都明白的措施，而正巧他在晚上睡下前，看了一下这已经逃空村子的四周。那次空袭依旧抓走了他那些贪宿的部下。日机走后，整个营不得不去埋葬被炸烂的残肢断腿——这不过是对他们坚守上海郊区一个多月的报复。

任何事都有代价。当他走在湖堤上时，他突然发现，人生的延续或切断只是很微小的差别，例如你正好在弹片飞过的路径上，或正好在"募兵队"的路径上，或恰好伏在坦克辗过的路径，或正好落在某某大人物发怒的方向上。

谭因走在前面，他走得很慢。杨世荣也不着急，提着刚发给他的十二响驳壳枪，慢慢地跟在后面。跟他一起来的卫队好像也不着急，背着枪，一路跟着他们，放开了一定的距离。他们像已经执行完任务，大家心不在焉地散步。

湖堤很清静，几乎没有行人，远远看去，湖里荷花只开了一朵淡红，那些花苞遮掩在绿叶间。湖水很清，风吹皱波纹，吹拂着脸，觉得不热不凉正好。太阳已经在西沉，景致开始变得单调，一色暗红。杨世荣觉得有点奇怪，仗打得再大，田还是有人种，日子还是有人过，江南农家的景色依旧。

他很想和谭因说点什么，他们中有太多的话需要说清，到这时候却已经说不清。真是开玩笑，他或者谭六都未料到有这么一天，会弄到这么奇怪的局面。他拿着枪，押着谭因在堤岸上走，觉得这湖比他记忆中的大得多。

谭因一直是得意的，一个聪明伶俐和俊俏的小子，可能从小就是受宠的，很多人宠，他会讨人好，他一笑就让人心里软了。谭因命里不会缺少扶植的人，正因为如此，他把别人扶植他当作生活的常规，大概并不珍贵，觉得理所当然。

杨世荣却老记得祖父对他说过的一句话：这个世界上，人对你不好是应该的，不要怨恨牢骚；对你好倒是例外，务必感激报答。

恐怕在这个时候，谭因会需要人扶一把，才能走得下去，杨世荣想。他把视线从谭因的背转移到堤岸上。天空一群候鸟飞过。这堤岸走上五十米后景致美极，来这里真是对的。

他帮不了谭因，他不想看到结局。谭因是否能从这个堤岸脱身，看他自己的运气。他选择这地点，只是因为他曾经从这样的绝境跑出来。那是死里捡一条命。或许，谭因行，他可以变成一条鱼钻进水里，或是躲进荷叶里，变成一个温柔贞洁的女子。

没有必要再走下去。他高声地说："就这里吧！"大家都站住了。谭因也站住了。堤坎的顶是平的，但也有几个人宽，草丛渐渐高起来，没及他们的脚踝。

谭因没有回过头来，侧着身，面对湖水，他个子奇高，可能他真长了一大截。杨世荣从未看见他那么静的姿态，可能是等着开枪。他把枪保险拉了一下，谭因听到咔嗒声，居然还是一点没有动，也没有说话。

杨世荣感到一股热流突然涌入他的心中，这个人，前面的这个将死的人，或许是他在这个世界上唯一许诺过忠诚的，不管对方怎么样，他不想列出账单看看谁欠了谁多少。只要他有过许诺，他就只能珍贵那个许诺，因为他没有向任何人，任何党派、任何政治许诺过忠诚。他也没有必要在这时候放弃他忠诚的权利。

无论他怎么做，谭因逃不了一死。他为谭因做牺牲完全没有必要。但是他想做的不是为了谭因，而是为了他自己，为了他此生唯一的一次纪念。

他叫了一声："谭六！"

谭因没有理会，但他看见他的头动了一动。

他又叫了一声："谭六！"

谭因转过身来，声音又硬又冷："没什么可说的，开枪吧！"

杨世荣举起手来，大声地说，说得很缓慢："谭六，为哥的不能送你了。"

谭因说："杨哥，不关你的事。打准点，干净点，小弟谢你了。"

杨世荣看他还不明白，但是没有时间解释。或许他们俩本身就是难以互相理解，难以信任终生，称兄道弟也没用，刎颈之交也没用，互相听不懂的不是话，而是心里的声音。

　　杨世荣举起驳壳枪。这种枪很笨重，但枪的口径很大，子弹杀伤力极强。他举起驳壳枪，渐渐抬到一个高度，眼瞄过去，正是谭因的心脏，他要的就是他的心。他扳了枪机，突然叫了起来："谭六，接着。"他迅速把枪举到额头，子弹飞了出来，轰然地炸开一个大口子，再继续往前冲，命定要从另一边冲出来，大口径子弹的冲击力，把杨世荣整个头颅洞穿，他全身的血几乎在一瞬间从头部飞出喷洒在这堤岸上。但是，就是这一切将发生的时候，杨世荣把枪一扔——这是他开枪前脑子给手的指令，当子弹穿越他的脑子时，他的手依然能执行这个指令。

　　谭因在这一巨响和火光中看到了那支抛过来的驳壳枪，他看到这时杨世荣的头脑被打了个对穿。他不由自主地接过了空中飞来的枪，一时不明白为什么杨世荣把枪扔给他，叫他"接着"，是接着他自杀还是让他接枪，打出一条血路？

　　他来不及想杨世荣的目的，也来不及想他自己的计划，枪在他手中自动地射击起来。他蹲靠堤岸，边打边跑。而李士群的卫队也在开枪，在两个人站定准备行刑，互相扔出几句听不懂的话时，他们早就把背着的枪换到手中，扳上了枪机，以备发生意料得到的情况——杨世荣帮助谭因逃跑。他们没有料到杨世荣竟然当着他们的面自杀。

　　等反应过来时，他们的手指也在火光和枪声同时自动地按下扳机。堤岸上枪声响成一片，杨世荣正在倒下的身体又加了不少血窟窿。

那个倒在这片潮湿草地上的头脑，最后一眼看见的是从湖心里腾起的鹤。鹤欲飞，升起的腿却突然静止不动。

（明）王同轨《耳谈》：一市儿色慕兵子而无地与狎。兵子夜司直通州仓。凡司直出入门者，必籍记之，甚严。市儿因代未到者名，入与狎。其夜月明，复有一美者玩月。市儿语兵子曰："吾姑往调之。"兵子曰："可。"往而美者大怒，盖百夫长之也。语斗不已，市儿逐殴美者死，弃尸井中。兵子曰："君为我至，义不可忘。我当代坐。"死囚二年，食自市儿所馈。后忽不继，为私期招之，又不至。恚恨之。久之，诉于司刑者。司刑出兵子，入市儿。逾年行刑。兵子复出曰："渠虽负义，非我初心，我终不令渠独死。"亦触木死尸旁。

你照亮了我的世界

　　那是周五一大早，我的侄女，当然随我姓陈，小名花儿，在山城网购了张去新加坡的单程票，一袭白裙平跟鞋去了机场，皮夹子里只有一百美元，包里有四本书和两件换洗衣服。过了安检，她换了钱，上了飞机。

　　厦门转机时她遇到一个四川老乡，看上去四十来岁，生得白净，有个二十二岁的女儿，正好和花儿同年。她帮老乡提行李找座位。巧的是两人座位相差一排，她俩就调换在一起了。老乡听说花儿一个人来到新加坡找男友，非常感动，告诉花儿她丈夫在新加坡有一个大公司，如果花儿需要工作，她愿意帮助。

　　老乡问花儿："如果找不到他呢？"

　　花儿肯定说："不会的，这么久的感情，再怎么也会见上一面。"

　　海关人员告诉花儿可停留新加坡九十天，她欣喜若狂。老乡把花儿带回家吃了午饭，一家人都往她碗里夹菜，说她太瘦了，如花的年龄，长身体呢，多吃点。

　　花儿哭了。

　　老乡安慰她："别哭，等找到他了，你就安心了。"

花儿点点头，其实男友或许并不希望见面，两人分开已近一年。

老乡看她心事重重的样子，就不再说什么。她女儿问花儿："要不要上网？"

花儿点点头，用老乡家的电脑发了一封邮件，告诉男友，她有事来新加坡，会去他学校，让他等她。她加了一句："现在是下午三点多一点，希望四点前能见到你。"

老乡开车送花儿去南洋大学，仅花了二十分钟就到了。她让老乡回家，说："阿姨，祝我顺利吧！"

老乡说："花儿，给我打电话。"

她紧紧地握着老乡的手，"我会的。谢谢你。"

看着老乡的车子远去，花儿心里一下子空了，空得发慌。她取出手机想打个电话给山城的母亲，可是手机限了国外使用。为了不让母亲担心，未告知她去了新加坡。她有点后悔，走时起码应留一个字条给母亲，若是发现她不在山城，母亲不知有多么担心。

昨晚花儿从朋友那里了解到男友到南洋大学的生物营养所当研究员，QQ 聊天得知具体地址，她几乎未多想，就决定来这儿会他。

进了校门走了一会儿，花儿发现自己来错了研究所，把神经所当成了生物营养所。这个所不在校园里，在校园外。天气热，路上竟然没人，无法问路。也没有巴士。她只能走路，虽是平跟鞋，但脚还是走出泡了，沉重的背包把两个肩膀勒红肿了。可马上要见到心爱的人，花儿的心止不住怦怦跳起来，她非常想念他。

终于有人经过，她打听到，临近下班时间，若是走路，肯定来不及赶到研究所。正好一辆的士驶来，她便坐进去，花了三十三个新币。的士载她来到目的地。研究所坐落在一个小山丘上，花儿在男友的实验室外面等。想到他近在眼前，她激动得都快哭了。正好前台有供公用的电脑，花儿没有其他办法联系男友，便发了一个电子信，告诉他她在前台了，请来见面。等了好一阵子，也不见人。她就进去了。

已到了下班时间，实验室还有人，她敲了门，里面人说："请进。"

花儿进去一看，只有三个女的和一个男的，男友不在。花儿着急了，问他们。

男的指了一个桌子，说："你看她不是坐在那儿吗?"

花儿愣了，问："是女士?"

男的说："是啊，不是你要找的人吗?"

花儿慌了，借了他的电脑一查，原来学校里有三个人与男友同名同姓。排除两个女性，剩下一个，当然是男友。于是她写信给男友，因为她没带电脑，唯一的办法就是在附近的麦当劳等他。

花儿发完信，就背着背包去麦当劳。她要了一杯可口可乐，在进门靠窗的地方坐下。有一对情人，手拉着手，身体依偎着，走过她的面前。以前她和男友也是如此。那时她和母亲住在伦敦，考上帝国理工学院建筑系，在一次学校的聚会上认识。之后，他从柏林飞来看她，她飞去看他。后来索性离开家，不顾一切抛弃学业，到他身边。

记得当时我对花儿说，你不能为了他，置学业和母亲不顾。花儿写了一封长信，骂我，说她已是一个成年人，知道自己想要什么，用不着我这个小姨来教训。她说，如果你读过这句诗："是你照亮了我的世界，因为认识了你，我成为世界上那个最幸运的女孩。"小姨，你难道就不能明白他在我心里有多重要吗？

　　我明白，我亲爱的花儿，小姨我还能说什么呢？人年轻时都得折腾，不折腾老了就会后悔。

　　花儿和男友好得像一个人，过了一年，回国见了彼此的家人，也见了我，男友外貌一般，但内秀，有主见，也很有建树，读博士时好几所大学都例外给他研究所的工作。后来，是什么原因，两人在一起就不像一个人了呢？她说不出来，总觉得他不像以前那么爱她，她经常发脾气，有一次不辞而别回到山城。后来假装爱上另一个人，故意气他。看到他真气了，她便回到家。他说是原谅了她，可还是没有，等她回到柏林，他便很晚才回家。后来说是要去美国开会，她便回到山城看母亲。没多久，他去了一信，说他不准备回柏林，她的衣物会全部邮到她指定的地方。

　　结束时他们没说声再见。

　　现在她也许明白我这个小姨是对的，犯不着那么傻，丢失了自己，也丢失了他。

　　花儿坐在桌子上，她把包里的所有书取出来，一本是《万有引力之虹》，一本是《草叶集》，还有四本《战争与和平》。全是要送给他的。她翻着书，觉得惠特曼真是个了不起的诗人，"哦，船长，我的船长！我们险恶的航程已经告终。"她把这句写在诗集的扉页上。然后又叫了杯咖啡。

　　时间一分钟一分钟流逝。整整三个小时。花儿等得耐心，坚定。他会来见她的，起码可以补说一声再见。

麦当劳里人总是那么多，天色暗起来。还是不见男友的身影，花儿变得焦急起来。她提着包上了楼上，好多人坐在外面的一个阳台上抽烟。

她走了过去，一直走到边上，下面是一个空地。可以跳下去，跳下去不会死，会摔成一个残废。

不，没想好。

"我们陪你跳！想跳吗?"她闻声回转头，是两个当地女孩，穿得很酷，全是野战服，头发扎在花头巾里。

花儿没动。

两个女孩拉起手来，说："一二三跳！"跳下去了。

她吓坏了，去看下面，什么人也没有。真是奇怪。她回过身，身边也没女孩，倒是阳台那边有几个抽烟的女孩。

她走过去问："你们刚才看到两个女孩子，跳下去了没有，穿迷彩服的。"

没人回答她，她又问了一遍。有一个男孩才扔出一句："没有啊。"

"有人跳楼，你们没看见。"

没人理睬她，她气得说了一句"撞鬼了"。

"你才是鬼。"

不知是谁，回了她。

她只得离开，下楼，从店大门出去，绕到阳台后边空地。真是没人。她弄不懂这是怎么一回事？明明自己看见两个女孩跳楼的。花儿头一下子疼痛起来。也许那两个女孩全是由于她孤独无助想象出来的。

　　她回到店里，要了一份加冰的可口可乐，喝了一大半。她看到角落里有两台电脑，有人在上网做游戏。她提着包就走过去，好不容易有一台电脑空了，她赶紧坐下。QQ里没有什么人在找她，母亲看来还未发现她不在山城了。查与他专用的电子邮箱。天哪，有他的信！他在两小时前，早有信给她！他告诉她，当她收到这封邮件的时候，他家人病危得马上去机场，说不定花儿看到信时，他已开始登机去北京，抱歉，他得走了。他没有像以前那样残忍地说，认识花儿，是他人生中最大的错误。

　　花儿心里难受极了。他不想见她，不想在这儿见她。他有事？什么样的事会让他马上走？

　　两人的事若不是他当高干的父母参与，可能不会变成如此。不知为何，当他们知道她是一个百姓的女儿时，表面对她热情，心底里那股温暖便消失了。她感觉到。问他，他不承认，说我父母不是那种人，不会非要门当户对。

　　可从此他不再对她说父母的事。

　　他也不是非要听父母话的人，可爱情真像流水一样，流来时挡不住，流走了，就流走了。她眼泪又掉了下来。以为一切都过去，可是为什么还是跟当初一样疼。

　　花儿看时间，他在机场，还有时间，来得及，她可以去那儿。好不容易等到一辆的士，花儿来到机场。花掉口袋里所有的钱。机场有三个终端站，登机屏幕上有好多家航班去北京。花儿坐机场火车到各个终端站，背包把肩磨出血了。花儿继续找，汗流浃背，狼狈得很，看见每个长得像男友背影的人，都觉得会是他，转到那人面前查看。不是他，都不是他，花儿急得跺脚："上帝呀，可怜我怎么能找得到他呢？"

直到深夜两点多，当日的班机都结束了。花儿才坐在椅子上，内心一片空白，他走了，真的走了。她的手机不是全球通，联系不上母亲，中国大使馆也关门了。

椅子对面是一个香水广告，很亮的，像镜子。那里面有个穿白裙的女孩，脸色苍白而疲惫，眼睛悲哀黯淡，就一天时间，人瘦了一圈。

她吓了一跳，赶紧掉转脸去。

机场内的冷气很大。花儿的头有些发晕。机场外的芭蕉树很大，路边种满了九重葛。她想起伦敦家里也有这花，她很想念家，她想告诉四川老乡，她失败了，她找不到他，可她把老乡的电话也弄掉了。

机场人员给睡在椅子上的花儿搭上毯子，他们奇怪这个女孩子一个人在这儿，不像要乘飞机的样子。等花儿醒了，问明情况，他们就帮她联络上她的母亲。母亲不会在网上订机票，花儿只能在机场用母亲告诉她的信用卡号码在网上买高价票。

最早的飞机也是第二天下午，花儿的身体已支撑不住了，机场人员给她安排了住宿，一家小旅馆。他们给花儿旅行手册，让她用这剩下的时间在新加坡转转，不要再想那个人了，你年轻又漂亮，日子长着呢，无论他说的是真是假，就是不想让她找到他。

花儿坐了环城巴士，举目之处皆是漂亮的花，楼也建得漂亮，难怪有人说这儿是一座花园城市。她是学建筑的，也许该回到英国大学里，重拾学业，学成之后有份好工作，可接母亲一起过，父亲在她很小时就跟别的女人跑掉了，她与母亲相依为命。她本就是一个好女儿，只是为了心爱的人，远离母亲。以前她格外任性、天真幼稚，一定把他伤害得够深，让他不得不离开她，为了躲开她，还离开了柏林。花儿呀，她对自己说，忘掉他吧，让他在我记忆深处，让他和那种最美好的东西连在一起。父亲有一天来看花儿，希望她能和他一起度一个假。她拒绝了。父亲离开后两个月不到就去世了，原来他得了癌症。

　　当时花儿很伤心，母亲说，听天命吧。

　　花儿这时想到母亲的话，不管有无老天存在，不信不行的。这时，她看到一幅广告，是两个女孩，腾空跳伞。那么说自己不是撞见鬼或是想象力出了问题，当时这两个女孩真的在麦当劳吃东西，可能看到她神思恍惚，便使了一个小把戏警示她。好人还是多啊，这个世界，比如她的老乡，比如机组的人，从长大到今天遇到的人，好人多过坏人。母亲说过，真正的坏人几乎很少见，或是不容易遇见。男友不是，他怎么是呢？就算他不肯见她，哪怕最后一面。原谅他吧，从今天这一刻开始，以前的好，以前每次惊喜，快乐，还有她的初夜，给他，真是值得。她相信他曾经是爱她的，真的爱她的，如同她爱他一样。他走上前来，递上一杯啤酒，"嘿，我们认识一下可以吗？"他看着她羞红的脸，掉转视线，只有一秒，便转过来重新看着她，伸出了右手。是的，过去了再久，她也记得最初彼此认识的那一刻，他高高的个子，穿了件红长袖 T 恤，一件泛白牛仔裤，头发上架了一个墨镜，帅呆了，说话的口气，非常自信。

碧蓝的天透亮晶莹，花儿坐汽车回到机场，一路顺利，飞机准时登机。花儿进机舱前，回过头来，发现左侧边有一个人的身影很像男友，他看着她，像以前那样看她，像最先认识她时，眼睛里充满了爱慕和热情，亮闪闪的。

"我一直在等你。"他说。

"真的?"

"你不信?"他摇摇头，"这点你一点也没变，总是对我不抱有绝对的信心。"

"我……想请你原谅我?"

"原谅你?"他问，"不，该是我请求你原谅。都是我不好。"

"为什么?"

他掉转过头，很难过的样子。

她再看，他不在那儿。位子空着呢，搁了个白色的垫子，整整齐齐，丝毫没有被坐过或压过的痕迹。

一定是自己看错了，就去找自己的座位。放好背包，坐下来，随手拿起一张当地的英文报纸。她读着，脸突然如白纸，昨天傍晚新加坡一条高速公路上有车祸，一辆蓝色日本丰田轿车与大客车相撞。车上死伤人数有十一人。死者名单里有男友。

原来是这样，结局如此惨烈。花儿再也无法忍住，泪水哗啦哗啦地流淌。她死死地盯着报纸，上面的字母放大，模糊，缩小，清晰。是真的，所有的字母跳出报纸，排列成一个怪圈，想把她整个人吸进去。她难以呼吸，难怪刚才他要说，让我原谅他。

岂止是原谅，他在我心里的位置，一生一世也不会变。想必他也是知道的。不然不会来向我告别。当两个人如同黑夜和白昼不能在一起时，爱情方才显出了本来面目。有爱情，即便坏事来了，也不怕，可是没了爱情，坏事便一桩接一桩出现。飞机腾起，朝天空飞去，那儿积了多少年的云堆，翻卷出不同的图案，有的像动物，有的像树木，有的像城堡，有的像人的脸，全在她的面前。她看着，希望能找到一张熟悉的脸来。

天空突然变得阴暗，飞机向更高的云层飞去，渐渐变成一个小黑点。

我在窗前的桌上写下这些字，闪电突然出现，在这一刹那，他们和我共同拥有这个世界被照亮。

地铁站台

列车停止的方式很奇怪，停得那么慢，最后还是一个猛刹车。车厢接头"哐"的一响，他的笔尖猛地画了一长道。哦，到了。他从报上抬起头，合上笔套。可窗外不是站台，暗淡的灯光照着隧道的墙壁，贴着车窗。电缆上积满灰尘，像烟瘾者的肺管。这是中途停车。

半年都过去了，何必在乎半分钟。他看了看手表，九点十分。约好九点见面。她在电话里半开玩笑说，站台人很多，你不会认不出我的脸吧？她说她会在站台上，像以前等他那样。

这安排似乎太温情，跟她的性格有点不符。在一起两年，他领教够了这个骄傲的心灵，哪怕是毫不足道的失败，哪怕是菜里多搁了盐，也不喜欢提起。她不喜欢输，万一输了，忘得越快越好。为什么她主动提起了这事呢？她本不会再提起会面。实际上这半年来她从未主动打电话给他，只来过两封信，只说事务不谈自己，简短干脆，第二封比第一封更短，不像她写的信。

车停了，车厢里谁也没有在意。一对年轻恋人在车厢那头，手拉手，互相注视，眼珠也未转一下。如痴如醉，真是一个美妙的开始，他想，如一切开始一样。对面的醉汉也没有动，打着鼾，眼角挂着两滴泪水。车厢里各人干各人的事，没有人对半途停车有任何不耐烦，他们知道，一切不由他们控制，甚至没有在乎，没有像他那样抬手看表，当然，没有分手半年的情人在等他们。

只有一个老头，衰老得几乎不能动了，顺腿挂着的手杖，轻轻叩着地板。就这一点不耐烦，灰色而苍白。

他低下头，又看起手中的报纸。报纸再厚也已经看腻，乘地铁从北到南，跨越整个城市，好像跨过很大的时差。非洲的饥饿，南美的暴乱，看过了，都与他无关。早在十分钟前，他就开始做字谜。英国人的玩意儿，这比读报更能消磨时间。

17(竖三格) 被水盖住，三格，很简单，WET。怎么啦？他想。这是个暧昧的字眼，一个叫人怦然心动的字眼，一个她重复过无数次的字眼。她第一次说，我都湿了，满脸绯红，虽然那时他们已同居很久。那也是在地铁里，他说了一些只有他们才懂的话。她握着的手，指甲抓了他一下，还瞪了瞪眼睛，你敢再胡说。

不是停车这个事实，而是这个事实的讲述使车厢里的人感到了异样。连对面的醉汉也睁开了眼。而那对恋人也开始注视窗外。

司机在说话，英语从车厢里扩音器中传出，似乎来自很遥远的地方，语调呆板而音节模糊，像在念咒：

由于前方车站发生事故，

列车中途停车，

清理工作还需一段时间，

有人掉在车底，

把她抬出列车才能进站，

给旅客带来不便，

地铁公司恳请原谅。

他没完全听懂，但他感到不安。这声音本身就叫人不安，虽然说这话是叫人安定。司机又重复了一遍，他那伦敦土腔实在让人不舒服，但这次他听懂了；而且听出那是个女人，her。他的心咯噔了一下，一个女的掉进车轮之间！整个车厢一片肃静，好像每个人都看到了站台上的惨景，那个醉汉喃喃地说：啊，一个女人，一个女人。

18（横五格）的分岔。这是什么词，他想。分岔、岔路，从一条道到许多条道，到更多条道，路永远不断地分岔，一岔就难以回头，像树枝越分越远。他想，这不就是树枝 BOUGH 吗？可是从哪里开始分的岔呢？是她的骄傲？是我的忍让？他们的关系好像总是一个悖论。为了让我回去，她必须收拾傲心，可她的失败她的绝望无助反而使他的耐心忍让失去了对象。如果只需要床上拥抱，那多好，甚至只需要呻吟，不需要语言。他从来就无法理解她的语言。

他有点恼恼地在字谜上写下那个词，但仔细地，格子太小，人和人本来就不易走到一起，尤其在这异国他乡。人和人相遇，就像风中树枝偶然触及，这种偶然和必然一样，应该想到却又常常忘记，"连理枝"会绞杀许多事实，包括自己。

他不愿想下去，他往下做，19（竖五格），植物繁殖器官的一部分。怎么今天这个字谜尽是暧昧记号儿，有意撩拨人？见鬼了，一个女人的身体，她的身体，像盛开的百合花。这比喻太陈旧，他曾用过一次，被抢白了几句。她是诗人，把语言像毛巾一样这么扭过来，那么扭过去，永远在寻找吓人一跳的表达方式。萼粉红、瓣艳紫，花瓣的表达还是花瓣。

他拼出来了：PETAL。笔在纸上拖了一下，远远画出格子。很难记起那时说过的话，可他记得一句：让我看看。她说，看什么？啪的一声把灯关了。你们搞科学的人就想把什么都搞清楚，我们搞文学的就想把什么都搞模糊，越模糊越美。他想反驳，但她伸手关灯那动作太冷峻。那还带着浴室潮气的身子却叫他透不过气来。

事情过去后，她突然说：真想我们分开一段时间。他问：怎么啦？又是诗人的气质？没什么，一点感觉。我们至今互相不太理解。我们好像裹上越来越多的纱网。你想看清我的肉体，我想看清你的心灵，可我们都越来越看不清，也许有个距离就好一点。他没搭腔，这样的谈话已好多次了。开始他还试图劝阻她，后来他就明白劝阻是没用的。艺术家的神经在异国他乡，不能帮助人，只能妨碍你。像往常，他用鼾声湮没她的话。但半夜他醒来，看见她睁大着眼睛，仰天看着黑暗，双手压在胸前。他看着写下的词：潮湿、树枝、花瓣……在哪儿见过这几个词。在诗里！在她的诗里？也许吧！今天她一定要见我，为什么呢？这个骄傲的女人，半年中不理睬他多次和好的请求，现在到底是什么使她放下架子？处境绝望？还是半年落寞使她心灵被榨干！她若回头，自己怎么办？再次走到一起，也必须准备重新分手，她的一切不可能改变，哪怕分离六个月之久。

　　我们刚接通知，

前站车故已清理，

列车即将前行，

地铁公司感谢各位顾客耐心合作。

车厢里一下静下来之后，那对年轻人高兴得鼓掌吹口哨。等了二十多分钟，连他们也厌倦了调情。时间能改变一切，能使天使冒火，也能让魔女驯服。谁知道这半年她是怎么过的，靠写诗！他很久没读到过她写的诗。他的圈子与文学无缘，更不用说那些印数极少的文艺杂志上的华文文学作品。他也不去关心，诗已经很遥远，就像她。潮湿、树枝、花瓣。

列车缓慢地开动了，灰色电缆在窗外模糊成一条轨迹。她还会在那里等吗？已经误了半个多小时。想到这次可能见不着她，他觉得心里突然一空。如果她已失望地离开，似乎是他故意有违初衷，遇上这延迟，存心使她失望。这一刻他觉得非常想见到她，把她抱在怀里，让她骑在肩上，忘掉过去的一切。

列车终于驶进车站，小心翼翼，好像怕再出事。他丢开报纸，走到车门口，站台上挤满人，半个小时以来第一辆南行车。他挤出车门，站台上到处是脸，各种各样的脸，就没有一张熟悉、苍白的脸，带着焦虑和期待，朝他的方向看。

他沿着站台走去，人渐渐稀少了，到站的，上车的，都离开了月台，依然没有她。

他忽然想起和字谜有关的那两句诗：

人群中出现的那些脸庞

潮湿黝黑树枝上的花瓣

常听她说起，是她最钦佩的一个住在伦敦的美国诗人写的。他觉得这两行诗太平淡，不需要一个大诗人才能写出，可今天这

426

些词让他悟出一点滋味——当他空空的脚步声在月台上响着的时候。

然后他从出口到了电梯。到哪儿去找她呢？她想必知道站台上出了事故，就应当耐心等着，或许这又是一个考验，看看他的情意究竟多深，这样做就错了，他已经厌倦了男女之间的游戏，而她似乎还需要这些。

就像这两句诗，他想。就那么几个词，平常的词，顺手牵羊做字谜也显得太容易一些。你如果没完没了地咀嚼，似乎真能感到幸福是那么短暂，人生有如风中的花，随时可以凋零。可是你不去咀嚼，它们就不过是几个没用的常用词。

他到了电梯顶上。外面的街道一片漆黑，下起了小雨，灯光迷蒙。在尽头，街角上似乎有急救车的尖叫声在飘远。突然他想起这门口应当停过一辆急救车，一个女人搞出来的事故，这个落在车下的女人还活着吗？怎么站台上一点痕迹也没有？没人提起这事，没人还记得这事。

他转过身，从街边细雨中退回。细雨后面应当是另一个世界，他不想去了解的世界。他走回入口，该是回去的时候了。

岔路上消失的女人

他沉默地和马克握了握手，在沙发上坐下。咖啡桌有个镜框，是马克和林奈特头挤在一起的照片。他的眼光从马克脸上的笑容掠到林奈特诱人的嘴唇，他感到马克正怪异地朝他看。

"你来一杯？"马克坐在他对面，倒了一杯威士忌。

他发现马克胡子大约两天没刮了，头发乱糟糟，血丝充斥他的蓝眼睛，上衣缺了一枚纽扣。这副模样叫他难以决定采取一种什么态度与他谈话。他回答着，"好的，兑上矿泉水的吧！但你少喝点。"马克身上浓烈的酒味，使房间里的空气混浊，一盏吊灯低垂，像张惨白的脸对着他俩。

"无所谓。"马克脱掉上衣，"喝不喝都一样，人生有多少能放心喝酒的日子。"

听这样的话，真让人难受。人到这时候，总没完没了地说，怎么初次见面，怎么一见钟情，怎么堕入情网难以自拔等，心理医生每小时收五十美元，无非是硬着头皮由你从头谈，颠三倒四，反反复复。

可马克开场却说："我们吵了已有近半年。"

"是吗？"他尽量平淡地回应，好像这是再正常不过的事。

"我想有孩子，想结婚。"马克脸并不朝向他，"你可能笑我性急。这里很少有人在社会上立足之前结婚的。但我不同，我觉得已经稳定了。"

他相信这点，虽然还没有拿到学位，马克却是一个特殊人物。马克在商学院主攻保险计算，这是美国最吃香的专业，既要有数字的精确，又要有投资家的眼力，马克为此设计的计算机模式程序，几家大公司早就瞩目，抢着给他全额资助，条件只有一个，毕业后优先考虑到本公司工作，就事业而言，马克是典型的雅皮士，注定的社会精英，他有权要求过他自己想过的生活。

"我不能让她从我的手指缝溜走。"马克问，"你们中国知识分子最向往的不就是'粉红的衣袖，再插一支香，在那读书的晚上'，是吗？"

"有这么一码事。"他咕哝着说。

"有比林奈特更合适的东方美人陪着读书的吗？"马克又问。

"确实没有。"他说。

"两星期前我把她的避孕药扔了，她生了气，一直不让我碰她，还说要离开我。你们中国女人不是最喜欢家庭和孩子吗？"

"人和人不一样。"他答道。

马克沉默了，又喝了一口酒，身子往后一仰，闭上了眼睛。

他觉得马克的身体在微微颤抖，他看得出马克是在抑制自己的泪水。厚厚的窗帘映出加利福尼亚的黄昏，阳光还是那么灿烂、美丽。街上的汽车声隐隐传来，像一个在阳光下轻轻打鼾的梦游者。那是三天前的深夜，他正去开冰箱取一杯饮料，准备继续写他的论文。铃声响了，他看了下表十二点半。星期天是他的苦修日，哪个苦于异国寂寞的朋友，在这时候找他解闷？

打电话的却是柏克利警察局。

"听说你是林奈特·李小姐的朋友。"

"认识吧，"他说，"有什么事？"

"昨天上午李小姐在圣巴勃罗水库附近的山上跑步，最后一人看见她是上午十点二十分，此后就没人见过她，你能提供线索吗？"

"我好多天没见到她了。"他说。美国警察常常小题大做，大题不做。"确切地说，有大半个月了。"周末找一个女孩子，无事生非，自寻烦恼，他想。

"你能建议我们再与谁接触吗？这事看起来很严重，我们希望所有人的合作。"

他顿了一下，他不喜欢谈朋友的事，尤其对警察，但这个警察的声音听来很严肃。

"好吧。"他说，"不妨问一下马克·布莱德雷。他可能知道。"他老大不情愿地说。

"布莱德雷先生是最后一个见到她的人。昨天下午他来报警，布莱德雷先生一直在找林奈特·李小姐。"

"哦，老天！"他夸张地叫了一声，心里却不以为然，这个马克似乎是个挺能沉住气的人，跟女朋友打闹斗气，报警干什么？"我能做什么呢？"

"等一下，布莱德雷先生就在这里，他想跟你说话。"

"林奈特不见了。"传来马克疲倦的声音，"昨天我们一起在山上跑步——"

他知道马克已重复过许多遍，真不想让他再重复一次，虽然他急于知道马克怎么说。

"我们按她的电话本一个个全打了，你还知道哪些中国朋友有可能提供消息？"

他的中国名字拼音字母排列在电话本最后一页，马克恐怕真全打遍了。

"这样，"马克说，"警方同意我们做一次搜索，明天上午八时半，在学校后门集合，不知你能参加吗？"

"当然。"他回答，"我肯定来。今晚我还能做什么呢？你有她姐姐在新泽西的电话吗？"

"早打过了。"

"马克，"他高声说，"我不相信会出什么事，好好休息。她肯定在什么地方乐着呢，明天上课她就会出来的。"他不是纯为安慰马克而说这话，林奈特想做什么，谁也拦不住。"你不明白。"马克嚷道，"好吧，愿我们好运。"

他搁下电话，喝了一口苦味的冻啤酒，世上本无事，洋人自扰之。星期一上午的符号学课，林奈特会冒出来，她尖刻的提问，又会弄得教授只好开玩笑来答复。他想起她那剪得短短的头发，露出令人神往的耳朵和颈子，她说话时常伴有手势，两眼闪出迷人的光。马克睁开眼睛，说："我两年前刚刚见到她就被迷住了，那么端庄、婉丽。"

"其实我到柏克利来读书，就是奔着这里的中国女孩子来的。很小的时候，我就喜欢电影里的东方女性。中国菜好吃，但我更喜欢到唐人街看穿旗袍的女招待，既神秘又性感。我一看到林奈特就知道她穿上旗袍一定特别美。"

马克站起来，从屋内拿出一件光闪闪的绿缎的长旗袍，上面缀满了金线的花。"这是我今年夏天送给她的。她穿着参加我父母为她举行的晚会，把整个晚会震住了，那些女人的酸劲，逗得我直乐。"

他差点笑出声来，林奈特平时一直是运动式打扮，T恤加牛仔裤，短裤特别短，还蚀几个洞，露出健美的大腿，一双半脏半旧的运动鞋。他很难想象她穿旗袍高跟鞋的样子，尤其是这么一袭富贵气象的缎面旗袍。

"但她再也不肯穿第二次。她说她不喜欢按别人的需要打扮，其实我们每个人都为别人打扮，你说对不对？"

马克是那样的无助，那遮掩不住的苦痛，连他都有点感动了。他微微地叹了一口气。在柏克利只有教授才穿西服打领带全套行头，有的教授也穿紧身裤和运动鞋上课。但马克这个学生却不愿穿着太随便。

马克又拿出一沓林奈特的照片，都是那次穿旗袍时照的。他得承认，林奈特穿了旗袍，描了眉，涂了口红，的确是美极了，长身玉立，端庄娴雅，令人不敢正视，和平日的她很不一样，的确是个使全美国任何丈夫得意的主妇。

他们对着照片沉默了很久。

那天早晨他打电话到系里请假，他说他有事。系秘书说她会转达口信，但她叫他放心，说恐怕许多人都不会来上课。

到校后门一看，人已经有五十来个。一部分熟面孔，有同系的，有不知哪儿见过的，似乎女的比男的多，喧闹嘈杂。有个姑娘抓住他就讲：星期六早晨，林奈特和马克一起去跑步，顺着熟悉的路径，穿过柏克利山口到梯尔顿湖上，然后沿着山路拐到圣巴勃罗水库。他们约好到住在卡林顿的一个朋友家喝一杯茶。那个朋友中午要驱车到城里购物，顺便把他们带回柏克利。他们的周末经常有这项活动，这是常规。可是那天在路上，二人不知为什么拌起嘴来，林奈特一生气，扭头就拐上了一条小道。马克在后面喊，说还在卡林顿等她。但是他在卡林顿左等右等她不来。只好一个人回到柏克利公寓里。一直到傍晚，林奈特还没出现。马克打了一串电话，没有头绪，于是他开车去卡林顿，与朋友一家从卡林顿回过来找，仍然没有人影。马克着急了，星期六夜里他去了警察局，警察和他一起找了一天，还是没有结果，警方已宣布林奈特·李小姐失踪。

有人递给他警方的布告，林奈特含笑的脸，照片比人更漂亮，尤其那微微向上皱起的眉，使她显得柔顺，易受惊吓。照片上看不出林奈特挺直、秀拔的身材，也看不出她倔强的心灵。这样的姑娘不会出事，他想。

警笛的叫声止住了喧嚣。从警车走下来一个额前有颗黑痣的警官，后面跟着马克，他脸色惨白，用目光向众人打招呼。

警察请大家上车，人太多，他让有车的自己出发，到梯尔顿公园门口等，到那儿再布置搜索的路线。

马克举起双手说："谢谢！谢谢！"人群却沉默了，他身边的男人握他的手，女孩子拥抱他。

警官叫大家快走。学生报纸《加利福尼亚人》来了个记者，拦住马克，要马克回答一些问题。

"嗨，你要不就参加搜索，要不就滚开！"他一把抓住这位新闻系的什么角色说。

记者耸耸肩膀，收起本子，一声不响爬上了车。马克似乎挺感谢他，把手放在他的肩头，轻轻按了按。

"你认识她好多年了？"在上山的汽车马达隆隆声中，马克问他。

"是的。"他说，"她不会出事的。"

"没有人知道我怎么爱林奈特，你也不会。"马克停了停，望着他说，"虽然我知道你也很喜欢她。"

他不由得脸有点发红，"当然，没有男人不喜欢林奈特。"

马克看了看他，不再说话了。

初秋的加利福尼亚，覆盖着一层层阳光。海湾背衬着山，连着天，蔚蓝得刺眼。一片葱绿和遍野的山花，几乎把小径湮没。

警察让他们排成半里的长蛇阵，齐头往前推进，到卡林顿集合。但树林和山岩很快就吞噬了这支五十来人的队伍，不再成阵势，互相也看不见了。

他艰难地走出一片灌木丛挡路的林子，突然看到马克跪在几棵树之间，垂着头被风吹着，一动不动。他走到他的背后，说：

"马克，你没什么吧?"

马克抬起头，满脸是泪水。他真不忍心看一个大男子汉哭泣，转过了身。停了一会儿，马克说:"没什么。"站起来跟着他走出林子。马克魁梧挺直，高过他半个头。这时，马克说:

"这条路如此熟悉，我刚才似乎看见了她。"

他站住了，犹豫地看着马克。马克眼睛直直地往前看着，继续说道:"那片小空地，我们曾经在那里做爱，像刚刚发生的一样。"

他听得有些毛骨悚然。"那天我们跑到这儿，坐下来歇口气。在我吻她之后，她突然说，'我想爱你，就在这里。'我说不行，不能在这儿。她说，'你真是个后备雅皮，没心肝的情人，我要你的时候我就要你。'说着她剥掉上衣，铺在地上。她说，'我要你的上衣。'不等我回答，她就揪住了我的 T 恤往上拉。"

他站定下来，让马克讲，心在咚咚跳个不停。

"她把我的 T 恤铺在她的衣服旁，坐在上面，脱掉了鞋子、短裤，然后躺了下来，手放在脑后看着我说，'这树林真美，这鸟声真美，来，快来。'

"我看到她的大腿，美丽地伸展着，特别是她嘴角的一丝微笑，我的心快跳出来了。

"我说，'亲爱的，咱们换个地方。'

"但我知道说也没用。那次我表现很糟，但事过了，她坐起来抱着我说，'我从来没这么爱你。'

"我直想哭，我到今天才哭出来。"

可是马克打住了话头，不再吱声。他俩继续往前走，出了林子，看不到搜索的其他人，大约都走远了。马克说:

"你真好，你能听我说。我早觉得唯有你能这么做。"

"不要紧，你想说什么都说出来吧。"他安慰马克说。

"东方女子真是个谜，一个缠人的谜，叫人永远不会忘记，"马克转过身来，和他面对面说，"恐怕真只有你们中国人才能理解中国人。"

他想告诉马克，林奈特是她自己，不是什么范畴，只有在他们白人看来，她才是特殊品种，一个需要归类的对象。但他只是沉默地陪他走了好一段，马克说："不知你什么时候有空，我们再谈谈。"到卡林顿，已经是下午三点了。警官在路边一家咖啡馆门口等着，让陆续到的人进去吃份快餐。警官把马克拉到一边说着什么。警车已送走了一批人，开了回来。

马克走过来对他说，明天他们将从卡林顿开始，返回来搜索，放弃大面积，集中在几个点，主要在林奈特转头跑去的那条线可能延伸的方向，细查一下。他问他愿不愿意参加。

他说："当然。"临上车，马克又对他说："我一有空就打电话给你。"

晚上，马克来了电话，叫他去看晚报，便匆匆结束了。

他跑到附近的小店，报纸已经卖完了，他说想看看李小姐的消息。店主递给他一张自己留着看的报纸。他站着读了一下，好几则报道，说了他们上午搜索的情况，说警方搜索也一无所获。但中间一则报道则说某某跑步者，星期六近中午时远远看到一男一女在争执，似乎有点拉拉扯扯。女的装束很像告示上说的。他因为急于跑完全程，也没仔细看。男的似乎也穿着运动短服。警方要求居民协助提供更多线索云云。

他的心沉下去，这不像是开玩笑了。看来马克是对的，林奈

435

特真遭到了不测。他心情沉重走回宿舍，给马克打电话，没人。入睡前，他又打了，还是没人。

第二天一早他开车到了卡林顿，不少人已经聚集在那里了，比第一天人还多。最后马克和警官来了，警官这次脸色很严肃，给每个人发了一张复印的地图，要求他们分成几个小组，包干地图上画着圈的几块地方。正当人群在叽叽喳喳地分组时，突然大家沉默了，马克站到咖啡馆台阶上，取下颈上的十字架项链，抓在手中，眼泪哗哗地淌了下来，"主啊，请您帮助我。"他不断重复这句话。

人群中有不少人画起十字，女孩子在掉眼泪，他不信教，也在心里祈祷，似乎真有个上帝会理清人间男女恩怨。

一天的劳累，依然毫无所获。那天搜索他没有再见到马克。晚上七时接到马克的电话，说毫无消息，想到他这儿谈谈。他说："你肯定累坏了，还是我到你那儿。"马克没有拒绝。马克从一大堆林奈特的照片中抬起脸："从今年初起，我就要求结婚。我想有孩子，她不愿意，我问她爱不爱我，她说很爱我，但还没有准备做我妻子。

"上星期，我们又吵架了。星期五，就是星期五中午，你知道西门那片大草坪，老有人在那儿晒太阳。"

他当然知道那块大草地，穿比基尼泳衣晒太阳的女人，有时把身子翻过来，背朝天把乳罩解开，这是校警允许的最高限度。过路的人，忍不住都要看上几眼，虽然都装作见惯不惊。

"我走过那儿，看见一个女人俯在地上，上身那么熟悉，一看是林奈特。我走上前去，尽可能平静地叫她，她抬起头，朝我笑。

"'亲爱的，东方女子不这么晒太阳。'

436

"她说,'我就这么晒太阳。'

"我笑着说,'白种女人皮肤惨白,要加颜色,东方女人颜色正好。'

"她突然手撑着地抬起身,两个乳房正面对着我,说,'我晒太阳,不是调鸡尾酒。'

"我连忙坐下去搂着她,把她遮掩起来,'你真美。但你是我的。'我这话说漏了嘴,她猛一下推开我,套上衣服说,'我什么时候把我的自由出售给你啦?!'

"她穿上紧身裤,嘟着嘴走了。晚上我们又吵了架。最后我强调不管怎么着,我爱她。她说,我爱的不是她,是我自己。

"她去洗澡,洗完澡,裸着身子在屋里走来走去收拾东西。我看着她美妙的身子,心里阵阵发热。我真希望她娇弱一些,害羞一些,把灯光扭暗,裹在衣服里,让我一层层把她剥出来。可她就这么光着身子走来走去,像一头母豹,像是自我欣赏,像是故意气我,又像故意撩我。她到这张咖啡桌前,给自己倒了杯水喝。

"我跳起来说,'窗帘还没拉上呢!'

"她说,'好吧,我来拉!'

"我冲上去把窗帘合了起来。她笑了起来,说我是个包,软蛋,窝囊废。我不想还嘴,回到我的计算机边,一个小时后,我走出去,发现她扑在沙发上睡着了,依然一丝不挂。我取了条床单,给她盖上。看着她美丽的脸,我想了很久。我也有过别的女朋友,在偷看《藏春阁》杂志的少年时代,从初闯人世后,见过不少女人,可我怎么也不喜欢她们,只有林奈特是我想娶的东方女人。

"星期六早晨,我们还是按老规矩,出发去跑步。我在后面,看着她矫健的步子，修长的大腿，飘动的黑发，我跑上去，一把抱住她说：

"'嫁给我吧。'

"'你会恨我的。'她要挣开。

"'那个老跟在你屁股后面的中国人是谁?'"

"是谁呢?"他问自己用不着问马克。马克的眼睛正盯住他，他强按住自己的心跳，假装镇静地转动手中的高脚杯，眼睛一眨不眨地看着马克火辣辣的眼光。

"我承认我是无事找事。"马克继续往下说。

"我说'我爱你。'她却说，'就是因为你爱我，你会恨我。'"马克突然越说越快，好像呼吸都困难了，"她在我的臂弯里，眼睛盯住我，与我对视。我明白了，她说的是对的。但是我要她，她是我的，就在这里要她。我非要她不可，我对自己说。"

他看着马克拿起酒杯，一口喝完，一拳击在桌上。屋里死一般寂静，只有闹钟的嘀嗒声在点着心跳。他强压住自己不对马克做任何评论。

过了很久，马克像在梦中似的喃喃说道：

"她在我的怀里，还是那么温顺，那么文静，我慢慢剥下她的衣服，她那么美，我从来没这么激动过。"

"她为什么要离开?"

"真的，"他问，"为什么呢?"他不吱声，脸上的肌肉抽搐着。马克也不再说话，只是看着他，好像双方都知道只剩下最后一句可说的话了。

电话铃声突然响起，马克从沉思中突然惊醒，语无伦次地嚷道："哪里? 哪里?"

他把电话筒拿起来，递到马克手里，他拿着话筒的手直发抖，听了半天，他只是支支吾吾地应着。

"我累了，明天再谈好吗？"他放下话筒。

"没什么事吧？"他问马克。

"警方从外地调来大规模的警犬队，问我如何配合。"

"你真累了，睡吧，明天一切都会好的。"

马克没作声，似乎又回到接这个电话前的状态。看着马克，他的心却激烈地跳着，他站了起来，手和腿似乎在抽搐，用一种他自己都不相信的声音说，"明天，明天他们会找到尸体吗？"

"尸体？"马克说，"当然，尸体会找到的，一切都会找到的。"

马克突然回过味来，眯眼瞪着他，样子可怕地冷笑起来。

"我喝了酒。胡说，别在意。"马克边说边朝门口走去。像是下逐客令，他打开门，和邀他来时的欢迎态度完全相反。

"白浪费你的时间，有警犬，明天我们也不用搜索了。"

他淡淡地对马克说了一句："希望今后常能见到你。"他走入星光满天的加利福尼亚之夜，步子放得很慢，他明白自己今后再也不会见到马克。

近乎恼怒的透明

她进房间后，她觉得口渴，接了一杯自来水，喝一口立即吐出来，水有股腥味。从机场乘出租，来海滨的途中，经过不止三个墓区，大都是四十多年前这个小岛上一场战争的死难者，当然只是胜利的死者才有墓地。她在想象被炮弹炸成一段段的胳膊身躯，但她想象不出那些脸毁坏的样子。她把门窗打开，朝海的房间，风景不错，只看得见一些热带植物，仙人掌苗壮肥大，三层楼高的阳台外，一个嫩嫩的花苞，太阳晒着的一面是红的。她探出身试了试，够不着。

许多年来第一次放开一切，"休假"，她看见门背后镜子里的自己：头发还不算太蓬乱，白衣白裤，眼睛很放松。心想今日就在附近转转，买些食品。以后几天，中饭在外面吃，早晚饭自己做。女友的别墅，说空着，要她来住。

街卵石铺得灵巧，被雨水洗得干干净净，坡度却大，停泊的车辆只得在路沿上缩着。商店门小，橱窗也小，旅游纪念品，几乎家家相似，看两家就没什么兴趣了。她坐在海边长椅上，游船舢板在动，海水蓝，深蓝，天也蓝，淡蓝；房子洋的有洋味，土的有土味，但都和附近的峭岩一样被阳光漂白。走过她面前的大多是游客，本地人偶尔也有，他们肤色深浓，方言混浊拖拉，倒像是外地人。海滩不宽，躺满肉条儿，男女成双，一家成堆，一人逛来逛去的游客，怕就她一个。想到这里，她反而有点自豪：单身贵族，其乐何如？靠近别墅的街，亮光稀少，路灯时有时无。猫在无人的街上狂叫，黑暗中潜行的云压得极低。一瞬间，盖住所有的房子的形状。她的脚步声，回声突然传得老远。

桃汁香，纸盒不大，但倒三四杯不成问题，价格比她住的内地大城市低多了。但是黄瓜蔫蔫的，小白菜泥多。小岛不像能自给自足蔬菜，据说从前产棉花，现在种土豆。她笑笑，干脆生产石头罢了。遍地白石，层层齐整，采石场一定靠海或山。春天的花在其他地方早灭了任何希望，可是在这儿，花周年不谢，艳丽红火，跟她一度拥有的脸有点相似。认识她的人说，她是看不得的，一看不会让人转眼。那是从前，岁月跑得比月食还快，这不能怪她。

现在更显出魅力。多年不见的女友，巧遇她时说。就为这话，她接受了"发了"的旧友的好意，住进她的这套别墅。

女友真周到，已经请管房人买了食品装在冰箱里。冻格里可能是什么海鲜，有股海腥味，下面有水果蔬菜。不管怎么说，有人对自己周到，总是好事。她坐上观海底自然景物的游船，怕是冲着招客的船老板来的。这个男人皮肤黝黑，制服花里胡哨却笔挺，男子汉气十足。

太阳光温暖地照在身上，但海风冷冷的。还未到下底舱的时候，船顺着海湾行驶，速度极慢。左岸一块不小的岩石，刻着一些字，她仔细辨认，竟认出是在此跳海自杀者的名字。不像其他岩石，题的字冠冕堂皇，古香古色，做作得很。她从化妆小袋里拿出镜子。对着镜子，修口红。在餐馆吃午饭时，未能上洗手间。嘴不能红如猪血，也不能紫如死灰，她喜欢自己的唇膏带点亮粉，柔和自然，保持湿润的纹线。这种口红在她居住的城市只有一家商店才能买到。

她，刚成为独身主义者，来旅游并不是追求艳遇，不过，也不是为修行。舱里响起音乐，没一会儿，音乐轻了，驾驶室里船老板打着本地官话导游讲解，说对岸是尼姑庙。想到修行就见到尼姑庙，见鬼！她在心里骂道。船前驶一分钟后，峭崖上的尼姑庙、古树、紧闭的门更清晰了，其他游客纷纷拥往底舱，她也没发觉。

等回过神下到底舱，已没靠玻璃窗的位子，她只好坐在楼梯上。水泡银闪闪在船底游动，光线一束束从水面射下来，水起伏的快乐，就是她曾有过的快乐。观海底自然景致，纯属一时兴起。

但此刻，她掏出照相机，是愉快的。

手掌大的鱼，一群群视若无人地游着。白沙石间的海藻一片又一片，船经过，就不断摇动，荡得水兴奋不安。又轻又柔，像人的拥抱。想被拥抱？不，已经失去，所以不必当真。不当真，才可以正常地引着比喻，不带酸酸的浪漫劲儿。礁石几乎划破船底，特殊加工没在水下的玻璃舱，底面一定铺了厚橡皮，不然早撞得船沉人亡。鱼越来越密，越来越黑，在水里游得自由，好像精子，游在水道里。这个比喻一点没猥亵的意味。

她站起来，打开闪光灯，拍一张精子群行情景，不拍毫无意识的礁石。她举起镜头，眼睛盯住玻璃窗，连续按下快门。突然，镜头中出现一条大章鱼，朝她的脸猛冲而来，啪的一下八个吸盘同时扣在她脸前的玻璃上。她吓得大叫一声："章鱼！"

当她醒过神来，和众人一起看玻璃时，那里什么也没有。小小的黑鱼优雅地集体转了个身。"这一带从没有过章鱼，神经病。"船老板不高兴地说。刚才舱里游客因为她一叫，一起拥向她站的右边，船被猛扭了一下，好不容易摆稳。船老板赶紧叫游客各自回原位子坐定。

她火了，"你凭什么出言不逊，明明就是章鱼。"

"不要大惊小怪。"船老板口气不狠了，像要息事宁人，继续做他的生意。

她比受责怪更恼火："明明是一条大章鱼。你不能骂人。"

"嗨，"船老板也不客气了。"这么近海有章鱼，我就开渔行，不赚这辛苦钱了。"

一位当官模样的游客站出来断理："她说拍了照片？那就见照片吧，问题简单，一清二楚。"这一说，她才发现自己冒的火实在没必要。她不想打这赌，但船老板得意扬扬地说："我他妈的此地生此地长，海里山头烂熟。你的乘船费胶卷冲洗费我全付了，怎么样?"他的态度变友好了，继续兴高采烈做导游介绍。她想了一下，就转回胶卷，下船时递给了船老板。

快冲一小时，她逛了一小时商店，表盯得极准，回来看印出的照片。果然有一张：紫黑的海水里有个漂浮物，样子像章鱼，只不过是透明的，看不出是什么东西，也可以说是礁石上的花斑。船老板不认账了：螺旋桨打起的浪花加上玻璃上的麻点，照片模模糊糊，什么也不能证明。照相馆的冲印师傅更气人，说她的胶卷有问题，让她买这儿产的胶卷。两个男人相视而笑，脸都变得尖尖的。

"游客扔的东西太多，什么塑料袋儿的。"

"旅游污染。"

"可能是保险套吧?"

两个男人来劲，说得不像话了！她扔下钱赶快走。无聊之事被她弄得更无聊。游船照常每小时开出海湾。她坐在售票处不远的长椅上，气生够了，觉得有些凉，便往山上走。门窗上的铁框式样都不一样，黑色多绿色稀少。网状密集的巷子人影增加，跟在她身后。前面左右的石坡没一个人，她停在迂回的梯子边，克制不住对自己的怒火。看什么海底自然风光? 看出一场吵架! 生平最烦的就是吵架，却总是逢架必吵，未胜先退。两辆摩托疾驰而来，打着转，突然停在她二步远的地方，罩着头盔穿黑皮衣的家伙很像那个游船老板。

肚子饿，头有点痛。太阳已退入海里，身上的衣服显然不够，得加件毛衣才对。怎么忘了吃晚饭? 受气后，她就会晕头转向。

回到别墅，她松了口气。海上没有星光，月亮没精打采地在云间立着。阳台旁的仙人掌模糊一团，不过车辆比白天多，有的车还能怪叫，对讲机在响：有人不会使用电炉加烤箱，有人热水器没热水，问题，全是问题。总之，这儿夜里比白天喧哗。

她泡了杯茶，走到阳台上。朝墨黑的夜海注视许久，心情才静下来。然后退进房间，闩上落地窗，拉好窗帘。睡眠袭来，她打了两个哈欠，躺到床上。猫为什么会溜进房间里，从床上跃到厨房？她突然惊醒了，发现房门大开，走廊灯光铮亮，泻入房间。她下床，去关房门，才发现房门是好好关着的。敞开着的是冰箱门，冰箱灯光照得房间一股腥味——冰箱门前地板上坐着章鱼，一条章鱼！圆头圆脑上黑眼珠溜转，她走到哪里盯到哪里。

她的手猛地盖住自己的嘴，倒抽一口凉气，双腿几乎站不住，摸到电灯开关。坐到椅子上仔细揉眼睛，再睁开眼看，才发现是冰箱里冻着的章鱼掉在地板上，化冻了，摊开八肢，圆头萎萎蔫蔫，只有腥水在流淌。